T0243685

EL ESCONDITE

EL ESCONDITE

LA TRAMA

EL ESCONDITE

KIERSTEN WHITE

Papel certificado por el Forest Stewardship Council®

Título original: *Hide*

Primera edición: julio de 2022

Printed in Spain – Impreso en España

ISBN: 978-84-666-7217-7
Depósito legal: B-9.614-2022

Compuesto en Llibresimes

Impreso en Rodesa
Villatuerta (Navarra)

BS 7 2 1 7 7

A la generación más joven, en cuyas manos
hemos puesto la salvación de todos:
no deberíais tener que hacerlo. Lo siento

El Parque de las Maravillas abrió en 1953.

¡PIÉRDETE EN LA DIVERSIÓN!, decían los carteles, y era justo eso lo que ocurría: una multitud cruzaba las puertas cada mañana, y no volvía a salir hasta que se ponía el sol y se encendían los focos de la salida para indicarles el camino hacia la libertad. No había mapas, ni guías con una flecha que indicara «Usted está aquí». Era un parque diseñado para engullir a la gente. El terreno era exuberante y los árboles imponentes. Había setos perfectamente esculpidos cubriendo todos los muros y flanqueando los caminos, lo cual le daba a todo un aire de fantasía. Montañas rusas, sillas voladoras, tiovivos, casetas, un pasaje de la risa, un túnel del terror y otro del amor... Aunque el edificio que se encuentra en el mismísimo centro siempre estaba cerrado por reformas.

El parque abría de mediados de mayo a principios de septiembre. En los primeros años había carteles que decían SOLO BLANCOS, y que, más tarde, cuando era difícil imponer oficialmente algo así, se convirtieron solo en una insinuación más que evidente. Y durante una semana cada siete años la entrada era gratuita. Las puertas se abrían de par en par y trabajadores inmigrantes que venían solo en verano y parientes lejanos de los habitantes ricos de la ciudad, que normalmente eran demasiado pobres para poder disfrutar de algo diseñado únicamente para la diversión, lo visitaban mirándolo todo con los ojos como platos. No había entradas, ni restricción de aforo, solo un parque felizmente lleno hasta los topes.

En 1974, durante la semana de entrada gratuita, un importante hombre de negocios del norte del estado decidió ir de visita. No lo habían invitado, pero estaba pensando en invertir en el parque, porque uno de los propietarios era un primo de uno de sus primos. Pero primero quería ver las atracciones en persona. Y se llevó a su mujer y a sus dos hijos, convirtiendo así su visita de negocios en unas vacaciones.

Su hija pequeña, de cinco años, desapareció para siempre.

Arrestaron a uno de los trabajadores inmigrantes por su asesinato, pero la publicidad negativa que produjo el suceso dejó una mancha indeleble que nunca pudieron borrar. Así que el Parque de las Maravillas cerró sus puertas.

Con el tiempo los rumores se acallaron. La vegetación creció. La naturaleza poco a poco colonizó los edificios, las atracciones y las montañas rusas. Lo que no se desintegró, se oxidó; lo que no se oxidó, se torció; y lo que no se torció, se hundió bajo el peso de la hiedra y el abandono.

En algún lugar, muy cerca del centro —el edificio siempre estuvo cerrado y pocos llegaban hasta allí debido a la extraña distribución del parque—, un zapato se había quedado enganchado en las ramas bajas de uno de los setos cuidadosamente

podados. Completamente descuidada, la fiera verde fue creciendo y haciéndose cada vez más alta, hasta que el zapato
quedó a la altura de los ojos.

Era de charol, ya cuarteado y sin brillo por efecto de la
intemperie y el tiempo, y de la talla perfecta para el pie de una
niña de cinco años.

«Hace falta dinero para ganar dinero». Esto era lo que solía decir su padre.

También dijo una vez: «Vamos, salid de vuestros escondites», acariciando la pared con el cuchillo, mientras la música de fondo acompañaba los agónicos estertores finales de su hermana. Aunque puede que Mack se imaginara esos estertores, quién podía saberlo.

Ella no podía, y aunque hubiera podido, no lo diría.

Tampoco lo está diciendo en ese momento, allí sentada frente a la directora. La reunión era supuestamente obligatoria, un «requisito del refugio», aunque ya lleva allí varios meses y esa es la primera reunión.

—Vamos, Mackenzie. Ayúdame a ayudarte.

La mujer lleva la sonrisa pintada hábilmente, igual que los pómulos y las cejas. Su expresión no cambia en absoluto ante el silencio de Mack. Es impresionante. ¿Ensayará a oscuras en su dormitorio para aguantar así, levantando las comisuras de los labios una y otra vez, pero pendiente de que en sus ojos no se vea nada?

La directora une ambas manos, con las uñas pintadas de rojo oscuro.

—Voy a ser sincera contigo. Las cosas van a cambiar aquí. Creo que solo vamos a poder ayudar a aquellos que estén dispuestos a ayudarse a sí mismos. Estos refugios están estancados: no hay esperanza, ni progreso. ¿Y cómo podemos vivir en una sociedad sin progreso?

Su voz suena animada, pero sus ojos siguen impertérritos y no transmiten ni los sentimientos ni la sonrisa. Inexpresivos. Como si estuvieran escondidos detrás de algo. Mack siente una extraña afinidad por esa mujer, además de un recelo instintivo. Pero no está de acuerdo con ella. El objetivo de un refugio no es el progreso. Es proporcionar amparo.

—He estado mirando tu historial. —La mujer señala una anodina carpeta marrón que hay sobre la mesa. Mack sospecha que está vacía. Espera que lo esté—. Ha sido solo mala suerte que hayas acabado aquí, lo comprendo. No tenías una red social de seguridad para apoyarte. Unos cuantos meses sin trabajo, sin pagar el alquiler, y cuesta salir del hoyo. Necesitas seguir adelante con tu vida. Contribuir a la humanidad. Lo único que te hace falta es un poco de buena suerte para empezar.

—A los puntos de donación llegan más tampones que suerte. —Mack ha hablado con una voz baja y áspera por la falta de uso.

Entonces la fachada de la mujer cae un momento y se ve algo triunfante en el fondo de sus ojos. Mack no debería haber dicho nada. La mujer le enseña un sobre.

—Pues casualmente ha llegado un poco de suerte por correo. Si es buena o no, ya dependerá de ti. Ahora mismo es una oportunidad. Y creo que tú eres la persona perfecta.

Mack nunca en su vida ha sido perfecta para nada. «Perfecta» le suena como una palabra extranjera, forzada e incómoda. Pero tal vez sea un trabajo. O un poco de dinero para poder ponerse presentable y tener una oportunidad de verdad. Siempre y cuando no quieran entrometerse en su vida. Ni mirar con demasiado detenimiento. Si no lo hacen, ella podría lograr que funcionara.

Coge la hoja que la mujer ha deslizado sobre la mesa hacia ella. El papel es grueso. Parece caro. Mack se fija de repente en sus manos: las uñas mordidas, las palmas quemadas y brillantes, las cutículas deshechas. Si deja el papel en la mesa, ¿se quedará manchado? En ese momento de su vida le cuesta sentir vergüenza por nada, pero la idea hace que se retuerza por dentro.

Le preocupa tanto dejar una huella dactilar —una que de alguna forma jugará en su contra en una imaginaria entrevista de trabajo— que necesita varios segundos para procesar lo que está leyendo.

—¿Es una broma? —pregunta en un susurro.

La sonrisa de la mujer no se altera ni un ápice.

—Sé que suena como si lo fuera. Pero te aseguro que es verdad.

—¿Quién se lo ha dicho?

Por fin las mejillas de la mujer se relajan y sus cejas se unen.

—¿A qué te refieres? ¿Quién me ha dicho qué? ¿Qué es verdad?

«Lo mío. Quién le ha dicho lo mío», piensa Mack. Pero la mujer no puede estar fingiendo esa confusión. ¿O sí? Si puede pintarse la cara entera, ¿podría pintarse las emociones también? Mack suelta la carta. No ha dejado sus huellas. Pero las palabras le han dejado borrones en la mente.

—¿Por qué me ha dado esto? —Mack sabe lo perdida y asustada que suena, pero no puede evitarlo—. ¿Por qué yo?

La mujer ríe, una sola carcajada burlona.

—Sé que parece una tontería. Una competición del escondite organizada por The Olly Oxen Free. Es un juego de niños, por todos los santos. Pero existe la posibilidad de ganar cincuenta mil dólares, Mackenzie. Podrías utilizarlos para prosperar en el mundo. Eres joven. E inteligente. No eres una ladrona, ni una adicta. No deberías estar aquí.

Nadie debería estar aquí. Pero todas están.

La mujer se inclina hacia delante para mirarla fijamente.

—Lo ha montado todo una empresa deportiva, Ox Extreme Sports. Puedo hablarles bien de ti y conseguir que te inscriban. No hay garantías de que llegues a ganar, pero... Creo que tienes una oportunidad. Se trata de resistencia más que nada. Además, me pareces una persona a la que se le da bien esconderse.

Mack aparta la silla con un chirrido que las sobresalta a las dos. Pero Mack no puede seguir en esa habitación, no puede pensar, no mientras la está mirando. No mientras alguien la ve. La mujer no conoce la historia de Mack, y aun así lo sabe, no sabe cómo, pero lo sabe.

—Puedo pensarlo —dice Mack. No es una pregunta.

—Claro. Pero dame una respuesta mañana. Si no quieres la plaza, seguro que otra la querrá. Es mucho dinero Mackenzie. ¡Por un jueguecito de nada! —La mujer vuelve a soltar una carcajada—. Me inscribiría yo, pero no puedo pasar más de veinte minutos sin tener que ir a orinar. —Espera a que Mack también se ría.

Sigue esperando mientras Mack cruza la puerta, sin hacer ni un ruido al salir.

Todo en el refugio está diseñado para recordarles que nada es suyo. No hay taquillas. Ni estantes. Ni armarios. Ni dormitorios. En esas cuatro paredes sin nada de especial, con un techo tan alto que hay un pájaro anidando en las vigas, hay catres. Cada uno tiene las mismas sábanas blancas tiesas y las mismas mantas que pican. La zona que hay debajo de los catres tiene que estar vacía siempre. Y no pueden utilizar el mismo catre más de dos noches seguidas. Cualquier cosa que no hayan recogido a las nueve de la mañana se confisca y se tira, así que ni siquiera pueden dejar sus escasas posesiones en esos catres que no son suyos.

Cuando se llenan todos los catres, es como si Mack estuviera escondida. Es pequeñita. Y callada. Pero ahora se siente como si tuviera un foco dirigido hacia ella todo el tiempo. Todo el mundo se ha ido ya para empezar el día. Algunas van al trabajo que han podido encontrar. Otras se sientan fuera, en la acera, hasta que las dejan volver a entrar a las cuatro de la tarde. El resto, quién sabe. Mack no pregunta. Tampoco dice nada. Porque ella va a un sitio del que tampoco quiere que sepa nada ninguna de las demás.

Escondida tras un muro bajo, envuelta en el olor a polvo quemado, hay una vieja caldera que borbotea y se queja. Ella tiene unas brillantes quemaduras permanentes en las manos porque trepa por la caldera, se cuela entre esta y el muro y sube a lo más alto.

Al pájaro que hay en las vigas le ha puesto Bert. Está construyendo un nido con trocitos de basura, e incluso un poco de pelo. Pero ¿para qué lo está construyendo? ¿Cómo va a encontrar una pareja y poner huevos? ¿Por qué no vivir siempre solo, seguro y protegido, en la oscuridad polvorienta de ahí arriba? Mack se pasa el día tumbada bocabajo, tres vigas por encima de Bert, pasando el rato. Paciente y vacía, como el nido. Y cuando llegan las cuatro, baja sigilosamente y se une a la multitud cansada para buscar un camastro que nunca será suyo.

Podrá pensar allí arriba, en su sitio cerca del pájaro, segura y oculta. Pero tiene hasta mañana para decidir. Tal vez no se lo piense hasta entonces.

Se detiene a punto de dar un paso.

Ninguno de los catres tiene nada. Incluido el que ella utilizó anoche. Ese en el que había dejado su mochila, porque no le permitían llevar nada a la reunión obligatoria. Por razones de «seguridad».

La mochila ha desaparecido, lo cual significa que ahora solo tiene lo que lleva encima, así que no podrá lavar su ropa sin quedarse desnuda junto al lavabo. ¿Y en qué baño público le van a dejar hacer eso? Se fijarán en ella. La verán.

Sabe bien que no servirá de nada pedirles a las mujeres que trabajan en el refugio que le devuelvan su mochila. No lo harán, y además la considerarán problemática. Su tiempo allí ha terminado. No puede perder la poca seguridad que tiene. Ha visto cómo es y lo que cuesta.

Olly oxen free. Una corrupción progresiva de la frase en inglés *All ye outs come free* («Salid todos, sois libres»). Pero nada es gratis, nunca.

En el despacho, la sonrisa de la mujer rubia no se ha reducido ni un milímetro, como si estuviera esperando. Como si lo supiera.

—Está bien —susurra Mack—. Lo haré. —«Vamos, salid de vuestros escondites», canturrea la voz de él en su cabeza.

No piensa salir. Va a ganar.

Al fin y al cabo, su vida no depende de ello esta vez.

Catorce concursantes. Siete días. La lista ya es definitiva. Se han hecho los preparativos para llevar los suministros al parque: comida, gasolina para el generador, mantas, catres y todo lo que van a necesitar. Las provisiones están almacenadas fuera del parque. Hay inhibidores de señal para los móviles. Películas y libros para la interminable espera. Aparatos de limpieza de alta presión para el final inevitable.

Se han distribuido la lista y las fotos. Todo el mundo tiene que memorizarlas. Pero pocos lo hacen. Los concursantes están colgados en la pared del restaurante Ray's, todos ellos. Se supone que nadie debe apostar sobre cuál será el resultado —va totalmente en contra de las normas—, pero eso no evita que hagan rankings, predicciones y elijan un favorito. Los concursantes se pueden dividir en dos grupos.

Los aspirantes (esa es la mejor palabra para describirlos):

Una modelo de fitness en las redes sociales
Un grafitero
Una presentadora de un programa de bromas en YouTube

Un desarrollador de apps-barra-cuidador de casas

Una diseñadora de joyas-barra-paseadora de perros

Un monitor de *crossfit* muy entusiasta

Una actriz con varias alergias alimentarias

Y los que pueden ser descritos como estancados:

Un escritor con una grave alergia a la gente

Un chico que está perdido y fuera de lugar a partes iguales

Un empleado de lo más amable en una gasolinera de Pocatello, Idaho

Una veterana de guerra

Un vendedor de paneles solares

Una becaria eterna

Y Mack, que no es nadie, si las cosas le salen como ella quiere

Diecisiete horas en un autobús para después subir a otro, y al final a un tercero, y acabar en una minifurgoneta que por fin deja a Mack en el centro del medio de la nada. Muchas veces se pregunta qué lugar es más anónimo: una gran ciudad con demasiada gente para notar que nadie se fija en nadie, o el campo vacío, donde no vive nadie. Al bajar de la minifurgoneta entre una voluta de polvo, donde no hay nadie para recibirla, sospecha que lo primero. Ahora ve lo que parecen kilómetros en ambas direcciones de la carretera. Y eso significa que a ella también la ven.

Si no gana, ¿le darán un billete de autobús de vuelta? ¿O se quedará tirada aquí? Ni siquiera sabe dónde es «aquí», y no tiene muy claro ni en qué estado del país se encuentra. Es verde, salvaje, con árboles enormes e insectos que no dejan de zumbar. Parece llano, pero no ve más allá de la carretera o los árboles.

Se sienta a un lado de la carretera, abrazando la bolsa de deporte de Ox Extreme Sports que le han dado. En ella hay siete camisetas y cuatro pantalones. Todas las prendas son negras, de un tono como desgastado. Nuevas, pero ya desvaídas, por alguna razón. Le resultan familiares.

También hay un kit de aseo, lo que le parece un detalle muy caritativo. Además, incluía varias barritas de cereales y una botella de agua, pero todo eso desapareció en unas cuantas horas de las diecisiete que había necesitado para llegar hasta allí. Hay que matar el hambre. No tiene sentido ir estirando lo poco que tiene si se puede dar el lujo de llenarse el estómago una vez.

Tras una hora, su inquietud aumenta y la agobia aún más. Nadie ha venido. Los árboles se ciernen a su espalda. Las carreteras se pierden en el horizonte, vacías.

¿Ha empezado ya el juego? ¿Ya ha perdido?

Podría ser peor. Está a muchísimos kilómetros de lo que conoce, pero tiene ropa. Pasta de dientes, un cepillo, desodorante y un peine. Y una bolsa resistente. Técnicamente ha avanzado con respecto a donde estaba antes.

El quejido de la suspensión muy maltratada de un vehículo le llega mucho antes de que pare delante de ella otra furgoneta. Ya está resignada. O está ahí para recogerla —¡te encontramos!— o para llevarla al juego de verdad.

Del interior salen tres personas, y después continúa sin

más por la carretera infinita. Dos mujeres y un hombre. Un chico, en realidad, según le parece a Mack. No puede ser mucho más joven que ella y es mucho más alto, pero hay algo —la parte más juvenil del pelo, la cara redonda, la camisa blanca de manga larga abrochada hasta arriba metida en unos pantalones chinos azul marino, baratos y poco favorecedores— que sugiere que lo ha vestido otra persona.

Una de las mujeres va arreglada con una atención al detalle propia de una artista. Lleva tanto maquillaje y productos para el pelo que no se la reconocería sin ellos, y Mack se queda deslumbrada por la perfección visual. Casi cuesta mirarla. La otra mujer lleva una camiseta de tirantes ajustada negra y pantalones anchos de estilo militar. Cojea un poco cuando sale de la carretera para acercarse a Mack.

La mujer que cojea, y que lleva la cabeza rapada, haciendo que destaquen sus grandes ojos, examina a Mack sin la más mínima vergüenza. La mujer guapa ni mira a Mack. No deja de mirar su teléfono con el ceño fruncido y lo levanta un poco más, como si así pudiera lograr cobertura. Y el chico mira a todas partes menos a las mujeres que lo acompañan. Tiene la frente cubierta por una fina capa de sudor y manchas de humedad en las axilas. Parece a punto de echar a correr.

Hay alguien ahí que está más aterrorizado que Mack. Es reconfortante.

—Joder, me voy a morir, no hay cobertura —dice por fin la mujer guapa, todavía aferrada a su teléfono, como si fuera un talismán—. De todas formas, esta luz es mala. —Mira por primera vez a Mack, que se ha alejado un poco más de la carretera y está casi al lado de los árboles—. ¿Te han dicho algo a ti?

Mack niega con la cabeza. Cuando la furgoneta la recogió en la estación de autobuses el conductor solo preguntó: «¿Oxen Free?». De hecho, le había preguntado de qué iba la cosa, pero ella le dio una respuesta entre dientes y después fingió que se había dormido.

—Ava —dice la mujer con la cabeza rapada.

—¿Qué? —contesta la mujer guapa.

—Ava.

La mujer guapa levanta ambas manos.

—¿Qué?

La mujer de la cabeza rapada enarca una ceja porque se le está agotando la paciencia.

—No hemos hablado en la furgoneta, así que me estoy presentando. Yo me llamo Ava. Y tú te llamas...

Por fin la mujer guapa se relaja y suelta una carcajada divertida.

—Dios, perdona, es que me pongo insoportable cuando tengo hambre. Yo también me llamo Ava. Por eso no entendía nada.

—Que gane la mejor Ava, Ava Dos. —La sonrisa torcida de la Ava rapada le provoca unos hoyuelos tan profundos que te podrías hundir en ellos.

—Esa es la idea. —El tono de la Ava guapa suena más juguetón que malicioso. Se retira hacia los árboles mientras se hace varios selfis. La Ava rapada se gira hacia Mack, expectante.

—Mack. —Mack le dice su nombre formando una frase completa, esperando que lo acepte tal cual.

La Ava rapada se sienta en el suelo, estira una pierna sin dificultad y se ayuda con la mano para colocar la otra.

—Encantada de conocerte, Mack. Espero ganarte. No es nada personal.

Mack no responde. Es una competición. Está claro que todos quieren ganar.

La Ava rapada señala con la cabeza al chico, que ha cruzado la carretera y está de pie al otro lado, mirando muy decidido en la dirección opuesta a donde ellas se encuentran. Tiene los hombros hundidos y su postura no transmite expectación, sino derrota. Tan pronto.

—Él es LeGrand. Lo recogieron a la vez que a mí, antes que a Ava Dos. Cuando me quité la chaqueta, giró el cuello tan bruscamente para mirar a otra parte que por un momento creí que se lo iba a romper. El pobre les tiene terror a las mujeres. Puede que eso le dé ventaja. Estará tan desesperado por evitarnos que no saldrá de su escondite nunca.

—Creo que es gay. —La Ava guapa se sienta en el suelo al lado de la Ava rapada. La Ava guapa es esbelta y huesuda. La Ava rapada es más corpulenta y parece fuerte. Mack admira y envidia el perfil de sus hombros, la constitución de su cuerpo. Su apariencia atrae de una forma diferente a la de la Ava guapa, pero las dos llaman la atención.

Mack lleva el pelo tan corto que podría ser tanto un chico como una chica. Lleva una camiseta grande y pantalones anchos y las manos hundidas en los bolsillo para proyectar los hombros hacia delante y ocultar los pechos. Ava y Ava no ocultan nada.

Mack cree que las va a ganar a las dos.

—No es gay —comenta la Ava rapada, arrancando una brizna de hierba y acercándosela a la boca. Sopla, pero no se oye nada—. Si le dan miedo las mujeres, es porque tiene interés. —Se tumba hacia atrás y mira a Mack con los ojos entornados—. ¿Cuál es tu historia? —Hay algo divertido e inquisitivo a partes iguales en la forma en que enarca una sola ceja bien definida.

Ninguna de esas personas son amigas de Mack. Nadie es amigo de ella. Y nadie lo será. Puede mostrarse amable y cruzar los dedos para que una respuesta vaga entre dientes satisfaga a Ava, pero le parece que no va a ser así. De modo que se decanta por otra táctica.

—Que te den —responde Mack.

La Ava guapa frunce el ceño, ofendida por simpatía. La mirada de la Ava rapada cambia, pero no parece amenazada o enfadada.

—Vale. —Y se pone a mirar a la carretera.

Mack se retira a la sombra, pero a pesar de su rechazo, al poco las dos Avas se van con ella. El sol es implacable y parece como si zumbara, igual que los insectos que hay por allí. Después de un par de horas, para otra furgoneta donde están ellos. La Ava guapa sale corriendo para ver si se entera de algo, pero es la misma historia. Alquilada y solo está de paso para dejar gente. A lo largo del día otras tres furgonetas aparecen hasta que al final hay catorce personas esperando. Todas parecen tener más o menos la misma edad, veintitantos, unos pocos años arriba o abajo.

Mack ya se encuentra más cómoda. Entre tantas personas —varias de las cuales, además, están desesperadas por establecer su preponderancia y hacerse notar, hablando y riendo en un tono muy alto— nadie se fija en ella. Excepto la Ava rapada, que la mira con sumo descaro y le guiña un ojo cada vez que la pilla haciéndolo.

Cuando se va la última furgoneta, todos se quedan mirando la carretera, expectantes.

Cinco horas después el ambiente ha cambiado considerablemente. Todos están sudando. No hay ningún sitio donde sentarse, aparte del suelo. Ningún teléfono funciona. Nadie tiene comida ni agua —aunque un hombre musculoso y experto aumenta la cantidad de dinero que ofrece por comida cada hora—. Una de las mujeres, una morena que parece sacada de un anuncio de dentífrico por su sonrisa tan blanca y resplandeciente, llora. Varios juran que van a dejar unas críticas malísimas de la experiencia en internet. Un par de hombres sugieren seguir la carretera hasta encontrar la ciudad más cercana, pero el miedo a perderse la competición hace que no se muevan de allí. Todo el mundo está irascible y enfadado. Excepto LeGrand, que se mantiene a distancia, con pinta de estar totalmente perdido, la Ava rapada, que se está echando una siesta utilizando los brazos como almohada, y Mack, que sabe que todavía puede pasar dos días enteros antes de tener demasiada hambre para funcionar. Una leve sonrisa amenaza con aparecer en su cara.

Puede ganar.

Cuando empieza a extenderse el tono oscuro del atardecer, llega un autobús. Les ofrecen disculpas acompañadas de botellas de agua y bocadillos. Su anfitriona, una mujer que ya ha dejado atrás la mediana edad y que lleva un traje pantalón de un color fuerte y un pelo cuya existencia desafía la gravedad, está tan auténticamente emocionada de darles la bienvenida que cuesta echarle en cara el problema del horario. Ponía p. m. cuando debía de haber puesto a. m., e-mails que no llegaron, no había cobertura; una letanía de excusas que hacen que todo se suavice, con la ayuda de la hidratación y las calorías... Aunque varias de las mujeres nunca la perdonarán por la indignidad de haber tenido que orinar en el bosque.

Todo tendrá explicación, promete la mujer. Pero tienen un viaje largo por delante, así que a ver si pueden subir al autobús rápido, rápido, rápido, porque hay muchas cosas de que hablar, muchos preparativos y una semana muy emocionante por delante para todos.

Se beben el agua a grandes tragos, devoran la comida e intercambian bromas. Aprovechan bien los baños del autobús, agradecidos. Y cuando todos se sientan ya se ve cómo están organizados. LeGrand se sienta solo. La Ava guapa ya no ve a Mack, porque está centrada en los que están más a su nivel. La Ava rapada sigue a Mack hasta la mitad del autobús y se sienta a su lado sin preguntar. Es un problema. Mack quiere ser invisible, que la subestimen, que no la vean. La competición consiste en jugar al escondite, después de todo.

Llega la noche. El autobús arranca. Catorce cabezas agotadas por el calor y rehidratadas caen casi al unísono.

No se da ninguna instrucción. Todo el mundo ya está dormido.

Mientras duermen, un tour.

Las chapas militares de la Ava rapada se le salen de la camiseta. Un juego es el suyo. El otro no. Se le cae la cabeza hasta que acaba apoyada en el hombro de Mack. La cabeza de Mack descansa sobre la suave pelusilla de la de Ava. Es el contacto humano más cercano que han tenido cualquiera de las dos desde hace años. Pero ni se enteran porque ambas están dormidas.

La Ava guapa, aspirante a modelo de Instagram, ha encontrado al guapo Jaden, aspirante a propietario de un gimnasio de *crossfit*. Ella no tiene marcas que la patrocinen y él no tiene gimnasio, pero los dos son encantadores con todas sus esperanzas y promesas. La Ava guapa tiene la cabeza apoyada en la ventanilla. Ronca. Le daría mucha vergüenza saber que lo ha hecho en público, pero los únicos que están despiertos para oírlo son el conductor y la anfitriona. El conductor no aparta los ojos de la carretera, que mira con agresiva determinación. Lleva el volante como si fuera un escudo. La anfitriona pasea por el pasillo, tocando la frente de cada uno con un levísimo roce de los dedos, con si estuviera dándoles una bendición.

Pero la bendición no le llega a LeGrand, acurrucado en la parte de atrás, perdido y solo aunque está rodeado de gente. Ese no es su mundo y no sabe cómo existir en él. Nada tiene sentido, nada. Él está soñando que cava en busca de verduras, con los dedos doloridos, cava cada vez más profundo para no encontrar nada, sabiendo que debería encontrarlo, que debería buscarlo, porque lo único que puede hacer es cavar en la tierra en medio de la oscuridad. No está buscando verduras.

Está cavando una tumba y duele, le duele, y está aterrado porque sabe de quién es la tumba.

Ian tiene un cuaderno en el regazo. La pluma, el objeto más caro que posee, se ha caído al suelo. Y no se da cuenta hasta que ya han bajado del autobús y ya está perdida. ¿Cómo va a poder escribir sin ella? Tampoco es que haya logrado escribir nada con ella, pero está convencido de que la falta de su pluma es lo que lo está frenando. Ha ido allí en busca de inspiración. Y de dinero también. Un poco de dinero, un poco de seguridad y podrá escribir la gran novela americana.

Brandon parece amable incluso dormido. Hay algo sano y solícito en la forma en que duerme completamente erguido, como si estuviera listo para ir inmediatamente a ayudar si alguien lo necesitara. Pase lo que pase después, él ya se lo ha pasado en grande y estará contento con cualquier resultado. La verdad es que ni siquiera sabe qué haría con el dinero si ganara. Y no se puede imaginar ganando a otra persona. Le parece mezquino querer ganar, casi cruel. Porque que él gane significa que trece personas pierden. Esto es una aventura. Unas vacaciones. No se ha tomado un día libre desde que empezó a trabajar en la gasolinera a los catorce años. Pero su abuelita ya no lo está esperando. Ha estado un poco perdido desde que ella murió. Una aventura es justo lo que necesita.

El que se sienta a su lado está desplomado, con la cabeza caída durante horas. Todavía lleva pintura en las manos de cuando puso su firma en la última estación de autobuses. Está preparado para dejar huella en la competición. Espera poder crear algo que lo siga cuando vuelva al mundo. Va a ser el siguiente Banksy. No. Él va a ser el primer Atrius. (Su nombre real es Kyle, pero lo odia, y también todo lo que era y podía ser. Pero cometió el error de deletrear mal Atreus, así que, si alguien quiere buscarlo en Google, todas sus visitas se las va a llevar una compañía de seguros médicos. Un fallo a la hora de elegir marca en alguien tan decidido a existir al margen de las marcas).

Christian se ha dormido con una sonrisa en los labios, pero está secretamente desesperado. Ninguna de las personas que hay allí parece tener un buen contacto. Su idea de obtener potenciales oportunidades de trabajo de esta experiencia le parece tan poco factible como ganar una competición tan tonta. Tal vez conozca a alguien de Ox Extreme Sports. Todo el mundo necesita un buen vendedor. Si tiene que volver a llamar a las puertas y sonreír mientras ofrece paneles solares...

Sydney, la youtuber, y Logan, el desarrollador de apps, congeniaron en el bosque de la forma que a Christian le habría gustado hacerlo con alguien. Iban a crear una nueva app juntos basada en el programa de bromas en YouTube que Sydney estaba preparando. Una competición de bromas de ámbito nacional. Iba a ser algo enorme. Están exultantes incluso mientras duermen, seguros de que el futuro que imaginan será brillante. Cenas con Musk, eventos benéficos con Gates, sociedad con Frye Tecnologies y un montón de bromas terribles para llegar hasta allí.

Rebecca ha calculado exactamente cuánto le va a costar ir de A a C. Cree que C es lo bastante grande. El agente con el que se reunió le ha dicho que tiene potencial, pero que necesita estar más en el candelero para que a él le interese. No ha sido capaz de saber si quería decir interesarle profesional o sexualmente. C es la letra que la llevará a conseguir sus sueños, y cincuenta mil dólares es el número que la llevará a la letra que ella necesita. Duerme con su bolso lleno de autoinyectores de epinefrina abrazado contra su pecho, como si fuera una mantita que le diera seguridad.

Rosiee solo quiere vender una puta joya. Aunque sea solo una vez. Únicamente para demostrar que no es la fracasada que su madre siempre predijo que sería. Pero para trabajar en platería hace falta plata, y la plata vale dinero. Lleva cuatro años escondiéndose de su ex. Puede esconderse durante una semana sin problemas. Lleva la oreja tan llena de pendientes que hace ruido contra la ventanilla en la que tiene apoyada la cabeza. La mirada de la anfitriona se detiene un momento en la serpiente enroscada en la muñeca de Rosiee. Muy bonita. Tiene talento de verdad.

En la parte delantera del autobús está Isabella, la eterna becaria. Ha estado de becaria en tantos sitios que ya ni se acuerda de en cuántos. Ella también quiere conocer a los ejecutivos de Ox. Necesita un sueldo. Dios, necesita un seguro dental. Cincuenta mil dólares no cubrirían lo que debe en préstamos estudiantiles para la educación que la ha enterrado de por vida. El título universitario tan increíblemente caro que tiene todavía no le ha conseguido ni un trabajo que le produzca ingresos. Rechina los dientes mientras duerme.

El autobús avanza en medio de la oscura noche, llevando en su interior a catorce soñadores desesperados en su lucha contra el mundo.

Catorce pares de ojos adormilados se abren. Asumen que se han despertado porque el autobús ha parado.

Pero se equivocan. El autobús paró hace horas. Mientras dormían, media docena de personas habían subido al autobús, habían comprobado los nombres y las fotos y los habían tachado en una lista. La mujer con el traje pantalón de color fuerte volvió a recorrer el pasillo arriba y abajo, rozando con los dedos todas las frentes en esa especie de bendición antes de reunirse con los demás fuera del autobús. Ella insiste en mantener toda la pompa, la formalidad, y todos agachan la cabeza para guardar un minuto de silencio. Unos cuantos cambian el peso de un pie a otro, deseando irse de allí. Otros ponen los ojos en blanco. Unos cuantos cierran los ojos con ferviente agradecimiento. Cuando acaban, todos se van a terminar con la logística, a ocupar sus puestos o a encerrarse en sus casas hasta la siguiente reunión antes de que todo se acabe por fin.

Ya sin ninguna prueba del paso de sus visitantes, los pasajeros empiezan a desperezarse. Once de ellos sacan inmediatamente los teléfonos de los bolsillos y los bolsos.

—¿Sigue sin haber cobertura? —pregunta Isabella, que empieza a sentir pánico. ¿Y si tiene una oferta de trabajo? ¿Y si uno de los infinitos currículos que manda ha resultado seleccionado por su potencial? ¿Y si alguien quiere contactar con ella por LinkedIn? Nadie tiene más esperanzas de recibir un e-mail a través de esa ciénaga de desesperanza que Isabella.

—¿Qué compañía tienes? —Jaden rodea el asiento del autobús con el brazo para lucir mejor su bíceps. Antes hacía esas cosas deliberadamente, pero ahora se ha convertido en un reflejo. Ha entrenado su cuerpo y a sí mismo para la perfección.

—Verizon.

—Yo T-Mobile. Y nada tampoco.

—AT&T —dice la Ava guapa, con el ceño fruncido—. Y tampoco. Ni siquiera funciona la app de Ox Extreme Sports que teníamos que descargarnos. Y yo iba a hacer un directo de Instagram.

—¿Y el acuerdo de confidencialidad? —pregunta Isabella.

—Bueno, obviamente no iba a contar nada específico —contesta la Ava guapa aún con el ceño fruncido.

—Sí, era el acuerdo de confidencialidad más intenso que he visto en mi vida —añade Jaden. Casi todos los demás se ríen y asienten, aunque la verdad es que ni uno solo de ellos ha participado en algo lo bastante importante como para tener un acuerdo de confidencialidad. Pero ninguno de ellos está dispuesto a admitirlo.

—Pues yo tengo todas las rayas —dice Sydney. Y los demás reaccionan a su afirmación con miradas ansiosas (casi desesperadas)—. ¡Os he pillado! —Hace una mueca en cuanto la frase sale de su boca. Necesita una frase mejor para su programa de YouTube. Y ahora todos la odian mientras vuelven a dejarse caer en sus asientos. Incluso Logan se aparta de ella. Hasta ahí ha llegado su brillante sociedad para lo de la app. Con la luz de la mañana todo parece mucho menos probable.

—¿Nadie tiene cobertura? ¿En serio? —Rebecca recorre el pasillo, un poco inestable, abrazada al bolso con las jeringuillas de epinefrina. Todos tienen en la mano sus teléfonos inservibles. Rebecca se detiene delante de Mack y Ava. Ninguna de la dos ha sacado el móvil. Ava tiene los ojos muy abiertos y su cara de piel aceitunada se ha puesto pálida.

—¿Teléfonos?

Mack niega con la cabeza y Rebecca interpreta que Mack tampoco tiene cobertura, no que Mack no tiene teléfono.

—¿Y el tuyo? —le pregunta Rebecca a Ava—. ¿Tienes cobertura?

—Déjame en paz de una puta vez —murmura Ava sin levantar la vista. Hasta ahora se había mostrado muy tranquila y alegre. Ese cambio incomoda a Mack. Rebecca sigue su camino y despierta a LeGrand, que fingía estar dormido. Él tampoco tiene móvil. Los que le rodean se ponen nerviosísimos solo de pensarlo. Tienen espasmos en las manos que sujetan los teléfonos, y que ahora no son más que unas cámaras muy caras.

Ava se pasa las manos por la cabeza rapada. Mack se da cuenta de que Ava se ha convertido en solo «Ava», ya no es la Ava rapada. Es la Ava principal en la visión del mundo de Mack. Cuando se despertó Mack —antes que Ava—, ella tenía la cabeza en su hombro, completamente dormida. Las suaves cosquillas que le producía el pelo rapado de Ava le recordaron a un cachorrito. Para su asombro y leve consternación, sintió tristeza cuando Ava se despertó sobresaltada y se apartó de su hombro.

—¿Has dormido? —La pregunta de Ava está más cargada de intensidad de lo que debería.

Mack asiente. Puede dormir en cualquier parte. Estaba dormida cuando por fin terminó todo. No lo oyó. La policía llevaba allí varias horas cuando se despertó y salió de su escondite. El sueño siempre había sido su principal vía de escape, su mayor consuelo. Las pesadillas se quedaban solo para cuando estaba despierta.

—Yo no duermo en público. —Ava mira a su alrededor, nerviosa—. Ni en aviones, ni autobuses, ni en ningún sitio en el que no conozca a la gente que me rodea, en el que no me sienta segura. —Ayer fingió estar echándose una siesta y aprovechó ese rato para escuchar las conversaciones que se produjeron a su alrededor y evaluar a la competencia.

Mack se había sentido segura cuando se despertó con Ava apoyada en su hombro. ¿No era seguro eso?

—Ayer fue un día muy largo —dice Mack, en voz muy baja, casi un susurro.

—Yo he pasado cuatro días sin dormir mientras estaba viajando. —Ava tensa la mandíbula y después la destensa. Mira hacia la parte delantera del autobús y ve que el conductor y la anfitriona no están. Después busca su bolsa y mira por el suelo—. ¿Tienes la botella de agua de anoche?

Mack mira en su bolsa. La botella no está. Niega con la cabeza. Se le está contagiando un poco la inquietud de Ava.

—¡Eh! —grita Ava a la vez que se levanta—. ¿Os dormisteis todos anoche? ¿Alguien se quedó despierto? —Negativas con la cabeza—. ¿Alguien sabe dónde estamos?

—A eso puedo responderos yo. —La anfitriona sube al autobús con una sonrisa tan resplandeciente como el sol de la mañana.

Ava se vuelve a sentar, con el ceño fruncido.

—Catorce personas y ninguna se ha quedado despierta.

—¿No será porque te sentías segura? —susurra Mack. Nota frío en el hombro, en el lugar donde la cabeza de Ava ya no está.

—¿Tú te sientes segura?

Mack mira por la ventanilla. Sí que se había sentido así, durante esos pocos segundos que transcurrieron entre el sueño y el despertar. Y había sido la primera vez en mucho tiempo. Pero la sensación ha desaparecido, y su compañera no la comparte, lo cual lo hace todo aún más triste.

—¡Bienvenidos a la ciudad de Asterion! Es una maravilla tecnológica —dice su anfitriona con una risita—. Es una zona natural sin móviles. Por aquí, en todas partes hay un mineral —tiempo atrás incluso lo extraían de unas canteras— que interfiere hasta tal punto en la cobertura de los móviles que las compañías telefónicas han tenido que darse por vencidas. Me temo que durante toda la competición estaréis sin cobertura.

—¿Y el wifi? —pregunta Rebecca, la actriz que está actuando como líder *de facto*.

—Tenemos unos cuantos teléfonos de monedas, anticuados pero que funcionan. Podéis utilizarlos durante la mañana mientras hacemos los preparativos antes de ir a la zona de competición. Veinticinco centavos, aunque las conferencias a larga distancia son más caras, así que tal vez tengáis que hacer una pequeña colecta para llamar.

—Pero ¿quién lleva monedas en estos tiempos? —Rosiee es quien le pone voz a lo que están pensando todos mientras le da vueltas a una de sus pesadas pulseras de plata.

—¿Por qué nos habéis pedido que descarguemos una aplicación si no podemos usarla? —protesta la Ava guapa.

Logan parece despertar al oír mencionar la app. La app es de Frye Tecnologies, el gigante de Silicon Valley con el que él comparte apellido. Es en parte la razón por la que quiere dedicarse a diseñar apps. Ya siente como si tuviera contactos y estuviera destinado a compartir ese éxito.

Pero la mujer hace un gesto con la mano, restándole importancia.

—¡Oh! La app. Se me había olvidado. Es para después de la competición, así que no la borréis. Para recopilar información y comentarios, bla, bla, bla. No es mi departamento. Y siento mucho la falta de cobertura. Ya sé cómo sois los jóvenes con los teléfonos. Pero la verdad es que esa es una de las cosas que nos gustó de Asterion. Y no olvidéis los contratos de confidencialidad. Ox Extreme Sports se los toma muy en serio. Todavía están en las fases de desarrollo del torneo, así que necesitan controlar el flujo de información. Están pensando en venderlo como un reality show.

La mitad de los ocupantes del autobús se dispone a prestar más atención, como si fueran perros que acabaran de encontrar un rastro. La otra mitad se hunde en sus asientos, como esos mismos perros tras años de maltrato.

—Pero todavía no hay nada decidido. Tenemos todos los derechos reservados. Pero estoy segura de que tenéis hambre. El Star Diner está listo y esperándoos. Y mientras estamos allí, os contaré el plan de hoy.

Mack se hunde en su asiento. No tiene dinero.

—Yo te invito —dice Ava. Aparentemente sigue viendo más de ella de lo que Mack querría.

LeGrand carraspea. Su voz suena incongruentemente profunda para alguien con una cara de niño como la suya, y su forma de hablar deja claro que sabe lo profunda que tiene la voz y que se avergüenza de ello.

—Yo tenía entendido..., me dijeron que todas las comidas estaban incluidas.

—Oh, claro, querido. —A la anfitriona el pintalabios se le ha transferido a los dientes delanteros, y parece que tenga la sonrisa llena de sangre—. El desayuno corre por nuestra cuenta. Y todas las comidas durante la competición serán dentro del recinto. Ahora que ya estáis aquí, solo tenéis que preocuparos de que no os encuentren.

LeGrand se encoge, aliviado. Mack está contenta también. No quiere empezar con el estómago vacío y tampoco quiere deberle nada a nadie. Sobre todo, a Ava.

—¡Vamos, salid de vuestros escondites! —exclama uno de los hombres con fingida voz aguda.

A Mack le da un vuelco el estómago. Tal vez no pueda comer al final.

Un ordenador. Un diminuto apartamento en una ciudad

en decadencia. Nadie con quien hablar y nada que hacer durante el resto de su vida más que ir tirando. Eso es lo único que necesita. Puede hacer esto. Tiene que hacerlo.

Salen del autobús. Cuando lo hacen, su anfitriona les da una carpeta de papel brillante.

—¿Cómo te llamas? —le pregunta Rebecca, afianzando su papel de líder. Tiene esa cualidad, ese extra de carisma, que la hace destacar. Hace que todo el mundo se fije más e intente averiguar si realmente es más guapa de lo que parece. Actúa como si fuera guapa. Tal vez sea eso.

La Ava guapa se acerca a ella, después se aleja y al cabo de un momento se vuelve a acercar. Mira hacia atrás, y su mirada se encuentra con la de Mack. Pone los ojos en blanco como si las dos compartieran alguna observación sarcástica.

Mack no tiene ni idea de cuál puede ser.

Su anfitriona se ríe al oír la pregunta de Rebecca.

—¡Me llamo Linda! Me iba a presentar anoche, pero todos os dormisteis muy rápido y no quise despertaros.

Ava pronuncia una leve exclamación de duda. Mack se aparta deliberadamente de ella y se une al grupo. Ahí está LeGrand. Está mirando su carpeta con expresión alarmada. Mack abre la suya.

Documentos legales. Repasa por encima los términos y condiciones. Las limitaciones de responsabilidad. Una copia del acuerdo de confidencialidad. Permisos para que los graben. Y para el uso de su imagen. Acuerdos para hacer entrevistas, ruedas de prensa y promoción después del evento, si la empresa así lo decide.

Mack está dispuesta a firmar lo que haga falta. Y después

cogerá el dinero y saldrá corriendo. No hay forma de que no utilicen su historia para algo así. Pero con cincuenta mil dólares puede desaparecer. Se salta la docena aproximada de documentos legales para pasar al itinerario y al programa. El Star Diner está incluido en las actividades de la mañana y tiene instrucciones. Que también se encuentran en la carpeta. ¡Oh, Dios! Van a tener que quedarse allí sentados mientras Linda les lee todo el contenido de la carpeta en voz alta.

Una ráfaga fresca de aire acondicionado sale para envolverlos cuando cruzan la puerta del restaurante. Lejos de su gasolinera, pero nunca fuera de su zona de confort cuando se trata de ayudar a los demás, Brandon sujeta la puerta para que pasen todos, sonriendo y saludando con la cabeza a cada uno, aunque la mayoría ni se fija. Rosiee, la mujer que lleva tantas joyas, le sonríe. Y la sonrisa de él se hace más amplia y se vuelve tontorrona. Y sigue así cuando Mack pasa sin llamar la atención junto a él. Él frunce un poco el ceño e intenta evaluarla, pero LeGrand es el último de la fila y Brandon suelta la puerta, sellando el helador restaurante con su aire acondicionado y su permanente olor a beicon. Esa noche, cuando Mack se cambia de ropa, sigue notando el olor, que ha atravesado incluso el sujetador.

Mack elige una mesa en el centro y deja la bolsa bajo sus pies. Nadie más ha traído sus cosas, excepto la chica que es un anuncio de dentífrico con patas, y que sigue aferrada a su bolso como si le fuera la vida en ello. Pero seguramente nadie más tiene todo cuanto posee en el mundo en esa bolsa de deporte.

Un hombre con un estómago generoso y antebrazos aún más grandes, con todo el cuerpo, excepto la cabeza, cubierto de pelo negro, sale de la cocina limpiándose las manos en un delantal grasiento.

—Vaya, vaya, menudo grupito. ¿A que lo adivino? Queréis las opciones sin gluten. ¿Qué os parece la tostada de aguacate criado en libertad y de bienestar vegetal? Los aguacates se han cultivado en una comuna hippy y todas las noches les cantaban una nana para que se durmieran. Además, no les dejaban llevarse bien ni con el más mínimo trocito de gluten. —Y suelta una carcajada para celebrar su propio chiste.

Rebecca levanta la mano, muy educada.

—La verdad es que yo tengo alergias alimentarias...

El hombre agita una mano en el aire.

—Imaginarias. Cosas de tu generación, en serio. En mis tiempos, ¿sabes cuántos niños eran alérgicos a los cacahuetes? ¡Ninguno! Ahora todo el mundo es demasiado sensible. Intolerancia a esto, intolerancia a lo otro. ¡Echadle un par y aprended a comer como adultos! —Suelta toda esa retahíla con la cadencia propia de un discurso bien ensayado.

La sonrisa de Rebecca no cambia ni un ápice y tampoco ha bajado la mano.

—Yo me podría morir, literalmente, si como frutos secos o marisco, o cualquier cosa que haya estado en contacto con algo de eso.

—¡Pero estás aquí! ¡Y todavía no estás muerta!

—Gary... —interviene Linda con un tono cantarín—. Ya sabemos lo de las alergias de Rebecca. ¿No te acuerdas de que le hemos preparado un desayuno especial? Pregúntale a Ray.

Gary resopla a través de unos labios incongruentemente carnosos y rojos.

—Vale. Está bien. ¿Alguien más necesita tratamiento especial para su intestino? ¿Eh? Ya sé que es difícil abandonar el sótano de vuestra mamaíta y salir al mundo real.

—Gary...

Levanta ambas manos, sonriendo.

—Es broma, es broma. Esos jóvenes saben encajar una broma, ¿verdad?

—Para que conste, yo vivo en el garaje de mis padres, no en el sótano —replica Jaden.

Gary se ríe y le da una palmada en el hombro.

—Fíjate en este. ¿Habéis visto esos músculos? ¡Vaya! —Gary le aprieta el hombro a Jaden y asiente—. Ya sé por quién voy a apostar yo.

—¿Puedes apostar? —pregunta la Ava guapa.

—No —interviene Linda. Inspira hondo y vuelve a exhibir su sonrisa—. No, pero obviamente algunas personas de la ciudad se están interesando. Es lo más importante que ha ocurrido aquí en muchos años. Y ahora, ¿serías tan amable de tomar la comanda para que podamos ponernos manos a la obra?

Gary responde con un gruñido.

—Hemos construido una cadena internacional desde cero, un fenómeno global en cuanto a restaurantes, pero claro, sí, voy a tomar la comanda como si no fuera más que una camarera. —Gary mantiene el ceño fruncido, pero se pone a trabajar.

—¿Quién es Ray Callas? —pregunta Brandon, tras levantar la vista de un artículo de revista enmarcado que ha estado leyendo sobre un restaurante de una ciudad pequeña que conquistó el mundo. Otro hombre mayor se detiene justo al salir de la cocina.

—Yo —dice.

—Pues mi padre se apellidaba Callas. ¡Qué coincidencia! Tal vez seamos parientes. —Brandon sonríe, ansioso y sinceramente emocionado por la conexión, pero Ray niega con la cabeza.

—No. —Y sin hacer ningún comentario más, Ray ayuda a Gary a distribuir vasos de agua y unas cartas muy gastadas.

Mack pide tortitas, huevos, beicon, salchichas, tostadas, fruta y zumo de naranja. Gary enarca una ceja peluda.

—Sí que tienes hambre. —Se acerca un poco—. ¿Eres un chico o una chica? ¿Cómo voy a saberlo con esa pinta? —Y señala su corte de pelo neutro y la ropa grande.

—Tal vez las personas no quieran compartir con usted su género —dice Ava, sentándose en la silla que hay al lado de Mack.

—Oh, Dios me libre de las lesbianas con opiniones. ¿Se te ha ocurrido alguna vez que solo necesitas encontrar al hombre correcto? —La sonrisa de Gary es depredadora y agresiva—. ¿Sabes? En mis tiempos no decidíamos que no necesitábamos tener género, o el matrimonio o la procreación. Aceptábamos como nos hizo Dios sin darle la lata con nuestras opiniones a todos los que nos rodeaban. También teníamos trabajos y trabajábamos desde jóvenes y nos íbamos de casa de nuestros padres antes de los cuarenta.

—Qué historia más buena, hombre —contesta Ava—. Ahora cuénteme que tenía que caminar kilómetros y kilómetros cuesta arriba para llegar a la escuela, más de treinta kilómetros bajo la nieve, y que no fue a la universidad y por eso no tiene una deuda que asciende a seis cifras y que su primera casa le costó menos que un coche, y yo le contaré una historia sobre cómo su generación le dio por el culo a la mía.

En la sonrisa del hombre hay algo duro y frío, y su discurso abandona los tópicos manidos que ha leído en Facebook.

—Veo que eres una espabilada. Está claro. Deberías respetar a tus mayores. Soy un veterano de guerra.

—Yo también. —Ava se apoya en el respaldo de su silla y bosteza—. Tomaré lo mismo que ella para desayunar, solo que con batido de chocolate en vez de zumo de naranja.

Linda carraspea. Gary recoge las cartas y sigue con los demás. Linda se detiene junto a su mesa y apoya las manos suavemente en los hombros de las chicas.

—No le hagáis caso a Gary. No tiene mala intención. Todos nos alegramos mucho de que estéis aquí.

—Gary me recuerda a mi abuelo —dice Ava en cuanto Linda se va—. Y yo odiaba a mi abuelo.

Para sorpresa de Mack, la Ava guapa se sienta también en su mesa. Parece alterada, mira constantemente la mesa llena de gente donde está Rebecca. LeGrand está sentado solo en la barra, examinando la carpeta con el ceño fruncido. Se ha pasado todo el rato mirando la misma página. El chico alto y desgarbado se ofrece a ayudar a Ray, pero Ray lo rechaza con un gesto de la mano. El desgarbado también se sienta con ellas. Se sienta muy erguido, con una sonrisa ansiosa en la cara.

—¡Hola! Soy Brandon. ¿No estáis emocionados? —pregunta.

Ahora Mack también sabe su nombre: Brandon, Ava, la Ava guapa, LeGrand. Decide que ya son suficientes nombres. De todas maneras no le importa ninguno.

—¿Por el desayuno? —pregunta Ava.

Brandon se ríe.

—No. Bueno, sí que me apetece el desayuno. Trabajo en el turno de noche. ¡Hace años que no desayuno en un restaurante! Pero no. Por el juego. Será divertido, ¿verdad?

La Ava guapa sonríe con cautela. Está sentada en una postura perfecta y no deja de mirar alrededor. Examina las paredes y después los rincones donde las paredes se encuentran con el techo.

—¿Qué buscas? —pregunta Mack, incapaz de contenerse. Esa forma que tiene la Ava guapa de examinarlo todo la pone nerviosa, como si ella también tuviera que estar buscando algo.

—Cámaras. Seguro que están grabando esto también.

Mack hace una mueca y se une a Ava, pero no ve nada que parezca una cámara.

—Aún no hemos firmado todos los documentos de la carpeta —apunta Ava.

La Ava guapa se relaja y su postura se desmorona. Mira a Brandon con aire crítico. Las facciones de él son insulsamente agradables. No es guapo, pero tampoco feo. La cara delgada, los dientes torcidos y los ojos pequeños y amables. No hay nada amenazante en él. Así que decide responder a su pregunta, ya que nadie más lo ha hecho. Pero se muestra agradable, no coqueta. Él no es un buen aliado.

—Sí, creo que va a ser superdivertido.

Mack y Ava no dicen nada. Si Mack actuara como si estuviera emocionada sería como mentir. Pero se siente mal al ver las expectativas en la cara de Brandon, así que se limita a asentir brevemente.

—Pues yo creo que va a ser terrible —dice Ava, y baja la mano para recolocarse la pierna derecha.

Brandon se ríe como si fuera una broma y Ava lo deja. Cuando sirven el desayuno, Linda hace justo lo que creían, y pasa a leerles todo el contenido de la carpeta en voz alta. La única diferencia es que se salta los documentos legales del principio. Aunque, de todas formas, eso nadie se lo lee nunca.

En cuanto Linda se pone a leer el itinerario, LeGrand cierra su carpeta con un suspiro de alivio y se inclina hacia delante, escuchando con mucha atención. Mack no. Ella ya ha guardado toda la información relevante en su memoria. El resto son detalles.

Catorce concursantes.

Siete días.

Un tiempo de treinta minutos al principio del día (al amanecer) para esconderse.

El juego continúa hasta el anochecer.

Al anochecer todos salen de sus escondites y vuelven al campamento base para cenar y dormir.

—¿Habrá cabañas? ¿Cómo se van a repartir las habitaciones? —pregunta Isabella. Ella ha realquilado el apartamento a un amigo de un amigo y tiene dos compañeros de piso, así que seguro que esto tiene que estar un escalón por encima del armario modificado para que parezca un dormitorio donde vive. De hecho, tiene que cruzar un baño para llegar a su habitación, así que si uno de sus compañeros están en la ducha o en el baño, ella se queda encerrada fuera o dentro de su cuarto hasta que el otro acabe.

—¡Oh! —exclama Linda apretando los labios—. Es más bien un campamento. Hay baños y duchas, claro. Y un pabellón cubierto con catres y ropa de cama. Es mucho más fácil de transportar desde el recinto todos los días. Así tendréis más tiempo de descanso.

—¿Catres? —Isabella se equivoca. Esto no está un escalón por encima. ¿Y cómo va a conseguir estar presentable todo el tiempo? Necesita sacar un trabajo de todo esto—. ¿Vamos a dormir a la intemperie?

—Es parte del juego, me temo.

—¿Y qué vamos a comer durante el día? —pregunta Rebecca. Envidia a la gente que tiene que preocuparse por todo lo que come.

—Habrá suministros. Los podréis llevar al parque cuando entréis.

—¿El parque? —Ava se yergue en su asiento. Es el primer detalle que les dan sobre dónde van a tener que esconderse.

Linda se tapa la boca con la mano.

—¡Oh, vaya! ¡No os voy a decir nada de eso! Pero habrá comida para elegir todas las mañanas.

—¿Y cuando tengamos que ir al baño? —continúa Rebecca—. ¿Habrá descansos a lo largo del día?

Linda carraspea.

—Como ya he dicho, habrá suministros. Se os proporcionarán uno tarros con tapa.

—Es una mierda ser chica. —Jaden y Logan chocan los puños y ríen.

—¿De verdad que no podemos hacer descansos para ir al baño? —pregunta Rosiee, dándole vueltas a su pulsera de plata, nerviosa. Tiene un historial de infecciones de orina y no le apetece hacer nada que le pueda producir otra.

—Me temo que el juego estará en marcha desde el amanecer hasta el anochecer. Si os encuentran por la razón que sea —una emergencia médica, una urgencia para ir al baño, si os escapáis a por comida, lo que sea—, se acabó. Sin excepciones.

Mack intenta no sonreír al ver que la gran mayoría se revuelven incómodos y murmuran entre ellos. La rubia tan arreglada del refugio tenía razón. Mack lleva años prácticamente entrenándose para eso. Ella nunca ha tenido suerte —o es la mujer sin suerte con más suerte del mundo, depende de cómo se mire—, pero tal vez, solo tal vez, eso ha cambiado.

—¿Mackenzie Black? —El tío musculoso levanta la vista y examina la sala. Mack no responde. Tiene el plato casi vacío—. ¿Por qué me suena ese nombre?

Debería de haberse leído la carpeta hasta el final. Ahí hay una lista con todos sus nombres. Mierda. No necesita esa complicación.

La modelo del anuncio de dentífrico se levanta. Linda está fuera, haciendo los últimos preparativos con un par de hombres y un camión de suministros. Gary, por suerte, ha vuelto a la cocina.

—¡Deberíamos presentarnos! Yo no pude hablar con todos ayer, mientras esperábamos. Soy Rebecca Andrew. Soy actriz. Me gusta dar largos paseos por la playa y las competiciones ridículas. Aunque tengo que admitir que estoy un poco decepcionada de que no haya una mayor diversidad en el grupo que refleje la... —busca una palabra, pero termina repitiéndose—, bueno, la diversidad que hay en este bello país. —Es obvio que se siente decepcionada consigo misma por no ser más elocuente.

Ava y Rosiee, las únicas personas de la sala que no son blancas o pueden pasar por serlo, intercambian una mirada hastiada, pero ninguna la sostiene. Mack las comprende. Seguro que Rebecca no dejaría su puesto para que alguien más «diverso» tuviera su oportunidad.

Después se levanta un hombre que lleva un polo con el logotipo de una empresa bordado y pantalones chinos. Parecía llevar un portapapeles en la mano.

—Christian Berry. Vendedor de paneles solares, así que si tenéis una casa, os puedo hacer una oferta —anuncia, mirando esperanzado a la sala, pero nadie dice nada.

Las presentaciones siguen. Algunos intentan añadir un par de frases ingeniosas, como hizo la del anuncio de dentífrico. Otros se limitan a dar el nombre de pila y el apellido. El chico de los hombros caídos que lleva una sudadera con capucha y un gorro de lana a pesar del calor solo da un nombre.

—¿Atrius, como los de los seguros? —pregunta el que parecía llevar el portapapeles.

—No, como... —Suspira—. Sí. Me puse el nombre por los de los seguros de salud. Tiene intención social. No puedo permitirme un seguro, así que me he convertido en mi propio seguro.

Ava ríe. Y Atrius la mira agradecido.

Un tío de piel amarillenta y ojos hundidos —Mack se acuerda de que se pasó toda la tarde agachado sobre un cuaderno, aunque le pareció que no escribía nada— frunce el ceño y cruza los brazos.

—No sé qué sentido tiene esto. No somos amigos. Estamos aquí para ganar a los demás. No me importan los nombres de nadie, ni a qué os dedicáis, ni cuáles son vuestras esperanzas y vuestros sueños.

—Venga, Ian, no seas así. —Brandon sonríe—. Esto puede ser divertido, ¿no?

—Yo estoy con Ian. —Ava se encoge de hombros—. Os deseo lo mejor a todos, pero también espero que perdáis. Yo me llamo Ava, por cierto.

—«La otra» Ava —corrige la Ava guapa—. Yo me llamo Ava y...

El chico de los músculos se inclina hacia delante y cruza los brazos...

—Yo soy Jaden Harrell...

—¿Como ese capullo de Brent Harrell? —lo interrumpe Ava.

—¿Quién es ese? —Jaden frunce el ceño y sus bíceps se estremecen.

—¿El juez de la Corte Suprema? ¿El que agredía a mujeres cuando estaba en la universidad y ahora toma decisiones que afectan a todo el país?

Jaden se encoge de hombros, visiblemente molesto porque Ava lo ha interrumpido y también porque conoce a alguien que a él ni le suena. Se tensa, igual que un gallo que ahuecа las plumas para parecer más grande ante una amenaza.

—¿Y a mí qué coño me importa? Pero bueno, me llamo Jaden. ¿Y quién es Mackenzie Black?

—¿Mack? —La Ava guapa la mira—. Esa eres tú, ¿no?

Mack se ha terminado la comida. Así que se levanta y sale del restaurante. El calor la recibe como un viejo amigo y la envuelve con su abrazo. Linda la saluda con la mano, muy alegre, pero no se acerca. Está tachando cosas de una lista que tiene en una carpeta. A Mack, el peso de la bolsa de deporte colgando de su hombro le resulta tranquilizador .

La calle está flanqueada de árboles muy frondosos por el verano, cada uno con una forma que parece imitar el ideal de cómo serían los árboles de una ciudad pequeña. La calle está asfaltada con un negro perfecto y las aceras serpentean cual arroyo sorteando las islas que suponen los árboles. La fachada de todos los edificios está bien mantenida y limpia. Persianas relucientes, colores vivos, ventanas decorativas. Parece una película. Mack piensa que tal vez si se avanzara una calle más allá, no habría edificios tras las fachadas, solo vigas de madera para mantenerlas en pie, sofisticados conjuntos de luces y mesas de trabajo.

—Es una comunidad con mucha vida —le dice el conductor. Es un hombre de mediana edad, pero parece mayor y está apoyado en un árbol cercano, comiéndose un bocadillo como si se arrepintiera de ello—. Una buena ciudad. Segura. No hay delitos. Todo el mundo tiene trabajo. Muchos negocios que crean puestos de trabajo por todo el país. Por todo el mundo, incluso.

—¿Puedo subir al autobús? —pregunta Mack.

Él asiente. Sigue mirando el bocadillo, no a ella.

—Merece la pena luchar por lugares como este. Son especiales. Raros. Las tradiciones, ¿sabes?

No lo sabe. Se sube al autobús.

—Pero ¿en qué estado estamos? —pregunta Jaden al bajar del autobús.

Linda se da unos golpecitos en un lado de la nariz.

—Si no lo sabes, yo no te lo voy a decir. La ubicación tiene que ser secreta. Tal vez la volvamos a utilizar, y no podremos hacerlo si los futuros concursantes pueden buscarla en Google y obtener una ventaja antes de que comience el juego. Lo decía en el acuerdo de confidencialidad.

—Ya, sí. —Se despereza deliberadamente.

Mack no ha visto nunca a alguien que tenga tantas ganas de que lo miren. Ni la Ava guapa, ni la del anuncio de dentífrico pueden competir con él. Todo el mundo baja detrás de él. Los han llevado en el autobús durante un par de manzanas y han parado delante de un edificio elegante, aunque parece vagamente fuera de lugar. Contrastando con la sensación de lugar típico americano idealizado que tiene la calle principal, este edificio es de un blanco puro. Unas columnas griegas flanquean la entrada. Y un camino de gravilla con setos esculpidos y fuentes a ambos lados, aunque no hay nadie fuera para disfrutarlo. Igual que en la calle principal. Por lo que ha visto Mack hasta ahora, ellos son las únicas personas que hay en la ciudad. Aunque juraría que ha visto algunas caras curioseando por las ventanas y escaparates cuando pasaban por delante de varios negocios.

—¿Qué es este sitio? —pregunta el escritor, con el ceño fruncido.

—¡Un spa! —Linda levanta las dos manos y sonríe. Varias mujeres y algunos hombres aplauden encantados. Mack siente terror. Ava suspira con fastidio. LeGrand da un paso hacia el autobús.

—Yo os espero aquí —dice, pero la puerta del autobús está cerrada.

—¡Qué cosas dices! Es un regalo. La semana que viene va a ser difícil. Queremos mimaros un poco primero.

—¿Cuándo vamos a conocer a la gente de Ox Extreme Sports? —pregunta la becaria. (Mack se pregunta cómo tiene que ser alguien que se presenta diciendo «actualmente soy becaria, pero estoy preparada para afrontar mi siguiente reto» en un restaurante, rodeada de un grupo de gente que a todas luces está desempleada o tiene trabajos precarios). Lleva un blazer y pantalones de vestir de raya diplomática—. ¿Están dentro?

—No, querida. Vamos. Está todo preparado para vosotros y no queremos perder el tiempo.

—Entonces ¿por qué vamos a un spa? —murmura entre dientes Ava.

Mack tiene ganas de quedarse junto al autobús con Le-Grand. Pero Linda va hasta donde está LeGrand, lo coge del codo y lo dirige al interior. Al parecer esto, igual que la fatídica reunión en el refugio de Mack, es obligatorio.

El suelo es de mármol negro, tan pulido que se pueden mirar en su superficie. Las paredes y los muebles son de un blanco prístino; ese tipo de blanco que grita: «No me toques» a gente como Mack. El tipo de blanco que ronronea para decirle: «Tú me mereces» a gente como Rebecca.

Justo enfrente de la grandiosa puerta de entrada hay un retrato al óleo de tamaño mayor que el real en un marco dorado. Desde el cuadro los mira un hombre joven con un uniforme que probablemente sea de una de las guerras mundiales, aunque Mack no sabría identificar de cuál. Los bordes del retrato son oscuros, pero está rodeado de luz, que casi forma un halo a su alrededor. Hay determinación en su mirada, y el gesto de su barbilla al observarlos transmite nobleza. Con una mano sujeta un libro pequeño y oscuro sobre el corazón.

—¿Quién es? —pregunta Ava la guapa, parándose delante del cuadro.

Linda tiene la sonrisa en su lugar, como siempre, pero entorna los ojos con aire reflexivo al mirar el retrato.

—El fundador de la ciudad. O algo así. Es una tontería decir que alguien fundó una ciudad cuando sin duda se trata de un esfuerzo de grupo. Seguro que no lo hizo solo. Bien, ahora los chicos a la derecha, y las chicas, seguidme.

Los separan. Los hombres en un ala y las mujeres en la otra. Un baño ocupa el edificio de un extremo a otro. Unas ventanas altas dejan entrar una luz que parece cobrar vida entre el vapor ondulante. Las mujeres más guapas se muestran las más reticentes a la hora de desvestirse. Ava se desnuda sin vacilar. Su pierna derecha es como un cuadro de Jackson Pollock que representara el daño: abstracta y deformada por las cicatrices. Se mete en la piscina con un suspiro.

—Vale, he cambiado de opinión. Esto no es una pérdida de tiempo. —Sonríe y se sumerge. El agua cae en cascada de su cabeza cuando vuelve a salir a la superficie.

El resto la sigue, aunque lo hace tapándose con las toallas durante el mayor tiempo posible. La Ava guapa se queda bien envuelta en su toalla dentro del agua. Revisa todos los rincones en busca de cámaras. No las encuentra. Pero eso no la tranquiliza.

Rebecca nada dando brazadas tranquilas y elegantes.

La Ava guapa está decepcionada, y también se siente decepcionada consigo misma por estarlo. Es feminista. No quiere compararse con otras mujeres, ni siquiera mentalmente. Pero ya ve cómo irá la temporada si salen en la televisión. Rebecca será la líder. Y la Ava guapa será «la otra», «la buenorra», la prescindible. Tal vez podría iniciar un romance con alguno de los hombres. Eso la haría despegar, en cuanto a contenido. Brandon es el objetivo más fácil, pero no es lo bastante interesante. Jaden es una buena apuesta. Ella se está promocionando como modelo de fitness y él es instructor de *crossfit*. Es una buena combinación. Aunque preferiría pasar más tiempo con Mack —tiene algo que le resulta relajante—. O con el pedazo de pan de Brandon. Acabaría gustándole, si se lo permitiera. Pero mejor ir detrás de Jaden.

No sabe si acabará convirtiéndose en un programa. Nadie lo sabe. Las carpetas no aclaran nada en ese aspecto. Pero, por si hay alguna posibilidad, mejor tratarlo como si fuera a ocurrir. Se tiene que asegurar de acaparar el interés por el amor, no por ser la villana. O «la otra Ava».

Siente celos de lo emocionado que está Brandon porque ve lo que están viviendo como una aventura y no como una oportunidad. Ella está harta de intentar convertirlo todo en una oportunidad, de buscar explotar cada hobby, cada interés, cada talento, incluso su cara y su cuerpo en un intento desesperado por ganar suficiente dinero. La última vez que habló con su padre —¿hará un año ya, tal vez?—, la acusó de ser una vaga que no trabajaba, pero la verdad es que, como todos los de su edad saben, siempre está trabajando. Solo que no se gana la vida haciendo nada de lo que hace. Todavía.

Mack ha encontrado el rincón más alejado. Se sumerge, deja que se le moje el pelo y que se empape el resto de su ser al máximo, hasta que sus pulmones están a punto de explotar y ve lucecitas bailando ante sus ojos. Y aun entonces espera treinta segundos más antes de mover la cabeza para que la nariz y la boca le queden fuera del agua. El vapor es tan denso que, si no supieras que estaba ahí, nunca habrías reparado en su presencia.

Isabella se sienta en los escalones, con los brazos cruzados, impaciente. Si los organizadores no están ahí, a ella todo eso no le sirve para nada. La tensión que atenaza su estómago —y que no hay agua caliente ni incitante capaz de relajar— le dice que nada de todo eso le va a resultar de la menor utilidad. Es la primera en levantarse porque necesita salir de todo aquel vapor, del calor y de la presión que no cesa. Una asistente corre hacia ella con un suave albornoz blanco y la acompaña a la siguiente sala.

Rosiee se queda en un lado de la piscina, con la barbilla apoyada en los brazos y las piernas flotando. Juguetea con el montón de plata que se ha tenido que quitar. No le importa quitarse la ropa, pero se siente desnuda sin sus joyas. Se ve representada a sí misma en todas las piezas que lleva. Ese anillo, de cuando le dijo a su madre que se fuera al infierno y decidió no volver a hablar con ella. La pulsera ancha que había hecho con sus últimas reservas de plata la noche antes de fugarse con Mitch. Su delicada gargantilla con el corazón de punta afilada dedicado a la memoria de su listísima abuela, la única persona que creyó en ella. ¿Quién es ella sin ese apoyo colgando del cuello?

¿Quién será cuando termine la competición y tenga que volver a enfrentarse a la realidad? Se hunde un poco más en el agua y entorna los ojos hasta que no ve más que la luz reflejándose en la plata. Una pieza nueva empieza a tomar forma en su mente. Una con forma de triunfo. Y de fuerza.

Sydney tiene ganas de hablar, pero todo el mundo está felizmente desconectado. Debería pensar en hacer la mayor de todas las bromas. ¿Todos esos extraños, desnudos juntos? Pero el agua está demasiado caliente, el vapor la aturde y, aunque se le ocurriera una broma buenísima, Linda había recogido todos sus teléfonos en la puerta.

Las bromas son una estupidez. Y ella lo sabe.

Va a cumplir veintisiete años la próxima semana y se ha estado obsesionando con dónde se encuentra el umbral a partir del cual ya no puedes decir que tienes veintitantos, sino que ya has pasado a los veintimuchos y no tienes nada que merezca la pena reivindicar. Se pasa todo su tiempo libre viendo a adolescentes en las redes sociales para imitar sus movimientos, sus gestos, su forma de hablar. A veces le da miedo que el FBI compruebe su historial de internet y se pregunte por qué tiene tanto interés en las chicas menores de edad. Ahora que está en una sala con mujeres de su edad no tiene ni idea de cómo hablar con ellas, ni de cómo mantener una conversación de verdad sin guion de por medio.

Dios, cuánto se odia a sí misma. Ahí hay demasiado silencio. No puede soportarlo ni un segundo más. Se levanta y sonríe.

—¡Qué diver! —dice con voz cantarina antes de que la asistente la acompañe a la siguiente sala.

LeGrand se niega a quitarse la ropa o a estar en la misma sala que todos los demás. Se queda sentado en el vestíbulo y espera. Debajo del retrato hay un sofá blanco, que obviamente jamás ha sido tocado por ningún niño y eso le hace echar tanto de menos a Almera que llega a sentir un dolor físico. El mundo es enorme, aterrador y confuso, y no entiende muy bien cómo ha llegado hasta ahí. Quiere irse a casa, subir a Almera en la carretilla y a empujar lo más rápido que pueda, hasta que la niña chille de placer entre risas.

El resto de los hombres están en la sauna. Es horrible, pero todos fingen que les encanta. Excepto Brandon. A Brandon le encanta de verdad. Se apoya en la pared, respira profundamente y deja que se le relaje el cuerpo. ¡Está en una sauna! La semana pasada estaba limpiando el baño de la gasolinera a las tres de la madrugada, después de que alguien se indispusiera —por arriba y por abajo—. Y hoy está en un spa a todo tren.

—¿No es genial? —pregunta.

Atrius lleva las uñas negras, pintadas para ocultar la pintura en espray que siempre tiene debajo. Se dedica a quitarse distraídamente el esmalte que se le está descascarillando. Eso es muy aburrido.

Jaden y Logan hablan de deportes. Es un alivio tener algo en común. Nadie habla del juego que tienen por delante.

Christian, igual que Isabella, todavía tiene esperanzas de conocer a los organizadores. Linda ha dejado caer algunas pistas —como que esa competición se va a realizar todos los años— y él quiere que lo incluyan. Ya se imagina viviendo en esa bonita ciudad. Casándose con alguien. Rosiee se le pasa brevemente por la cabeza en una fantasía de barbacoas en el patio y niños anónimamente adorables correteando a su alrededor. Alguien le dijo una vez que los niños mestizos son los más guapos, y nunca ha dejado de pensar en ello. No está seguro de si eso lo convierte en racista. Pero seguro que sería un buen padre y marido. Se ocuparía del trabajo de Linda. Y nunca más tendría que ir vendiendo puerta por puerta. Podría quemar su portapapeles en esa hipotética barbacoa, con toda la pompa.

Ian es el que huye primero. Sale corriendo afuera y boquea para respirar el aire fresco, agradecido. Se dice que todo eso es una experiencia. Un estudio. Podrá utilizarlo todo en su obra. La cabeza le da vueltas mientras una mujer mayor lo lleva a la siguiente sala.

Allí hay duchas frías. Y calientes. Platos rebosantes de comida. Exfoliantes con sales. Masajes. LeGrand sigue en el sofá. Mack se queda en la piscina hasta que todo el mundo se ha ido. Cuando camina hacia las duchas cruzando la nube de perfume que ha dejado Rebecca a su paso, se le ocurre una idea.

Se lava, pero sin utilizar ningún producto. Rechaza el masaje —después de pasar tantos años sin que nadie la toque, le preocupa que le dé un ataque o que se eche a llorar— y los aceites esenciales que lo acompañan. Y sonríe para sus adentros mientras se queda sentada sola, aparte, envuelta en el albornoz. Va a ser invisible en todos los aspectos posibles.

Al final doce de los concursantes se dan el masaje. Les han puesto un antifaz con perlitas de gel, así que no ven que la mujer mayor que les está dando el masaje llora sin hacer ruido todo el tiempo. Desearía que los otros dos le hubieran permitido prestarles ese servicio. Es lo único que puede ofrecerles, un regalo final lleno de gratitud por lo que van a hacer.

—¡Maaadre mía! —exclama la chica de las bromas, resumiendo perfectamente cómo se sienten todos cuando el autobús se para delante de unas enormes puertas de hierro forjado. Los últimos rayos del sol se cuelan casi horizontales entre los árboles y tiñen toda la escena de una intensidad vegetal.

Sobre las puertas hay una cartel descolorido y desportillado en el que puede leerse BIENVENIDOS AL PARQUE DE LAS MARAVILLAS. Unos círculos oxidados que alguna vez sostuvieron bombillas, bajo los cuales se han formado unos chorretones de herrumbre de un rojo oscuro que caen como si fueran lágrimas, rodean cada una de las palabras. Pero el viejo cartel no pega en absoluto con la puerta. El cartel es una chabacanada propia de un parque de atracciones que se ha quedado allí para irse pudriendo, pero la puerta, aunque parece antigua, está bien mantenida. Con el hierro forjado forma símbolos que componen un patrón. Mack casi puede distinguirlos... casi, pero no. Sus ojos se apartan de la puerta, incapaz de centrarse en lo que hay. Es como si quisieran mirar a otra parte.

Pero está cansada.

Todos los demás están pegados a las ventanillas, intentando ver más allá del denso muro de vegetación que los rodea. Casi perdida entre la vegetación distinguen una valla de tres metros de alto de alambre de acero, coronada con alambre de espino. Es como si gritara: «No pasar». Pero eso no agobia a Mack; por el contrario, suelta un suspiro de alivio. El juego no va a ser en un interior. Sin duda habrá edificios, pero no va a tener que esconderse «dentro». Su miedo —no su mayor miedo, porque después de lo que le pasó a su familia eso no existe para ella— era que todo se desarrollara en una casa. Pero esto... Esto es diferente. Esto está bien. Puede con ello.

Tiene que poder.

Linda le está dando la espalda al parque y no mira por las ventanillas.

—Vamos a ir directamente al campamento base. No olvidéis que el campamento solo lo utilizaremos entre el atardecer y el amanecer. No hay espacios seguros, ni momentos de descanso. Si el sol está en el cielo, el juego continúa.

—¿Podemos entrar en el parque esta noche? ¿A explorar? —pregunta Ava.

—Recordad el exhaustivo descargo de responsabilidad que habéis firmado todos. El parque está abandonado y lleva décadas así. Algunas de las estructuras no son seguras. Hay agujeros en los caminos, asfalto irregular. Muchos sitios donde podéis tropezar y caeros si no hay luz suficiente. No se puede decir que sea un lugar apto para discapacitados. —Su sonrisa es enfermizamente dulce.

Ava se pone tensa. Mack se revuelve incómoda ante esa falsa preocupación. Sospecha que Ava es la persona con mayor capacidad física de todas las que hay allí, pero prefiere guardarse esa observación.

Linda junta las manos con energía.

—Además, nadie puede tener ventaja. Todos empezaréis al mismo tiempo. Os vigilaréis entre vosotros para aseguraros de que nadie se escapa por la noche. —Les guiña un ojo—. ¡Menuda aventura os espera!

—¡A por ella! —exclama Jaden.

Las manos del conductor del autobús agarran con fuerza el volante.

—Todavía no se ha ocultado el sol.

—Ya, hombre, pero es...

—No voy a abrir las puertas hasta que haya oscurecido.

—Vale —contesta Brandon, intentando relajar la extraña tensión que se nota tras la contundente respuesta del conductor—. ¿Qué nos puedes contar del parque?

Mack se acomoda en el asiento y desconecta del alegre resumen que está haciendo Linda sobre un parque de atracciones que funcionó durante un par de décadas a mediados del siglo pasado. Linda no les va a dar ningún detalle útil.

Eso ya lo ha dejado bien claro. Y los quieren mantener fuera del parque mientras puedan ver algo que les dé cualquier tipo de ventaja.

Ava se sienta al lado de Mack. Señala al otro lado de la ventanilla.

—Eso es una persona, ¿verdad?

Lo que Mack había tomado por una piedra, en realidad es una estatua. Se distingue algo que parece la cabeza, y la forma de un cuerpo humano desnudo. Y en la base, una mano blanca perfecta y desmembrada, que señala el camino por el que han venido. Mack asiente sin dejar de mirarla.

—No da escalofríos ni nada. —Ava se acomoda en el asiento—. Una semana en un viejo parque temático que se cae a pedazos y seguramente es peligroso. Pero no puedo decir que sean las peores vacaciones que he tenido.

—Yo tampoco —contesta Mack en un susurro.

—¿Has visto a la otra Ava acercándose mucho a Jaden? ¿Crees que la gente está buscando formar alianzas?

Una mirada revela que la Ava guapa está sentada más cerca de lo necesario del señor Musculitos. Mack se encoge de hombros.

—Solo va a ganar uno. ¿Para qué puede servir una alianza?

Ava asiente, pensativa.

—Cierto. Así que si necesito ayuda ahí dentro...

Mack se encoge de hombros otra vez.

—Lo comprendo. Pero... —Ava se coloca una mano sobre el corazón y la expresión de su cara cambia, exhibiendo una sinceridad exagerada—. Si necesitas ayuda, Mack, te prometo que lo voy a sentir mucho por ti cuando pierdas.

Mack ríe entre dientes. Ava, satisfecha, contempla con los ojos entornados cómo acaba de ponerse el sol, y el conductor sale por fin para abrir las puertas. Las bisagras chirrían; es lo único que se oye en medio de la noche de verano. Aunque el resto del parque parece afectado por los elementos, la valla se conserva en buen estado, aunque tampoco está en consonancia con la puerta, que es claramente más vieja.

—Quieres ir por tu cuenta en el juego, me parece bien —susurra Ava—. Aunque, oye, sé que parezco una paranoica, pero sigo pensando que nos han drogado. Y si esa mierda vuelve a pasar, yo te cubro. ¿Me cubres tú a mí?

Mack asiente. Es una promesa fácil. No espera tener que romperla.

El conductor vuelve a entrar e introduce lentamente el autobús en el parque. La carretera está agrietada y tiene baches. Varias veces tiene que maniobrar para esquivar escombros que cuesta mucho distinguir en la oscuridad que crece rápidamente. Parece que esta carretera no era parte del diseño original del parque: han demolido varios muros del camino y todavía se ven pilas de piedras en el lugar donde han ensanchado la carretera. El conductor gira en distintos puntos, que parecen elegidos al azar. Entre la velocidad dolorosamente lenta y la carretera llena de curvas es difícil saber qué distancia han recorrido cuando llegan por fin.

—Esta es vuestra parada —anuncia Linda—. Yo me voy a quedar con vosotros hasta la hora de inicio, por la mañana. Y no volveré hasta la puesta de sol.

—¿Quién nos sacará? —pregunta la becaria.

Linda se ríe.

—¡Yo no, eso seguro! ¿Te imaginas a una mujer de mi edad trepando por ahí con mis zapatos de tacón ? Es parte del juego. Ya lo descubriréis.

—Yo no —dice el hombre que está sentado al lado de la chica de las bromas, poniéndose de pie—. Y no tengo ninguna intención de averiguarlo.

El escritor pone los ojos en blanco.

—Como me alegro por ti...

—Seguro que ese tío no pasa de los dos primeros días —comenta Ava. Su comentario queda ahogado por el ruido que hacen todos al recoger sus cosas y bajar del autobús.

—¿Cuál? —pregunta Mack, como si supiera cómo se llaman ambos.

—Los dos. Todos, la verdad. Ninguno de los tíos tienen muchas posibilidades.

—¿Ni LeGrand?

Ava se gira para examinarlo, porque sigue en el fondo del autobús.

—¿LeGrand? ¿En serio? Me lo imagino en medio del camino, con cara de estar perdido.

Mack se cuelga la bolsa del hombro.

—Parece que sabe cómo esconderse.

—Solo alguien similar lo reconocería, ¿eh? —La sonrisa de Ava es irónica—. Tú, para mí, eres la sorpresa del concurso. Incluso cuando te tengo al lado, me da la sensación de que no estás ahí de verdad.

—¡Vamos, salid de vuestros escondites! —grita Jaden desde el exterior del autobús.

Mack se encoge visiblemente, acercando el hombro a la

oreja. El sonido de pasos. El ruido de un cuchillo arañando la madera. Los estertores de su hermana, húmedos y burbujeantes. Mack no debería de haberle dicho a Ava que la cubriría si pasaba lo peor. Porque ya sabe que no lo hará.

Incluso aunque no tenga cuatro paredes y un techo, el campamento está un escalón por encima del refugio. Los catres están impolutos, las mantas son suaves y hay una mesa llena de comida y agua, lo que significa que Mack puede tomar lo que quiera cuando quiera —y llevárselo consigo también—. Pero, a juzgar por las quejas y la incredulidad que manifiestan muchos de sus compañeros, las circunstancias no tienen nada que ver con lo que se esperaban después de haber pasado por el spa.

—Genial. —Brandon deja caer su bolsa en el catre que hay al lado del de Mack—. Nunca he ido de acampada. Solo de pesca. Cuando mi padre venía a vernos, me llevaba a Snake River. Y volvía a casa con toda una constelación de picaduras de mosquito, pero me encantaba.

Mack no sabe qué se supone que tiene que contestar a eso. Así que no dice nada.

Pero a Brandon no parece importarle.

—¿Te parece bien que duerma en esta cama al lado de la tuya? —pregunta.

Mack asiente. Él se tumba bocarriba con las manos detrás de la cabeza, mirando el techo de la pérgola metálica que tienen encima de sus cabezas. Brandon no es perjudicial. No le importa su presencia, pero no volverá a pensar en él ni una sola vez cuando lo eliminen.

Linda hace un gesto que abarca toda la pérgola que los rodea. Es la única parte interior del parque que parece casi nueva. Un suelo de cemento bajo el techo de chapas metálicas y una estructura con baños y duchas. Unas farolas con focos crean un círculo naranja a su alrededor que diluye el color de todos ellos sin llegar más allá del límite del cemento. Al lado de la mesa con la comida hay una mininevera y unas cuantas máquinas que Mack no es capaz de adivinar para qué son.

—Esta es vuestra base durante los próximos siete días —explica Linda—. No hay lluvia en el pronóstico del tiempo y la temperatura por la noche debería ser agradable.

—¿No podemos dormir fuera del recinto y que nos traigan en el autobús? —pregunta la chica de las bromas. Mack se pregunta si debería considerarla la «mujer» de las bromas, pero... no parece tener nada que justifique una designación de adulta.

—No, los organizadores consideran que altera el ambiente. El juego pretende ser totalmente inmersivo.

—¿Y dónde se supone que vamos a cargar los teléfonos? —El chico que está con la chica de las bromas enseña el suyo, que tiene en la mano; parece un simple ladrillo de color negro.

—Logan... —repite Brandon en voz baja solo para sí mismo, como recordatorio. Al menos alguien está intentando aprenderse los nombres.

Linda niega con la cabeza. Le da unas palmaditas a una aparatosa máquina roja y negra que le llega hasta las rodillas.

—El generador es para las luces y la nevera. No hay adaptadores que permitan que enchuféis el móvil.

—¿Y no podemos hacer fotos? ¿Ni vídeos? —La chica de las bromas estrecha su teléfono inútil contra el pecho.

—Nos reservamos todos los derechos sobre las imágenes y los vídeos de la competición. Aunque pudierais utilizar los teléfonos, supondría un incumplimiento de contrato guardar o distribuir cualquier imagen.

Y con eso parecen terminar todas las dudas oficiales. Se producen animadas conversaciones, en voz alta o en susurros, dependiendo de los interlocutores, que van surgiendo y perdiendo fuelle en medio de la cálida noche a medida que todos van escogiendo cama. LeGrand arrastra la suya lo más lejos que puede de la mujer más cercana y después se hace un ovillo encima, con toda la ropa puesta, dándole la espalda al grupo.

Ava mira las botellas de agua, indecisa. Mack se acerca, coge una y se la bebe de un trago. Después abre otra y también se la bebe. Se ha estado deshidratando deliberadamente durante esos días, así que necesita beber todo lo que pueda esta noche. Tendrá que levantarse para ir al baño, pero es una contraprestación aceptable.

Ava la observa, desconcertada. Mack coge unas cuantas barritas de proteínas y después un buen montón de todo cuanto pilla. También quiere comer todo lo que pueda esta noche y mantenerse con poca cosa mañana. Está acostumbrada a no comer nada entre el desayuno y la cena.

—¡Oye! —exclama la chica de las bromas cuando ve toda la comida que Mack se lleva a su cama.

—Repondremos los suministros todos los días —asegura Linda—. No hace falta que planifiquéis nada más allá de mañana.

Mack mete barritas de proteínas para cuatro días en su bolsa. Y meterá suficientes para otros cuatro días mañana, e igual el día después, y el de después y el de después hasta que la eliminen o gane. Vuelve a la mesa. Hay algunas cosas sueltas. Crema solar —la abre, la huele y la deja porque tiene aroma—. El repelente de insectos lo rechaza por la misma razón. Hay varios tarros de cristal herméticos vacíos. Coge dos y unas cuantas toallitas y un paquete de pañuelos de papel.

Ava abre mucho los ojos en cuanto lo comprende.

—Ya entiendo. —Y empieza a copiar a Mack.

Mack desearía poder hacer sus preparativos en privado, pero no va a haber ninguna privacidad hasta que el juego comience.

—¿Y si nos viene la regla? —comenta Ava.

Linda hace una mueca, mirando a los hombres como si esa idea le diera vergüenza.

—Pues sería muy... desafortunado. —La forma en que lo dice suena demasiado seria. En sus ojos hay tristeza. Mack se pregunta si Linda —seguro que menopáusica desde hace décadas, a su edad— ya se ha olvidado de cómo es la regla. Es una mierda, pero pasa. Linda carraspea—. Hay todo lo necesario en los baños.

—A mí todavía me faltan dos semanas para que me venga —dice Jaden con fingida voz aguda.

Ava le da una palmadita en el hombro. Aunque más bien son collejas.

—Tío, he expulsado coágulos de sangre con más resistencia que tú.

Mack se ríe. Oh, ojalá Ava quede eliminada pronto. Le cae demasiado bien.

Jaden, con la cara colorada, proyecta instintivamente hacia fuera su pecho perfectamente esculpido. Pero lo hace para la audiencia equivocada. Mack vuelve a centrarse en la mesa a fin de terminar su ronda de aprovisionamiento. Ava coge unas cuantas botellas de agua a regañadientes y sigue a Mack hasta su cama. Pero Brandon ya se ha instalado en la cama contigua. Mack se alegra de que Ava tenga que seguir su camino y encontrar otro sitio donde dormir. Será todo más fácil cuando no esté Ava. Termina de comer y se acurruca bajo la manta.

—¿Y quién va a permanecer despierto para asegurarse de que nadie se escabulle? —pregunta la becaria.

—Yo vigilaré esta noche —asegura Linda, acariciándole el pelo, en un gesto muy maternal. Tal vez han hecho buenas migas gracias a su amor compartido por vestir trajes pantalón—. Esta es la única noche que voy a pasar con vosotros, pero hoy podéis dormir tranquilos sabiendo que yo estoy vigilando.

A Mack le da igual. Cierra los ojos. Tiene que estar lista y solo puede prepararse para ello físicamente. Mañana estará sola, escondida, acompañada únicamente por sus pensamientos. Y nada de lo que pueda hacer ahora va a prepararla para eso.

PRIMER DÍA

Mack vuelve a comprobar el contenido de su bolsa. Va a dejar la mitad de la ropa en la cama —aunque no le guste nada tener que hacerlo—, pero necesita el espacio para sus provisiones.

Jaden y otro tío están haciendo estiramientos. La Ava guapa se une a ellos. Después la mitad del campamento también se pone a ello, como si estuvieran en la línea de salida de una carrera.

Es una teoría decente. Cualquiera que salga a buscarlos empezará cerca del campamento y se irá alejando desde ahí. Pero es una estrategia tan obvia, que Mack sospecha que cerca del campamento se estará tan seguro como en cualquier otra parte. Ahora que ve mejor los alrededores, todo le parece absurdo. ¿Cómo se puede encontrar a nadie en ese caos? Hay árboles muy altos, los caminos que hay alrededor están cubiertos e invadidos por la maleza que se ha convertido en una jungla. Todos los senderos están flanqueados por unos setos infranqueables o por muros lo bastante altos para bloquear cualquier mirada. Todavía está oscuro, pero, aunque no lo estuviera, no podría ver tres metros más allá del claro donde se encuentra el campamento. Por la ruta que habían seguido al entrar, Mack asumió que el resto del parque estaba igual.

—¿Vas a salir corriendo? —pregunta Brandon, con la cara enrojecida por la emoción.

Mack niega con la cabeza.

—Vale. Yo creo que sí. ¡Buena suerte! —Le tiende una mano con una sonrisa cándida. Tal vez sí que lo eche un poco de menos. Le coge la mano y se la estrecha.

—Buena suerte para ti también. —De verdad que se la desea. Solo que se desea una mejor para ella.

Linda está sentada en un quad. Queda absurdamente incongruente con su traje pantalón de un color llamativo. Tiene los ojos llenos de lágrimas cuando mira al grupo. Después frunce el ceño, como si estuviera pensando en algo.

—Hay un detalle que debéis saber —dice. Todo el mundo se queda petrificado, esperando esa nueva información—. Si encontráis un libro, uno pequeño y encuadernado en cuero, tendréis una bonificación por traérmelo.

—¿Cuál es la bonificación? —pregunta Ava.

—¿Dónde está? —grita Jaden al mismo tiempo.

En los ojos de Linda asoma un destello de algo parecido a la irritación, pero su tono sigue siendo dulce y cantarín.

—Si os dijera dónde está, no sería difícil que lo encontrarais. —Junta las manos, algo que hace cada vez que va a cambiar de tema—. ¡Ha llegado la hora de empezar! Buena suerte y... ¡a jugar! —Da marcha atrás al quad y se aleja.

Linda no ha respondido a la pregunta sobre cuál era la bonificación y Mack está segura de que no se mencionaba en la carpeta. Le parece bastante raro añadir algo así en ese momento del juego. Como no tiene ninguna buena razón para buscar el libro, decide olvidarlo por completo. ¿Intentar encontrar algo cuando alguien está intentando encontrarla a ella? No merece la pena correr ese riesgo.

Mientras escucha el ruido del motor del quad de Linda desvanecerse en la distancia, Mack se pregunta si los buscadores —parece que ese es el nombre que los otros concursantes le han puesto a quienes los buscarán a ellos— también tendrán quads. Si es así, podrá controlar sus movimientos por el ruido.

Se aleja del humo del tubo de escape, que se ha mantenido en el aire como si fuera un perfume. Todos los demás han desaparecido, menos Ava, que está en el otro extremo del campamento. Ava le hace un gesto con la cabeza y se mete entre los árboles. Mack hace lo mismo, pero en dirección opuesta.

«¡Vamos, salid de vuestros escondites!».

Se estremece de nuevo al sentir un escalofrío de terror que le recorre la nuca.

En la bruma que precede al amanecer, todo parece lento y suave. Pero la vida vegetal silvestre y densa, cubierta de espinas, la disuade rápidamente de la idea de meterse sin más en uno de los setos y esconderse allí. Deja que los vagos vestigios de un sendero ahogado por las malas hierbas la vayan llevando lejos del campamento.

Los minutos pasan. Lo nota en cada latido de su corazón. Pero no se apresura. Las siluetas se confunden en la oscuridad. Lo que creía que era un árbol enorme allí delante resulta ser una estatua, engullida por la hiedra. Los árboles, que una vez estuvieron esculpidos, se han convertido en pesadillas tras apoderarse de algo conocido y distorsionarlo hasta que lo familiar se convierte en monstruoso.

Aparta la vista de la cabeza formada por hojas, hinchada y agónica, como si estuviera emitiendo un grito de terror hacia el cielo. Las ramas son pequeñas, pero están muy pegadas. Aunque pudiera escalar, no podría esconderse. Y hay algo en esos árboles que le produce inquietud y angustia. Parecen enfermos de una forma que no sabría explicar. No quiere tener nada que ver con ellos.

El sendero sigue serpenteando de una forma casi agresiva. No funciona como debería hacerlo un camino. En vez de guiarla a un destino, parece hecho para confundir. No hay líneas rectas. Todo se curva, haciendo que resulte imposible ver más allá de unos pocos metros por delante. Unos muros de piedra bordean la mayoría de los caminos que salen del principal, lo cual resulta una elección un poco extraña para un parque temático, porque bloquean las rutas fáciles para llegar a cualquier destino. Sigue caminos nuevos al azar. A cierta distancia, una voz invisible —es difícil saber cuán lejos está, al no tener referencias y estando en medio de una vegetación tan densa— suelta una maldición.

Más adelante hay un claro entre los árboles. No ha visto nada prometedor hasta ahora, así que se dirige al claro. Allí se alzan una serie de pequeños edificios en ruinas, y se encuentra un camino central más abierto. En la ruina más cercana a ella hay un hombre sentado ante un piano podrido, dándole la espalda.

Él no se mueve.

Y ella tampoco.

Cuando empieza a doler, libera el aire de sus pulmones y se acerca muy despacio. Donde debería haber una cara, se encuentra un vacío descascarillado. Una estatua. Tal vez en sus días de gloria fue la estatua de un payaso sentado al piano que llenó a la gente de asombro, pero ahora, en serio, ¿qué demonios era eso?

Cruza por su mente la idea de sentarse en el regazo de la estatua y ocultarse allí, siempre que a nadie se le ocurriera mirar más de cerca. Pero tendría que permanecer envuelta en aquel abrazo sin cara todo el día. Y esas manos, que una vez llevaron guantes, están deshechas por el moho y las manchas de humedad. Parecen garras, o huesos.

Se gira para irse. Esa debía de ser la sección donde estaban los juegos. ¿La feria? ¿Así se llamaba esa parte de un parque de atracciones? No lo sabe. Las casetas se apiñaban en sus puestos, pegadas las unas a las otras. Unas cuantas se habían derrumbado y las estructuras adyacentes se erguían como matones triunfantes. Las que todavía seguían intactas tenían mostradores, estantes e interiores en penumbra. Tendría sentido esconderse ahí dentro.

Pero en vez de eso ella mira arriba.

Desde una caseta cercana, una bandada de patitos de goma, que una vez parecieron alegres, cuelgan metidos en redes de un techo a punto de hundirse. «Maddie». Un recuerdo impacta contra ella como una bala y está a punto de hacerla tambalearse y retroceder por la fuerza del impacto.

Maddie —¿con tres años? ¿Tal vez cuatro? Mack no se acuerda, pero no se regodea en la punzada de dolor y de culpa que le causa el hecho de no poder recordarlo— tiene una maraña de hilo amarillo que ata en un nudo imposible, casi tan grande como su puño, y anuncia que es un pato que se llama Poopsie y lo lleva arrastrando a todas partes, incluyendo la bañera, donde se desintegra, atascando el desagüe. Mientras Mack observa en silencio y Maddie llora desconsolada, su madre, sin decir nada, pero furiosa, va pescando una hebra tras otra, sudando cada vez más a medida que el tiempo pasa y se acerca la hora de que su padre llegue a casa.

Poopsie. Mack no había vuelto a pensar en Poopsie desde que le dio a Maddie su conejito de peluche para que dejara de llorar y se durmiera de puro agotamiento por la pérdida de su patito imaginario. Pero ahí está ella, jugando al maldito escondite, y mirando las ruinas de una caseta llena de patitos de goma.

Mack no cree en las señales y, aunque creyera, Maddie no tiene motivos para enviarle ninguna que le resulte de ayuda. Más bien lo contrario. Pero se está quedando sin tiempo, así que Mack se encarama al mostrador, se agarra al borde del tejado y sube. Tal como sospechaba, el tejado es cóncavo y ha ido hundiéndose por los elementos. La madera tiene una consistencia esponjosa. Cruje, pero solo resulta un poco alarmante, sin llegar a ser peligroso. Si cede, tal vez quede empalada, pero no se romperá ningún hueso. Mack suelta la bolsa y se tumba bocabajo en el centro del tejado medio hundido. Desde esa atalaya solo puede ver los bordes más elevados del tejado que la rodea y la luz clara y pálida del amanecer que va creciendo en el cielo. Eso significa que nadie que vaya a ras de suelo podrá verla.

Maddie le enseñó a esconderse en líneas de visión inesperadas. Y mira adónde la había llevado eso.

Para sacudirse ese recuerdo —aunque no literalmente, porque el tejado cruje para protestar con cada movimiento—, Mack saca una barrita de proteínas y la desenvuelve preventivamente. Nada de agua. Si hace falta, se orinará en los pantalones. Tiene otra muda de ropa para poder cambiarse antes de volver al campamento. Si es que es capaz de encontrarlo de nuevo. Su camino hasta aquí ha consistido en muchos recodos y giros entre los árboles, y no se ha fijado en nada que pueda usar de referencia. Debería de haber prestado más atención.

El cielo se vuelve azul. Ha comenzado el juego.

Mack cierra los ojos y espera.

El sol va siguiendo su camino por el cielo, como tiene que hacer el sol. Algún insecto sube de vez en cuando por las piernas de Mack, como tienen que hacer los insectos. Mack no hace nada, como tiene que hacer Mack.

La espera es aburrida y calurosa. Con movimientos dolorosamente lentos, saca una camiseta de sobra de la bolsa y se la pone sobre la cara para tapar el sol. Tiene la boca seca y no está cómoda con la espalda sobre una superficie tan irregular.

Pero no está mal.

Tiene mucho cuidado de no quedarse dormida, pero se mantiene en una especie de limbo pesado, como si estuviera meditando. Una de sus familias de acogida tenía una hija que hacía meditación. Y enseñó a Mack a meditar. A partir de entonces, se encontraban a Mack sentada a todas horas, con los ojos cerrados y muy quieta.

—Estoy fingiendo que estoy muerta —decía—. Y me gusta.

Pero a ellos no. Se deshicieron de ella poco después.

El calor opresivo aumenta. Se alegra de llevar mangas y pantalones largos para protegerse la piel, aunque la camiseta que tiene sobre la cara le resulta agobiante. Está a punto de no oírlo por culpa de su suave respiración, pero...

Unos pasos. Aunque no siguen el ritmo habitual de los de una persona. Y después —aún más difícil de oír por encima del fuerte latido de su corazón— un ruido de olisqueo y un resoplido. ¿Hay animales en el parque?

Pero el suspiro que sigue al sonido de los pasos suena menos animal. Y después unos pasos suaves y lentos siguen su camino.

Si era un animal, sonaba como si caminara sobre dos patas. Y si era un buscador, eso aún la inquietaba en mayor medida. Esperaba quads. Gritos escandalosos. No una búsqueda casi silenciosa. La hace sentir... como si quisieran cazarla.

Pero no. Se puede ir cuando quiera. Ponerse de pie y salir por la puerta. A nadie le va a importar. No se está escondiendo porque tiene que hacerlo. Se esconde porque es la única habilidad que le ha servido para algo alguna vez.

—Que te den, papá —murmura. Y espera.

El tiovivo parece sacado de una película de terror. Y no de una con un presupuesto decente. Una de esas películas baratas y desconocidas que está condenada a languidecer en las profundidades de Netflix y en el contenedor de DVD a dos dólares cada uno del Walmart. Los caballitos descompuestos y descascarillados son más patéticos que horripilantes. Un cartel que una vez fue vistoso, cuelga suelto de una esquina y se mueve muy despacio con la brisa. ¡A LAS CARRERAS!, pone, pero ya no tiene pintura, es madera sobre madera, con las letras talladas. Nadie va a hacer ninguna carrera ahora. La única que quiere correr, pero para alejarse, es Rosiee.

Pero se está quedando sin tiempo. ¿Debería buscar el libro? No hay forma de encontrar un objeto en aquel paisaje de pesadilla. Hace girar sus anillos de plata, nerviosa, consciente de lo cerca que está el amanecer. Tal vez no debería de esconderse en un punto de referencia tan obvio, pero nada en ese maldito parque parece obvio. No le sorprende que cerrara. ¡Imagínate, llevar allí a unos niños! Se pasarían todo el día intentando encontrar algo, cualquier cosa, en aquel caos de vegetación. Tal vez antes estaba mejor organizado.

Se sube al tiovivo. La plataforma está oxidada y se cae a pedazos. Uno de los postes que sujetaba un caballo se ha partido, y cuando se contorsiona para sortear un trozo de madera tirado, el metal le araña el brazo y le hace sangre.

—Mierda —susurra, tapándoselo con la mano.

Comida, visitas al baño, búsqueda de primeros auxilios... todo eso la descubriría. Tampoco es para tanto. Caen unas cuantas gotas de sangre que se escurren entre sus dedos. ¿Un solo día es suficiente para que se infecte? Probablemente. Pero sigue avanzando. Sus pasos son parte de una danza cuidadosa para evitar volver a lesionarse mientras se dirige al centro.

Dos paneles que rodean el interior cerrado de la atracción se han soltado. Se cuela entre ambos, vigilando atentamente su brazo. Antes tenía curvas —Dios, le encantaban sus curvas, el peso de sus pechos y su vientre suave y blando—, pero había perdido muchos kilos por el estrés y la pobreza. Se apretuja entre los grandes engranajes de metal que una vez hicieron funcionar el motor. Tiene el espacio justo para sentarse y no puede ver lo que pasa fuera. Unos leves rayos de sol atraviesan como cuchillos el espacio desde lo más alto. No está mal.

Se echa un poco de agua en el brazo. Está sangrando, pero no es nada demasiado terrible. No va a necesitar puntos ni nada por el estilo. Ojalá tuviera un trozo de tela para vendárselo. Pero, al pensar en envolverse en algo, su mente se dispersa.

A veces, cuando las cosas se ponían feas con Mitch —cuando se ponían peor, en realidad, porque siempre habían estado feas—, se sentaba en el fondo del armario y se imaginaba pequeñita. No más delgada, sino pequeña, como una niña. Y se hacía un ovillo, se envolvía en el chal de su abuela y dejaba de ser ella misma durante unos momentos preciosos.

Cuando se fue, él le envió fotos de ese chal. Después, como ella no respondió, le envió un vídeo de cómo lo quemaba junto con todas sus fotos.

Se aferra al colgante que lleva al cuello y accidentalmente lo mancha de sangre. Ahora va a crear sus propios recuerdos, hechos de plata y metal. Fuertes, maravillosos y solo suyos.

Christian se ríe al ver la montaña rusa en medio de un espacio amplio y relativamente vacío. Él no hace las instalaciones de los paneles en los tejados, pero ha tenido que atender suficientes llamadas de averías como para no tenerle miedo a las escaleras o las alturas.

La montaña rusa es un esqueleto de madera y ni siquiera es la más alta del parque, pero eso él no lo sabe. Unas cuantas secciones se han derrumbado. Él escoge la sección que parece más estable y escala por una especie de celosía exterior. Unos minutos después, sudado y lleno de astillas, llega arriba.

Pero no lo ha pensado bien.

Ahí arriba no hay nada, aparte de unas vías podridas. Aunque se tumbe bocabajo, se le verá desde abajo. Y no ve mejores opciones desde esa posición estratégica. Los árboles se elevan, ávidos, hacia el cielo, y lo cubren todo. Distingue unas cuantas zonas donde puede que haya algún tipo de edificio, una noria lejana y un par de atracciones que atraviesan los árboles, pero no hay forma de poder llegar hasta allí a tiempo.

Al fondo de una enorme curva descendente hay un único vagón, que sigue en la vía. Respira hondo y se dirige hacia allí. Hasta que no se encuentra a medio camino, no se da cuenta de que es perfectamente posible que se mate haciendo eso. Pero necesita llegar lo bastante lejos en la competición para impresionar a la empresa. Si se rompe el cuello no va a impresionar a nadie. Y menos a Rosiee. Mientras susurra promesas acerca de un trabajo fácil y elige los muebles para la casa más grande de la ciudad —sin paneles solares, que le den a la factura de la electricidad— que va a compartir con Rosiee, sus dos hijos y un perro, consigue llegar al vagón y se mete dentro.

Y se ríe por la sorpresa. A un lado del vagón, grabado en el metal, está el apellido de soltera de su madre: STRATTON ENGINEERING, pone. Pero ¿qué posibilidades había? Él nunca conoció a su familia materna: repudiaron a su madre cuando se fugó con su padre. No fue una historia romántica. Fue la historia de alguien que acabó lentamente avasallada, desgastada y envejecida ante la mirada de su hijo. Él siempre había estado seguro de que ella se arrepintió de su elección —o se arrepintió de él— y de haber renunciado a lo que fue a buscar. Murió de cáncer de mama tres años atrás. Él había leído una vez que el estrés se puede alojar en el cuerpo, degenerar y multiplicarse, un cáncer del espíritu que puede contribuir a un cáncer del cuerpo. Así pues, en cierta forma, la elección de abandonar el dinero y la comodidad por su padre triste y fracasado había acabado matándola, ¿no?

Le parece una señal haber encontrado el apellido «Stratton» ahí. Como si esa fuera su oportunidad de volver al mundo que ella abandonó. El que va a crear para él, su esposa y sus hijos. Sonríe y se acomoda, acompañado por una Rosiee imaginaria mientras la real sangra y suda y se preocupa metida en las entrañas de un motor.

Logan siempre ha tenido miedo de los payasos. Unos años atrás se produjo la doble casualidad de que se estrenó la nueva película de *It* y varias personas vieron payasos por el bosque y la pesadilla recurrente que creía que había quedado atrás con su infancia volvió a aparecer. Se pasó semanas durmiendo mal. Nunca había admitido su fobia ante nadie —casi no podía ni admitírsela a sí mismo—, pero, en serio, ¿tan tonta era? Es un miedo más racional que el miedo a..., por ejemplo, los tiburones. Hay una garantía del cien por cien de que no te va a atacar un tiburón si no te metes en el mar. Pero ¿los payasos? Al parecer, ahora andan hasta por los bosques.

Logan piensa en todo esto mientras mira la enorme cabeza del payaso. No tenía ni idea de cuál podía ser su función original. Se le había caído la nariz y solo un ojo conservaba la pintura. Pero la boca abierta del payaso es una entrada, flanqueada por unos labios rojos agrietados y unos dientes marrones. No tiene ni idea de adónde puede llevar, porque el edificio que había detrás ya no está —nunca fue un edificio. Era la entrada a una carpa en la que se hacía un espectáculo de magia que los padres obligaban a soportar a sus hijos para poder estar sentados a la sombra durante unos preciosos minutos, descansar los pies e intentar descubrir dónde estaba la siguiente atracción. Logan se sentiría aliviado de saber que el payaso no era más que un reclamo falso.

—Vamos, vaquero —susurra para sí Logan. Qué mejor forma de superar un miedo que meterse en las mismísimas fauces de la bestia. O, en este caso, en la boca del payaso. Logan entra y encuentra un espacio con la forma perfecta para meter el cuerpo entre los dientes y la lengua.

Ya está. Los payasos no pueden hacerle daño. Ese lo va a ayudar. Y va a ser una historia divertida que poder contarles a sus empleados algún día, cuando forme parte de Frye Technologies. O mejor, cuando sea el propietario de Frye Technologies. Ni siquiera tendrá que cambiarle el nombre cuando la compre. Imaginarse su futuro —pasando por alto el detalle de

qué app en concreto lo llevará a iniciar esa cadena de aconte-
cimientos— es como beberse un vaso de leche caliente, sencillo, relajante y soporífero.

Logan, que en otros tiempos había tenido constantes pesadillas protagonizadas por payasos, se duerme dentro de
uno. Al igual que el payaso, Logan necesita una nariz nueva,
o más bien una cirugía importante de los senos nasales. Sus
ronquidos resuenan en el aire, amplificados por la cavernosa
boca del payaso en cuyo interior se ha quedado dormido.

Hacia las dos de la tarde Isabella ya no puede más.

Hace calor. Necesita hacer pis. No ha oído ni un solo ruido en todo el día. Y todo en conjunto parece una verdadera
broma. Como si lo hubiera planificado la tal Sydney. Oh,
Dios. ¿Y si era así? ¿Y si cuando les contó todos los detalles de
su programa de bromas, cuanto dijo no era más que una re-
presentación irónica para la audiencia?

Pero no puede ser. Ninguna youtuber se podía permitir
eso. A menos que solo fingiera ser youtuber. Los latidos del
corazón de Isabella se disparan y su respiración se vuelve rápida y superficial. Cierra los ojos para recuperar el control.
No. Sin duda Ox Extreme Sports es real.

Además, tiene muchas propuestas anotadas para ellos.
Y se las va a presentar de una forma inteligente. Elocuente.
Combinadas con alabanzas y un plan de acción sobre cómo
mejorar y comercializar su marca a través de esta estúpida
competición. Ella no quiere ganar. Quiere un maldito trabajo.
Quiere que esos capullos miserables que se pueden permitir

plantear un juego de niños con un premio de cincuenta mil dólares le proporcionen un sueldo y un seguro médico.

Se libera de la maraña del seto esculpido por el que se ha colado. Se le engancha la chaqueta del traje y nota el desgarrón en lo más profundo de su ser. No se puede permitir comprarse otra. Ese es su mejor *look* de entrevista de trabajo.

Humillada y furiosa, Isabella se niega a rebajarse más. No va a hacer pis en los arbustos. Sus zapatos de tacón apenas hacen ruido cuando se acerca al campamento, practicando mentalmente el discurso que le va a conseguir un trabajo con esos imbéciles. «Tal vez habría que revisar la eficacia de la estrategia de ofrecer un premio de cincuenta mil dólares en una competición que no se ha anunciado ni emitido en ninguna parte», piensa, mientras escoge con cuidado el momento en que mostrará una sonrisa que suavice sus palabras.

Tras treinta minutos de caminar y ensayar, está segura de que su discurso le va a salir pulido y a la vez sonará improvisado en cuanto logre estar delante de alguien de la empresa. Pero ha cometido un error. No hay referencias visuales que pueda utilizar. Los árboles son altos y tan densos que, combinados con los muros que flanquean los caminos, lo tapan todo. Y ya lleva andando demasiado tiempo.

Gira en un seto muy alto, esperando dar con algo que merezca la pena cuando llegue al final, y lo sigue. Hay un seto más joven que parece menos crecido. Lo sigue. Para cuando gira por cuarta vez, intentando encontrar el camino, tiene los pies llenos de ampollas y está a punto de chillar por el cansancio y la frustración. Ese es el juego más estúpido de la historia.

Se quita la chaqueta y los zapatos y se sienta en medio del camino. Tiene la vejiga tan llena que han empezado a dolerle los ovarios. No va a convencer a nadie de que la contrate en ese estado. Mierda, ahora mismo elegiría un baño antes que una oferta de trabajo sin dudarlo un segundo.

Entonces oye unos pasos suaves. Y se acercan.

—Gracias a Dios —dice, limpiándose los ojos y poniéndose de pie—. Me habéis encontrado. —Y se gira para dar la bienvenida a su salvador.

La puesta de sol nunca le ha parecido tan memorable. Mack la contempla, embelesada, mientras el azul se convierte en morado y después en un suave tono de índigo. Hacía mucho tiempo que no veía un atardecer: no merecía la pena perder su cama en el refugio por eso. Pero esta noche se pregunta si tal vez sí que lo merecía.

Aunque Linda ha dicho la puesta de sol, Mack no se mueve hasta que puede contar más de diez estrellas. Todo su cuerpo protesta, casi a gritos, casi igual que el tejado que tiene debajo. Todo cruje y gruñe. Sale del tejado a cuatro patas con mucho cuidado y baja al suelo. Tiene una contractura muy dolorosa en la espalda, en un lugar al que nunca ha conseguido llegar, y tiene tantas ganas de orinar que sabe que le va a doler. Pero ha conseguido no hacérselo encima, lo cual es una pequeña victoria.

Le va a llevar mucho rato encontrar el campamento otra vez, así que se pone en cuclillas detrás del edificio del piano y allí mismo se pone a regar las malas hierbas. Cuando levanta la vista, la invade un alivio tan grande como el que produce una vejiga vacía. Hay un foco con la luz dirigida hacia al cielo para guiarla hacia el campamento.

Incluso con ese faro, le lleva casi una hora encontrar el modo de regresar. Ninguno de los caminos es recto. Forman bucles, recodos y curvas y vuelven sobre sus pasos constantemente. Presta mucha atención, mientras bebe agua y devora unas barritas de proteínas. Le gusta su escondite. Intentará volver a encontrarlo mañana. Y también procurará no pensar en Maddie, ni en Poopsie, ni en ninguna otra cosa que no sea en esconderse.

Para su sorpresa, y a pesar de todo lo que ha tardado, es la tercera persona que ha regresado. Linda la saluda con la mano desde el foco. Jaden, el de los músculos esculpidos, y la Ava guapa están junto a la mesa de la comida, con las cabezas juntas, enfrascados en una discusión. Se separan bruscamente cuando se acerca Mack.

—Nunca he estado tan aburrida ni he echado tanto de menos mi teléfono. Ha sido el peor día de mi vida, ¡y quedan otros seis! —dice con voz cantarina la Ava guapa, poniendo los ojos en blanco, gesto que contradice su tono alegre.

Mack vacía un par de botellas de agua, después coge una manzana y se va a las duchas. Si beber agua ha sido agradable, estar allí de pie bajo el agua tibia es divino. Se queda todo el tiempo que puede, enjuagándose bien y librándose del cansancio del día.

Seis días más. Seis días más no es nada.

Cuando sale por fin de la ducha, han vuelto diez de los concursantes. Todos tienen quemaduras del sol, les han picado los bichos y están sudados y de mal humor. Excepto Brandon, claro.

—¡Ha sido genial! —exclama mientras se lleva un plato lleno a su cama—. Creo que no había estado quieto tanto tiempo en mi vida. He encontrado una vieja montaña rusa muy rara, con forma de círculo... O de cilindro, supongo. ¿Eso es un círculo en 3D? No, eso es una esfera. Bueno, lo que sea. Baja haciendo anillos y da vueltas y vueltas por el borde. Se llama El ciclón. ¡Muy guay! Parecía un poco obvio, pero ¿cómo podía pasar de un sitio así? Me subí por la estructura, y creía que se iba a deshacer allí mismo, y encontré un sitio cerca de la parte más alta. Vaya. Me habría encantado hacer el viaje hasta abajo al final del día. ¿No sería espectacular si todavía funcionara todo?

Mack quiere decirle que no debería compartir su información. Pero él es feliz y no tiene preocupaciones, así que ¿por qué molestarse?

Él nota que ella se queda mirando una galleta y se la da sin que ella se la pida.

—¿Has buscado el libro? No sé cómo podría nadie encontrar algo aquí. ¿Te vas a esconder en el mismo sitio mañana o buscarás otro?

Ava se deja caer a los pies del catre de Mack. Tiene manchas de sudor, está sucia pero francamente estupenda, y verla es tan refrescante como el agua que se ha bebido.

—No creo que eso importe, desde el punto de vista estratégico —dice Ava—. Este sitio debe de tener entre un kilómetro y medio y dos kilómetros y medio de ancho, como mínimo. He seguido toda la valla que rodea el perímetro para llegar hasta aquí. Es el único espacio vacío. La verdad es que me sorprendería que hubieran encontrado a alguien. No es que haya un número limitado de lugares donde mirar y poder ir tachando de una lista.

Brandon le da su última galleta a Ava.

—Yo creo que voy a buscar otro sitio mañana. ¡Así es más emocionante!

Ella sonríe.

—Sí, catorce horas de silencio e inmovilidad. Hay muchas formas de hacerlo emocionante. Pero me alegro de que no os hayan eliminado a ninguno de los dos todavía.

Mack lucha contra el alivio y la felicidad instintivos que ha sentido cuando ha regresado la otra mujer. Ava es una rival seria. Mack debería estar decepcionada de que siguiera en el concurso. Se aparta un poco de la otra mujer y mira quién queda.

El escritor, que abraza su cuaderno y parece agotado. Todos los que han vuelto se lo quedan mirando un momento, hasta que se dan cuenta de que no es más que su cuaderno, no ese libro que proporcionará la bonificación que mencionó Linda.

LeGrand ya está apartado en su rincón.

La mujer de los ojos tristes —¿Ruby? ¿Rosiee? Tal vez Mack debería aprendérselo, ahora que la gente ya va a empezar a desaparecer— juguetea con sus joyas de plata y lleva un vendaje en el brazo.

Jaden y la Ava guapa vuelven a conversar con mucho secretismo.

La del anuncio de dentífrico está hablando con la siempre alegre Linda.

—¿Nos puedes das más información sobre el libro? —pregunta.

Linda se ríe.

—No, no. Solo estad atentos por si lo encontráis.

—¿Y la bonificación? —grita Ava.

—¡La conoceréis cuando la consigáis!

—Pues que le den —murmura Ava con tono de rechazo.

Mack es de la misma opinión, y sospecha que a la mayoría de los demás les pasa lo mismo. ¿Qué sentido tiene buscar una bonificación que no tienes ni idea de qué es?

La chica de las bromas, tan quemada por el sol que está casi de color escarlata, entra en el campamento haciendo gestos de dolor.

—¿Alguien ha visto a Logan? —pregunta, apretándose una botella de agua fría contra la cara.

El tío del portapapeles sale del baño y se une al recuento. Mack no tiene ni idea de quién es Logan, pero probablemente sea ese tío con pinta de soso que llevaba la gorra de béisbol y siempre estaba sentado con la chica de las bromas. Tenía que ser ese o el de los hombros hundidos con el gorro de lana y las uñas negras, pero Mack supone que la chica de las bromas no se preocuparía por ese. La otra persona que falta es la becaria, que entró en el parque con traje pantalón y zapatos de tacón. A nadie le puede sorprender.

—No está Logan, ni Isabella. Ni Atrius. —Ava frunce el ceño, pensativa—. Oye, Linda, ¿a quién han eliminado?

Linda responde sin dudar.

—A Logan y a Isabella.

—¿Quién es Isabella? —pregunta Brandon, y a continuación hace una mueca de vergüenza por no recordarla.

Ava responde.

—La del blazer. Que parece que va a una entrevista de trabajo en vez de a un juego del escondite en una jungla decrépita y que da yuyu.

—Logan y yo íbamos a crear una app —dice la chica de las bromas. Parece que está a punto de llorar—. ¿Cuándo van a venir a despedirse?

—Ya no están, Sydney —responde Linda.

—Un momento, ¿en serio? —La Ava guapa está horrorizada—. ¿Sin despedidas? ¿Ni ceremonia, ni entrevistas?

—Los encontraron. Están eliminados. Dos al día, así funciona el juego.

Mack frunce el ceño. Ese detalle no se lo habían mencionado antes. Y parece importante. Si solo eliminan a dos personas al día, ¿por qué han tenido que seguir escondidos cuando ya habían encontrado a dos participantes?

Ava parece estar preguntándose lo mismo. Abre la boca, pero Linda la interrumpe juntando ostentosamente las manos una vez más.

—Bien, si necesitáis algo, dejad una nota en la mesa. Una alarma os avisará por la mañana de que comienzan vuestros treinta minutos. Os veré... —Se detiene e intenta sonreír. Mack se pregunta si estará triste porque han eliminado a Isabella, con quien tal vez había congeniado gracias a su común afición por los trajes de pantalón—. Os veré a la mayoría mañana por la noche. Que durmáis bien.

Y con un rugido del quad, Linda desaparece engullida por la noche.

—Mierda, qué frío es todo —comenta Jaden.

—Tal vez sea como en el *reality The Bachelor* y solo consigas una despedida si permaneces el tiempo suficiente como para que la audiencia se encariñe de ti —dice la del anuncio de dentífrico.

—¿Qué audiencia? —murmura la Ava guapa, que sigue examinando el techo de la pérgola como si no hubiera logrado encontrar la cámara.

La chica de las bromas —Sydney, así la ha llamado Linda— se deja caer en su catre. Alguien ha recogido todas las pertenencias del catre que tiene al lado y de otro que está en medio.

—Ni siquiera me dio su número de teléfono.

—Seguro que se lo puedes pedir a Linda la próxima vez que venga. —La del anuncio de dentífrico se sienta a su lado y le rodea los hombros con el brazo.

Sydney hace una mueca de dolor al notar el leve contacto.

—Mañana me llevaré toda la crema solar.

El grupo se divide mientras se preparan para acostarse. Aunque se ha pasado todo el día tumbada y quieta, Mack está agotada. Intenta alcanzar el sitio que le duele en la espalda, pero es imposible.

—Yo te ayudo —se ofrece Ava. Pero se detiene con las manos extendidas—. Si quieres.

Ava acaba de llegar de las duchas. Huele a agua sobre piel limpia. Mack quiere decir que no, necesita decirlo, pero su cabeza la traiciona y asiente. Ava se pone manos a la obra y a partir de ahí Mack no podría decir que no aunque quisiera.

—Dios, Mack, nunca en mi vida he visto a alguien tan tenso, y eso que he estado en el escuadrón de artificieros.

—Ava ríe bajito. No tiene las manos suaves, sino fuertes, y saben buscar y encontrar los lugares más doloridos.

—Hola —saluda la Ava guapa, sentándose a su lado. Mack detesta su presencia al instante y querría que se fuera. Pero Ava continúa con el masaje mientras la Ava guapa baja la voz—. ¿Vosotras habéis visto alguna cámara ?

—¿Qué? —Mack abre los ojos de par en par. La Ava guapa se acerca un poco más.

—Cámaras. ¿Habéis visto alguna? Porque nos han dicho que esto se puede convertir en un programa de televisión. Pero a ninguno nos han grabado, ni nos han entrevistado, y yo no he visto ni una sola cámara por aquí.

—Tal vez están escondidas —sugiere Ava—. O las llevan los buscadores. GoPro o algo así.

—Sí, ya se me había ocurrido. Pero entonces, ¿qué papel tenemos nosotros? No tiene sentido grabar un programa así. Hay que centrarse en la gente que compite por el premio, no en la que intenta encontrarla. Tal vez se puedan hacer las dos cosas, pero siempre hay que grabar a los que se esconden.

Ava interrumpe el masaje. Y ambas miran a Mack, esperando su opinión.

—Un simulacro —aporta—. Están viendo si la mecánica del juego funciona. —Espera que si logra terminar esa conversación, Ava vuelva a tocarla.

—Puede ser —contesta la Ava guapa con el ceño fruncido—. Pero me parece un simulacro muy caro si ni siquiera están probando a hacer planos o preparando un guion.

—Que nosotras sepamos —apunta Mack.

—Sí. Supongo. Pero estad atentas por si veis cámaras mañana, ¿vale?

—Te avisaremos. Si no te eliminan —añade Ava muy alegremente.

La Ava guapa la atraviesa con la mirada.

—A mí no me van a eliminar.

Brandon vuelve del baño y la Ava guapa se levanta. Mack, ahora maravillosamente relajada y cómoda y bastante segura de que Ava no va a seguir con el masaje, solo quiere irse a dormir.

—Oye, ¿alguien más se ha fijado en que Atrius no ha vuelto todavía? —El hombre del portapapeles escudriña la oscuridad. Se ha puesto otro polo, de un azul oscuro con una especie de logo de empresa en el pecho—. Eso es hacer trampa. Seguramente estará buscando el libro o explorando para encontrar los mejores lugares.

Unos cuantos concursantes refunfuñan para demostrar que piensan lo mismo.

—Como si se viera algo ahí fuera —contesta Ava—. Además, no es difícil encontrar buenos escondites.

—Eso díselo a Logan. —Sydney se acerca al foco y lo apaga.

—Oye —protesta la del anuncio de dentífrico—. ¿Cómo nos va a encontrar ahora?

—No me importa. ¿Quiere quedarse ahí fuera para tener ventaja? Pues que se quede toda la noche. —Sydney vuelve a su catre arrastrando los pies.

Ava se levanta y se estira.

—Gracias —le dice Mack, y esas palabras son como una

ofrenda colocada en el altar de un dios desconocido. No sabe qué más hacer, cómo responder a esa amabilidad—. ¿Quieres que te lo haga yo? —Nunca le ha dado un masaje a nadie, pero no le gusta deber nada a nadie y tampoco la forma en que ya echa de menos las manos de Ava. No puede estar en deuda con alguien que parece gustarle tanto.

—No, se te ve agotada. Descansa. Tienes otro día de total inmovilidad por delante. —La sonrisa de Ava es tensa. Mack se da cuenta de lo cansada que parece.

—¿Has dormido algo?

—No me siento segura —contesta Ava mientras se dirige a su cama.

Mack se despierta en medio de la noche. Va de puntillas al baño sin hacer ruido. Unos susurros llaman su atención cuando se dirige de vuelta a su cama. Hay dos figuras sentadas en el borde del campamento. Al principio sospecha que son la Ava guapa y Jaden. Entonces se da cuenta de que el hombre está llorando en silencio.

—No pasa nada —le susurra Ava (la Ava de Mack)—. Yo me quedaré aquí sentada contigo hasta que amanezca.

Mack no puede distinguir quién es el hombre. Pero la forma en que está acurrucado le resulta familiar.

—No deberías —dice él. Es LeGrand.

Mack siente una presión en el pecho. LeGrand está sufriendo. Ella también quiere quedarse despierta con él. Y con Ava.

Pero vuelve a su cama.

SEGUNDO DÍA

Mack se despierta antes de que suene la alarma. Deja la ropa del día antes doblada bajo su cama y coge otra manta de la mesa de los suministros. Es ligera y de color oscuro. Perfecta.

—Oye, ¿podemos usar la ropa de cama? —pregunta Jaden.

El hombre del portapapeles se incorpora y se sienta, frotándose los ojos medio cerrados.

—No me parece justo.

—Las normas no lo prohíben. —La mujer de las joyas cambia de postura, lo cual provoca que su bonito collar con un corazón se le salga de la camiseta de tirantes. Se va poniendo despacio todos los anillos y pulseras, como si se estuviera cubriendo con una armadura. Después comprueba el vendaje. Se ha manchado un poco de sangre, pero no mucho—. Además, no diría yo que una manta suponga una ventaja.

Ahora Mack se siente mal por no acordarse de cómo se llama.

—Eso no lo sabemos —insiste Jaden.

—Entonces coge tú una también —interviene Ava. Tiene

los ojos enrojecidos y unas oscuras ojeras. No ha dormido nada—. Pero no le des la lata a Mack.

—Hablando de cosas injustas. —Jaden señala con la cabeza a Atrius, que está sentado a la mesa, comiendo, con el gorro de lana muy calado—. ¿Dónde estuviste anoche?

Atrius se encoge de hombros.

—Explorando.

—¡Eso es trampa!

Atrius sonríe.

—Perdón, quería decir que me perdí. Alguien apagó el foco.

—Sí, ya, que te den. —Sydney se aparta el pelo con una fuerza exagerada—. Si ganas, presentaré una queja.

La sonrisa de Atrius hace que en Mack nazca cierta simpatía hacia él. Está clarísimo que le da totalmente igual. Se acerca a la mesa —con la manta en la bolsa— pica algo y escoge las provisiones para ese día. Las manos y los brazos de Atrius están cubiertos de una leve capa de pintura seca.

Él se fija en lo que está mirando ella.

—He dejado mi marca en la competición.

—¿Y si no vuelven a utilizar este recinto?

—Lo hago solo por el acto en sí mismo. —Suena a frase ensayada. Mack se siente decepcionada. Sospecha que están buscando un público, igual que Sydney y la Ava guapa, solo que de una forma diferente.

—Vale —contesta.

—Es un laberinto —suelta de repente, haciendo girar un espray de pintura y metiéndoselo en el bolsillo de atrás de sus pantalones anchos.

—¿Tu obra? —Mack quiere librarse de esa conversación en cuanto la pregunta sale de su boca, y desearía no haberla hecho.

Él frunce el ceño y se queda pensativo un momento.

—El arte es un laberinto. El laberinto es arte. Hummm... —Y se aleja para volver al parque.

—¡La alarma no ha sonado todavía! —grita Sydney. Tras lo cual, murmura algo para sí, coge una lata entera de crema solar en aerosol y desaparece en medio de la oscuridad que precede al amanecer.

Rosiee tiene los ojos cerrados y parece estar repitiendo direcciones. Mack sospecha que va a esconderse en el mismo sitio que el día anterior. Tiene sentido. Mack lo va a hacer también. Pero no tiene prisa y está razonablemente segura de que podrá volver a encontrar el lugar. Va al baño y vuelve a comprobar el contenido de su bolsa.

LeGrand pasa junto a Ava. Ninguno de los dos dice nada, pero ella asiente con la cabeza. Y, para sorpresa de Mack, él hace lo mismo. Parece confuso, vacilante e incluso asustado cuando murmura: «Buena suerte» antes de meterse en el baño.

Ava parece medio muerta. No lo va a conseguir si sigue así. Sin poder evitarlo, Mack se acerca a ella.

—¿Te sientes segura conmigo?

—¿Qué? —Ava une ambas cejas. Son negras, como sus pestañas, y hacen que destaquen sus ojos oscuros.

—¿Podrías dormir si yo te cubro?

En el rostro de Ava confluyen varias emociones muy sutiles. Su sonrisa parece cansada y cauta, pero también más brillante que el amanecer que se acerca rápidamente.

—Sí, creo que sí podría.

—Pues vamos.

Mack se lleva a Ava lejos del campamento que se está vaciando. Es una estupidez. No debería hacerlo. Pero todavía quedan muchos concursantes, así que ¿qué daño puede hacerle? Ava no escatima gestos amables. Mack sí. Pero hoy todavía puede permitirse ser generosa. Hoy compensará a Ava por la deuda que tiene con ella con el sueño, así estarán en paz. Y ya está. Solo quiere dejar de estar en deuda con Ava.

Después de un error en un giro que le provoca cierto pánico, Mack encuentra el camino correcto. Salen de entre los árboles y entran en la sección de la feria.

—¡Mierda! —grita Ava, al tiempo que agarra a Mack y se coloca entre ella y la amenaza que ha detectado un poco más adelante. Mack se zafa del brazo protector de Ava, sigue avanzando y acaba dando un golpecito en la cabeza de yeso del pianista. Es interesante que la respuesta instintiva de Ava no haya sido esconderse, sino proteger a Mack de un posible ataque. Tal vez Mack no es la única que ha traído consigo al parque tal cantidad de traumas que no cabrían en una bolsa de deporte.

—Qué bonito —murmura Ava, irónica.

Sigue a Mack hasta la caseta de los patos. Eso está bien. Con Ava allí, Mack no tiene tiempo de pensar en hilos ni en bañeras ni en hermanas. Mack ayuda a subir a Ava y sube tras ella. La depresión es lo bastante grande para que quepan las dos, aunque un poco justas.

Cuando el cielo cambia de color, se acomodan, hombro con hombro, con las caderas rozándose. Mack coloca su bolsa debajo de la cabeza de Ava.

—Te aviso —dice Mack—. Te despertaré si roncas, y puede que me mee en los pantalones si es necesario.

—Yo haré lo mismo. Mearme en tus pantalones, claro, no en los míos.

Mack contiene la carcajada tapándose la boca con las manos. Se ha reído más con las cosas que ha dicho Ava en los último mos dos días de lo que lo ha hecho en meses, tal vez en años.

—¿Eso hiciste ayer? —susurra Ava—. Eres muy dura.

—No, conseguí aguantar. Después oriné en el edificio del pianista, un poco más allá.

—¿Te imaginas a Rebecca meándose encima para que no la encuentren?

—¿La que parece que ha salido de un anuncio de dentífrico? Ni me la imagino, ni quiero hacerlo.

—Sí, a mí tampoco me cae bien. —Ava ríe entre dientes—. Un anuncio de dentífrico. Sí que lo parece, sí.

Ya casi ha salido el sol.

—Duerme un poco —susurra Mack—. Ahora no va a haber más que silencio.

Ava se mueve para apoyar la cabeza en el hombro de Mack. Esta vez no es un accidente. Mack deja escapar un largo suspiro y entonces el sol sale y el segundo día —ahora más complicado que el anterior por culpa de los confusos impulsos que siente— comienza.

Han pasado siete meses. Eso es lo único en lo que LeGrand puede pensar mientras sube al árbol. Cualquiera que lo viera se sorprendería de lo hábil que es ese chico —porque, aunque ya tiene veinte años, LeGrand sigue siendo un chico y nadie puede negarlo— débil, pálido y muy alto a la hora de trepar a un árbol que parece imposible. Pero es que él tiene mucha experiencia.

Cuando se oculta entre las hojas, se pregunta: «¿Está muerta Almera? ¿Habrá muerto ya?». Porque la tos sonaba muy mal esa vez y han pasado siete meses desde que él se fue. Pero da igual que sean siete meses o siete años. Nunca lo sabrá. Ya no va a poder ayudarla. Intentar ayudarla es lo que lo ha llevado allí en un principio, y la verdad es que no entiende —no puede entenderlo— qué le ha llevado a hacerlo o por qué. Nada en este mundo tiene sentido. Todo lo que le han enseñado sobre el mal que hay ahí fuera no es cierto, pero nada parece estar bien tampoco.

Cierra los ojos y aprieta la frente contra la áspera corteza del árbol. Y finge que está en casa. Que acepta que Almera se va a salvar pase lo que pase y que no importa lo que haya tenido que suceder en su vida mortal, porque su llamada y su elección son seguras. Que su tos no ha sonado tan mal, ahora que ya no puede estar sentado a su lado, sujetándole la mano, viendo cómo sus labios se ponen azulados cuando boquea para respirar. Que él ha llegado a celebrar su decimotercer cumpleaños el mes pasado haciéndole pompas de jabón para escuchar su risa llena de placer. Que él, subido a ese árbol solo un momento, para tener un descanso y que su madre y sus tías y sus docenas de sobrinos están todos ahí, ocupados con la colada, la costura y el horno. Que cuando baje del árbol, su hermana chillará y se reirá y él la llevará subida en su espalda por todo el complejo para que no tenga que gatear.

Pero no. Nada de eso es real, ni puede volver a serlo. Ni siquiera puede pensar en su risa, la cosa más resplandeciente y feliz del mundo, sin que le duela, porque él mantiene en secreto la fórmula de sus pompas, por si el profeta la prohíbe. ¿Qué la hará reír ahora? ¿Quién la llevará en la espalda para que pueda ver otras zonas del recinto aparte de su cama? ¿Quién se preocupa de lo que necesita, porque ella no se lo puede decir a nadie?

Seguro que ella piensa que la ha abandonado, como ha abandonado a Dios y todas sus enseñanzas. Lo ha hecho por ella, pero ella no lo va a saber nunca, y ya nada de eso importa de todas formas.

Han pasado siete meses. Siete meses es una eternidad. Dios creó el mundo en siete días y LeGrand destruyó el suyo en solo siete horas.

Brandon está adormilado, escondido dentro de un vagón en medio de un oscuro túnel falso que huele a moho. Un material brillante se está cayendo de unos corazones de madera. Un cisne agresivo con un ala rota lo vigila, y hay unos querubines —inexplicablemente, después de tantos años, siguen conservando los colores chillones con que los pintaron— colgados sobre su cabeza. Tenía dos opciones esa mañana: el Túnel de los Enamorados o el Infierno del Inframundo, pero en el otro edificio había un enorme demonio aterrador colgando sobre la entrada, así que eligió el túnel, que además iba muy bien con el juego.

No sabe qué le gusta más: lo de esconderse, que es emocionante, aunque también un poco aburrido, o pasar el rato con los demás después. Espera que todos mantengan el contacto cuando se acabe el juego. Tal vez incluso vayan a visitarlo. ¡O podría ir él! Le cae muy bien Ava, aunque su cabeza rapada lo intimida. Sospecha que es lesbiana y eso le parece superguay. Nunca ha tenido una amiga lesbiana. Cree que no hay ninguna en Idaho. Y Mack es callada, pero también le cae bien y está seguro de que él le cae bien a ella. Jaden y Christian se parecen a esos chicos de la gran ciudad que hay en Boise, que tiene padres y cabañas para pasar el verano en el Snake River y le roban cosas de la gasolinera, aunque tienen dinero. Pero la otra Ava... casi no puede hablar con ella; es demasiado guapa. Y Rebecca también. Y Rosiee. Le caen bien todos. Menos Jaden y Christian. Pero eso no es muy amable por su parte, porque no es que los conozca bien.

Esta noche intentará hablar con ellos también. Y con la pobre Sydney y sus quemaduras solares —ojalá esté mejor—, con ese chico tristón, Ian, y con el que hace trampas, Atrius. Dependerá de quién quede eliminado. Tal vez consiga que se animen a jugar a algo, ahora que ya han tenido un par de días para acomodarse. Les sonríe a los querubines sonrientes. Dios, eso es lo mejor que le ha pasado en la vida.

Jaden ha tenido cuidado. Y debería de llevar aún más cuidado si quiere lograrlo. Habría preferido que fuera otro: la chica callada y espeluznante de la manta o esa chica gay imbécil que se creía dura, o preferiblemente Atrius. Pero ha encontrado a Sydney, así que tendrá que ser Sydney.

La observa desde el resguardo de un edificio que una vez

tuvo unos baños y que ahora sirve como criadero de arañas. Sydney sube por una escalera de servicio y gatea por uno de los brazos hasta entrar en un avión en miniatura que hay suspendido en el aire. Tiene más agallas de lo que él creía. Se pulveriza crema solar generosamente por todo el cuerpo y se mete en el avión, convirtiéndose en invisible.

Él se acomoda para que a los buscadores les dé tiempo de llegar a ese lugar en lo más profundo del parque.

Un tiempo después de que el sol haya alcanzado su zénit y empiece a recorrer su camino hasta el horizonte occidental, Mack oye algo.

Aparta despacio la manta de su cara, con cuidado de no despertar a Ava. No puede permitirse que se sobresalte y provoque que el tejado cruja.

Está cerca, el resoplido. Una respiración húmeda y hambrienta. Suena como si algo con patas pisara el suelo. Mack no puede estar segura, pero parece que viene de donde orinó ayer, detrás del edificio del payaso. Se le pone la piel de gallina, aliviada al pensar que no se fue a orinar justo al lado del edificio donde está.

El ruido —un resoplido, después más pasos suaves dando vueltas y vueltas— hace que quiera gritar por el terror y la tensión. «Es como si la cazaran».

Puede intentar convencerse de lo contrario, pero sabe cuál es la sensación que se experimenta cuando te acechan como a una presa. «Está muerto, muerto, no puede encontrarme». Pero otra cosa ha reanudado su trabajo.

Roza el lateral del edificio, haciendo que todo tiemble hasta llegar al tejado y después hasta sus huesos. Abre la boca para gemir, para llorar y liberar esa terrible tensión y dejar que la encuentren, que se acabe.

Una mano se cierra sobre la suya y aprieta, anclándola al espacio que ocupa. La manta le va cubriendo la cara poco a poco, centímetro a centímetro, sellándola dentro de la caliente oscuridad que comparte con Ava. Ava, que se ha despertado sin hacer ni el más mínimo ruido. Ava, que está con ella.

«Vamos, salid de vuestros escondites», lo oye canturrear en su memoria. Le aprieta la mano a Ava con fuerza, demasiada, pero Ava no se mueve. Un patito de goma que está en el suelo debajo de ellas emite un pitido mortal, agónico y lento.

Y entonces, un chirrido lejano de metal oxidado resuena en el aire como una sirena. Y oyen unas grandes zancadas corriendo en dirección a donde ha sonado el ruido.

Mack deja escapar un suspiro tembloroso de alivio. Ava se mueve muy despacio, con cuidado, y Mack apoya la cabeza en el hombro de la otra mujer. Bajo la manta hace un calor agobiante, por no duda de que Ava siente las lágrimas que los ojos de Mack han derramado hasta aterrizar en su camiseta.

—Solo es un juego —susurra Mack. Pero sabe que no ha sido la idea de perder lo que la ha inundado de un terror existencial. Ha sido la idea de que la encuentren.

Y de morir después.

—¡Hijo de puta! —grita Sydney mientras observa cómo Jaden sale corriendo hacia los árboles, lejos del ruido que ha provocado para atraer a los buscadores hasta donde estaba ella. Si la eliminan, arrastrará a ese capullo consigo. Sale del avión y está a punto de romperse el cuello al bajar. Corre detrás de él, apartando las ramas. La crema solar se le cae del bolsillo con un repiqueteo.

Chilla cuando el pelo se le engancha en una rama y tira bruscamente hacia atrás de su cabeza. Los árboles a su alrededor se han quedado en silencio. Entonces oye un paso pesado. Y luego otro. Algo en esos pasos lentos y deliberados hace que desaparezca por completo su enfado y pase a ser sustituido por el miedo. Se deja caer en el suelo y se acurruca y cierra los ojos, atendiendo a una lógica infantil: si no los ve, ellos tampoco la verán a ella.

Pero se equivoca, claro.

Mack y Ava se quedan en el tejado unos minutos después de que el foco anuncie el final de ese día. Les tiemblan las manos cuando beben agua y mastican las barritas de proteínas.

Ava le aprieta levemente el hombro a Mack.

—Gracias. Me duele todo, me muero de hambre y creo que voy a sufrir una infección de riñón, pero ya no estoy cansada.

Mack no puede decirle la verdad: que sin la mano de Ava para tranquilizarla, habría perdido la cabeza. Así que finge que ha sido un día normal, tan normal como cualquier otro día que uno pasa escondido en un parque de atracciones abandonado.

—No ha sido nada.

Se ayudan para bajar. Mack va directa al edificio del payaso del piano. Quiere —necesita— ver las huellas. Huellas de zapatos, normales y aburridas. O incluso huellas de animales. El terreno parece revuelto, pero tampoco es que se acuerde de en qué estado estaba el día anterior. Y bajo la leve luz de la luna solo puede estar segura de que no hay huellas de zapatos claras.

— Mañana deberíamos escondernos en un sitio nuevo —dice Ava. Ahora las dos se han convertido en un tándem. En un equipo. Mack debería pelear, decir que no, pero...

—¿Alguna idea?

Ava asiente y las dos se dirigen de vuelta al campamento.

—Creo que escalar a un lugar alto es nuestra mejor opción. Hay una zona con unos viejos autos de choque. El enrejado que hay por encima parece lo bastante firme para aguantar nuestro peso. Está totalmente cubierto de hiedra, así que si nos tumbamos, deberíamos ser invisibles para cualquiera que mire desde el suelo. —Se detiene—. Y podríamos echar un vistazo si volvemos a oír algo.

—Para ver lo que es —susurra Mack.

—Quién es —la rectifica Ava. Pero su voz no desprende la confianza que Mack hubiera querido oírle. Las dos se paran al cruzar el límite del campamento—. Oye, Linda. —Con un gesto, Ava llama la atención de la mujer, que está colocando los últimos repuestos de suministros en la mesa.

—¿Sí, querida? —Linda parece agotada. Hasta el pintalabios se le ha corrido hacia las finas arrugas que le rodean los labios, haciendo que se vean desdibujados y poco definidos.

—¿Hay animales salvajes en el parque?

Linda parpadea varias veces.

—Hay cierta fauna local que tal vez haya logrado atravesar la valla. Pero nada grande ni peligroso.

—¿Jabalíes, tal vez?

Linda deja escapar una carcajada de sorpresa.

—Yo no he visto nunca un jabalí. Pero en un parque de este tamaño, ¿quién sabe?

—¿Cuántos buscadores salen tras nuestra pista?

Linda niega con la cabeza y la sonrisa se diluye entre sus arrugas, como su pintalabios.

—¿Eso importa? Cuando te encuentran, te encuentran. —Y se aleja apresuradamente para sacar más suministros del quad antes de que le puedan hacer más preguntas sobre los buscadores o acerca de a quién han eliminado hoy.

—Pues importa mucho —murmura Ava, mirando a Mack. Mack se encoge de hombros. Importa y a la vez no importa. Un buscador o cien... Eso no va a cambiar su forma de jugar a eso.

Lo que han oído podía ser un jabalí. Uno grande. O uno de los misteriosos buscadores. Ya de vuelta en el campamento, el terror que le provoca sentir que la quieren cazar le parece más un síndrome postraumático que algo real. Aun así, Ava no se aparta de su lado. Se sientan juntas y comen, porque no quieren ir a ducharse aún. Les parece importante ver cómo regresan los demás. Para saber quién sigue en el juego.

Jaden y la Ava guapa vuelven juntos.

Detrás llega Christian, el del portapapeles.

Y después el escritor, Ian.

LeGrand.

Rebecca, el anuncio de dentífrico andante.

—Brandon, Atrius, Sydney y Rosiee. —Ava enumera a los que no han vuelto aún.

Mack se da cuenta de que está conteniendo la respiración y forzando la vista para ver algo en la oscuridad. No debería importarle a quién eliminan. Lo único que significa es que a ella no la han eliminado. Pero quiere darle las gracias a Rosiee por haberla defendido esa mañana. Y la sonrisa de Brandon aliviaría parte del miedo y el pánico que aún le quedan en el pecho. Es el más feliz de todos los que hay allí. Y quiere tener eso cerca. E intentar tomar prestada un poco de esa amabilidad.

En algún lugar de la oscuridad oye el leve pero inconfundible siseo de una lata de pintura en espray.

—Atrius sigue en el juego —dice. Eso le provoca sentimientos encontrados, excepto porque significa que una de las dos personas que sí le caen bien ha sido eliminada. O ambas.

Brandon entra trotando y sonriendo en el campamento.

—Oh, vaya. Hoy ha sido una pasada. O muy aburrido. No sé cuál de las dos cosas.

—Sydney y Rosiee —sentencia Ava.

Linda asiente, distraída. No deja de cambiar la situación de los alimentos sobre la mesa.

—Pues buenas noches entonces —dice, y se va apresuradamente.

Mack se pregunta por qué Linda no se queda, como la

primera noche, o por qué solo es ella quien interactúa con los concursantes. Parece una representante un poco rara para una empresa de material deportivo.

Brandon empieza a amontonar una pila de leña en medio de un círculo de piedras fuera de la zona de la pérgola.

—¿Os importa a alguno si enciendo aquí una fogata? Si no nos dejan despedirnos, al menos deberíamos celebrarlo entre nosotros. ¡Y he encontrado una bolsa de nubes de azúcar!

La Ava guapa se une a él. Tras varios intentos fallidos, consiguen que la madera prenda. Todos se reúnen alrededor del fuego. Incluso el escritor antisocial y LeGrand se sientan cerca. Rebecca suelta una risita que deja al descubierto sus dientes rectos y blancos cuando una nube de azúcar se le cae del palo y acaba en la fogata.

—¿Colgate o Licor del polo? —le susurra Ava a Mack, y Mack intenta ocultar una carcajada burlona.

—¿Y si jugamos a algo? —sugiere Brandon.

—¡Dos verdades y una mentira! —exclama la Ava guapa inmediatamente.

—Dios, no. —Ava se levanta y se va a la ducha. Mack quiere hacerlo también, pero ir con Ava a la ducha parece demasiado íntimo. Mejor esperar a que acabe Ava.

Jaden se inclina hacia delante y el fuego le ilumina la cara con un tono dorado y resplandeciente.

—Contemos historias de miedo. Yo primero. ¿Habéis oído alguna vez la de la terrible masacre del escondite?

El fuego hace arder la cara de Mack, pero nota la espalda fría. Siente la noche ahí, con toda la oscuridad en pausa, inclinándose para escuchar como hacen todos los que están alrededor del fuego. Eso no es real. Nada es real.

—Te la estás inventando —dice la Ava guapa, con el ceño fruncido.

—No. Mi exnovia estaba obsesionada con los podcast de historias de crímenes reales.

—¿Qué es un podcast? —pregunta LeGrand en voz baja.

—Pero ¿de dónde has salido tú? ¿De Marte? Cállate y déjame contar la historia.

La cuenta casi bien.

Trata de un hombre. Tiene mujer, dos hijas y otro bebé en camino. No puede mantener un trabajo durante mucho tiempo, aunque le vaya la vida en ello. Siempre está cabreado. Y es un borracho. Y una mala persona —aunque hace las mejores tortitas, ligeras y esponjosas, con caritas de chocolate dibujadas.

Su último despido es la gota que colma el vaso. Su mujer le dice que si no puede tragarse su orgullo y mantener un trabajo, ella se va de casa. Se vuelve a vivir con sus padres.

(En casa de los abuelos siempre hace demasiado calor, y el aire está seco y pica. La hace estornudar. Una vez le empezó a sangrar la nariz y le duró tanto que estuvieron a punto de llevarla a urgencias).

Entonces el hombre le dice a su mujer que tiene un nuevo trabajo. E invita a toda la familia a celebrarlo. Los adultos están todos sentados en la salita. Él les dice a sus hijas que vayan a jugar al escondite y que se oculten hasta que él las encuentre.

(Era su juego favorito. Y hacía mucho que no lo jugaban con él. Todo el mundo parecía más contento. Y más relajado. Parecía... tal vez estaban seguros. Mack se reía ruidosamente y perseguía a Maddie en círculos. Pero cuando les dijo otra vez que se fueran a esconder, había cierto tono de amenaza en su voz, así que obedecieron).

Y en cuanto acabó de contar...

(Especulación: nadie sabía exactamente cuándo pasó).

Cogió un cuchillo y le rebanó la garganta a su suegro. Después apuñaló en el pecho a su suegra. Y una vez que su mujer había visto morir a sus padres, la apuñaló a ella en el estómago. Los gritos hicieron que la hija más pequeña saliera de su escondite. También la mató. La abrió en canal. Y después se puso a buscar a la otra hija. Pero la cagó. Su mujer no estaba muerta, solo agonizante. Salió de la casa arrastrándose, aunque solo llegó al porche antes de morir. El padre se pasa la noche, toda la noche, buscando a la hija que falta. Por fin, al amanecer, un hombre que había salido a correr ve a la mujer muerta en el porche y llama a la policía. Cuando el hombre oye las sirenas, se corta la garganta y se desangra en el suelo, a menos de un metro y medio del escondite de la hija. La policía ya llevaba dos horas en la escena del crimen cuando ella salió por fin y preguntó si se había acabado el juego. La superviviente afortunada.

(No fue cuestión de suerte. Y Maddie no salió por los gritos. Las dos sabían quedarse quietecitas cuando su padre y su madre se ponían a gritar. No, a Maddie la encontró. Esa parte la vio Mack. El resto solo lo oyó).

—¿Y por qué nos cuentas eso? —Rebecca se abraza a sí misma—. Es horrible.

LeGrand se está meciendo. El escritor sombrío juguetea con su cuaderno. Mack está en silencio. Debería haberse ido a las duchas con Ava.

Jaden se echa atrás y cruza los brazos.

—Os lo he contado para que todos entendáis lo profundamente retorcido que es que la única superviviente de la masacre del escondite esté compitiendo en un torneo de escondite. ¿No es así, Mackenzie Black? Sabía que había oído ese nombre en alguna parte.

Cuando todo el mundo suelta una exclamación a la vez, Mack se levanta y se va a su cama. Ya es hora de acostarse.

Oye a la Ava guapa, a Rebecca e incluso al escritor bombardear a preguntas a Jaden. El del portapapeles y Brandon murmuran. Las voces se han elevado cuando Ava sale de la ducha. Ella también lo va a saber. Ahora lo saben todos.

Al menos eso va a volver la competición fácil de nuevo.

Alguien se arrodilla al lado de su cama. Brandon deja caer un montón de sus provisiones favoritas en su bolsa.

—Espero que ganes —le susurra.

Ella ya no espera nada. En cuanto cierra los ojos, vuelve a ese espacio. Hecha un ovillo. Mirando a Maddie, que la mira a su vez con lágrimas acusadoras en los ojos.

A Atrius no le importa la oscuridad. Es cuando suele trabajar, en general. Pero se está preguntando algo: lleva dos días en movimiento, pintando, firmando e intentando averiguar la distribución del lugar. Y no ha visto a nadie en el parque con ellos. Hoy había subido a lo más alto de la noria, y las vistas demostraron lo que ya sospechaba: que en realidad es un laberinto. Eso hace que se pregunte si el juego no trata tanto de que no te encuentren, como más bien de encontrar. Linda había dicho eso tan raro sobre el libro. ¿Y si ese es el verdadero objetivo? Después de todo, no deja de ser un juego de búsqueda. Tal vez ese sea el giro final: que tienen que hacer ambas cosas.

Se está quedando sin pintura, pero va marcando el camino según avanza por el laberinto. Ha visto un edificio —blanco, con pilares, como el spa— en el centro exacto. Y quiere llegar hasta allí. Primero.

Pero al final se cansa y tiene hambre. Está cerca, lo sabe. Pero ya encontrará el edificio y el libro mañana. Sus grafitis, como las miguitas de pan a la luz de la luna, lo llevarán hasta allí.

Con los ojos fijos en el suelo, no ve el zapato infantil, pero sí se fija en los zapatos de tacón que hay tirados bajo un arbusto. Qué raro.

Cuando vuelve al campamento, encuentra una fogata a punto de extinguirse. La cama de Jaden tiene dos ocupantes. Pero esa no es la única cosa rara en cuanto a cómo duerme la gente. La chica espeluznante con los ojos demasiado grandes para su cara está durmiendo en su cama, pero a su lado, en el suelo, acurrucada, está la militar.

Al escritor quejica se le ha caído el cuaderno de la cama. Atrius lo coge para asegurarse de que no es el libro que busca. Pero no. No es más que un simple cuaderno. Y no solo eso: está en blanco. Ian solo ha estado fingiendo todo el rato que escribía.

Aburrido, Atrius se ducha y come y después ocupa una cama vacía para dormir un par de horas. Llegará al edificio por la mañana.

TERCER DÍA

Atrius se va antes del amanecer.
Encuentra el templo.
Y el templo lo encuentra a él.

Cuando se despierta por la mañana, a Mack le sorprende encontrar a Ava durmiendo en el suelo al lado de su cama. Todavía se distingue la suave luz que precede al amanecer, tiene suficiente tiempo para encontrar un buen escondite. Uno nuevo. No van a volver a utilizar el de ayer, no después de aquellos olisqueos y resoplidos. De aquel modo de rastrear. Intenta hacerse una imagen de la persona que la estaba buscando, pero lo que elige su cerebro nunca es una persona, y le provoca rechazo la figura monstruosa que está deseando tomar forma si ella se atreve a mirarla directamente.

Pero no lo va a hacer. Se le da bien cerrar los ojos y las orejas para fingir que está desconectada del horror.

Camina tan distraída que no nota la presencia de Ava hasta que sale del campamento y toma uno de los muchos senderos que hay por todo el parque. Ava camina rápido, con un paso irregular pero lleno de confianza.

—Vamos —dice Ava, como si anoche no se hubiera enterado de que Mack estaba dañada, rota y acosada por los fantasmas—. Vi un sitio el primer día. Seguro que es perfecto. Estaremos escondidas, pero podremos ver a ras de tierra si queremos. O si volvemos a oír algo.

Mack se fija especialmente en que Ava ha dicho «algo» y no «a alguien». Tal vez también a su imaginación le está costando hacerse una imagen que rellene las lagunas.

Mack quiere preguntar por eso, preguntar por qué Ava sigue con ella, pero más que la posible respuesta, lo que le resulta perturbador es el enorme alivio que siente al tener a Ava a su lado. No debería sentirlo. No debería sentir nada. Y no tendría que contener el impulso de tender la mano y coger la de Ava mientras recorren juntas el camino.

Mack va arrastrando los pies deliberadamente para que sus pasos no vayan tan sincronizados.

Pero ya es demasiado tarde para buscar un escondite mejor para ella sola. Por eso se queda con Ava, o al menos esa es la razón que se da a sí misma. Solo ese día, va a ser el último. Y después seguirá otra vez sola y todo será mejor. Y si no es mejor, al menos será más seguro. Aunque Mack no tiene la certeza de para quién.

Ava la conduce a través de varios giros del camino y por entre marañas de vegetación, rodeando algunas viejas atracciones y estructuras inclinadas que no parecen seguras. Entonces señala una torre ancha y baja, con varios toboganes alrededor. Todos los toboganes tienen unos agujeros enormes en aquellos puntos donde se ha derrumbado una sección entera, y cada tobogán escupiría a la persona que bajara por allí siguiendo un camino diferente.

—Me escondí ahí el primer día. Cuesta un huevo subir. Se llama «Helter-skelter» como la canción de los Beatles.

—¿Tienen una canción sobre una atracción de feria? —pregunta Mack, desconcertada—. ¿Y no es esa la canción que según la familia Manson inspiró sus asesinatos?

Mack hizo una mueca. No debería haber sacado el tema de los asesinatos. Es como abrir una puerta a su pasado, y seguro que Ava aprovechará ese acceso. Por eso ella no habla nunca y por eso Ava es peligrosa, no solo como competidora. Mack se desplaza a un lado. Simplemente se alejará de allí. Fácil.

Ava entrelaza su brazo con el de Mack, enganchándola y tirando de ella para que siga hacia delante.

—Es raro, ¿verdad? Aunque, sinceramente, esos toboganes tienen pinta de asesinos. —Y así, sin más, Ava cierra esa puerta, dejando el pasado de Mack sellado. Las dos siguen caminando en silencio.

Al final llegan a lo que parece un estanque plano de cemento. Como todo lo demás, es una ruina de lo que fue, con la superficie lisa ahora hundida y llena de grietas, y la vegetación saliendo de su interior en busca del sol, reclamándolo todo, lenta pero inexorablemente. Hay una estructura para dar sombra construida sobre la uniformidad oxidada de los autos de coche, y aunque está hundida en el centro como el tejado de Mack, parece lo bastante sólida. Y lo que es mejor:

está hecha de barras de metal entrelazadas en forma de celosía y cubierta de una densa hiedra. Ava tiene razón, si se suben ahí, podrán ver lo que pasa abajo, pero nadie las verá ahí arriba.

Si algo se vuelve a acercar y a olisquearlo todo con ese ruido húmedo y horrible y esos pasos suaves de pies que no suenan como ningún pie que haya oído Mack en su vida, solo será cuestión de girar la cabeza y situar los ojos en alguno de los huecos de la hiedra.

O no. También puede elegir no mirar. Puede ocupar su mente con imágenes inventadas de lo que está causando esos ruidos y vivir con ello todos los días y noches durante el resto de su vida, sin saberlo nunca con seguridad. Al menos ya tiene experiencia con eso.

Mack ayuda primero a subir a Ava, y cuando ella desaparece en la estructura superior, por un momento a Mack le da un vuelco el estómago. Ava podría dejarla allí. Bien escondida y segura, obligando a Mack a buscarse la vida para encontrar un nuevo escondite.

Si ella fuera lista, es lo que debería hacer. Mack ya ha empezado a girarse, resignada, cuando la cara de Ava asoma por el borde.

—Parece que es lo bastante estable —dice, al tiempo que le tiende la mano.

Mack se la coge.

Ava tiene razón. La estructura se queja, y deben tener cuidado de permanecer lo más quietas posible, pero no parece que se vaya a caer en cualquier momento. Se sitúan juntas cerca del borde, donde está mejor sustentado. Ese escondite es mejor que el de Mack, y además tienen unos enormes árboles encima que protegen del inminente ataque del sol. Tal vez ni siquiera necesiten taparse con la manta.

Mack coloca a su alcance con mucho cuidado y meticulosidad todo lo que pueda necesitar. No se duchó anoche, imposible después de lo de la fogata, y ahora se arrepiente, porque nota su olor corporal y el del humo de la fogata, pero a ese nivel, por encima del suelo, y con la agradable brisa que corre, duda mucho de que ningún humano sea capaz de percibirlo.

Ava se acomoda a su lado, con su cuerpo tan cerca del de ella que apenas queda un diminuto espacio entre las dos. Cuando el sol asoma en el horizonte, dando inicio al tedioso día que tienen por delante, Ava susurra:

—Si a Jaden no lo eliminan hoy, esta noche le doy una paliza.

No es un comentario sobre Mack, ni sobre su pasado. No es una pregunta, ni una exigencia. Es una oferta. Una intimidad. Ava la cubre.

Mack se aparta un poco más.

Todavía no ha amanecido cuando Rebecca encuentra el viejo tiovivo. Hay algo inquietante en esos animales fantásticos, que una vez estuvieron pintados con colores vivos, pero ahora lucen descascarillados y tan desvaídos que se ve la madera de debajo. Sabe que es madera —lo sabe sin asomo de duda—, pero por culpa de la podredumbre y la decoloración del sol combinadas, su cerebro le está diciendo que parecen huesos,

torturados y empalados en ese lugar para siempre, unas horripilantes imitaciones de la vida.

Pero la verdad es que le encanta. Parece el decorado de una
película. Casi puede sentir la cámara detrás de ella, contem-
plando la misma vista que ella, dejando que la audiencia llegue
a sus propias conclusiones sobre lo que aguarda en medio del
tiovivo, acechando entre las sombras. «No entres», casi les
oye decir.

Se le eriza el vello de la nuca y se frota los brazos, aunque
el leve frescor de primera hora de la mañana ya se está evaporando. No. No es una película de terror. Sin duda, teniendo en
cuenta sus alergias alimentarias, en una película de terror en-
contrarían una forma terrible y traumática de matarla. Como
si ella no se hubiera imaginado a sí misma asfixiándose cada
día de su vida. Como si sus alergias fueran un giro de guion y
no algo muy real, una fuente constante de todo, desde inco-
modidad hasta un dolor y un miedo increíbles.

Una de terror no. Una comedia romántica. Ella ha hereda-
do un antiguo parque de atracciones de un tío lejano. No. De
un padre con el que no tenía relación, así hay complicaciones
emocionales. Esa es su primera visita y está espantada por el
estado en que se encuentra. ¿Qué va a hacer con un parque de
atracciones en ruinas? No importa que sus mejores recuerdos
de infancia la sitúen allí, que aquel fuera el lugar donde pasó
su último verano feliz con su padre. (¿Madre? No, padre. Dis-
tanciarse de un padre es menos doloroso que de una madre.
Al menos para el público. A ella le parecen muy dolorosos los
dos, pero mejor volver a su película).

Ahora va a girarse y se encontrará con un hombre que

viste una camisa de franela. Y unos tejanos, que le quedan perfectos a su estupendo culo. Pesadas botas, barba de tres días que ya necesita un afeitado, voz áspera y ojos radiantes. ¡Un contratista! Su padre lo contrató antes de morir. Pero ¿por qué habría de invertir en ese parque? A menos que eso signifique poder pasar más tiempo con esos ojos...

Una ráfaga rebelde de brisa cruza silbando al pasar por el tiovivo, como si fuera el último estertor de unos pulmones moribundos. No. Eso no es un decorado de comedia romántica. Es el de una película de zombis.

«Céntrate, Rebecca». Entra en el tiovivo. Parece que los paneles del centro están separados. Si se lo propone, puede colarse por ese hueco. Es una ventaja no haberse aumentado el pecho todavía. Con una copa C no podría meterse ahí.

Pero cuando introduce la primera pierna, mira al suelo y ve el brillo apagado de la plata. Reconoce ese collar. A Rosiee le quedaba precioso. Había envidiado la imagen tan clara y específica que transmitía Rosiee con sus joyas de plata maciza. Se agacha y coge el collar. El cierre está roto.

Rebecca lo mira más detenidamente. Hay una mancha oscura en el cierre. Pegajosa, y la verdad es que no es del todo negra. Es de un rojo muy oscuro. Si a Rosiee se le hubiera enganchado el collar y se lo hubiese clavado hasta el punto de hacerla sangrar, seguro que se habría dado cuenta.

Rebecca saca despacio la pierna. Y observa la abertura.

Hay un trozo de tela desgarrado. Lo reconoce: es de la camisa de Rosiee. Da unos cuantos pasos atrás y choca con uno de los esqueletos en que se han convertido los caballos, que le sonríe con los ojos vacíos. Ahí también hay una bota. ¿Cuánto tuvo que forcejear Rosiee para perder su bota? Eso no es un zapato de tacón o una bailarina. Hay unas muescas profundas en la bota, y marcas de arrastre por donde la bota rozó el suelo. Intentando encontrar un punto de apoyo.

Rebecca baja a trompicones de la plataforma del tiovivo, con el corazón acelerado, examinándolo todo con los ojos desorbitados. Esto no es una comedia romántica.

Esto no es una comedia romántica.

El sol se cuela entre las copas de los árboles, inundando el tiovivo con su luz. Hay unas manchas oscuras que podrían ser óxido. Aceite. Agua negra. O sangre.

—Que le den a esta mierda de los zombis —suspira Rebecca—. ¡Hola! —grita mientras enfila el camino más cercano—. ¡Oye! ¡Ayuda! ¡Necesito ayuda! Creo que le ha pasado algo malo a Rosiee. Si alguien me está viendo, no me importa que me eliminen. Algo no va bien. No va nada bien.

Echa a correr cruzando los setos, abriéndose camino para volver al campamento. Como sus gritos agudos se van desvaneciendo, amortiguados por la hambrienta vegetación, es como si nadie hubiera tocado el tiovivo. Excepto por el brillo de la plata que ha dejado atrás, transmitiendo un código con los destellos producidos por el sol. Pero no queda nadie para descifrarlos.

Mack siente la tensión cuando Ava también lo oye. No es fácil saber si la persona que grita está cerca o lejos, teniendo en cuenta las estructuras, los árboles y el caos general del parque,

que distorsionan el sonido y lo hacen rebotar caprichosamente mientras viaja por el aire.

Ava cambia de posición y mira a través de la hiedra. Mack también, solo porque no puede resistirse.

Pero no ven nada.

—Parece Rebecca —susurra Ava.

Mack sisea entre dientes a modo de respuesta. A alguien le tendieron una trampa para que lo eliminaran el día anterior. Aquel ruido metálico tuvo que ser eso. Seguramente esta vez se trate de otro truco.

Los gritos se interrumpen de repente y Mack está a punto de soltar un suspiro de alivio, pero se le queda atrapado a la altura de las costillas, estático y terrible, cuando un grito aislado atraviesa el parque, produciendo un eco y desgarrándose mientras busca cobijo en sus oídos. En los oídos de cualquiera.

Ava se mueve. Mack extiende la mano inmediatamente y la coge del brazo.

—No —murmura—. Es un truco.

Entonces se oyen pasos. Una carrera rara, descoordinada. LeGrand pasa corriendo por delante de ellas, en la dirección de donde proceden los gritos. Idiota.

Pero no es un idiota. Mack lo sabe. Ella conoce bien la diferencia entre un grito de película de terror, que pretende imitar la agonía de un ser humano, y uno real.

Se vuelve y ve una única lágrima en el rostro de Ava, justo antes de que ella apriete los párpados y vuelva la cara para que Mack no vea que está llorando. Ava también conoce la diferencia.

—Jaden —susurra Ava, para tranquilizarse a sí misma, a Mack o en realidad a ninguna de las dos—. Estoy segura de que es él quien les está tendiendo trampas a los demás.

Las dos se quedan donde están, atrapadas en la prisión de silencio que queda tras el grito al que no han respondido.

El puro, absurdo aburrimiento que produce el lento paso del sol, inscrito en sus cuerpos en forma de secretos moteados, parece burlarse del pánico y del miedo que han soportado al principio del día. Mack no tiene nada más que hacer aparte de esperar, preguntarse cosas y reproducir una y otra vez aquel grito en su cabeza, hasta que se funde y se confunde con otros gritos que forman parte de la banda sonora que ha sido una constante en su vida.

Hasta que llega a convencerse de que ha oído lo que quería oír. O lo que no quería. Fuera lo que fuese. Que no era un grito de verdad. Está condicionada para esperar algo terrorífico, para oír el dolor. Eso es todo.

Ava sigue a su lado, todavía en silencio, y sea lo que sea con lo que está luchando mentalmente, no lo comparte con Mack. Y Mack se alegra. Prefiere estar encerrada en su cabeza. Cambia de postura con movimientos infinitesimales para no hacer temblar el enrejado o que un susurro de la hiedra las delate. Dirige un ojo a uno de los huecos entre las hojas y observa el parque.

No está buscando nada, ni esperando ver nada, mira sin ninguna curiosidad. Pero un destello fluorescente le llama la atención. Todo lo demás que hay en el parque está desvaído por el tiempo, descolorido por el sol, cubierto de óxido y de moho. Pero esa raya de pintura es como un luminoso de Las Vegas.

Atrius. Sigue la línea, y en el límite de su campo de visión detecta otra; esta en forma de flecha. Un camino. Pero ¿un camino hacia dónde? ¿Qué estaba haciendo Atrius? ¿Intentando marcar adónde iba o dónde había estado? ¿O atraer a los demás a una trampa? ¿O simplemente era un idiota con un espray de pintura, que quería señalar su presencia en un lugar que le era del todo indiferente? El motivo que alguien podría tener para dejar su marca en todos los lugares por los que pasaba era algo que a Mack se le escapaba.

Y entonces lo comprende. «Es un laberinto», le había dicho Atrius, y ella asumió que estaba siendo pretencioso. Pero le estaba hablando del parque. Gira la cabeza para susurrarle a Ava la revelación que acaba de tener, pero Ava tiene los párpados apretados y, aunque la tiene tan cerca, ella parece estar imposiblemente lejos de allí. Así que Mack hace lo que mejor se le da.

Nada.

Por fin se pone el sol. Mack deja que Ava baje primero tras apoyarse precariamente lo más al borde que puede y sujetar una de las manos de Ava para ayudarla. Después baja ella. No hablan en el camino de vuelta al campamento, pero Ava camina con una urgencia que no tenía el día anterior. Está nerviosa. Quiere saber qué ha pasado.

Mack decide que prefiere no saberlo. Camina despacio a propósito, para que Ava la deje atrás. Pero, para su frustración, Ava camina más despacio y mira constantemente por encima del hombro.

—Vamos, Mack —refunfuña—. Quiero mear en un baño.

Mack no puede oponerse a eso, así que se une a Ava mientras recorre con la mirada el camino que dejó marcado Atrius. El fluorescente destaca aún gracias a las últimas luces del atardecer.

Mack se pregunta qué habría pasado si lo hubiera seguido. Si dejara que la engullera la noche y el laberinto. ¿Las flechas la llevarían a lo más profundo del parque, hasta que no pudiera volver? ¿O desaparecerían, dejándola sola, desorientada, sin rumbo? Perdida.

No le parece una mala opción. Es algo que le resulta familiar.

Llegan al campamento después de caminar veinte minutos a buen paso hacia la luz del foco. Ava tiene un asombroso sentido de la orientación, que ahora le está resultando útil, pero que supone una mala noticia para Mack. No debe olvidarlo. Ava no es su amiga, es su rival. El dinero le parece algo vago; incluso la naturaleza de la competición ha quedado desintegrada por el calor del sol según iba avanzando sobre sus cabezas. Mack tiene la sensación de que siempre ha estado allí y seguirá estando. La idea de que hay un final, un objetivo, un algo muy tenue que flota en el aire, resplandeciente y efímero.

¿Algo de todo eso es real? ¿Todavía está en lo más alto de las vigas, mirando la vida en el refugio?

¿O en la despensa, mirando el charco oscuro que crece despacio sobre el suelo?

Estira la mano y le roza la camiseta a Ava por detrás con las yemas de los dedos. Después, con los mismos dedos, presiona justo encima de su corazón. La única respiración que oye es la suya. Y no es húmeda, ni suena como los estertores de una vida que agoniza.

Mack cierra los ojos. Le duele la cabeza. Tal vez esté sufriendo una insolación, a pesar de la sombra. No importa.

Ava cruza el campamento a grandes zancadas en dirección al taciturno escritor y a Brandon, que son los únicos que han vuelto por ahora, e ignora los baños, contradiciendo lo que le ha dicho antes.

La mesa está llenísima de comida y de agua. Cuatro o cinco veces más de la que ha habido los días anteriores. ¿Por qué?

No importa. El baño. Mack llega a gritar por el dolor que le produce el alivio.

Cuando sale Mack, Ava está de pie en el borde del campamento, con los brazos cruzados y los ojos entornados.

—Ellos no han oído nada —dice, como si Mack se lo hubiera preguntado. Pero no lo ha hecho. No lo haría.

—¿Crees que pasa algo de verdad? —Brandon se une a Ava, con la nariz cubierta de pecas arrugada por la preocupación—. Tal vez se ha hecho daño. Ha tenido que ser Rebecca, ¿no?

—O la otra Ava —dice Ava.

—Yo no soy «la otra Ava» —se oye decir a una voz que llega desde la oscuridad—. Tú eres la otra Ava. —La Ava guapa entra con dificultades en el campamento y se lanza hacia la mesa para beberse una botella de agua tan rápido que le cae por la garganta. El maquillaje de los ojos se le ha corrido completamente y le ha dejado unas manchas negras bajo los ojos. Unos regueros de sudor o de lágrimas le han creado un raro efecto en forma de rayas en la base del maquillaje. Jaden está cerca de ella, sudado, sucio y con dificultades para mantener su expresión chulesca.

—¿Qué le has hecho? —Ava vuelve a cruzar los brazos sobre el pecho. Eso acentúa sus nada desdeñables bíceps, tanto si ella lo pretende como si no.

Mack se aparta. No necesita saberlo. No quiere saberlo. Solo quiere dormir.

Jaden sonríe.

—Escúchame, gilipollas, si Rebecca no vuelve esta noche...

—Espera, ¿Rebecca? —interrumpe la Ava guapa—. Pensaba que hablábamos de Sydney.

—¿Tú lo estás ayudando? —pregunta Ava, sacudiendo la cabeza con un gesto de asco.

—¿Y por qué íbamos a estar hablando de Sydney? —pregunta Brandon inocentemente, sin entender de qué hablan.

—Porque ellos han sido los que provocaron que la hayan eliminado —aclara Ava.

Jaden se encoge de hombros y en su cara aparece una mueca de suficiencia.

—Todo vale, etcétera, etcétera. —La forma en que dice «etcétera» provoca que Mack esté a punto de saltar. Y que Ava cierre los puños con demasiada fuerza también—. Seguro que ya te sabes la parte de la guerra, aunque seguro que no la del amor —concluye Jaden.

Ava se ríe. Eso sorprende a Jaden y provoca que en su cara aparezca una expresión de duda muy bien ensayada. Entonces se lanza hacia él tan rápido que tropieza al retroceder y choca con la mesa.

—Será mejor que no te cruces en mi camino o vas a desear que no nos hubiéramos conocido nunca.

Jaden intenta recuperarse y sonríe, pero le sale una risa tan vacía como la botella que acaba de tirar la Ava guapa.

—Ya es demasiado tarde para eso.

Ava se gira para mirar a Mack, pero ella ya va de camino de las duchas. No está del lado de Ava. No está del lado de nadie. Hoy se le ha olvidado. Pero no puede olvidarlo otra vez.

Ava sigue recorriendo el perímetro. Ha vuelto todo el mundo menos Atrius, LeGrand y Rebecca. Ian, el escritor —Ava no se puede creer que aún siga en la competición—, ha sacado el cuaderno y come, nervioso. Christian hoy tiene menos ganas de hablar porque se ha quemado con el sol y está enfadado. Jaden y Ava Dos se han retirado a un rincón de la zona cubierta por la pérgola y están acercando dos camas. Su risa suena forzada, fingida, y hablan con un tono de voz innecesariamente bajo para enfatizar que no quieren que nadie los oiga. Como si a Ava le importara lo que están diciendo.

—¿Crees que han eliminado a tres personas hoy? —pregunta Brandon, que carraspea inquieto. Mira tímidamente a Mack—. Me alegro de que tú sigas en el juego.

Ella no responde. Él se siente culpable por lo que sabe de ella ahora. Ojalá no lo supiera, porque le pone muy triste y también hace que le dé un poco de miedo, y no le gusta sentir ninguna de las dos cosas.

Se oye el crujido de una rama. E incluso Mack, que está

decidida a que nada le importe, se gira y mira, como si tuviera un anzuelo y un sedal tirando de sus ojos, uniéndola a lo que sea que va a pasar.

LeGrand entra en el campamento.

—¿La has encontrado? —pregunta inmediatamente Ava. No le da tiempo a alegrarse de que hayan eliminado a Atrius y no a LeGrand. Necesita saber qué ha pasado.

LeGrand niega con la cabeza. Le tiemblan las manos cuando coge una botella de agua. No dice nada más, porque tampoco tiene nada que decir. No le pregunta a Ava cómo sabe que ha estado buscando a alguien. Ha buscado, no ha encontrado y está bastante seguro de que el juego no debería funcionar así, ni mucho menos.

Mack se pregunta quién es LeGrand y por qué es como es. No lo conoce, pero sabe que cuando alguien grita, LeGrand acude corriendo en su ayuda. Y ella no. ¿Qué otra cosa puede necesitar nadie para evaluar la valía de otra persona?

—Ni Rebecca, ni Atrius —dice Ava frunciendo el ceño—. Ni tampoco la señora blanca y elegante que viene a resumirnos lo que ha pasado durante el día y quién ha sido eliminado.

¿Es que nadie más se ha dado cuenta de la desmesurada cantidad de comida que hay encima de la mesa? Mack no se puede creer que no se hayan dado cuenta. Hay suficiente para lo que queda de competición. Linda ha dejado la comida, ha encendido el foco y se ha ido. No va a volver.

—Linda no ha dicho que fuera a venir todos los días —replica Ian furioso, y cierra bruscamente el cuaderno.

¿Por qué fingen todos que les importa quién ha sido eliminado? Siempre y cuando sea otra persona, ¿no es eso algo bueno? Ian los odia por tomarse el juego tan en serio. Todo es muy inmaduro, un verdadero sinsentido. Pero hoy, él ha orinado en uno de los tarros para no arriesgarse a abandonar el refugio que formaba el muro caído que ha encontrado para esconderse. Por eso los odia a ellos y se odia a sí mismo y odia a la gente que dirige el juego. Hay mucho odio por allí. Juguetea con su elegante encendedor de plata, un regalo que se hizo a sí mismo cuando acabó el máster, abriendo la tapa y cerrándola otra vez.

—¿De verdad necesitas que Linda te diga lo obvio? —añade—. Dos personas al día. Dos no van a volver. Atrius y Rebecca están fuera. No entiendo por qué te afecta tanto. Ayer no te importó.

—A mí sí me importó —murmura Christian. El espectro de su malogrado futuro imaginario con Rosiee no lo abandona. No puede rehacerlo con nadie más. Rebecca ya no está, y tampoco era su tipo. La Ava guapa obviamente está con Jaden —y no puede competir con eso— y está bastante seguro de que a las dos que quedan no les gustan los hombres. Intenta mostrarse abierto con esos temas, pero no puede evitar sentirse humillado. Él no tiene nada de malo. Es un buen partido. No es culpa suya que les pase algo a los demás y no sepan verlo.

Tal vez haya una fiesta al final. Se imagina como el vencedor. Reuniéndose con Rosiee, que ha sido eliminada demasiado pronto, y ni siquiera estará celosa, porque sabe que realmente no tuvo ninguna oportunidad. Solo estará contenta por él, contenta porque ganó el mejor. Y entonces...

Está demasiado cansado para terminar la historia. Se tumba en su cama.

—Es obvio que Jaden y Ava Dos han estado saboteando a otros participantes —dice Ava sin preámbulos, plantada delante de Brandon, Mack y LeGrand. Su voz suena serena, pero no habla en voz baja. No le importa si Jaden y la otra Ava la oyen—. Y, digan lo que digan, alguien le ha hecho algo malo a Rebecca hoy.

—¿Perdona? —interviene la Ava guapa, indignada.

—Así que los vamos a eliminar a ellos —anuncia Ava encogiéndose de hombros.

—Sabes que te estamos oyendo —contesta Jaden, poniéndose de pie para ahuecar su plumaje y parecer lo más amenazante posible. Ava sabe exactamente cómo es, conoce a los de esa clase, y sabe perfectamente lo que va a pasar si se encuentra frente a frente con un terror real. Con dolor de verdad.

—Lo sé —dice—. Y quiero que sepas lo poquísimo que eso me importa. Os voy a eliminar. Yo lo sé, vosotros lo sabéis, asúmelo.

Jaden pone los ojos en blanco y sacude la cabeza. Odia a esa zorra. Cree que es dura, con esa cabeza rapada y esos músculos que dan grima. Las mujeres no deberían tener esos músculos. Pero solo tiene una pierna en condiciones, por Dios. ¿De verdad cree que puede ganarle en algo?

—Tú sabrás —responde, pero la voz le sale demasiado aguda. Ojalá pudiera quedar por encima. Decir algo que sonase más duro, más chulo. Pero no importa. La idea fue de Ava, pero fue él quien provocó que eliminaran a Sydney. No sabe lo que le ha pasado a Rebecca, pero va a dejar que piensen que fue él. Que entren en el parque paranoicos y decididos a acabar con él. Eso hará que cometan errores y así ganará él. Porque va a ganar, lo siente. Es el único ganador que hay allí.

—Yo estoy en tu equipo, Ava —dice Brandon, señalando a la correcta. No le gusta la tensión, pero le cae bien Ava. Y nunca ha tenido simpatía por Jaden. Es ese tipo de persona que va por el mundo provocando que los demás los reten, desafiándolos a que le digan lo que hace mal, porque sabe que la mayoría no lo hará.

Pero esta vez, con la Ava fuerte de su lado, Brandon puede hacerlo. Es emocionante ser parte de un equipo. Tal vez por eso a los otros chicos les gusta tanto el deporte.

LeGrand asiente sin decir nada. Se ha pasado toda la tarde sin esconderse, buscando a Rebecca, pero no ha visto ni oído nada. Nadie buscando. Ni tampoco ha encontrado a Rebecca. Tiene un mal presentimiento. Pero lleva teniéndolo desde que lo echaron de casa. Todo el mundo es un enorme mal presentimiento.

Sabe que Ava es una sucia pecadora, y que se equivoca, pero también siente que Ava lo habría ayudado si hubiera estado en su casa. Habría hecho la misma elección que él. Si Ava está perdida, él también, pero al menos es el tipo de persona perdida que se queda a acompañarte toda la noche cuando tú estás llorando.

—Eliminaos entre vosotros, a mí me da igual —murmura Ian, tapándose la cabeza con la almohada—. Pero hacedlo rápido.

Christian levanta las manos.

—Yo soy Suecia.

—Suiza —corrige la otra Ava, sin saber que incluso ese

triste vendedor de paneles solares la considera a ella «la otra Ava». Se pondría furiosa si lo supiera.

—¿Qué? —dice Christian.

—Es Suiza el país neutral, no Suecia.

—Gracias, profesora. —Christian intenta que suene con cierta coquetería (tal vez tenga alguna oportunidad con ella), pero la Ava guapa mira hacia otro lado y empieza a morderse una de sus uñas de manicura perfecta. No parece muy contenta.

No lo está. Jaden parecía la mejor opción. Pero al mirar a la otra Ava, fuerte, enfadada y apoyada por las únicas personas simpáticas que hay allí, duda. No, no duda. Lo sabe. Ha salido con una docena de Jadens, y son todos iguales y todo termina siempre igual. La traicionan cuando queda un solo día para el final y ya no pueden quitarse de encima a nadie más.

Lo sabe. Siente que eso es lo que le espera. Pero dejarlo ahora no cambiaría nada. Así que se ríe.

—Esto es un juego, ¿eh, chicos?

—Mack, tú estás en nuestro equipo, ¿no? —pregunta Brandon, lleno de esperanza.

Mack, que está tumbada de lado, se hace una bola alrededor de su propio vacío y se lanza a por el sueño como si estuviera saltando desde una cornisa.

La Ava guapa se equivocó el primer día, pero hay que perdonarla por no haber visto unas cámaras que no tenía que ver.

Porque sí hay cámaras. Una en el edificio del centro del

parque, aunque nadie ve lo que graba a no ser que sea absolutamente necesario. Una en cada una de las torres, pero a partir de mañana encenderán la valla y habrá vigilancia en las torres, así que las cámaras dejarán de ser necesarias. Hay otra que apunta al campamento, una de visión nocturna que está grabando, con una imagen verde y llena de grano, la discusión. Linda tenía razón al pensar que no debería volver hoy. Pronto se darán cuenta de lo que está pasando. Tal vez alguno ya lo intuye, pero también se aferra a la esperanza de que no saben realmente si pasa algo malo.

Aunque va a llegar el punto en que, por mucho que finja, no va a poder seguir ocultándoles la verdad. Un momento feo, desesperado y caótico, y ella prefiere verlo desde la distancia de ahora en adelante.

Frunce los labios finos y rodeados de muchas arrugas para retocarse el pintalabios mientras se prepara para la reunión. Solo unos días más. Baja el volumen de la pantalla hasta que la discusión se convierte solo en ruido blanco. Puede sentirse agradecida por ellos, por haber pasado ese tiempo como testigo de honor de lo que están haciendo, sin tener que escucharlos. Esa es la única imagen de las cámaras que mira. Ella ha sido la que ha traído a los concursantes —sigue pensando en ellos como concursantes, porque es una palabra más fácil de decir, de tragar y digerir— y por eso también va a verlos desaparecer. Pero no hace falta regodearse en lo truculento. Las otras cámaras no son para ella.

Su cara ya está lo mejor posible. Es vieja y odia que hagan esas reuniones por la noche. Pero también lo comprende. La noche es más tranquila. Es segura. La tensión del día —sabiendo lo que hay ahí afuera, lo que ocurre— hace las reuniones demasiado tensas.

Se sube en su coche y lo dirige, como si fuera un barco por un río de oscuridad, hasta el spa. Es la primera en llegar. Claro. Abre la puerta y va directa a la sala de reuniones, pasando por delante del presuntuoso retrato de Tommy Callas y la caja fuerte vacía que oculta.

Se sienta al lado de la presidencia de la mesa, mirando fijamente las sillas vacías. Su familia hizo la puerta. Su madre creó el Parque de las Maravillas. Y fue Linda quien encontró la forma de mantener las cosas en funcionamiento después de que cerrara. Como organizar ese estúpido juego. Pero, sobre todo, salvaguardar esos puestos para los herederos de los Callas.

Como si los hubiera invocado su resentimiento, Ray y su primo Gary entran parsimoniosamente. Ray deja una jarra de café en el centro de la mesa y su olor profundo y amargo lo inunda todo. Linda arruga la nariz. ¿Quién bebe café a esas horas de la noche? Lo menos que podían hacer era traer algo agradable. Pero lo mínimo que pueden hacer es mucho más de lo que realmente hacen.

Ray y Gary se sientan en la presidencia de la mesa.

—Chuck ya viene —gruñe Ray.

Linda consigue forzar una especie de sonrisa a modo de fugaz respuesta.

—Bien —dice con los dientes apretados. Por supuesto. Otro Callas. Mira la silla que hay a su lado, la que está reservada a otro representante de los Nicely. Se va a quedar vacía. Su hija hace meses que no le contesta a las llamadas.

Los demás van llegando. La llorona de Karen Stratton, la única voluntaria de la familia en el spa, coloca varios iPad delante de las sillas vacías a través de los cuales asistirán los representantes de los Frye, Pulsipher y Young. Linda se da cuenta de que está apretando los dientes y recuerda lo que le dijo el dentista sobre erosionar el poco esmalte que le queda. Así que sonríe para dejar de hacerlo.

—¿Empezamos? —dice en cuanto Chuck usurpa el asiento de los Nicely que hay a su lado, ofreciendo una visión anticipada de lo que está por venir.

—¿Por qué ellos asisten por videollamada? —pregunta Chuck, señalando los iPad con la cabeza.

—No he podido ir en persona —dice Leon Frye desde su pantalla, sonriendo de oreja a oreja—. Pero mi equipo me dice que la app está funcionando justo como debería.

—Genial, sí. Tienes un equipo para desarrollar una app y una base de datos genealógica. Mientras que el resto de nosotros debemos estar aquí y apañárnoslas solos —murmura Chuck de mal humor. Tiene unos cuarenta años, la mandíbula prominente, ya un poco descolgada por la edad, y el pelo alejándose cada vez más de su frente, igual que se alejaron sus esperanzas de llevar una vida mejor fuera de Asterion cuando lo incluyeron en el núcleo más íntimo.

—Siendo el heredero de la fortuna de una cadena de bares internacional —comenta Linda alegremente. Siempre lo llama bar y no restaurante, por mucho que Ray y Gary la corrijan—. Además, estás en Asterion porque es tu hogar. Nuestro hogar.

—Ya. —Chuck se arrellana en la silla y cruza los brazos.

A Linda no deja de asombrarle que ellos piensen que son capaces de hacer lo que ella hace. No se puede decir que él, precisamente, tenga madera de líder. Se pasa los veranos en un yate y los inviernos en Aspen, cualquier cosa para fingir que no está atado allí para siempre, para eludir sus responsabilidades.

—Solo digo —continúa— que parece que unas familias hacen mucho más trabajo que otras.

Las manos de Linda se convierten en garras a punto de estrangular a alguien, así que se las coloca en el regazo, donde nadie pueda verlas. Chuck conduce un autobús. ¡Un autobús! Mientras que Linda encuentra a los concursantes, coordina las invitaciones, se ocupa de la logística, ¡e incluso se arriesga a entrar en el parque en temporada!

Rulon Pulsipher mira por encima de la montura de sus gafas. Tiene la webcam colocada en un ángulo extraño, así que, aunque el iPad está apoyado en la mesa, parece que los está mirando a todos desde arriba.

—¿De verdad quieres ponerte a desglosar las contribuciones? —Su voz suena maliciosa y se percibe claramente adónde quiere ir a parar. Todos saben que tiene la libertad de la que disfruta por sus acciones —francamente repulsivas— para asegurarse una buena bolsa de futuros concursantes potenciales.

—Tengo una pregunta —dice Karen, levantando la mano. A Linda le produce un profundo asco. No están en una clase del parvulario. Karen necesita crecer de una vez. Pero nunca ha hecho nada. Se ocupa de su jardín, redecora su casa cada pocos años, y vive del trabajo duro del resto después de haber realizado una única tarea hace veinte años—. ¿Por qué les has dicho a los concursantes que busquen un libro?

Para Linda esa pregunta es como una ráfaga heladora que la deja petrificada en su asiento.

—¿Qué quieres decir? —pregunta tartamudeando, y nota que el pánico le llena el cerebro de esa especie de nieve blanca y negra que sale al final de un día de programación.

—La primera mañana les dijiste que buscaran un libro y que así tendrían una bonificación. ¿De qué iba eso?

Linda se ríe, esperando que su risa suene cansada y que no le da importancia a la pregunta, sin que parezca algo forzado.

—No me puedo creer que tú visiones las imágenes. —Como Karen no dice nada, Linda continúa—: Siempre intento añadirles un extra para mantenerlos entretenidos. Para que estén centrados en el juego. Así es más emocionante para ellos. Alarga más sus esperanzas. La última vez les dije que había tres monedas de oro «de inmunidad» escondidas por el parque. —Cruza sus dedos nudosos con la esperanza de que Karen no haya visto las imágenes de siete años atrás y sepa que Linda no dijo nada de eso. Entonces también les indicó que buscaran un libro.

—Vaya. —Karen asiente, pero no parece convencida. Cómo no iba a hacer la pregunta esa bruja, puesto que ha sido culpa de su madre. Pero no es posible que ella sepa que el libro de Tommy ha desaparecido. Seguro que ya habría dicho algo.

Linda necesita cambiar de tema, y rápido.

—¿Ya se han establecido los turnos de guardia? —pregunta, aunque ha sido ella misma la que ha confeccionado los horarios.

Chuck gruñe por lo bajo, pero esta vez es para asentir. Los hombres empiezan a hablar de actualizaciones de la colección de rifles, lo cual los lleva a hablar a continuación del desarrollo de armas y municiones y de la inversión que ha hecho Frye en un nuevo congresista que está en no sé qué clase del comité de Defensa.

Linda sirve café a todos los que están sentados en la mesa, aliviada de que todo vuelva a estar bajo control. Normalmente le pone furiosa que utilicen su reunión para hablar de otros temas que no sean sus solemnes deberes y sobre cómo están progresando las cosas en el parque, pero hoy siente un gran alivio por ello. Cuando acabe la temporada —solo cuatro días más— ya pensará en cómo sustituir el libro.

O tal vez no. La hija de Karen no tiene edad suficiente para realizar el rito de paso consistente en leer las minuciosas traducciones de Tommy, el método gracias al cual todo esto ha llegado a realizarse. Y Linda probablemente muera antes de que llegue ese momento. Y después ya pueden ocuparse ellos de ese lío sin ella, a ver cómo les va.

Derrama deliberadamente el café en la silla de Chuck, forzándolo a cambiarse de sitio. Él no merece sentarse en un asiento de los Nicely. Callas o no, esta no es su ciudad. La consecución de una temporada perfecta no es su responsabilidad, ni su carga, ni su privilegio. Son los de Linda.

CUARTO DÍA

Es la araña la que convence a Mack.

Ava, Brandon y LeGrand están reunidos alrededor de la mesa llena a rebosar, urdiendo un plan para ese día. La Ava guapa y Jaden se encuentran en el otro extremo del campamento, manteniendo una tensa conversación entre susurros. Ian y Christian se tantean, sopesando si se sienten lo bastante excluidos como para superar su inherente ambivalencia mutua.

Una araña solitaria cae del techo de la pérgola, casi invisible bajo las luces anaranjadas y tenues, y aparece justo en medio del camino de Mack. Se queda suspendida, acariciando el hilo de su tela con las patas, justo entre ella y el resto de los presentes.

Maddie odiaba las arañas. Se ponía a chillar como una loca cada vez que encontraba una. Pero a Mack no le gustaba matar arañas —con esa forma que tienen de encogerse, enroscando las patas hacia arriba, una belleza siniestra reducida a un desperdicio diminuto y hecho una bola—, así que tenía que capturarlas por mucho que le costara, llevarlas fuera y liberarlas. Llegaron a un punto en que, en cuanto Mack oía chillar a Maddie, iba directa a por un tarro de cristal y una hoja de papel.

Pero la vez que Maddie gritó en el momento decisivo, como el grito que oyeron ayer, Mack permaneció escondida, y fue su hermana la que quedó reducida a un desperdicio diminuto y hecho una bola.

Mack mira la araña, después deja atrás a Ava y a continuación se cuela entre los árboles. Sola. Es mejor que Ava sepa que ya no se puede contar con Mack. Que no hay que confiar en ella. La noche anterior Ava volvió a dormir a su lado, como si eso fuera una garantía de seguridad. Después de lo que Ava vio en el enrejado —es decir, lo fácil que era que Mack se quedara sin hacer nada en vez de intentar ayudar—, ¿cómo había podido dormir?

No importa. Mack no es ni mucho menos una persona mística, pero piensa ganar. Le parece inevitable. Sin embargo, no le produce una sensación de triunfo, sino que lo percibe como algo pesado y monstruoso.

Familiar.

Al menos esta vez su pecado es el abandono pasivo, no la traición activa.

—¿Qué te parece, tío? ¿Hacemos una alianza o qué? —Christian mira con cautela a los buenorros, que están debatiendo si es mejor entrar en el parque primero o después, y a los raros, que están aprovisionándose tranquilamente.

Ian no está en ninguno de los dos grupos y tampoco quiere estarlo. No tiene ninguna duda de que no quiere estarlo. Se lo ha dicho a sí mismo un montón de veces mientras sacaba todo lo que había en su bolsa por quincuagésima vez. No encuentra su pluma. ¿Cómo va a escribir sin su pluma? Toda esa inspiración y no puede... Ya tiene la nuca cubierta de sudor y nota varias picaduras de bichos, aparte de la quemadura del sol que le ha producido ampollas en un trocito del brazo donde no se aplicó protección solar ayer y no, no se siente inspirado, se siente vacío, agotado e irritado; ¿y dónde demonios está su pluma?

Toda esa inspiración y no puede escribir porque no tiene su pluma. Eso es lo que lo está frenando. Tiene que ser eso, porque si no hay alguna fórmula mágica para escribir, alguna combinación mística de los objetos, el estado de ánimo, el escenario y la música correctos, eso significa que no hay forma de que él encuentre la manera correcta de hacerlo. Significa que lo único que hay que hacer para escribir es... escribir. Y es muy difícil. Mucho. No ha concluido ni un relato desde que acabó la universidad. ¿Y si no logra hacerlo nunca?

—¿Qué me dices? —insiste Christian.

—¿De verdad crees que vas a ganar? —pregunta Ian, mirándolo con un poco más de maldad de la que pretendía. Christian no va a ganar, ni tampoco Ian. Él nunca gana nada, jamás.

¿Por qué accedió a participar en ese juego? Ese estúpido test de ADN que se hizo en busca de antepasados, esperando encontrar alguna conexión desconocida con una cultura que pudiera servirle. Con algo que le infundiera un propósito, una historia. Pero lo que consiguió fue a una mujer que no conocía, una prima segunda o un octavo de prima de decimocuarta generación o lo que fuera, que contactó con él y le habló de esa competición. ¿Y por qué pensó que estaría bien? ¿Cuándo había estado bien algo en su vida?

Christian resopla enfadado y se aleja hasta perderse en la oscuridad de primera hora de la mañana. Menos mal. Ian no quiere un aliado, ni tampoco tiene ganas de seguir el juego en el que los demás han decidido implicarse. ¿No era ya bastante estúpido ese juego por sí solo sin tener que hacerlo más complicado? Pero si están jugando al escondite, por Dios.

Abatido, sin su pluma y sabiendo que, aunque la tuviera, hoy no escribiría nada, Ian deja allí su pesada bolsa y sale del campamento hacia unos arbustos que forman un arco muy alto. Camina sin rumbo, con los hombros hundidos y las manos metidas en los bolsillos. ¿Cómo puede tener frío y estar sudando al mismo tiempo? Detesta ese sitio. Todos los sitios.

Si fuera otra persona, seguro que habría podido sacar una historia de todo eso, pero él no quiere ser uno de esos escritores de género mediocres, que vomitan palabras y palabras de basura para las masas sin criterio. Él tiene un máster. Quiere hacer arte. Quiere escribir cosas que importen. Quiere conceder entrevistas en un estudio masculino, informal y con pinta de caro, rodeado de clásicos, y sin ninguno de sus libros, claro, porque no necesitaría hacer algo tan poco elegante como lucirlos a la primera ocasión. Obviamente la persona que lo entrevistara notaría la ausencia de ostentoso autobombo. No haría falta que se autopromocionara. La obra bastaría por sí sola. Tendría una foto de él, serio, mirando fijamente a la cámara, que desprendería cierto atractivo. Y fumaría en pipa durante la entrevista sin cortarse, y la encendería con su mechero brillante y caro.

Mierda. Se había dejado el encendedor en la bolsa.

El estudio forrado de madera desaparece porque el impacto de una rama solitaria en la cara se lo borra de la mente.

Soltando imprecaciones y sudando, Ian cruza la entrada de un edificio cavernoso con unos cupidos dementes colgando —literalmente: de hecho, uno de ellos está colgando del cuello— de un letrero oxidado y desvaído. EL TÚNEL DE LOS ENAMORADOS. Fuera lo que fuese esa atracción, estaba en el interior. Probablemente era un recorrido por el agua, lo cual le trae a la mente humedad y moho. Se lo imagina infiltrándose en sus pulmones, asentándose allí y colonizando su cuerpo con millones de diminutas esporas de moho como flechas del arco de Cupido. Pasa completamente.

Al adentrarse un poco más por el camino serpenteante que está recorriendo ve un edificio más acorde con su estado de ánimo. Las fauces abiertas de un enorme demonio. Seguramente en algún momento estuvo cubierto de yeso, pero la lluvia ha hecho que se haya ido cayendo poco a poco y ya solo queda el esqueleto de metal: una calavera con cuernos, un pecho generoso y los esqueletos de unas alas. No resulta tan espeluznante como los querubines, la verdad. Un túnel del amor y otro del terror tan cerca el uno del otro. Seguramente habría sido mejor si los hubieran combinado.

Le parece una idea interesante. O al menos hay una idea interesante detrás de eso. Ojalá tuviera la maldita pluma para escribirla.

Se para delante de la taquilla. La lista de precios estaba a un lado, grabada en una placa de metal, así que todavía puede distinguirla. Allí había habido alguien con sentido del humor. Los visitantes del parque tenían que comprar un pecado para poder entrar: la lujuria, la envidia, la avaricia, la pereza, la gula, la vanidad o la ira. Extrañamente alguien había garabateado ASTERION debajo de esa lista. ¿No se llamaba así esa ciudad?

Le llama la atención y se está quedando sin tiempo, así que cruza bajo el demonio y entra en el edificio. Ha cometido el mismo error que intentó evitar en el Túnel del Amor. La mitad del techo se ha hundido y la atracción también se utilizaba como río artificial para mover las barcas por el túnel. Obviamente hace mucho que se secó, dejando solo moho y una depresión en medio del túnel. Enmohecimiento y depresión: dos estados que a Ian le resultan familiares.

Otro chiste genial y nada con lo que escribirlo o compartirlo.

El túnel del terror le recuerda a algo, y de pronto nota una oleada de vergüenza antes de darse cuenta de por qué ese lugar le hace sentir tanta humillación. Ahora lo recuerda: Gorki. Maksim Gorki. Ian se obsesionó extrañamente con el escritor y disidente ruso cuando estaba estudiando en la universidad. En las fiestas, su frase para ligar era una cita de Gorki en la que opinaba sobre lo repulsivo que le resultaba el exceso estadounidense. Había probado a utilizarla muchas veces, pero nunca consiguió una cita. La última vez que la utilizó, la chica con la que hablaba sí que conocía a Gorki. Pensó que por fin había encontrado a alguien con quien podía congeniar, hasta que la chica se rio y dijo: «Sí, estaba bastante bueno, por eso le iba bien a pesar de ser un gilipollas pretencioso. ¿Por qué crees que a ti también te va a ir bien?».

Ian aparta de su pensamiento toda esa vergüenza reflexiva en estado residual. Gorki había escrito sobre Coney Island, ¿no? ¡Sí! ¿Cómo no se le había ocurrido a Ian hasta entonces? Gorki tenía una forma de condensar las descripciones emocionales más increíbles en un solo párrafo, mejores que las que la mayoría de la gente podía incluir en una obra entera. No era un gilipollas pretencioso, era un genio. Fue a Coney Island y lo detestó todo desde el primer momento, pero escribió algo hermoso sobre lo terrible que fue la experiencia. Había algo sobre un mono, y otra cosa sobre un túnel del terror trivial como aquel, y algo más sobre incubadoras infantiles. Inicialmente Ian se imaginó todo el conjunto como una extraña atracción diseñada en forma de cochecitos de bebé para adultos, pero resultó que en realidad era un edificio que había sido construido para albergar incubadoras destinadas a bebés prematuros. Los parques de atracciones eran mucho más raros antes. Puede que incluso allí también tuvieran uno de esos, pero la verdad es que no parecía lo bastante antiguo.

Intenta recordar sobre qué más escribió Gorki. Subrayó muchas cosas de aquel libro. Pero no se acuerda de detalles específicos aparte de que Gorki solo se sintió completamente feliz imaginándose todo el lugar consumido por el fuego.

Tal vez sí que Ian sea capaz de encontrar la inspiración aquí. Si Gorki, el genio de la disidencia rusa, pudo escribir sobre el odio que le despertó la maldita Coney Island de una forma tan hermosa que llega a tocar el alma, Ian puede escribir sobre el Parque de las Maravillas. Pero si quiere hacerlo, necesita aguantar más tiempo allí.

Saca su teléfono. Lo apagó en cuanto se dio cuenta de que no había cobertura, así que todavía tiene batería. Lo enciende y conecta la linterna. El sol no ha salido aún y necesita hacerse una idea clara de lo que ofrece el edificio antes de elegir un escondite. Está seguro de que quienquiera que los esté buscando hará trampa y utilizará luces, así que no puede contar con ocultarse al amparo de la oscuridad, sin más. Y, en cualquier caso, con el techo destrozado, quién sabe cuánta luz puede entrar ahí.

Hace barridos con el haz de la linterna. Hay unas cuantas barcas en proceso de descomposición contra un muro, y una volcada en el centro del río seco. Podría meterse debajo a gatas, quizá. Pero la idea de estar tan cerca del olor a moho le da arcadas. Tal vez haya un cuarto trasero. Un armario. Cualquier cosa. Su linterna ilumina una hilera de dientes y da un salto hacia atrás, con el corazón a punto de salírsele del pecho.

Los dientes no se mueven. No pueden. Están pintados. Furioso por el exceso de sudor que le ha provocado aquel instante de pánico —tiene las axilas empapadas y le pican—, avanza dispuesto a enfrentarse a su enemigo artístico. El muro en cuestión, el que está más lejos del techo hundido y protegido de los elementos, está pintado. No cree que sea parte del diseño original. No tiene sentido, porque no se vería desde las barcas.

Hay un grupo de hombres y mujeres vestidos de blanco, alrededor de un fuego. En la siguiente imagen hay hombres y mujeres sentados en tronos en lo más alto de una colina rocosa. No. No es una colina de rocas. Es una colina hecha de cuerpos. Qué bonito. En la siguiente imagen hay más hombres y mujeres, esta vez pintados de rojo y todos en círculo. Siete de cada. Ian se detiene. Siete hombres y siete mujeres. Pasea la linterna por la pared para ver la siguiente escena. Parece un laberinto visto desde arriba, y, en el centro, destaca una pintura negra tan densa que engaña a la vista e induce a pensar que hay un agujero en la pared.

La siguiente imagen es la de los dientes, los que ha visto antes. Pero se ha equivocado: no son dientes, porque todos van en la misma dirección, señalando hacia arriba, largos, curvos y afilados. Lo que hay detrás de ellos no se distingue, está borroso, no se sabe si a propósito o a consecuencia del tiempo. Y, debajo, pintadas con mucho mimo, con tanto detalle que parecen casi objeto de reverencia, hay catorce calaveras.

Catorce. Otra vez.

No le gusta ese número. Ni esas imágenes. ¿Quién las ha pintado allí? ¿Por qué tomarse la molestia de pintar frescos espeluznantes en un parque de atracciones abandonado hace décadas, por si se diera la improbable casualidad de que alguien tratara de esconderse allí y los viera?

El mural de Chejóv. Si aparece un monstruo en el mural durante el primer acto, está claro que se va a comer a alguien en el acto final. Chejóv, otro ruso. ¿Por qué los antepasados de Ian no eran rusos? Ahora mismo podría estar viajando a Moscú en busca de sus raíces, en vez de estar encerrado en ese parque de atracciones abandonado.

Esto es una estupidez. Todo lo es. Ian susurra la misma palabra sin descanso —estúpido, estúpido, estúpido—, en un intento de lidiar con el terror, que no deja de encontrar nuevas formas de revolverle el estómago, cada vez con mayor violencia. No le gusta eso. Ni esa sala, ni ese edificio, ni ese parque, ni esa competición. Da media vuelta, dispuesto a marcharse, pero tropieza con unas viejas latas de pintura. Seguramente las usaron para pintar los murales.

Vuelve al agujero negro que hay en el centro de la imagen del laberinto, dirige la luz directamente hacia allí, y... tenía razón. Es un agujero de verdad. Alguien lo ha dejado así deliberadamente, lo ha añadido después. Eso significa que es parte del juego. significa que...

Inspira hondo e introduce la mano en el agujero, preparado para llevarse un mordisco, que le arranquen el brazo o cualquier otra cosa por el estilo. Pero sus dedos tocan algo polvoriento y rectangular. Sabe que es un libro en cuanto lo palpa.

—¡Ja! —grita, y al momento se encoge cuando oye el eco de su propia voz contra las paredes y el techo—. ¡Ja! —repite en voz mucho más baja. Ha encontrado el libro. Ha encontrado el maldito libro. Pero ya es demasiado tarde para volver corriendo al campamento. Busca un hueco en el rincón más oscuro del edificio, bajo una pila de trozos del techo que lo ocultarán de la vista si entra alguien, y se pone a examinar su botín.

La tapa es vieja y el cuero está gastado y agrietado. Las páginas interiores tienen un aspecto quebradizo, y le cuesta creer que hayan podido sobrevivir a los elementos. Cuando abre el libro, varias páginas se caen, y él las deposita con cuidado en su regazo.

Siente un enorme triunfo cuando lee una inscripción escrita con bolígrafo azul en la portadilla delantera del viejo libro.

Ella tenía que saber que estaba en su contra, porque me encerró aquí con la bestia. Pero no sabía que yo ya tenía el libro. Aunque tal vez estén todos compinchados. Permanezco escondida por miedo, tanto a ella como a la bestia. Son la misma cosa, en realidad. No importa. Me estoy quedando sin tiempo para encontrar una solución en estas páginas, para encontrar un final a esta pesadilla. No puedo detenerlo y me va a consumir.

Me lo merezco. Todos nos lo merecemos. Lo siento. Ojalá podáis hacer lo que yo no pude. Y si estás leyendo esto, Linda, espero que te pudras en el infierno. Te esperaré allí.

¡Linda! Así que ese es el libro. Claro que es el libro, e Ian es quien va a conseguir la bonificación. Espera que sea dinero, pero tampoco le vendría mal obtener alguna ventaja. Tal vez incluso pueda ganar la competición.

Expectante, Ian sigue pasando páginas. La letra cambia inmediatamente a una escritura antigua y desvaída, con florituras al final que ningún escritor moderno podría hacer. Está escrito en griego, griego de verdad. O eso diría él con bastante seguridad, al menos. Alguien ha escrito unas detalladas notas con la traducción en los márgenes. Ian va pasando las páginas, cada vez más rápido. Hay un diagrama con unos dibujos y símbolos iguales que los que vio en la puerta de entrada. En otro lugar, los planos de un edificio. Parece un templo en miniatura, con más diagramas de símbolos y dibujos. Y al final, más griego, páginas y páginas y más páginas.

A Ian no le gusta ese libro. No es divertido, ni pícaro, ni inspirador ni vale para nada, sinceramente. ¿Se supone que tiene que hacer algo con él? ¿Hay algún otro encargo, además de encontrarlo?

Debería leer la traducción. Sí. Tal vez ahí haya pistas.

Pero no parece parte del atrezo. No es algo que haya podido crear una empresa de artículos deportivos. Él sabe de libros —es la única cosa de la que sabe algo, en realidad—, y ese libro es antiguo de verdad. Muy antiguo. No pega en un tonto juego del escondite. Se queda mirando el último dibujo, una imagen de algo monstruoso, algo que no casa con nada.

Se estremece y decide mirar las páginas que se han caído del libro. Tal vez allí estén las pistas.

Las lee, e inmediatamente desearía no haberlo hecho.

5 de julio de 1925

La forma en que pretendemos hacer el sacrificio y los métodos que hemos descubierto están detallados en el libro de Tommy, pero nada de eso importa ahora.

Solo queremos que nuestras familias lo comprendan: hemos sobrevivido a la gran guerra y tememos que haya otra ya asomando por el horizonte, así que nos negamos a ver a nuestros hijos sufrir, pasarlo mal y vivir con estrecheces, para después morir como vimos morir a nuestros hermanos, hermanas y padres. Si hacer esta elección significa proteger a nuestra ciudad y a nuestros hijos —que son nuestra gente, nuestra sangre—, y asegurar así que nuestra estirpe continúe y se haga más fuerte, con nuestros nombres por bandera, creciendo, construyendo y haciendo nuestros sueños realidad, estamos satisfechos, porque nuestro sacrificio habrá merecido la pena. ¿Quién no lo sacrificaría todo por sus hijos?

Tenéis que saber algo: vamos a hacer el trato y no sabemos cuál es el coste, pero lo pagaremos, y con ello transmitiremos nuestro amor a través de vosotros a las siguientes generaciones.

Dejamos a Hobart Keck como testigo y a cargo de la administración. Hay un par de cartas personales a continuación; haced que nuestros hijos las reciban y cuidad de nuestros pequeños como si fueran vuestros, sabedores de lo que hemos hecho.

Solemnemente,

TOMMY y MARY CALLAS
GEORGE y ALICE PULSIPHER
ORVILLE y ETHEL NICELY
WILLIE y RUTH STRATTON
JOEL y MARY YOUNG
ROBERT y ROSE HARRELL
SAMUEL e IRENE FRYE

Terminamos el templo de Tommy la semana pasada y la puerta esta mañana, construida, colocada, sellada y protegida siguiendo las detalladas notas de Tommy, aunque la verdad es que no le veo el sentido. Me han designado como testigo, y no sé de qué quieren que dé fe, aparte de haber visto a catorce imbéciles desesperados meterse en un bosque y pasar vergüenza entre cánticos y hechizos.

Pero Tommy es mi hermano, no de sangre, pero sí de elección, así que haré lo que me pide y lo escribiré todo. Al final, cuando vuelvan todos humillados y con las caras coloradas, les esperaré con una buena botella de whisky.

13 de julio de 1925

Mañana es el día. Tengo instrucciones expresas muy estrictas de no interferir, sea lo que sea que vea o escuche, y dure lo que dure.

Los niños se han repartido entre los parientes. Mary, que ha llorado a mares por el pequeño Tommy Junior y sus pulmones enfermos, no ha dejado en ningún momento de derramar lágrimas, lo cual me hace sospechar que no creen que esto vaya a funcionar y, si lo hace, no creen que el coste sea tan alto. Hoy se van a bañar juntos, para purificarse, y yo no puedo mirarlos sin echarme a reír, así que me voy a sentar en un rincón y fingiré que estoy tomando notas para la posteridad.

Tommy no va a olvidar esto nunca. Yo me ocuparé de que

así sea. Cuando seamos viejos, cada vez que entre en la piscina le preguntaré si se está preparando para invocar un poder ancestral.

Los he dejado en el bosque y he cerrado la puerta. Siete días, me han dicho. Tal vez quieran tomarse un descanso de sus hijos. Hay formas más fáciles de hacer eso que crear una elaborada ceremonia, basada en unos escritos secretos encontrados en una iglesia quemada en medio de la nada.

Me he preparado un campamento muy cómodo cerca de la puerta. No me importa dormir en el exterior si no va a venir nadie a gasearme o a bombardearme. Tomaré café y dormiré bajo las estrellas durante una semana, y cuando salgan, me burlaré solo un poquito.

Pero no puedo dejar de apuntar esto: se han llevado una vaca con ellos. ¿Por qué? Tommy negó con la cabeza cuando le pregunté y me dijo que no le diera más vueltas mientras pasaba por mi lado tirando de la vaca.

Ahora mismo no puedo pensar en otra cosa. ¿Por qué se han llevado una vaca?

No puedo...

Tengo que aclararme las ideas, pero me tiemblan los dedos.

Ha habido un ruido.

No, no era un ruido, sino lo opuesto a un ruido, como la atronadora ausencia de ruido cuando explota una bomba cerca y todos los sonidos quedan interrumpidos y no sabes si alguna vez volverán o vas a existir para siempre en ese vacío de sonido palpitante que te aísla del mundo que te rodea.

16 de julio de 1925

Hubo un ruido. Así lo voy a describir, un ruido. Y después una presión, una presión insoportable que me hizo pensar que me iba a desmayar o a morir. Cuando por fin desapareció, me sangraban los oídos.

Puedo atribuir el ruido, la presión y lo de los oídos a los recuerdos, a una tormenta que se acerca o a cualquier cosa en realidad. No voy a dejar que toda esta tontería y la superstición se me contagien. Estoy enfadado con Tommy. Y con Mary. Deberían tener más sentido común. Al resto apenas los conozco, pero estoy enfadado con todos.

17 de julio de 1925

La puerta me preocupa. No es más que una puerta. Está rodeada de árboles. No está conectada a una valla. Solo una puerta, ahí, en medio del bosque.

¿Por qué no soy capaz de tocarla?

He trasladado el campamento un poco más allá sin salirme del camino. Todavía veo la puerta. Ya casi se me ha acabado el whisky y quiero ir a la ciudad a por más, pero le he prometido a Tommy que me quedaría aquí. Cuando esto acabe, creo que voy a ser yo el que me vaya de vacaciones, lejos de Tommy y de esa puerta.

18 de julio de 1925

Esta mañana, cuando el sol ha asomado por el horizonte, he oído gritos. He estado a punto de correr hacia los árboles en cuanto los he oído, pero después han empezado las carcajadas.

He matado a hombres con mis propias manos. Me he escondido bajo cadáveres para protegerme de las balas y la metralla. He visto todos los horrores de la guerra, pero nunca he estado más asustado que después de oír esas risas.

Soy un cobarde. Y no me importa. Si hubieran sido solo los gritos, habría entrado. Pero no quería ver cuál era el motivo de que alguien se riera así.

No he entrado y no voy a entrar. Me voy a quedar a este lado de la puerta. Si ha ocurrido algo terrible, ya ha pasado y no he interferido; he hecho lo que Tommy me pidió. Me voy a quedar aquí fuera toda la semana.

Y después le voy a dar a Tommy un buen puñetazo en la cara antes de largarme.

Si hubiera sabido lo que me estaban pidiendo que hiciera en realidad, la carga que estaban poniendo sobre mis hombros, los fantasmas de los que no me iba a poder librar, el horror con el que iba a tener que lidiar, les habría dicho que no. Debería haber sabido que me estaban pidiendo que me sacrificara con ellos.

Maldito seas, Tommy. Malditos seáis todos.

Pero supongo que ya lo estáis.

Estoy cansado. Terminaré mi crónica mañana.

25 de julio de 1925

He reunido todo el whisky que había en mi casa y todo el que había en la de Tommy, por si acaso. Pero no es suficiente.

He esperado hasta la octava mañana porque soy un cobarde. Podría haber entrado la séptima noche, pero mi alma se rebelaba ante la idea de cruzar esa puerta en la oscuridad. La puerta se ha convertido en una barrera infranqueable en mi mente, lo único que hay entre lo que está pasando tras esos árboles y yo.

Gritos. Llantos.

Risas.

La octava mañana abrí la puerta y crucé la línea para entrar en la nueva tierra de nadie de Tommy. Esperaba sentirme diferente: que se me taponaran los oídos y que me sangraran otra vez, que se me erizara la piel, que algo me dijera lo que había pasado allí antes de que lo viera con mis propios ojos... Cualquier excusa para darme la vuelta y salir corriendo.

Pero solo había árboles, iguales que otros árboles, cobrando vida poco a poco gracias a los pájaros y los insectos y otras silenciosas formas de vida naturales del mundo que no sabían lo que me esperaba, o a las que no les importaba lo más mínimo.

Estoy pensando en él, en esa persona, el tal Hobart, que caminaba despacio hacia su objetivo, sin saber lo que se iba a encontrar. Tal vez si me hubiera dado la vuelta, si me hubiera permitido dejar la puerta cerrada, tal vez podría haber...

Pero no. Tommy era mi hermano. Tenía que saberlo. Se lo debía. O eso creía. Ahora sé que la carga que me impusieron me libera de todas mis deudas y los deja a ellos con una que nunca podrán pagarme, una deuda que tampoco tenían intención de compensarme, porque yo no estaba incluido en su blasfemo ~~execrable maldito mierda mierda mierda maldito seas Tommy maldito~~.

Entré en el bosque. Caminé con cuidado, como si estuviera cazando, o alguien me estuviera dando caza a mí. Me dirigí al centro, donde habían formado un claro entre los árboles alrededor del templo de Tommy, donde había ardido una gran fogata la primera noche.

Encontré la vaca, o lo que quedaba de ella, descomponiéndose y pudriéndose, con el estómago reventado hacia fuera, aunque no entendía cómo era posible que hubiera acabado así. Habían utilizado a la pobre vaca para algo peor de lo que había imaginado. Vomité y me preparé para ver la suerte que habían corrido las catorce personas, en vista del destino que había encontrado la vaca.

Había rastros de una fogata. Un círculo de piedras, cenizas, y todavía se notaba el olor a humo.

Y también quedaban rastros de las personas que habían estado allí. Pisadas, marcas en la tierra. Y una fila perfecta formada por catorce pares de zapatos. Algunas prendas de ropa dobladas al lado de los zapatos y otras desgarradas y tiradas. El campamento contaba una historia de orden que desembocaba en caos, y era una historia que yo no quería leer.

Pero la parte de la historia que sí quería ver no estaba por ninguna parte. No había rastro de Tommy, ni de Mary, ni de los Pulsipher, ni de los Nicely, ni de los Stratton, ni de ese idiota de cara redonda, Robert, que no tenía derecho a estar casado con la bella Rose; de ninguno de ellos. No estaban. Había un montoncito de papeles doblados encima del libro de Tommy. Los cogí y me los metí en el bolsillo. No quería mirarlos allí. Sigo sin querer mirarlos.

Había un olor característico. Y no era el de la vaca; el viento iba en dirección contraria. Y he estado en las trincheras. Me he arrastrado por el barro empapado de la sangre de los vivos moribundos. Conozco el olor de la muerte. Y estaba por todas partes.

Una parte de mí quería creer que no era más que una enorme farsa, la madre de todas las bromas, y que yo era el inocente. Que Tommy y los otros estaban escondidos en el templo, se habían escabullido sin que yo los viera y estaban calentitos y seguros en sus casas, esperándome para reírse de mí cuando apareciera.

Pero no podía negar aquel olor a muerte, ni la certeza de que Tommy y los otros trece idiotas no iban a volver.

El templo esperaba. Me puse a temblar, me estremecí, y no me avergüenza decir que incluso lloré. Pero por fin entré y no encontré nada —o eso creí—. Estaba vacío, el suelo estaba despejado, salvo por los dibujos que Tommy había incluido meticulosamente en la mampostería blanca y negra. Aunque estaba vacío, no sentí ningún alivio, ni la más mínima sensación liberadora. A causa del olor.

Y entonces lo noté. La suave inhalación y exhalación, el ritmo constante de la respiración de alguien durmiendo.

Había algo ahí, pero no lo veía. Algo dormía, respirando profundamente con exhalaciones suaves y húmedas. Mis ojos seguían insistiendo en que no había nada ahí, pero yo lo oía y lo olía. Entonces salí corriendo del templo y del bosque, cerré la puerta y la aseguré al salir, con la sensación de que algo me perseguía y quería darme caza.

Tommy, Mary y el resto ya no están. Y sea lo que sea que hicieron, han dejado algo tras de sí.

30 de julio de 1925

Los odio. Los odio a todos.

A continuación, transcribo las instrucciones que me dejó. No tengo su libro, el que encontró y trajo aquí, de donde sacó las terribles instrucciones. Su hermano se lo llevó, y yo estaba demasiado traumatizado para impedírselo. Solo siento no tenerlo en mis manos para poder quemarlo. Solo siento no haber cogido el cuchillo y haber destripado a Tommy cuando se encaminaba hacia los árboles. Solo siento haberlo encontrado, conocido y querido. Él está muerto y yo tengo que vivir con lo que hizo, con lo que creó.

Ahora la carga está sobre mis hombros. Tommy lo entendió. Debía de odiarme, eso creo. O no sabía, no sospechaba, no era consciente. Pero no puedo ser generoso con él ni con su memoria. No después de lo que ha hecho.

Voy a vigilar la puerta. Me convertiré en centinela del horror que ha dejado tras de sí. Y en cada momento del resto de mi vida seguiré sintiéndome perseguido por el sonido de esa respiración, húmeda, lenta, expectante, que expulsa todo el odio que yo siento por mi amigo y por los otros trece idiotas.

No, no voy a cargar con esto yo solo. Sus hijos lo sabrán y cargarán también con ello. Recordarán lo que sus padres hicieron por ellos. O lo que les hicieron a ellos.

A todos.

Instrucciones de Tommy Callas en nombre de las familias Callas, Pulsipher, Nicely, Stratton, Young, Harrell y Frye, que deben seguirse al pie de la letra:

Hemos pagado el precio y asegurado nuestro premio. No es lo que esperábamos, pero tenemos fe, Dios, debemos tenerla, debemos tener fe, la fe es todo cuanto nos queda. Tenemos fe en que la transacción se cumplirá. Habrá prosperidad y protección para todos los de nuestra sangre desde este momento en adelante, y se extenderá a todas las generaciones a lo largo del tiempo.

Hemos pagado este precio los primeros, y cuando el último de nosotros acabe consumido... Yo, voy a ser yo. Ya los he visto a todos excepto a mi querida Mary, ella y yo somos los únicos que quedamos, y Mary está aquí sentada como si ya hubiera pasado por ello, aquí pero lejos de mí a la vez. La he amado, y eso nos ha llevado hasta aquí, por eso debo tener fe. La tendré.

Cuando yo acabe consumido, se quedará dormido y nos protegerá, y os habremos dado lo que nuestros padres no pudieron darnos, lo que nuestro país tampoco pudo: habremos asegurado vuestros destinos y vuestra prosperidad.

Prósperos.

~~Prósperos.~~

Es vuestro derecho. Ya hemos pagado por él.

Haced guardia y vigilad. Cuando despierta, si despierta, hay que alimentarlo. Este acuerdo se ha sellado con nuestra sangre. Alimentadlo y después sed prósperos y sentid nuestro amor. Mi Mary era una mujer llena de un amor ardiente, y con él, alimentada por él, ahora se ha consumido.

Vigilad.

~~No dejéis la puerta abierta.~~

~~No dejéis que pase hambre.~~

No olvidéis que os queremos y que merecéis este regalo.

Se despierta. Nuestro tiempo ha terminado. Nos vamos a dejar consumir por nuestros hijos, los hijos de nuestros hijos, y los hijos de los hijos de nuestros hijos.

El precio se va a pagar de buen grado y con fe en el futuro, en que el futuro mantendrá la fe como nosotros, y nosotros perduraremos a través de vosotros Tengo fe Tengo fe Tengo fe Tengo fe pero oh Dios, hay estrellas más allá de sus fauces y hay estrellas No sé, y mi Mary ya ha ido con ellos y ahora yo iré también.

Adiós.

15 de julio de 1926

No me creyeron, no quisieron creerme, esos hermanos, hermanas e hijos, hasta que entraron en el templo y empezaron los gritos. No es un monstruo para mí, pero a la vez es mi monstruo. No estoy cubierto por las <u>bendiciones</u> de Tommy, pero aun así voy a sufrir las consecuencias.

Hemos establecido una guardia. Ojalá el monstruo duerma para siempre en su templo sepulcral y que los catorce idiotas que lo trajeron aquí nunca encuentren la paz.

15 de julio de 1930

Él duerme, yo bebo, la nación se muere de hambre, pero nosotros no.

15 de julio de 1932

Está despierto. No hemos hecho nada, nada ha cambiado, no ha habido una nueva ceremonia, pero está despierto. Y Tommy dijo que tenía que ser alimentado.

22 de julio de 1932

Creía que el peor momento de mi vida ya había quedado atrás, pero todavía quedan muchos momentos horribles por llegar. Al final, estuve en el templo, llorando, suplicando la liberación, pero no vi nada, y no se me llevó.

No estábamos preparados. Le ofrecimos una vaca, y se comió a los dos hombres, los hermanos Frye, que se la llevaron. Después de eso lo echamos a suertes, a ver quién sacaba la pajita más corta. Los que habían tenido mala suerte se encaminaron a una muerte segura, de dos en dos. Dos al día durante siete días. Al final no logramos que fueran, tuvimos que arrastrarlos. Yo tuve que arrastrarlos, porque yo no estoy bajo la misma maldición que ellos, yo tengo mi propia maldición.

Siete años. Solo nos consiguieron siete años. Seis meses

por cada vida entregada. ¿Merece la pena, Tommy? ¿Qué es lo que nos ha impuesto tu fe a todos nosotros?

Ahora me he convertido en un verdugo.

Siete años para prepararnos. Lo haremos mejor la próxima vez. Tenemos que hacerlo.

22 de julio de 1939

El médico me ha dicho que si no dejo de beber me voy a matar. Hay formas más rápidas de alcanzar la inconsciencia, es lo que le he dicho, pero no son para mí. No. La inconsciencia me rechaza.

Nuestro truco no ha funcionado.

Lo intentamos el primer día con la doncella de la hermana de Rose Harrell, Doreen, pero no la tocó y se puso a merodear alrededor de la puerta.

Llevados por el pánico, obligamos a entrar a la hermana de Rose y al hermano de Orville. No podíamos permitir que saliera. Doreen vio cómo lo devoraba la nada, pero no importa. ¿Quién iba a creerla? Monstruos invisibles que devoraban a personas enteritas en medio del bosque. Menudo cuento.

Un cuento.

Catorce años después de los catorce sacrificios originales. Sus familias son ahora los guardianes, los senadores y los jueces. No habrá consecuencias. Dejamos que Doreen saliera huyendo porque no importa, por eso es tan terrible que no pueda ser sacrificada.

Pero responde a la pregunta. Solo la sangre que lo trajo a la existencia puede alimentarlo.

Hemos ganado un día con esos sacrificios de último momento y hemos dado el aviso. Todas las familias tienen que presentar dos nombres, en sobres sellados —excepto las familias de Rose y de Orville, que solo tendrán que presentar uno esta vez—. No presentaron los suyos, claro. Sus padres y hermanos se sacrificaron por ellos, no para que ellos también fueran sacrificados, sino para que pudieran florecer. Pero hay que alimentar al monstruo.

Doce parientes lejanos, hijos bastardos, primos pobres, secretos vergonzosos que ya no se ocultaban por más tiempo. Los invitaron de dos en dos a unas casas en las que nunca habían sido bien recibidos, y de dos en dos los escoltaron hasta el templo. Yo los escoltaba, porque yo no entro en la categoría para ser consumido.

Es demasiado. Seguro que hay una muerte más rápida que la que puede proporcionar la botella, y a mí me atrae más que al monstruo. Voy a ir en su busca. Que Asterion continúe con su vigilia maldita. Yo quiero encontrar la paz en el infierno, satisfecho porque sé que el infierno es demasiado bueno para Tommy Callas y que allí nos vamos a reunir.

Maldita sea Asterion y todo lo que toque para siempre. Amén.

Ian apaga la linterna y vuelve a meter los papeles sueltos en el libro con mucho cuidado, como si alguien se fuera a dar cuenta si no los trataba bien. Como si lo estuvieran observando.

La letra meticulosa de la traducción, los diagramas, el último dibujo terrible. Ahora todo tiene sentido y él no quiere que lo tenga.

A él le gusta ser escéptico. Envolverse en cinismo es la forma más fácil de proteger su corazón en medio de un mundo tan diferente a él y a sus sueños. Parte de él siente vergüenza (sabe lo humillado que se va a sentir después, al recordarlo), pero al resto de él no le importa.

Ian sale corriendo del edificio, vuelve por los caminos serpenteantes llenos de recodos hasta el campamento. Llega allí justo cuando amanece, sin aliento, pero por fin seguro de lo que quiere hacer: salir inmediatamente de allí. Tal vez la bonificación por encontrar el libro sea en dinero. Tal vez no. No importa.

Mete el libro maldito en su bolsa, guarda todas sus cosas y busca por última vez la condenada pluma. Incluso revisa las cosas de Jaden, porque no descarta que ese gilipollas se la haya cogido. Pero no está ahí. No está por ninguna parte.

Un fuerte crujido resuena en el aire y él da un brinco y se gira rápidamente, pero ahí no hay nada.

Da igual. Hora de irse. De todas formas, no quiere el dinero del premio. El dinero acabaría con su creatividad. Se volvería demasiado cómodo. Los artistas necesitan sufrir, ¿no? Gorki habría aprobado su elección.

Deja escapar una carcajada ahogada ante lo absurdo de su miedo, y por la certidumbre que le ha proporcionado. Por la seguridad que quiere negar, pero no puede, de que ahí está pasando algo malo, malo de verdad. Siente la tentación de tumbarse en su cama, cubrirse la cabeza con la manta y volver a dormir. Que lo encuentren allí.

Pero no. Va a enfilar la carretera por la que entraron con el autobús hasta la puerta, le dará el libro a Linda y no volverá a pensar en todo eso nunca más. Se rinde. No quiere jugar más. Pero tiene que irse ya. Si se tumba en su cama, se macerará en sus propias dudas y su sudor y se convencerá de no hacer lo que siente. Mejor perder en libertad. Que se rían de él y comprendan lo ridículo que es, su debilidad. Poder mirar atrás solo con vergüenza, no con terror.

Él comprende la vergüenza. La vergüenza es cómoda.

Se cuelga la bolsa del hombro, y entonces lo oye. Al principio su cerebro ignora el resoplido húmedo, pero tiene algo raro. Los pájaros en la maleza están alborotados. Sea lo que sea que se acerca, casi no hace ruido, solo esa respiración. Nada pequeño respira así.

Ian recuerda aquel agujero negro terrible y la imagen de

los cuernos iluminada en la oscuridad. Recuerda la descripción de Hobart de una respiración invisible durmiendo. Y el dibujo del final del libro, y se queda paralizado del terror. Todo su cuerpo es como una respiración contenida.

Algo cruza los arbustos del otro lado del campamento, cubierto de sangre y con los ojos desorbitados.

—Pero ¿qué demonios...? —grita Ian.

A Mack le lleva demasiado tiempo. Está distraída. Ningún lugar le parece lo bastante bueno. Se está quedando sin tiempo y el amanecer, cada vez más cercano, le produce tal pánico que se sorprende de su propio miedo.

Es culpa de Ava. Mack no puede permitirse distracciones, pensamientos, sentimientos. Un tiovivo que hay delante le llama la atención. Seguro que ahí hay algún sitio inesperado para esconderse. No debería; hay un camino demasiado directo desde el campamento, y eso lo convierte en un escondite obvio. Pero se está quedando sin tiempo. Se acerca corriendo.

Ella ve inmediatamente lo que Rebecca necesitó demasiado tiempo para percibir. La plata. La bota. Los signos de lucha violenta.

La abertura en el centro del tiovivo la espera, paciente, fría como una tumba. Esperando para engullirla, para colocarla en el lugar al que pertenece. Donde debería llevar ya todos esos años. No importa lo silenciosa que sea, lo invisible, lo pequeña. Lo poco que se deje desear.

La muerte le pasó cerca esa noche y ahora también. ¿Acaso no está esperando que venga ya a por ella?

Mack se sube con mucho cuidado a la plataforma del tiovivo, y recoge todas las bonitas joyas de plata de Rosiee. La fría oscuridad que hay en el centro late, esperando envolverla.

Recuerda la oscuridad cálida bajo la manta. La mano de Ava agarrando la suya, ayudándola a permanecer en silencio. A seguir escondida. Queriendo que siguiera escondida. Que estuviera a salvo.

El amanecer ha llegado y ella se aleja del terrible final que le espera ahí. Una de las flechas fluorescentes de Atrius aparece iluminada en la parte de atrás de una caseta. «Por aquí», dice. ¿Adónde se va por ahí?

Cualquier lugar es mejor que ese.

Mack sigue la flecha.

Christian no tenía intención de llegar al límite del parque. Es imposible saber en qué dirección va. Creía que iba hacia el este, a lo más profundo, pero ahora que ha salido el sol ve que no sabe cómo ha tomado la dirección opuesta y ha ido hacia el oeste hasta toparse con el límite. Se encuentra de frente con una enorme valla de cables metálicos, la única cosa nueva (o bien mantenida) que ha visto, aparte del campamento.

Hay una especie de torre junto a la valla, que no está técnicamente fuera de los límites porque forma parte de la misma cerca. Si lograra subir a lo más alto, tendría unas buenas vistas de todo el parque. Tal vez incluso podría ver dónde se esconden los demás, y entonces Ian acabaría arrepintiéndose de no haber aceptado aliarse con él. Lo lamentarían todos. Pero él sabría ser un buen ganador. Felicitaría a los demás y Ox Sports se quedaría impresionado con él y le ofrecería el trabajo de Linda allí mismo.

La fiesta posterior seguro que va a ser impresionante. Nadie ha hablado de esa fiesta, pero Christian ya saborea el champán y se imagina el vestido que llevará Rosiee.

Canturreando alegremente para sus adentros, no se da cuenta del leve zumbido que se difunde en el aire. Solo llega a poner una mano en la valla. Sale despedido hacia atrás en un segundo, que dura una eternidad, cuando la corriente recorre su cuerpo describiendo un bucle blanco, radiante e infinito.

Se desmaya, o no. El tiempo pasa, o no. Electricidad. La valla está electrificada. ¿Por qué está la valla electrificada? Quiere echarse a reír. Siempre ha pensado que vender paneles solares acabaría matándolo. Tal vez la electricidad era realmente algo que lo perseguía.

Mira arriba y empiezan a correr lágrimas de alivio por su rostro. Hay alguien en la torre. Han visto lo que ha pasado. La persona se inclina, lo mira, aunque está demasiado lejos de Christian para poder verle la cara.

Y entonces la persona se retira a la protección de la sombra de la torre. ¿Por qué no lo socorre? Tal vez ha ido a pedir ayuda. Pero pasados unos minutos, cuando logra recuperar la mayor parte del control de su cuerpo y puede volver a moverse, nadie ha aparecido. Ni le han gritado para preguntarle si necesita asistencia, si está bien.

¿Por qué está electrificada la valla? No hay carteles de advertencia. A la mierda lo de ganar la competición, lo que va a hacer Christian es demandarlos. Conseguir el dinero de esa forma. Para montar su propia empresa. Molesto y tembloroso, Christian examina la torre. Parece una torre de vigilancia, ahora que lo piensa.

Tal vez no ha visto a nadie allí. Quizá ha sido su cerebro, que ha alucinado a causa de la descarga eléctrica y ha producido imágenes locas. Es arriesgado, lo sabe, pero extiende la mano y toca la base de la torre.

No está electrificada.

—Voy a arrojar a ese hijo de puta desde lo alto —murmura Christian, y empieza a escalar. Se le da bien, incluso con los calambres musculares que aún persisten: ya ha llegado a la mitad antes de tener que pararse a descansar. Levanta la vista.

No se equivocaba. Hay una persona en la torre.

Antes de que su cerebro pueda procesar lo que la persona tiene en la mano, resuena el disparo. Christian cae al suelo y el dolor de la caída no se registra en su cerebro porque el agujero que tiene en el hombro exige toda su atención.

Un disparo.

Le han disparado.

Se levanta, tambaleándose, con la mano presionando la herida de bala. No tiene hueco para la ira, para las preguntas, para nada que no sea la urgencia por salir corriendo. Vuelve al parque a trompicones y un grito animal de terror y de dolor escapa de su boca.

Christian avanza en línea recta, ignorando los caminos. Todos los caminos son una mentira. Tropieza y avanza a toda velocidad, y no sabe cómo, pero consigue orientarse mejor que por la mañana. Si logra volver al campamento, si consigue llegar, allí habrá ayuda. Todo estará bien.

Él estará bien, porque tiene que estarlo.

Tiene que estarlo.

Por fin logra liberarse de las ramas que no dejan de enganchársele y se encuentra cara a cara con un Ian sorprendido y aterrorizado.

—Pero ¿qué demonios...? —grita Ian.

Christian cae. Ian se agacha junto a él y le dice algo que Christian no entiende. Una sombra aparece detrás de Ian. Bloquea el sol y Christian tiene la repentina revelación de que la electricidad habría supuesto una mejor forma de morir, a pesar de todo.

El sol se esconde, cubriendo el mundo de una oscuridad que no mejora las cosas. El foco no se enciende. Ava, LeGrand y Brandon se aprovechan del sentido de la orientación de Ava y vuelven los primeros.

—Maldita sea —susurra Ava como si fuera una especie de oración.

Tiene el corazón a mil por hora y parece que quiere escapar de su frágil jaula de carne y hueso. Enciende el foco para iluminar el camino y después se gira, se queda mirando el camino que tiene detrás y espera. Deseando. Negándose a mirar la mesa volcada, las camas desperdigadas y la sangre.

La sangre.

—Vamos, Mack —susurra Ava—. Por favor.

Ava, que no se siente nada guapa, está agotada. Nota el resentimiento que irradia Jaden cuando vuelven al campamento, como si fuera el olor del desodorante Axe de la agresividad, haciendo que le pique la nariz y provocando que se le acelere el corazón por la ansiedad. Sus planes para hoy (seguir a los demás y encontrar una forma de tenderles una trampa como hizo Jaden con Sydney) no han servido de nada. En vez de eso, se han quedado sin tiempo para encontrar un buen escondite. Los tallos de uno de los setos esculpidos habían dejado un hueco en el centro y los dos se habían escondido ahí. En otras circunstancias tal vez habría sido romántico. Tórrido incluso.

Realmente había sido tórrido, pero no el tórrido correcto. Está harta de Jaden, de la forma en que siempre va un paso por delante de ella, de que no se haya alejado lo bastante de ella como para que no lo oyera y lo oliera orinando en cuanto ya estaba lo bastante oscuro para salir del seto. Harta de que no esperara a que ella orinara antes de volver.

Harta de ella por haberlo elegido.

Tenía otras opciones. Podría haber seguido siendo amiga de Mack y de la otra Ava. Podría haber recurrido al buenazo de Brandon o incluso al insoportable Christian. Aunque no a LeGrand. Le pone los pelos de punta. Pero ella se había hecho su propia cama (su propio camastro, en este caso) y ahora no le quedaba más remedio que dormir en ella. Eligió lo que le era familiar porque eso le resultaba cómodo, pero ese arreglo, al final, de cómodo no tenía nada.

Hundida en su amargura, ni siquiera nota el estado en que está el campamento. Tampoco tiene oportunidad, porque la otra Ava se lanza a por Jaden formando un peligroso remolino con los puños.

—¿Qué coño has hecho? —quiere saber la otra Ava.

Jaden ya está en el suelo, cubriéndose la cara con las manos, y tiene a la otra Ava a horcajadas sobre él, impidiéndole moverse.

—¡Quítate de encima! —Ava intenta separarlos, pero Brandon, el amable Brandon, la sujeta con fuerza del codo y la obliga a girarse.

—Oh —exclama Ava en ese momento.

Parece la escena de un crimen. La mesa de las provisiones está volcada, su contenido desperdigado, y una parte de este pisoteado y destrozado. Un rastro de gotas acusatorias conduce hasta la mesa, y unos manchurrones de horror se alejan de ella.

Hay una bolsa en el suelo y un cuaderno parcialmente sumergido en un charco, que empapa las páginas lentamente por primera y última vez.

La otra Ava está gritando algo.

—No ha sido él —dice Ava, aturdida—. Hemos estado juntos todo el día. Hemos intentado encontraros, pero no hemos podido, así que nos hemos escondido. No ha sido él. No hemos sido nosotros —corrige, porque si están acusando a Jaden, sus palabras también la acusan a ella.

—Maldita zorra —le escupe Jaden a la otra Ava, bajando los brazos tras haber cesado su embestida—. Pero ¿de qué me estás acusando? ¿Crees que los he matado para ganar? ¿Y cómo crees que me iba a gastar todo ese dinero en la cárcel?

—Yo he oído algo. —Ava no puede apartar los ojos del

charco que hay en el centro del campamento. Ahora lo huele, un fuerte olor a hierro y a algo peor, más antiguo—. Por la mañana. Creí que era el petardeo de un coche. Pero no hay coches por aquí.

La otra Ava se aparta y se incorpora. Jaden se pone de pie rápidamente, con la cara escarlata de ira y un labio que empieza a hinchársele.

La otra Ava no parece preocupada por si la ataca, y además, flanqueada por el alto Brandon y el silencioso LeGrand con sus ojos vacíos, tampoco tiene por qué estarlo. Jaden los señala con un dedo tembloroso.

—Sois todos unos putos idiotas. Idiotas. Es un juego. ¿No lo entendéis? ¡Todo es parte del juego! ¡Esto es el engaño! Quieren que creáis que es real, o que es peligroso, para que renunciéis. Dios. —Suelta una carcajada que suena áspera y aguda—. No debería decíroslo. Debería dejar que os pusierais todos histéricos y salierais corriendo hacia la puerta. Pero al parecer es necesario decir que estamos en medio de un «juego» para que esta Barbie recién salida de Irak no se ponga en plan Rambo y me mate aquí mismo.

La otra Ava se vuelva y se lo queda mirando, con los ojos oscuros ligeramente desorbitados.

—¿Puedes jurar que has estado con él todo el día?

Ava asiente, moviendo la cabeza varias veces seguidas.

—Y que él no le ha tendido una trampa a nadie, excepto a Sydney.

—Cierra la boca —interviene Jaden—. No les digas nada.

Los aparta de un empujón y se encamina a los baños; al instante oyen que se abre una ducha.

—Lo juro —contesta Ava en un susurro.

La otra Ava asiente, imperturbable. Mira hacia la oscuridad.

—Yo también lo he oído. El disparo. Creí que me había vuelto loca.

—Seguramente él tiene razón. Todo es parte del juego.

—Tal vez. —La otra Ava tiene una especie de calambre y baja la mano para tocarse la pierna—. Tal vez. Es posible... que esté viendo una amenaza donde no la hay.

—Pues es un juego muy retorcido —comenta Brandon mientras observa el campamento con el ceño fruncido—. Y no quiero decir retorcido en plan divertido, sino en plan yuyu. No me gusta. Ya no es divertido. —Levanta la vista y examina las caras de las dos Avas—. ¿Qué creéis que deberíamos hacer?

—Yo necesito el dinero —contesta inmediatamente Ava—. Lo necesito de verdad.

—Todos lo necesitamos —replica la otra Ava, pero sin acritud.

—Tal vez nos han hecho creer algo que no era. Quizá se trata de un juego peor de lo que creíamos. Pero ¿cuál es la alternativa? ¿De verdad creéis que Linda nos ha traído aquí para... qué? ¿Asesinarnos de dos en dos? —Suena ridículo cuando lo dice Ava. Es ridículo. Jaden tiene razón. Ha de tener razón. Debe de tratarse de un giro del juego. Ava frunce el ceño porque se le acaba de ocurrir algo—. Habíais llegado todos al campamento antes que nosotros.

Brandon ladea la cabeza, confundido. Pero la otra Ava lo entiende inmediatamente.

—Crees que hemos montado esto para asustaros. Ojalá. Dios, sería una estrategia muy buena. —Da unos cuantos pasos hacia la oscuridad, que se está cerrando a su alrededor—. Christian e Ian podrían haber montado este escenario.

—O Mack. —Ava se encoge de hombros, a la defensiva, cuando la otra Ava la atraviesa con la mirada—. Oye, lo que quiero decir es que, con lo que le ha tocado pasar, seguramente no esté muy bien de la cabeza.

—Nadie nos busca —dice LeGrand en voz baja, recorriendo sin rumbo el suelo con sus ojos azules. Ava cree que tiene los ojos de un azul claro, pero bajo la luz anaranjada que los envuelve no se distingue el color de los de nadie. Ni tampoco el del charco pegajoso que hay en medio. Puede que no sea de un rojo oscuro que se está volviendo negro. Puede que sea morado, o azul, o...

Sí. Puede que alguien dejase que un montón de polos con olor a sangre se fundieran allí. Claro. Ava sacude la cabeza porque sabe lo que está viendo y oliendo, aunque sigue queriendo negarlo; si no ¿qué explicación puede haber?

—¿Qué quieres decir? —le pregunta Brandon a LeGrand.

—Ahí fuera. —LeGrand se encoge de hombros. Los hombros hundidos le hacen parecer más bajo de lo que es—. Nadie nos está buscando.

—Que no te hayan encontrado, no significa que no esté buscando nadie —objeta Ava—. Probablemente has tenido suerte y ya habían eliminado a dos personas ese día. Ese es el patrón, ¿no? Dos al día. Así que, si han encontrado a dos, ya estás a salvo.

—Hoy faltan tres. —La otra Ava se sienta en una de las

camas y deja caer la cabeza hacia delante para masajearse la nuca.

Ava se sienta con precaución a su lado, pendiente de quién será la persona que les devuelve la noche. Y deseando, con una repentina punzada de nostalgia, que hubiera sido Jaden el eliminado de hoy.

La Ava guapa se ha equivocado. No ve a Jaden detrás de ellos, mirando a hurtadillas desde el baño y entornando los ojos mientras decide a quién va a tender una trampa para que lo eliminen al día siguiente.

Brandon está asustado. Ya no se está divirtiendo, ni mucho menos. Y no le importa el dinero. Si no fuera por sus amigos, se iría ahora mismo. Pero no quiere dejarlos en la estacada.

LeGrand está resignado. Los están castigando, el infierno existe y están inmersos en él y van a morir, o no. Tampoco importa, porque la verdad es que él lleva sumido en un infierno sin esperanza y desprovisto de color desde que desapareció.

Y Ava mira hacia la oscuridad, con su mente y su corazón llenos de negrura; huele a un humo fantasma y a carne quemada, mientras espera a ver quién regresa.

QUINTO DÍA

Se ha encendido el foco. Alguien la está llamando para que vuelva, la espera.

Mack se sienta con las rodillas dobladas y se las abraza. Su bañera —más bien un cubo—, o como se llame esa parte de la noria en la que se sube la gente para dar vueltas, desafiando la gravedad, se balancea suavemente por el efecto de la brisa nocturna, y casi hasta podría echarse a dormir. Hacerse un ovillo en el fondo con la suciedad y la basura y dormir para siempre.

Las flechas de Atrius la han llevado hasta allí. Las flechas seguían, pero ella no. Cree que Atrius resolvió el laberinto. Lo que no sabía era si eso significaba que logró salir o entrar. Pero ya no está.

Frota la plata maciza de uno de los anillos de Rosiee, que se ha puesto en el dedo para no perderlo. Ella tampoco está.

Mack tiene hambre y sed y está cansada. No quiere volver al campamento, no quiere ver quién no está, y no quiere pensar en lo que puede significar. Es un juego, sí. Un juego. Un juego organizado por personas y ella comprende perfectamente lo monstruosas que pueden ser las personas.

Pero necesita saber si Ava todavía está. Aunque decidió dejarla. Pero tiene que saberlo.

Baja de la noria y vuelve al campamento.

Ava está sentada en una cama, con la mirada vacía, y la Ava guapa está sentada a su lado. Brandon está limpiando y recolocando la mesa que, a juzgar por el desastre, ha acabado volcada. LeGrand está en otra cama. Hay un charco oscuro en medio del cemento que parece ejercer un magnetismo inverso. Todos se sienten repelidos por la mancha.

A Mack no le gusta lo que hace su corazón cuando ve a Ava. Y a Brandon y a LeGrand, aunque a menor escala. Pero se alegra (Dios, se alegra mucho), de que estén aquí. No obstante, eso significa que le va a doler cuando no estén. Y no puede ayudarlos, ni protegerlos, no puede hacer nada para mantenerlos ahí.

Alguien la coge bruscamente del brazo y la arrastra hasta la luz. Jaden le levanta la mano, triunfante.

—¿Queréis saber quién ha montado toda esta mierda para asustarnos? Tal vez ha sido la persona que lleva las joyas de Rosiee como trofeo.

Mack mira a Ava. Ella no se ha levantado. Todos observan a Mack como si fuera un fantasma, como si ya hubiera muerto y ella no lo supiera todavía.

—Las he encontrado —explica Mack—. Y también una de sus botas. Y sangre.

—Mentirosa. —Jaden deja caer la mano con asco—. Debería de haber sabido que una friki como tú haría juego sucio. Oye, si se te han despertado los genes de tu padre y decides ponerte manos a la obra con el cuchillo, mátalos a ellos primero. —Jaden ignora el grito de indignación de Brandon y se dirige enfadado hacia la cama más alejada—. ¿Vienes? —le pregunta a la Ava guapa.

La Ava guapa se levanta despacio. Mira a Mack y esboza una sonrisa muy tímida.

—Me alegro de que no te hayan eliminado —le dice, y se va a donde está Jaden.

—¿Dónde las has encontrado? —pregunta Ava.

Mack se quita despacio toda la plata, que ahora le pesa más de lo que debería. Va dejando con cuidado todas las piezas en la mesa que acaban de poner de pie. Un anillo grabado con un dibujo que parece un pergamino. Una pulsera ancha con una serpiente envolviéndola. El colgante del corazón, con la punta de la flecha tan hábilmente afilada, se lo deja colgado del cuello, bajo la camiseta.

—En la noria.

Ava se inclina, mirándose fijamente las botas y frotándose con las manos la nuca y la cabeza rapada.

—No sé. No sé. No sé —repite una y otra vez, como un mantra.

—Podríamos abandonar e irnos —sugiere Brandon.

Las miradas de LeGrand y Mack se cruzan. Los dos saben que no pueden. No se ha acabado todavía, así que no pueden irse. Así de sencillo. Mack deja su bolsa y rebusca entre las provisiones estropeadas que Brandon ha vuelto a colocar en la mesa hasta que reúne las suficientes para tres días. Ha desaparecido la sensación de seguridad de los días anteriores, la luz en contraste con la noche y el descanso tras jornadas largas y agotadoras. El campamento ha quedado expuesto, el parque ejerce una presión voraz sobre el recinto y todos los ojos de la oscuridad están dirigidos a ellos.

LeGrand hace lo mismo que ella y llena su bolsa.

—¿Estáis llenando las bolsas para iros? —pregunta Brandon, lleno de esperanza. Si ellos también abandonan, él se sentirá mejor. Pero Mack no puede ofrecerle esa oportunidad.

Niega con la cabeza.

—Yo no voy a volver al campamento.

Ava se levanta, con los ojos desorbitados y las manos temblorosas, como si estuviera pasando el mono de alguna sustancia. Las cierra hasta convertirlas en puños.

—Tanto si es un juego como si no, tanto si es real como si no, da igual, sí. Sí. No deberíamos estar donde esperan que estemos, nunca.

—¿Quiénes lo esperan? —pregunta Brandon.

—Esa es la cuestión. —Ava coge su bolsa y empieza a echar provisiones dentro sin orden ni concierto—. Si es un juego, quiero que eliminen a Jaden antes que a nosotros. Si no lo es, es mejor que estemos juntos. Todos —insiste, mirando a Mack. ¿Está enfadada porque Mack no ha ido con ellos o es que quiere tenerla donde pueda verla? ¿Sospecha que Mack ha hecho algo, algo malo, que le ha hecho algo a Rosiee?

Se equivoca, pero siente que se lo merece. Todo el mundo debería sospechar de ella todo el tiempo. Pero le duele, porque quiere que Ava la crea.

No.

Quiere librarse de todos ellos. Dejar que Ava se pierda en la noche, irse, cortar todos los lazos y ser nada, nadie, y solo... esconderse. Esconderse y no dejar de hacerlo nunca. Como el pájaro del refugio, ahí en lo más alto de las vigas polvorientas, aislado, oculto y seguro. Esa es la vida que quiere.

—Conozco un sitio —asegura Brandon, que obviamente se siente mejor al tener amigos y un plan.

—Oye, Ava Dos —grita Ava—. Puedes venir con nosotros, si quieres.

—No quiere —responde Jaden.

Ava le da a Ava Dos unos segundos y después se encoge de hombros. Tiene la expresión muy seria.

—Vale. Tú nos guías, Brandon. Vamos a escondernos. —Coge a Mack del brazo—. Necesito tu ayuda en la oscuridad —dice, y aunque Mack no cree que sea cierto, echa a andar hacia la inhóspita negrura vacía de primera hora de la mañana pegada a Ava, porque no puede esconderse llevándola anclada de aquel modo.

Brandon los conduce al Túnel del Amor. Tardan un rato en encontrarlo en la oscuridad —siempre lleva su tiempo hallar cualquier cosa en ese parque—, pero lo consiguen. Por el mismo camino, un poco más allá, un demonio despellejado monta una guardia eterna de su reino.

—¿Y si Jaden nos ha seguido? —pregunta Brandon, alerta.

Ha sido idea suya, su escondite, y ahora se siente responsable de todos. Aunque el juego ya no es divertido, ahora resulta emocionante de otra manera. Todos sus amigos se fueron de la ciudad o siguieron con sus vidas después del instituto, y no ha vuelto a tener una relación cercana con nadie desde que su abuela murió. Ahí fuera, en la oscuridad, lleno de adrenalina y de preguntas, se siente cerca de Ava, de LeGrand e incluso de Mack.

Aunque ahora ella le asusta un poco también.

—Si le pongo la vista encima a ese capullo, acabo con él —amenaza Ava. Su voz suena tensa y crispada. Brandon se pregunta si le dolerá la pierna. Tiene un montón de preguntas. No solo es la única lesbiana que ha conocido (si ella lo es, que es algo que él no quiere dar por supuesto, pero tiene que serlo, ¿no?), sino que también es veterana de guerra. Espera que estrechen la relación lo suficiente para poder preguntarle qué le pasó en la pierna, y si conoce a alguna persona amputada. Siempre le han producido curiosidad los amputados y si ese síndrome de la extremidad fantasma es real. ¿Extremidad fantasma? ¿Extremidad sombra? Algo así. Ava lo sabrá.

También quiere hablar con Mack. Preguntarle sobre lo que le pasó a su familia. Pero no, no quiere hacerlo. Quiere que ella decida contárselo. Quiere demostrarles a todos que merece su amistad. Tal vez después de esto, sea lo que sea que acabe siendo esto, seguirán viéndose. A lo mejor se mudarán todos a Idaho, donde podrán trabajar juntos en la gasolinera, y cuando acaben sus turnos se sentarán en la acera a ver salir el sol riéndose de todos los chistes privados que tendrá cada uno.

Pero lo primero es lo primero; ahora tiene que cuidar de todos ellos para que puedan saber lo buen amigo que es.

Ya no es divertido, pero ahora es importante y eso le gusta.

LeGrand se pregunta si ha muerto. Si eso es la oscuridad definitiva, el infierno al que sabía que iría si pecaba. O si Dios hacía una excepción con él y decidía castigarlo ya en vez de esperar.

La mirada de Mack se cruza con la suya en la oscuridad, aunque hay suficiente luz de luna para ver algo. Ella asiente levemente con la cabeza. Ella lo entiende. A los dos los están castigando y, por primera vez desde que lo echaron de la comunidad y se fue, surge un pensamiento, sagrado, ardiendo con fuerza como la zarza de la montaña:

«No me merezco esto».

Y por primera vez desde que puede recordar, mucho antes de que lo expulsaran a ese mundo frío y desconcertante, LeGrand ya no siente miedo.

Siente ira.

—¿Cuál es el plan? —pregunta Brandon cuando entran en el interior del Túnel del Amor con olor a moho. Hay un vacío oscuro en el interior, tanto que es imposible alejarse mucho de la entrada. Cuando se acerque el amanecer, verán lo suficiente para elegir un escondite. Pero a Mack ya no le gusta aquel sitio. Está demasiado expuesto. Hay demasiada gente. Demasiadas posibilidades de que los encuentren.

—Vamos a montar un campamento base aquí. —Ava se sienta en el suelo y estira la pierna mala. Mack no ve su gesto de dolor, pero puede apreciar señales en su forma de moverse y de hablar—. No vamos a volver al otro campamento en ninguna circunstancia. Trataremos a Jaden y a la otra Ava como enemigos, porque si esto es un juego, lo son, y si no lo es, también lo son. —Hace una pausa y su voz, normalmente firme, vacila un poco—. ¿Estoy loca? —susurra—. Algo malo está pasando aquí, ¿no? Porque yo ya sé que tengo mucha mierda en la cabeza, toneladas, pero... —No acaba la frase.

Mack se queda cerca de la entrada, mirando fuera, a la noche. ¿Quién es ella para decirle a alguien si está loca o no?

¿Y quién es ella para decir que lo que pasa allí es peor que cualquier otra cosa? Ella supo que era una presa desde el momento en que entró en el despacho del refugio. Lo supo y vino de todas formas, por eso ahora solo puede hacer lo que ha hecho:

Seguir escondiéndose.

—Mack, no te atrevas —dice Ava con los dientes apretados.

Mack se detiene con el pie en el umbral irregular y deformado que hay entre las tablas podridas del Túnel del Amor y el camino que vuelve al exterior, al anonimato, donde lo único que tiene que esconder y proteger es lo único en lo que confía.

—Vamos a permanecer juntos —dice Ava, y sus palabras son un ancla tan fuerte para Mack como antes lo ha sido su mano.

LeGrand deja caer su bolsa en el suelo al lado de Ava.

—Voy a subirme a un árbol —dice con el mismo tono con que podría haber dicho: «Voy a ir un momento a la tienda a por leche». No sabe cómo, pero LeGrand está llevando la situación mejor que ninguno de ellos. Eso, o es consciente de lo que ya sabe Mack (que en este lugar algo siempre ha ido mal), y no se sorprende de la potencial deriva hacia la violencia y la muerte en la que se encuentran. Es lo de todos los días—. No me alejaré.

Ava asiente.

—Bien. Un mejor punto de observación. Silba si ves venir a alguien.

—No sé silbar.

—¿Nadie te ha enseñado a silbar? —La pregunta de Ava suena triste.

LeGrand chasquea la lengua. Ese sonido se transmite bien por el aire de la noche.

—Me vale —confirma Ava, y así él puede irse. Ava se mira la mano; tiene los dedos enroscados alrededor de la silueta de un arma fantasma—. Brandon, busca armas.

—¿Armas? —Brandon repite la palabra como si alguien le estuviera apretando la garganta con los dedos.

—Cualquier cosa afilada que pueda hacer las veces de cuchillo. Cascotes de cemento que podamos sujetar fácilmente con la mano. Barras de metal.

—El Maestro Ciruela en el Túnel del Amor con la tubería de plomo —susurra Mack. Un recuerdo, ahogado por el sonido borboteante de unos pulmones que intentan respirar mientras se ahogan en su propia sangre, surge perfectamente formado en la mente de Mack, como si hubiera estado esperando una invitación para manifestarse.

«Su madre riendo». Mack había perdido esa risa, la había extirpado de sí misma como si el cuchillo hubiera llegado a tocar su garganta. «Mack la atraviesa con la mirada, pero su madre le hace muecas hasta que ella se rinde y pone los ojos en blanco ante las evidentes trampas que hace su hermana. Maddie siempre hacía trampas. Al menos Mack había podido ser su personaje favorito esta vez: la señorita Escarlata. Aunque las piezas no tienen rasgos, son de plástico uniforme, la señorita Escarlata es la más bonita de la caja, así que ella y su hermana siempre se pelean por ella. Hay un cuenco de palomitas, un juego que no significa nada y la risa de su madre».

Ya está. Eso es todo. No recuerda quién ganó, si es que ganó alguien. Tampoco recuerda lo que hicieron antes o después. No sabe dónde estaba su padre en ese recuerdo. Pero sí recuerda la risa de su madre. A Mack le aterra volver a reproducirlo y desgastarlo, estropearlo, lo que quiere es envolverse en ese recuerdo como si fuera una manta.

Toda su vida ha sido «después». Pero hubo un antes, ¿no? ¿Está viviendo otro antes ahora mismo o va a estar siempre atrapada en un infinito después?

—Pero no crees que vayamos a necesitar armas, ¿verdad?
—La vida de Brandon ha sido tranquila y sistemáticamente triste, nunca se ha visto destrozada ni interrumpida por la violencia. La idea de que esa realidad (su realidad, esta realidad) pueda dar un giro brusco y acabe sumida en el terror, la sangre y la muerte le resulta tan extraña que no lo puede comprender.

Es un lenguaje que tanto Ava como Mack hablan perfectamente. Lo cual hace que Ava se pregunte si lo están interpretando todo mal y están buscando un significado donde no lo hay. Tal vez algo que hay en ese lugar (aunque no se parezca en nada al tiempo que pasó en Afganistán) ha desencadenado el síndrome de estrés postraumático y ha activado la parte de su cerebro que sigue allí, en el desierto, tirada en el suelo con la pierna hecha pedazos y el corazón destrozado. Todo cuanto está sucediendo podría no ser más que un juego. Pero Ava no está segura. Tanto si lo es, como si no, tiene que jugarlo hasta el final.

Y ha cometido un enorme error.

—Mierda. Destrucción mutua asegurada.

—¿Qué? —Brandon mira a Mack para que se lo explique. Pero Mack no puede.

Ava niega con la cabeza.

—Deberíamos haberlos forzado a venir con nosotros. A Jaden y a Ava Dos, quiero decir. Si nos escondemos todos juntos, nos encuentran a todos juntos.

—¿Y qué podíamos hacer? ¿Secuestrarlos? —replica Brandon sacudiendo la cabeza.

No le importa ayudar a Ava, ni esconderse con sus amigos en lugar de hacerlo él solo. Pero no cree que pase algo malo de verdad. Definitivamente, no lo bastante malo como para ponerse agresivo y hacerle daño a alguien. Probablemente debería de haber detenido a Ava cuando se puso a darle puñetazos a Jaden. Se siente mal por no haberlo hecho. No le cae muy bien Jaden, pero no está bien ir por ahí pegando a la gente. Ni siquiera cuando estás alterado.

—No creo que eso hubiera salido bien —concluye por fin, esperando que a Ava no se le ocurra hacerlo ahora.

—No, tienes razón. La logística es imposible con nuestros recursos actuales.

Brandon coge un cascote de cemento y lo sopesa con cuidado, lleno de dudas. Han reunido un pequeño arsenal. Unos cuantos tubos. Una tabla con unos clavos oxidados. Trozos de cemento que son fáciles de levantar y utilizar para reforzar los puños. Brandon está preocupado por todos ellos.

—Además —añade Brandon, que no ha dejado de darle vueltas al asunto—, no los queremos aquí con nosotros. Hay que eliminar a dos personas todos los días.

—Pero ¿por qué? —pregunta Ava.

—¿Por qué todo esto? —Mack se adentra más en los oscuros confines del Túnel del Amor. La luna ha asomado entre las nubes, y ahora se cuela la suficiente luz a través de la entrada y de los agujeros del techo como para ver algo y poder avanzar. No le gusta ese escondite, no le gusta haber traído a Brandon con ellos, y se pregunta si LeGrand es lo bastante listo como para haberse escabullido en medio de la noche y haberse alejado del grupo. De ella.

¿El instinto de Mack de esconderse en un nivel superior es una estrategia de ocultamiento inteligente o es algo vinculado a su trauma? ¿Acaso es el fantasma de su hermana, que la anima a subir más? ¿O Mack sube para intentar escapar de ella? Para llegar a algún lugar donde no tenga que pensar en Maddie, ni en su padre, ni en nada. Donde pueda soltar amarras y dejar atrás la tierra.

Sea cual sea la razón, hasta ahora le ha servido, y por eso no va a dejar de hacerlo. Observa la curva que forma el techo, la cueva artificial que hay sobre sus cabezas. Está hecha de yeso, y unos trozos enormes se han caído del revestimiento, dejando al aire las vigas y el techo de chapas metálicas baratas que hay debajo. ¿Podría subir hasta ahí arriba? No parece que haya una ruta fácil para llegar a lo alto. Y duda de que Ava pueda trepar. Así que, para su propia sorpresa, deja de pensar en cómo subir y se pone a buscar un lugar al que también pueda acceder Ava.

«No es justo», lloriquea Maddie en sus recuerdos de aquella noche.

Brandon se une a Mack, devolviéndola de golpe al presente.

—Yo me escondí ahí. —Señala una fila de coches encallados para siempre en mitad del túnel; un cisne se cierne amenazadoramente sobre ellos, con un ala extendida y la otra rota y tirada en el suelo. El edificio está dividido en dos mitades, así que la vía también pasa por detrás del muro, pero la mayor parte de este se ha derrumbado, dejando al descubierto el patético bucle en su totalidad. Y evidenciando que allí no hay buenos escondites.

—Obvio —responde Mack. ¿Cómo es que no lo encontraron? Si ella estuviera buscando, ese habría sido uno de los primeros lugares donde habría mirado.

—Sí. —Brandon se rasca la parte trasera de la cabeza y frunce el ceño. No parece ofendido ni enfadado porque ella haya rechazado su sugerencia. Parece culpable, como si se sintiera mal por no tener algo mejor que ofrecer—. Lo siento. No quería decepcionarte. No debería haber actuado como si conociera un buen lugar.

Mack lo rehúye emocionalmente. No quiere acercarse a él para consolarlo ni tranquilizarlo. Tampoco desea sentirse más atada a ese juego, a ese mundo. Pero... Aquel amable «Espero que ganes tú» de Brandon permanece como el eco de un abrazo en el fondo de su mente. Como un contrato emocional.

—No, está bien. Es mejor ahora que somos más. Mira, ahí.
—Mack señala un trozo de pared encima de la entrada. En lo
alto se distingue un agujero que parece intencionado, de varios centímetros de ancho y algo más de medio metro de alto.
No es una sección que ha cedido, ni un fallo en la estructura,
al menos por lo que puede distinguirse en la oscuridad, y eso
significa que tal vez haya un hueco entre el techo y la entrada
del túnel por el que avanzar a gatas.

No puede saber que ese conducto se utilizaba para acceder
al voladizo que hay sobre la entrada y cambiar la decoración
—las delicadas serpentinas se pudrieron enseguida, como
suele pasar con las cosas delicadas—, pero cumple con los re-
quisitos que Mack exige de una línea de visión inesperada.
Y también es de difícil acceso. Si alguien intentara trepar para
llegar hasta ellos, tendrían tiempo de...

¿De qué?

No lo sabe.

Pero Brandon se siente animado.

—Entonces ¿he escogido un buen sitio? —pregunta, lleno
de alegría y esperanza.

Mack se contiene para no darle una palmadita en la cabeza. Tampoco alcanzaría, de todas formas.

—Sí, Brandon, sí.

Con toda esa emoción y esa necesidad de respuestas, Mack
está cansada. Lleva mucho tiempo cansada. Sube al hueco de
acceso. Es justo lo que esperaba, perfecto para sus necesida-
des. Pero en vez de volver a bajar para decírselo a los demás, se
hace un ovillo y cierra los ojos.

Tres días más. ¿Eso queda? ¿Solo tres días más, o tendrá

que esconderse para siempre, temerosa de lo que sabe y de lo que no sabe, sintiéndose más segura en ese espacio impreciso y asfixiante que con los demás? ¿No sería mejor seguir en lo más alto de la despensa, aterrada por lo que ha pasado y sospechando lo que están haciendo, lo que han hecho, pero sin poder estar segura?

Debería de haberse quedado allí arriba para siempre.

En algún momento, otro cuerpo entra gateando y se acurruca a su lado, de cara a ella. No tiene que abrir los ojos para saber que es Ava. Su Ava. No sabe por qué, pero en ese espacio oscuro que huele a polvo y a putrefacción, con una tabla suelta clavándosele en la cadera y el terror de saber que la mañana traerá a alguien (¿o será algo?) que los está buscando, Mack se siente más feliz que nunca, con el pelo cortísimo de Ava haciéndole cosquillas en la barbilla, su cuerpo sólido que supone una presencia innegable y su mano rodeando la cintura de Mack, manteniéndola donde está.

Tiene ganas de gritar por esa sensación, esa esperanza que siente, que es más peligrosa que cualquier cosa que vaya tras ellos. Porque la esperanza ya la ha encontrado y la ha atrapado, ya ha hundido en ella sus garras, que la destriparán sin remedio cuando laceren su carne.

—Yo maté a Maddie —dice Mack, sin más preámbulos.

Ava no dice nada.

—Aquella noche. Era su escondite. Era el mejor escondite de toda la casa, el único en el que nuestro padre no la habría encontrado. Yo nunca ganaba en ese juego. Pero me lo enseñó unas semanas antes, después de que la salvara de una araña que había en su habitación, para agradecérmelo. Me enseñó el saliente que había encima de la puerta de la despensa, que era lo bastante grande para un cuerpo pequeño; además, allí nadie miraba nunca. Y esa noche lo ocupé yo. Me quedé con su escondite. Ella lloró y me miró mal y me suplicó que le hiciera un sitio, pero no había espacio, así que se escondió en el estante inferior. Y él la encontró y yo vi cómo la sacaba a rastras. Mientras yo estaba a salvo.

Mack nunca se lo ha contado a nadie. Ahora Ava lo sabe. Sabe que Mack está viva porque su hermana está muerta, y que su hermana está muerta porque Mack no lo está. Ava sabe que cuando aparezca el cuchillo, Mack seguirá escondida y dejará que encuentren a otro.

Ava asiente. Sigue rodeando a Mack con el brazo y se limita a asentir con la cabeza, no le dice que no fue culpa de Mack, ni que está segura de que Maddie lo entendería, ni intenta hacer nada para que Mack se sienta mejor. Lo único que dice es:

—Siento mucho lo que sucedió.

Y algo se rompe dentro de Mack. Empieza a boquear en busca de aire, rodea a Ava con el brazo y la acerca a ella.

—Cuando murió Maria —susurra Ava, mientras la oscuridad que las rodea empieza a reducirse poco a poco—, perdí todo lo que definía mis límites. Perdía a Maria y a mis amigos, mi trabajo y mi propósito en la vida. Y ni siquiera me pude enfadar, porque allí, tumbada en el hospital, esperando a saber si también perdería la pierna, solo intentaba imaginarme qué debía de estar pensando y sintiendo el hombre que lo hizo. Y supe, sin lugar a duda, que si yo hubiera sido él, habría hecho lo mismo. Así que no pude odiarlo, y ya no pude tener un propósito, ni seguir queriendo a Maria, y ya no quedaba nada que me sostuviera. Me estaba evaporando, volviéndome cada vez menos sólida, hasta que ya no sabía quién era. Si es que era algo. ¿Tiene sentido lo que digo?

No lo tiene, al menos no para Mack, porque Ava siempre le ha parecido muy fuerte, muy sólida; la idea de que ni siquiera el cuerpo de Ava es suficiente para sostenerla aterra a Mack.

Mack sintió justo lo contrario. Ella se quedó con la Mack que era ahora y empujó a la que había sido, a la que podría haber sido, tan al fondo, tan profundo, que se convirtió en algo supercompacto, en un pozo de gravedad que lo arrastraba todo hacia su interior (la felicidad, la tristeza, la alegría, el miedo) para que ella no tuviera que sentir nada. Así podía ir por la vida, llevando adelante la rutina, con un cavernoso cascarón protector alrededor de un núcleo imposiblemente pesado.

Mientras que Ava necesita límites para sentirse real, Mack necesita lo opuesto. Necesita que abran ese cascarón. Y Ava acaba de hacerlo esta noche.

Pero Mack no quiere eso. Siente que el corazón se le acelera del pánico, y le preocupa que toda la horrible culpa, la vergüenza y el terror se escapen por las grietas. ¿De verdad quiere recordar la risa de su madre, si eso significa recordar todo lo demás? ¿Si significa recordar la cara de enfado de Maddie mirándola acusadoramente desde abajo por haber ocupado su escondite? ¿Si significa recordar las imágenes fugaces que vio cuando los policías la sacaron corriendo de la casa?

Pero ¿no debería recordar esas cosas? ¿Y las cosas que llegaron antes de la sangre y del final? Si los seres a los que amamos viven en nosotros después de su muerte, Mack los ha mantenido enterrados. No puede pensar en eso, no puede preguntarse qué dice de ella que su padre matara a su familia, así que lo entierra una y otra vez, cada momento de cada día.

—Yo no tuve elección con Maria —susurra Ava—. No me importa que quieras irte. Contigo sí tengo elección y no te voy a dejar ir. —Su mano se estremece, aferrada a la camiseta de Mack, que no cesa de retorcer. Al fin Ava inspira profundamente, temblorosa, y la suelta—. No. Lo siento. Puedes irte si quieres. Todavía estás a tiempo de esconderte sola. Pero Mack, por favor, te estoy pidiendo que no te vayas. Te pido que te quedes conmigo. Que me recuerdes que estoy aquí. Porque estoy muerta de miedo solo de pensar que esto no sea real, nada de esto, y yo no... no puedo... —Ava se interrumpe.

Ava tiene miedo y Mack quiere esconderse de eso, porque enfrentarse al miedo de otra persona significa abrir aún más su cascarón . Dejar que salga su propio miedo.

Pero tiene la risa de su madre otra vez y la forma en que Maddie arrugaba la nariz como un carlino cuando intentaba parecer muy enfadada y es precioso y desgarrador y quiere sentirlo. Quiere sentir cualquier cosa, por primera vez en muchos años. Y saber que Ava —la fuerte y enérgica Ava— necesita ayuda, hace que Mack se sienta un poco menos sola. Posa su mano en la mejilla de Ava y apoya la frente contra la de ella. Se pregunta si el estallido que se producirá cuando libere todo el dolor y la culpa que acumula en el núcleo de su ser merecerá al menos un poco de felicidad y de alegría.

—¿Sí? —pregunta Ava. Ninguna de las dos sabe exactamente qué está preguntando, pero tampoco les hace falta.

Mack presiona sus labios contra los de Ava. Es su primer beso y es suave y está lleno de miedo y esperanza, rodeado e impregnado de oscuridad.

Con el amanecer acercándose, Brandon sale. Mack y Ava llevan unas cuantas horas metidas en su escondite, y aunque no puede estar del todo seguro, sí está bastante seguro de que tienen algo. Se alegra por ellas, pero también se siente un poco excluido. No quiere que el equipo se vaya emparejando y se creen vínculos que lo dejen a él fuera.

Al menos no tiene que preocuparse por eso con LeGrand. Tal vez él se convierta en su mejor amigo. No le parece muy probable —LeGrand no ha sido muy amistoso, aunque tampoco ha sido desagradable—, pero siempre existe la posibilidad. Brandon se lo imagina. Los dos compartiendo cuarto. Quedándose despiertos hasta tarde jugando con su Xbox de segunda mano. Poniendo el dinero a medias para comprar juegos nuevos. Invitando a chicas a tomar pizza. Compartiendo los aperitivos caducados que se trae de la gasolinera.

—¿LeGrand? —susurra en medio de la noche.

Oye un chasquido en respuesta y sigue el sonido. Sabe que no debería estar fuera, que tal vez Jaden los esté buscando, pero se siente solo esperando en el Túnel del Amor sin las chicas, contando los minutos que faltan hasta que haya suficiente luz para unirse a Ava y a Mack en el escondite bueno sin sentir que está estorbando. Echó un vistazo cuando ayudó a subir a Ava. Hay un espacio muy reducido ahí arriba. No va a poder ni entrar a gatas, tendrá que arrastrarse bocabajo.

Y no es que le apetezca mucho. Nunca le han dado miedo las alturas, pero no le gustan los espacios cerrados.

Hay un edificio al final del camino, el del demonio que se deshace con unas alas convertidas en esqueletos. Cuesta distinguir los detalles en la oscuridad, y eso hace que resulte aún más espeluznante. Si hubiera luz, al menos podría ver lo tonto, viejo y frágil que es. Una imagen en la que su cerebro ha de rellenar los detalles que no puede ver, es peor que la realidad.

Brandon se apoya en la base del árbol de LeGrand. No sabe si quiere darle la espalda al demonio, para no tener que mirarlo, o prefiere ponerse de cara para tenerlo vigilado. Ambas opciones lo ponen nervioso, y hacen que se sienta muy tonto por permitir que un viejo elemento decorativo lo ponga tan irritable.

—Hola —dice mirando hacia arriba como por obligación. El follaje del árbol es tan denso que no sabría por dónde empezar si quisiera trepar. Y ni siquiera ve a LeGrand. ¿Cómo ha sido capaz de subir ahí?

—Hola —responde su voz, bajito.

—Estamos subidos en un espacio muy pequeño que hay en la pared del edificio. En la pared de delante, encima de la entrada. Para que sepas dónde encontrarnos. —Si Brandon se siente excluido, puede que LeGrand también, y no quiere que eso pase. En su cabeza LeGrand ya es su compañero de cuarto. Es raro, sí, pero raro en plan bien. No en plan mal, como Atrius o Ian.

Brandon se siente culpable al instante por pensar eso, porque a ellos los han eliminado o... bueno, no están. Eso es lo que Brandon puede pensar. Entiende por qué Ava se está volviendo loca, por qué están todos asustados, porque él también lo está, pero no quiere estarlo. Y no cree que haya pasado algo malo. Solo cree que alguno de los que están allí es un gilipollas. Jaden, seguramente. No le parece algo que pudiera hacer Linda. Parecía demasiado... elegante para eso. Aunque no tiene nada que ver con su edad. No le recordaba en absoluto a su abuela; su abuela llevaba el pelo de color rosa porque una vez se lo tiñó así por error y después decidió que por qué no, y llevaba camisetas de hombre y pantalones muy cortos sobre su piel bronceada, suave y llena de arrugas. No había nada de elegante en su abuela, solo una calidez divertida y una gran sinceridad. Siempre sinceridad. Brandon la echa mucho de menos. Nada ha sido lo mismo desde que murió, y eso lo pone aún más triste, porque realmente no ha cambiado nada. Sigue viviendo en su diminuta casa, haciendo el mismo trabajo y las mismas cosas, solo que ahora las hace solo.

Todos los que están allí están muy preocupados por el dinero; él no tiene, pero está bien gracias a su abuela. Los va a invitar a todos a vivir con él. Si quieren.

Brandon se apoya en el tronco del árbol y se queda mirando la silueta del demonio. Debería preguntar antes de hacer planes para que LeGrand se mude a la casa de su abuela con él.

—¿Tienes familia? —Parece que la mayoría de los que están allí no la tienen o no tienen mucha relación con ella.

—Sí.

A Brandon se le cae el alma a los pies. Si LeGrand tiene familia, no es probable que coja sus cosas y se mude a Idaho.

—Qué bien. ¿Hermanos y hermanas? —Brandon siempre

ha querido tener una hermana pequeña. A veces se imagina lo buen hermano que sería, dando siempre la cara por ella y ayudándola con los deberes. Bueno, eso igual es demasiado. A él nunca se le dio bien el colegio. Pero seguro que a ella le iría mejor. Seguro que daría el discurso en la ceremonia de graduación y él la aplaudiría como un loco. Y sería el primero en ponerse de pie para ovacionarla.

—Treinta y siete —dice LeGrand, aunque suena extrañamente dudoso, como si a ese número lo acompañara una pregunta.

—¿Cómo? —exclama Brandon, y entonces se da cuenta y baja la voz—. ¿Cómo? —repite a un volumen más adecuado.

LeGrand no da explicaciones.

—Vaya. Vale. Bueno, ya sabes dónde estamos escondidos, por si nos buscas. —Brandon espera, por si le ha hecho gracia lo que acaba de decir. No quiere tener que explicar el chiste porque eso significaría que no tiene tanta gracia.

—Medio —dice LeGrand en voz baja.

—¿Qué?

—Muchos de ellos son medio hermanos y hermanas. Supongo que así los llamaríais vosotros. Son de diferentes madres. Mi hermana favorita se llama Almera.

—¡Qué bien! —dice Brandon, y lo dice en serio, aunque la información es bastante rara. Le parece genial que LeGrand tenga tantos hermanos y que tenga una favorita—. Seguro que tú también eres su favorito.

—Me expulsaron.

Brandon sabe lo que eso significa (o al menos cree saberlo), pero le parece una extraña forma de hablar de una familia. No sabe cómo responder. Y entonces se le ocurre, porque esa es su oportunidad.

—Puedes venir a vivir conmigo. Después de la competición, quiero decir. Tengo una casa. Es pequeña y vieja, pero está bien.

El silencio se prolonga tanto que Brandon está seguro de que ha metido la pata. Pero entonces LeGrand dice:

—Vale.

—Vale. ¡Vale! Bien. Bueno, te veo luego. —El cielo está empezando a iluminarse, así que es hora de meterse en el hueco con Ava y Mack. Pero con ese subidón de confianza (¡LeGrand va a seguir siendo su amigo!) ahora está preparado para hacerles la misma oferta a Ava y a Mack, y después prepararse para pasar un largo día de espera, deseando que no pase absolutamente nada.

Las cosas ya le parecen menos raras y aterradoras. Tiene un equipo. Amigos. Y un futuro con ellos.

LeGrand ve a Brandon volver al edificio donde están escondidas las dos chicas, con un paso extrañamente alegre. No estaba así durante el camino desde el campamento hasta donde ahora se encuentran, pero al parecer Brandon ha conseguido revivir su optimismo.

A LeGrand eso no le provoca ningún sentimiento. «Almera». No había dicho su nombre en voz alta desde que se escabulló del complejo hasta la ciudad más cercana e intentó contarle al médico con el que habló lo que le pasaba. Pero lo sacaron de allí, sin prestarle ayuda, sin preocuparse, nada.

¿Por qué no lo ayudó el médico?

¿Por qué no lo ayudó nadie?

«Es una cuestión de números», le dijo con un suspiro la mujer del servicio que se ocupaba de guiarlos en su proceso de ajuste al «mundo real». Y añadió: «Si mantienen a todos los chicos en la comunidad, no habrá suficientes chicas para que puedan tener más de una esposa. Así que buscaron excusas para librarse de ti. No has hecho nada malo».

En cuanto oyó aquello, traumatizado y con el corazón roto, LeGrand se puso a la defensiva. Hablar del profeta y de los mayores en aquellos términos era pecado. Sí que había hecho algo mal. Había sido culpa suya, no de ellos.

Ahora se siente mal por todo lo que llegó a odiar secretamente a aquella mujer. Ella intentó ayudarlo. Incluso le rellenó la solicitud para entrar en esa emocionante competición de la que había oído hablar a la amiga de una amiga. Lo único que quería era que esos pobres chicos perdidos, sin educación, prácticamente analfabetos, criados solo para vivir en un determinado mundo y después abandonados en otro, tuvieran una oportunidad.

Pero él no la iba a tener nunca. Su padre ya se ocupó de eso. Incluso ahora, la mente de LeGrand se revela en un reflejo por esa familiaridad. El profeta, rectifica. No su padre.

LeGrand se apoya en el tronco y mira al demonio con los esqueletos en forma de alas extendidas sobre sus dominios. Si LeGrand es malo por haber intentado ayudarla, entonces el médico y su padre y su madre y todas sus tías y primos y hermanos y los mayores y el alcalde de la ciudad más cercana, que mira hacia otro lado, y el Departamento de Policía, que acepta el dinero de su padre y le permite dirigir Zion Mountain como si fuera un país privado, y el estado, que no se molesta en vigilar lo que ocurre dentro de sus fronteras, y todos —todo el mundo, todos— son malos por no ayudarla. Por ver lo que Almera necesitaba y no proporcionárselo. Y si todo el mundo es malo, nadie es malo, y él va a dejar de preguntarse de una vez si es un pecador.

Sí que lo es, y no importa. Pase lo que pase después, piensa ayudar a quien lo necesite. Igual que aquella mujer del servicio. Igual que Brandon, que le había facilitado a LeGrand un sitio donde vivir solo porque de alguna forma había intuido que LeGrand lo necesitaba. Como Ava, que había puesto a LeGrand bajo su protección, cuando nadie más lo hizo.

Si todo el mundo es el infierno y el mal está por todas partes, ¿qué otra cosa podemos hacer sino intentar ayudarnos los unos a los otros?

Brandon sube al escondite. Mack y Ava caben mejor. Él se golpea la cabeza tres veces con las vigas bajas mientras intenta acomodarse. Pero ha desaparecido parte de la tensión de su pecho porque Mack (no Ava, ¡Mack!) se mueve para hacerle sitio. Una Ava medio dormida se pone de costado con la cabeza apoyada en el hombro de Mack. Brandon contiene su entusiasmo porque se da cuenta de que tenía razón sobre ellas, porque no quiere que el ambiente se vuelva raro. Puede tomárselo bien. Ellas sabrán que no supone un problema para él por su forma de no reaccionar.

Mack da unas palmaditas vacilantes en el suelo, al otro lado de donde está Ava, y Brandon se tiende con cuidado, encantado de que a pesar de todo quieran hacerle un hueco. Pase lo que pase, todo va a salir bien. Van a seguir siendo amigos. Uno ganará, pero todos permanecerán juntos. Lo sabe.

—¿Queréis veniros las dos a vivir conmigo después de la competición? —pregunta, y enseguida se apresura a comentarles—: LeGrand también se vendría. Tengo casa. Es pequeña, pero es mía. Podría ser de todos.

Mack resopla de una manera que Brandon está casi seguro de que es una risa.

—Claro —dice, y el chico se pregunta durante un segundo si se está mofando de él, pero seguro que ella no haría algo así. Y añade—: Estaría bien.

Por el tono suave y soñador de sus palabras, queda claro que lo dice en serio.

—Sí, por qué no —contesta Ava—. ¿Dónde vives?

—En Idaho.

—Vale, tal vez por eso sea precisamente por lo que iré —dice Ava, riéndose. Pero no de él; lo está invitando a reírse con ella.

Así que Brandon se ríe también. Está contento, y las cosas no están tan mal. Tal vez puedan volver a divertirse.

—¿Qué deberíamos hacer cuando acabe el día? ¿Buscar otro sitio o quedarnos aquí?

—Es un laberinto —dice Mack—. El parque. Atrius lo descubrió.

—Entonces ¿esta noche intentamos resolverlo? —Por el tono de su voz, Ava parece intrigada—. Eso tiene tan poco sentido como todo lo demás.

Pero lo que no dice es que a ella le viene bien tener un objetivo, un propósito. Que necesita mantenerlos a todos centrados. Organizados. Juntos.

Ava le rodea la cintura a Mack con su brazo. Mack ha accedido a quedarse, pero Ava no quiere correr ningún riesgo. Quiere anclarla ahí, mantener a Mack a su lado, tener a alguien contra quien apretarse para recordar sus límites. Su realidad.

Ava sigue convencida de que algo muy retorcido está pasando, pero puede mantener a salvo a Mack, y en mayor medida a ella misma. Y las dos pueden mantener a salvo a ese cachorro de humano demasiado crecido que es Brandon y al triste y perdido LeGrand. Una nueva unidad. Una nueva familia.

Mack no es capaz de decidir si le resulta claustrofóbico tener a Ava a un lado y a Brandon al otro. Toda esa calidez, esa efusión, ese compañerismo y, lo que aún le resulta más raro, esa esperanza en el futuro, todo aquello de lo que su vida ha carecido por completo durante años, ahora le está llegando en dosis hiperconcentradas. Cada vez siente más presión en el pecho, y abre la boca sin saber si se reirá o gritará. Entonces acaricia la suave pelusa de la cabeza de Ava, cierra los ojos y se concentra solo en existir.

Sí, no está sola. Pero eso no significa que no siga escondida. Solo significa que ahora cuenta con ayuda.

LeGrand en su árbol.

Ava, Mack y Brandon en su útero de madera.

La Ava guapa y Jaden al otro lado del parque; Ava camina unos pasos por detrás de Jaden, que busca el mejor lugar para traicionarla.

Y, en el centro de todo, unas respiraciones húmedas y temblorosas que se van volviendo menos profundas y más erráticas según se acerca el amanecer y el hambre se despierta.

Jaden no es un mal tío.

Él es el primero en decirlo, de hecho se lo dice a la gente una y otra vez, tantas veces que se ha convertido en una especie de latiguillo. «Yo no soy un mal tío», declara con los brazos abiertos y una sonrisa inocente e irónica en su rostro casi suficientemente atractivo.

Una de sus ex, una vez dijo que tenía la apariencia de esos tíos que ponen en los marcos de fotos para venderlos. Insulsamente atractivo, para hacer de relleno hasta que el marco contenga algo que importa de verdad. «¡No! Lo que parece es un modelo de calcetines», exclamó su amiga. Todos llevaban ya unas cuantas copas de más.

Él se rio entonces. Pero cada vez que se ponía calcetines o pasaba por delante de un montón de marcos de fotos en una tienda, recordaba sus opiniones, y le dolían. Con todo, no era un mal tío. Tenía fotos de esa ex desnuda y nunca las había colgado en ninguna parte.

Aquella ex sigue en su mente cuando se queda un poco rezagado y observa a su actual futura ex inspeccionando la vía de una vieja montaña rusa. Esta asciende hasta que desaparece entre los árboles, apenas un esbozo cubierto de hiedra de lo que un día fue.

Lo único que quiere Jaden es una mujer en su vida, solo una, que sea leal. Que sea guapa, divertida y que esté loca por él. Que no lo decepcione. Que no se ría de él. Que lo mire y le haga sentir todo lo especial que él quiere ser. Incluso su madre esperó hasta el momento en que terminó el instituto para anunciarle que se jubilaba de su papel de madre y se iba a vivir a Florida. En una ocasión, Jaden decidió comprobar cuánto tiempo tardaba ella en llamarlo si él dejaba de hacer su llamada mensual. Al cabo de siete meses, a punto de llorar, se rindió y la llamó. Ella no tenía ni idea de cuánto tiempo había pasado. No lo echaba de menos y no pensaba en él cuando no lo tenía cerca.

La permanencia del objeto no existe en el mundo de Jaden. Si no lo ves, no piensas en ello.

Con todas sus novias, con todas las mujeres de su vida ha sido lo mismo. Siempre llegan a un punto en que están deseando librarse de él. Así que esta vez va a ser él quien se libre primero de ella.

—Podríamos trepar por la vía —sugiere Ava.

No quiere intentar encontrar a los demás. «Deberíamos ganar por mérito propio», había dicho antes, como si sabotear a los demás no hubiera sido idea suya, expresada para impresionar a Jaden y conseguir que se comprometiera con ella. Como si pudieran ganar los dos. Como si no supieran que solo va a haber un ganador.

¿De qué había estado hablando ella con los frikis? ¿Se estaban burlando de él? ¿O maquinaban algo? ¿Lo había convencido de no intentar encontrar al otro grupo como parte de una estrategia más ambiciosa? Todos saben que él es la mayor amenaza. Va a ganar. No importa lo que ellos hagan, va a ganar él.

Mira la vía. Él podría subir sin problema. Está en mejor forma que nunca. Cuando tenía catorce años era gordito, estaba deprimido, se burlaban de él en el colegio y en su casa lo ignoraban, hasta que descubrió las carreras de obstáculos OCR. Le encantaba verlas, pero lo que más le gustaba eran las entrevistas. Toda esa gente, que tenía una vida tan triste como la suya, que había sufrido pérdidas y desamor, se había centrado en sí misma y había dedicado todos sus esfuerzos a esculpir unos cuerpos que eran máquinas perfectas. Máquinas que podían hacer cosas increíbles. Máquinas que funcionaban tan bien que ya no podían estar tristes, ni solas ni dolidas nunca más.

Intentó participar en ese programa siete temporadas seguidas, pero nunca logró pasar de figurante. ¿Qué decía de él que se pasó todos aquellos años haciendo exactamente lo mismo que ellos, justo lo que le decían que hiciera, superando todo cuanto iba surgiendo a su paso y practicando su historia delante del espejo para que pudieran comentar al verlo: «No es un mal tío, no es malo en absoluto», y sin embargo nunca le permitieron ser el protagonista ni una sola vez?

Tensa los músculos instintivamente. Había entrado en esa competición y la iba a ganar. ¿Y después?

Un reencuentro con su madre. Ella estaría orgullosa de él y se arrepentiría de todos los años que ha pasado sin estarlo.

Se reencontraría con aquella novia, para que al final se diera cuenta de que merece la pena que lo pongan en un marco. Y le regalaría unos calcetines a la bruja de su amiga.

También pensaba reencontrarse con los de esa maldita competición, en un cameo de famosos. O tal vez ahora los rechazara. Estaría demasiado ocupado con su propio gimnasio y su devoto grupo de seguidores, que acudirían a su templo del cuerpo, y le suplicarían que les enseñara el camino para avanzar, para salvarse de sí mismos igual que se había salvado él. Todos lo admirarían y él no se daría por vencido con ellos, no se cansaría de ellos ni los abandonaría.

Y Ava no forma parte de ese futuro.

—No me parece estable —dice—. No quiero que te hagas daño.

Ava relaja parte de la tensión que acumula en los hombros, y cuando se gira Jaden, ve que está sonriendo. Siente alivio ante esa demostración de que ella le importa. Él recuerda cómo ella se hizo a un lado y dejó que la Barbie veterana de Irak le pegara. Se imagina lo que después les debió de decirles a esa manada de frikis, y cómo se rieron todos de él.

—Vamos —dice rodeándole los hombros con el brazo—. Tengo una idea.

Ava está más tranquila.

Jaden quiere ir en busca de los demás para sabotearlos. Y Ava cree que sabe dónde están. La segunda mañana de la competición vio a Brandon en aquel extraño edificio donde está el Túnel del Amor. Hay muy pocos lugares, aparte de ese, donde poder esconder a tantas personas en un solo sitio. Apostaría a que están allí. Bueno, en cierta manera sí que está apostando dinero (cincuenta mil dólares, para ser exactos), pero apostándolo contra ella por no traicionarlos. Aun así, se arrepiente de haberle dado a Jaden la idea de sabotearlos para que los eliminen.

Además, los otros le han ofrecido que fuera con ellos, incluirla en el grupo incluso después de haber elegido a otra persona, y por eso decidió dirigir a Jaden lejos de ellos.

Pero ahora que está otra vez dentro de ese parque tan aburrido y aterrador, piensa que Jaden debe de estar en lo cierto. La destrucción del campamento estaba amañada. Pero no cree que haya sido otro concursante. Cree que ha sido la propia organización del juego.

Por eso no ha visto las cámaras. No es un *reality show* tradicional. Es un *reality show* de terror.

Una vez vio algo parecido. Llevaron a un grupo de universitarios a una casa y les contaron que allí se habían cometido unos asesinatos muy truculentos y que había habido avistamientos de fantasmas; después los llevaron al lugar donde se aparecían con más frecuencia, en el bosque, y les pidieron que contaran lo que sentían. Casi todos experimentaron algo: un frío intenso, una presencia inexplicable o un miedo abrumador.

Y solo después de que todos contaran sus experiencias, los del documental les explicaron que la casa se había construido solo diez años antes y que allí no había historial de violencia, de apariciones, ni de nada.

La mayoría de ellos se echaron a reír, muertos de vergüenza. Unos cuantos insistieron en que algo de lo que nadie tenía conocimiento había tenido que suceder allí, porque lo que habían contado lo habían sentido de verdad, y eso era innegable. La intención del programa era demostrar hasta qué punto somos capaces de sugestionarnos a nosotros mismos para sentir determinadas cosas, pero lo que en realidad quedó demostrado fue que podemos manipular a los demás para que sientan lo que nosotros queremos que sientan.

Ava está cabreada. Es muy desagradable que los hayan llevado allí bajo una premisa falsa. Mintiéndoles. Engañándolos. Tal vez los primeros concursantes también estaban en el ajo. Dejando objetos para que los encontraran los demás, como esas joyas perdidas. Mierda, con esa historia tan horrible de su pasado tan convenientemente incorporada, puede que Mack también forme parte del juego. Podría ser una actriz.

Ava se tropieza, y Jaden, que sigue rodeándola con el brazo, la sujeta. Si Mack es de mentira y Jaden es quien contó su historia, entonces él también está conchabado. Pero eso sería muy poco ético, ¿no? Lo de implicarse en una relación física con ella —bueno, la verdad era que poco habían podido hacer en aquel camastro, rodeados de un montón de gente—, cuando en realidad era un actor, y sin que ella lo supiera, ¿no? Seguro que eso no era legal. ¿Había firmado algo en el acuerdo de confidencialidad que les permitiera hacerlo?

No. Seguro que no. Además, había que ser muy buena actriz para actuar como Mack. Ava tenía un sexto sentido para detectar la falsedad —había trabajado lo bastante en el sector servicios como para poder responder con una sonrisa en las situaciones más humillantes—, y nada en Mack parecía fingido o fruto de una actuación.

No tiene sentido.

Pero nada ha tenido sentido nunca, y la idea de que todo el juego sea una versión malvada de la historia que les han contado resulta más tranquilizadora que la posibilidad de que realmente esté sucediendo algo violento en el campamento.

Tal vez Jaden tenga razón. Tal vez Ava y el tal LeGrand, que ya da bastante miedo de por sí, lo han organizado todo para asustarlos. Cree que Ava puede ser así de despiadada, de inteligente. Y casi la admira por ello.

O tal vez fue Mack quien lo hizo en realidad, para ganar, o porque está tan traumatizada por lo que le pasó que quiere volver locos a todos los que la rodean. Pero la verdad es que no parece propio de Mack. Aunque Ava tampoco es que conozca a Mack, ¿no? No conoce a nadie, en realidad. Excepto a Jaden, y no es que lo conozca a él en concreto, solo a los de su tipo.

De todas formas, esta mañana se está portando bien, y por eso ella ya nota que el final se acerca, pero prefiere aprovechar la calma antes de la tormenta. Tal vez esta noche decidan ir cada uno por su lado. Ella va a romper con él. Pero de forma amistosa, para que él no quiera vengarse. «No quiero ser una carga para ti», o «No quiero que sientas que tienes que preocuparte por mí. Deberías centrarte en ganar tú». Son dos buenas opciones. Darle a entender que es obvio que va a ganar él y que a ella no le importa. Y engañarlo con una enorme sonrisa.

Se pregunta qué estarán haciendo ahora mismo la otra

Ava, Brandon, Mack y LeGrand. Si estarán aterrorizados o si se estarán riendo a su costa. Espera que no. Prefiere que estén muertos de miedo que riéndose de ella. No sabe que esa es la principal cosa que tiene en común con Jaden.

Un sutil pero inconfundible chorro deslizándose entre sus piernas la hace volver al presente. Murmura una maldición.

—¿Qué ocurre? —inquiere Jaden.

—Nada. —La regla, en ese momento precisamente. Otra razón para desear haberse ido con los otros. Tal vez Mack o la otra Ava llevasen algo que ponerse. Duda mucho de que Jaden haya cogido compresas del baño antes de salir del campamento.

Reza para que no sea la regla, o para que solo sean esas gotitas propias de los primeros días, que preceden a su habitual sangrado apocalíptico, Ava se apresura a alcanzar a Jaden.

—Queda poco para que amanezca —dice, fijándose en cómo empieza a diluirse la oscuridad de la noche y en que el cielo está pasando del color índigo a un tono algo más débil, como diluido.

—No pasa nada. Casi hemos llegado —dice Jaden.

Las vías habrían sido un buen lugar, y parecían lo bastante estables, pero ha sido un detalle por su parte preocuparse por ella. Tal vez se equivoca con él. Quizá, bajo todos esos músculos y posturitas, él no es como las versiones que se le parecen, y con las que ha salido en el pasado. Debería otorgarle el beneficio de la duda. Ella es la que no está siendo justa.

Sigue caminando y ella quiere volver a preguntarle cuándo van a llegar. Ya ha amanecido. Ya hace treinta minutos que deberían de haberse acomodado en un escondite. Pero si pregunta, va a sonar pesada, y nada pone de mal humor a un hombre más rápido que una mujer pesada. Una pesada que ya sabe con certeza que le ha venido la regla. Y no llevaba tejanos, sino una falda deportiva muy mona. Dios. Esto es lo peor, todo es lo peor.

Y si no gana, ¿qué va a hacer? Ha perdido una semana de post y de contenidos. Y sí, por ahora no tiene repercusión, ni patrocinadores, y muy pocos likes en sus fotos y vídeos, pero es importante ser constante. Y le va a costar caro arreglarse las uñas que tiene destrozadas. Y también tendrá que hacerse algo en el pelo. Sabe que lo tiene dañado por el champú y el acondicionador barato que hay allí, y por tener que recogérselo en una coleta.

Tal vez debería dejar de intentarlo y conseguir un trabajo de verdad. Pero cualquier trabajo «de verdad» que puede conseguir tiene un sueldo que no le da para vivir. Su oportunidad —su única oportunidad— es hacerse con un buen dinero. Que le caiga una buena cantidad de dinero en las manos inesperadamente, o sacárselo a los que la rodean como sea.

Tal vez las cosas funcionen con Jaden. Ella podría ocuparse de las redes sociales de su gimnasio. No suena mal.

Pero ¿a quién está engañando? Es una malísima idea. Ahora bien, ¿qué otra cosa puede hacer? ¿Trabajar por doce dólares la hora durante el resto de su vida? ¿Volver a la universidad y contraer una deuda que la obligará a trabajar toda su vida para poder pagarla? ¿O seguir pegada a Jaden y esperar que uno de los dos tenga suerte?

Obviamente ella ya ha elegido la última opción.

Por fin, cuando el cielo ya está completamente iluminado,

Jaden se detiene al llegar a su destino. En esa sección larga y curvada del camino solo hay unos arbustos horribles y descuidados; no se ve ninguna estructura, ni ningún otro lugar para esconderse. No entiende cómo él puede pensar que los dos podrán ocultarse allí. En ese lugar debió de haber una atracción del tipo sillas voladoras, con un eje central del que salen otras barras que se extienden hacia fuera, y de cuyos extremos cuelgan unos columpios que giran en círculos, describiendo arcos cada vez más amplios. Siempre le han encantado ese tipo de atracciones. Disfrutaba de la emoción que sentía en el estómago, sin esas curvas y esas bajadas bruscas de las montañas rusas.

Pero la atracción ya no está ahí. Las cadenas de las sillas cuelgan como mechones de pelo sucio, pegadas en algunos sitios y rotas en otros. Unas cuantas cadenas todavía tienen las sillas en el extremo, o al menos lo que queda de ellas. El grueso eje central parece lo bastante estable y se eleva recto hacia donde se desplegaba el sistema de los brazos de las sillas. Todo el conjunto resulta descarnado y deprimente; parece un gigantesco paraguas desnudo.

—¿Dónde se supone que nos vamos a esconder aquí? —pregunta Ava, sinceramente desconcertada. La plataforma está abierta y el eje central a la vista. No ve ningún lugar obvio —ni siquiera uno que lo sea mínimamente— donde esconderse.

Jaden la mira por encima del hombro y sonríe.

—«Nosotros» no nos vamos a esconder en ninguna parte. Buena suerte, Ava.

Dicho lo cual, da un salto, se agarra a una de las sillas, escala por la cadena hasta la zona más alta y desaparece en la parte superior del eje central. No importa si está hueco por dentro, o si hay espacio suficiente para acomodarse en el centro sin ser visto desde abajo.

Lo que importa es que Jaden está escondido y Ava no, y ya se ha hecho totalmente de día.

Se le ocurre que podría gritarle. Pero eso revelaría su ubicación. La sorpresa y el enfado pierden fuelle, y simplemente se pone roja de la vergüenza. Los otros lo supieron solo con mirar a Jaden. Lo detectaron. Y ella también, pero lo eligió de todas formas, porque daba mejor imagen. Y se empecinó, en vez de admitir su error.

No le ha sorprendido, la verdad es que no. Pero está decepcionada. Desde que la otra Ava se presentó, Ava no había de hacer méritos para convertirse en la segundona. Y ahora seguro que lo iba a ser, porque la iban a eliminar hoy.

En cierto modo debería ser un alivio. El final de toda esa mierda, y el regreso a toda la mierda que conoce y con la que se siente cómoda.

Pero mira alrededor; el día ha amanecido sin una nube ni un poco de brisa, con el aire pesado y expectante, y no puede dejar de pensar en el charco oscuro en medio del campamento, y en las manchas que formaban un rastro desde el charco hacia fuera.

Sin Jaden a su lado insistiendo desdeñosamente en que todo es un juego, es mucho más fácil preguntarse si tal vez, solo tal vez, no lo sea.

Ava se gira y echa a correr. Puede encontrar un escondite. Tiene que hacerlo.

Como si su miedo a sangrar lo hubiera invocado, siente un chorro caliente entre las piernas que empapa su bonita ropa interior y empieza a correrle por la piel. Al menos Jaden la ha traicionado pronto. Al menos no tiene que sentarse a su lado, empapada y muerta de vergüenza. Y, por lo menos, sabe que en Estados Unidos la aversión por la regla es tan fuerte que nunca emitirán esas imágenes, aunque se trate de una competición con malas intenciones, aunque se trate de un manipulador *reality show* de terror.

Había compresas en el baño. Ellos han abandonado el campamento, pero el campamento sigue allí.

Sin embargo, no sabe dónde está. Jaden la ha fastidiado, pero bien, y de muchas más maneras de las que él cree. Ella nunca ha tenido muy buen sentido de la orientación y, aunque puede identificar el este porque está saliendo el sol, saber dónde está el este no le sirve si no tiene ni idea de dónde se encuentra el campamento con respecto a su posición actual.

Se detiene, recupera el aliento e intenta saber dónde está. No se merece esto. Ni la traición, ni la humillación, ni tampoco la creciente sensación de que algo va mal, de terror, de miedo que le eriza el vello de la nuca.

Se oye el chasquido de una rama en algún lugar detrás de ella y Ava sale corriendo como un conejo asustado, segura de que, sea lo que sea que hay allí, no quiere verlo.

Ya es de día, y Mack está despierta, aunque le parece que sigue durmiendo. Tiene esa sensación de estar flotando que tanto necesita; duerme solo para experimentar la sensación de estar entre la consciencia y la inconsciencia, ingrávida, suave y libre.

Tal vez sea porque Ava está acurrucada a su lado, pegada a ella, y por la alegre presencia de Brandon al otro lado. O quizá se deba al hecho de que ese es un escondite realmente bueno, y cree que, al menos por este día, estarán a salvo. Y el día en curso es lo único en lo que va a pensar. En esta hora, este minuto, este segundo y este momento. Puede seguir flotando allí, existir solo allí. Está segura en este instante.

Un ruido que parece un tictac se cuela por la endeble madera seca que los separa de la luz del sol. La arrastra de nuevo a la realidad, al paso del tiempo. Tic, tac, el tiempo casi se ha acabado.

No. No es un tictac. Es un chasquido. LeGrand. Ava lo oye también. Se tensa y se desplaza a gatas hasta la pared exterior. Mack y Brandon hacen lo mismo. Lo bueno de estar en un edificio que una violenta ráfaga de aire podría llevarse por delante es que hay muchas grietas y agujeros por los que mirar, y así poder observar lo que pasa fuera sin que te vean.

—¿Qué...? —susurra Brandon, pero Mack le clava un dedo con fuerza en el costado y él se interrumpe.

Mack contiene la respiración y mira el camino que pasa por debajo de su posición. No sabe qué esperar, pero seguro que es malo. Sabe que lo será, porque estaba feliz, ¿y qué derecho tiene ella a sentirse así?

Casi espera gritos, como sucedió con Rebecca, por eso se siente desconcertada cuando ve a la Ava guapa, sola, pasando a todo correr y en silencio. La chica mira por encima de su hombro y entonces observan que tiene el rostro contorsionado en una máscara de silencioso terror. Su expresión refleja un miedo absoluto y devastador, tan total que ningún sonido podría transmitirlo, ni ninguna respiración podría expandirse lo suficiente para llenar aquel terrorífico vacío capaz de desgarrar el alma.

Tiene sangre en la cara, unos regueros oscuros que le empapan la camiseta, y también hay un rastro de sangre en la cara interior de sus muslos. Sigue avanzando más allá de donde están escondidos, sin sospechar que la están observando.

—Mierda —murmura Ava.

—Podría ser una trampa —susurra Brandon, pero no suena muy seguro. No debería sonar seguro.

Ava sujeta a Mack del brazo tan fuerte que le hace daño. Mack aferra con sus dedos los dedos de Ava. No para apartarlos, sino para aumentar la presión. Para mantener a Ava allí, para ser ella la que consiga que Ava permanezca allí esta vez.

—Si esto es un juego, ganad —dice con determinación—. Y si no, sobrevivid. —Ava se da la vuelta en el diminuto espacio y empuja a Mack contra Brandon con el hombro.

—No —susurra Mack.

Ava le ordena a Brandon:

—Mantenla a salvo. —Y al cabo de un instante ya ha salido del escondite.

Mack se queda petrificada. Quiere ir tras ella. No para ayudar a la Ava guapa, sino para permanecer junto a su Ava. Para estar con Ava pase lo que pase y no quedarse atrás otra vez, escondida, segura y sola.

Ya ha sobrevivido una vez, y no es tan bueno como dicen.

Mack se gira para poder salir rápidamente de su útero de madera. Es más difícil moverse con Brandon tendido allí, bloqueándola sin darse cuenta. Él aún sigue mirando por la grieta de la pared.

Ava, que ya está fuera, grita:

—¡Quédate donde estás! —No sabe si se lo dice a Mack, LeGrand o a Brandon, o tal vez a los tres.

Mack acerca la mano al borde de la entrada, pero Brandon la agarra por el tobillo con todas sus fuerzas.

—Suéltame —susurra Mack. El chico la sujeta con tanta fuerza que le tiemblan las manos. No. Brandon está temblando, todo su cuerpo tiembla mientras sigue con la cara pegada a la pared, pero es porque su cuerpo está respondiendo a lo que ven sus ojos.

—No te muevas —murmura—. Oh, Dios, por favor, no te muevas. Oh, Dios, oh, Dios, oh, Dios.

El tono de su voz expresa lo mismo que ella sintió cuando oyó lo que estaba sucediendo en el salón de su casa, perfectamente oculta en el escondite de Maddie. Suena como si alguien que sabe que la muerte está ahí mismo, rezara para que, de algún modo, pasara de largo, lo ignorase.

Mack no se mueve.

Ava empuña un grueso tubo. Sus contornos encajan perfectamente en la mano, y el contacto con el material y el peso le resulta reconfortante. Preferiría un arma de fuego, pero eso le servirá.

—¡Quédate donde estás! —grita blandiendo el tubo en la imprecisa dirección en la que cree que está oculto LeGrand, donde se alza un grupo de árboles muy frondosos. Si a ella la eliminan ahora, bien, pero tiene que ganar uno de sus amigos.

«Mack».

Quiere que gane Mack. O que sobreviva. Y sabe que Mack lo hará.

—¡Ava! —grita, al tiempo que echa a correr detrás de la otra mujer. Ava Dos sigue en el camino, un poco por delante de ella, corriendo y tropezando, como alguien que ha sufrido la mordedura de un zombi y todavía cree que puede huir del contagio. Le cae sangre por la pierna, aunque menos que la que mana de su cabeza; le empapa tanto la camiseta que ahora Ava puede distinguirla incluso desde atrás.

Ava Dos se estremece cuando oye su nombre, como una marioneta a la que le han tirado del hilo equivocado, pero no deja de correr.

—No —gime—. ¡Huye! ¡Escóndete!

Ava mira por encima de su hombro. No hay nada detrás. Nada. Pero ahí... el crujido de una hoja muerta. Y ahí... tierra removida encima de un trozo de asfalto agrietado y roto.

Ava siente cómo se le erizan los cortísimos pelos que despuntan en su nuca, y por primera vez en años desearía tenerla cubierta de pelo; por muy irracional que parezca, echa de menos la falsa sensación de protección que le proporcionaría una cortina de pelo en la base de la cabeza y en la piel de la nuca, algo que detuviera la abrumadora sensación de absoluta accesibilidad y vulnerabilidad que experimenta.

Empuña con más fuerza el tubo. Que le den. Ava no es

vulnerable. Ava es una guerrera, y cualquiera que intente hacerle daño a ella o a Ava Dos o a cualquiera de los demás mientras ella esté vigilando, se encontrará con verdaderas dificultades. Dificultades en forma de tubo estrellándose en su cara.

Ava acelera el paso todo lo que puede, aunque la pierna se resiente. Ya no puede flexionar la rodilla, y tiene el tobillo prácticamente soldado, así que correr no es una opción. Por suerte, como que Ava Dos tampoco es que avance muy deprisa, logra alcanzarla y le pone una mano en el hombro.

Ava Dos se detiene de repente y la otra Ava pierde el equilibrio y se cae de culo. Desde el suelo, le tiende la mano a la otra mujer para que la ayude a levantarse, pero Ava Dos ni siquiera parece haberla visto.

Ava Dos mira atrás, en dirección al camino por el que han venido. Un gruñido grave, un sonido animal de terror surge de su boca, y a Ava le entran ganas de vomitar. Conoce ese sonido. Ella también lo hizo cuando bajó la mirada y vio su pierna destrozada y después miró a un lado y vio que Maria no estaba; su cuerpo seguía allí, pero tenía los ojos vacíos, y Ava nunca volvería a ver reflejada en ellos su propia imagen llena de amor.

Ava no quiere mirar lo que la otra Ava ve, pero aun así lo hace.

No hay nada.

Ahí no hay nada.

El camino serpenteante por el que han venido, y que en ese punto describe una curva tan pronunciada que ya no alcanzan a ver el Túnel del Amor, está vacío.

Pero...

Ava retrocede arrastrando el culo, arañándose y magullándose los dedos que aferran el tubo contra el suelo, sin apartar los ojos del camino. Algo desplaza la hiedra que cuelga de un árbol que sobresale, como si el viento la mantuviera en suspensión o algo la hubiera corrido a un lado como una cortina.

Pero ahí no hay nada.

—Oh, Dios, oh, Dios, oh, Dios —murmura Ava Dos.

—¿Qué es? —pregunta Ava, con la voz aguda y tensa por el pánico—. Yo no veo nada. No lo veo. ¿Tú lo ves?

La otra mujer se gira aterrorizada, mira hacia abajo y ve a Ava, como si acabara de darse cuenta de que no está sola.

—Lo siento —susurra—. No quería que te encontraran a ti también.

Y entonces el mundo de Ava se parte limpiamente en dos, empujándola fuera de la realidad, hacia algo nuevo, hacia algo peor.

«Nada» levanta del suelo a la otra Ava.

«Nada» atraviesa su torso, que se abre en un estallido sangriento mientras la otra Ava grita, profiriendo un aullido que suena como si la estuvieran desmembrando.

Y entonces la cabeza de la mujer desaparece.

La mente de Ava se rebela ante lo que tiene ante sí, se dice que no está viendo lo que ve. Pero la cabeza de la otra Ava no está, su grito se ha interrumpido de golpe, le sale sangre del cuello y el resto de su cuerpo sigue suspendido en el aire de forma inexplicable, pero no tiene cabeza, no está, no hay nada.

Ava se pone de pie como puede y ve desaparecer el resto de la mujer. Sigue sin ver nada. Allí no hay nada, y ahora tampoco hay cuerpo. Solo la sangre de la otra Ava en el suelo, fresca y caliente. La huele.

Pero ese no es el único olor que percibe. Hay un tufo a almizcle, algo mucho más antiguo que la sangre fresca. Como si algo se hubiera dejado pudrir mucho tiempo y se hubiera creado una capa de descomposición que se deja notar por debajo del olor del mundo que la rodea.

Ava se aferra al tubo. Sabes cómo huele la muerte y ha vuelto a por ella, por fin.

Abre la boca y grita, desafiante, y después golpea a la «nada» con el tubo.

Han oído ambos gritos.

No hay duda de cuál corresponde a cada Ava.

Y ya no cabe hacerse más preguntas. Al menos en lo referente a la naturaleza de la competición.

Mack se zafa de Brandon, sale del escondite y echa a correr bajo la luz del sol. Se le hace extraño moverse por un espacio abierto durante el día. Qué rápido se ha acostumbrado.

Brandon sale detrás de ella. Hay algo raro en su cara, falta algo que antes sí estaba, pero ahora que no tiene a Mack delante no sabría decir de qué se trata.

—¿Por dónde han ido? —pregunta Mack.

Brandon niega con la cabeza.

—Es demasiado tarde —murmura.

—No, podemos...

LeGrand se acerca a ellos, seguro de sí mismo y resuelto, como si le hubiera sido revelada alguna verdad. Sus demonios ya no parecen perseguirlo. Sea lo que sea que ha visto Brandon, lo ha destrozado, pero sea lo que sea que ha visto LeGrand, le ha infundido fuerzas, o lo ha destrozado hasta tal punto que ha renacido con una nueva forma.

—¿Qué era eso? —le pregunta Mack.

Así como el otro día LeGrand acudió corriendo a prestar ayuda, esta vez no se ha movido de donde estaba, y eso significa que no cree que haya ninguna posibilidad de socorrerlas. Mack se abraza la tripa y quiere llorar o chillar o correr tras Ava. Ir con ella, del modo que sea, signifique lo que signifique. No puede evitar hacerse la siguiente pregunta: si ella no estuviera allí, Ava, en cambio, ¿sí seguiría estando? ¿Mack había provocado lo sucedido? Ella había roto su cascarón, su protección, había dejado que entrara la esperanza, que entrara Ava, y ahora había pasado esto.

Y ahora, esto.

—¿Qué era lo que has visto? —repite.

LeGrand se encoge de hombros y se ladea ligeramente, como si tuviera algo en los hombros e intentara quitárselo.

—No lo sé.

—Era el demonio. —A Brandon se le quiebra la voz, está al borde de las lágrimas. No deja de girar la cabeza y de mirar el otro edificio que hay allí cerca, como si comprobara que el viejo esqueleto oxidado del demonio seguía en su lugar. Tiene los ojos muy abiertos, demasiado, como si ya no pudiera cerrarlos. Sea lo que sea que ha visto, le ha abierto la mirada a algo que nunca había imaginado siquiera, y ya no puede volver a cerrarlos, ni parpadear para eludir la verdad.

—¿Qué significa eso? —insiste Mack. Brandon necesita que sea delicada con él, pero ella necesita respuestas.

—Dos más. —Algo ha cambiado en los rasgos de LeGrand, que hasta ahora transmitían inseguridad; es un cambio sutil, aunque suficiente para darle un vuelco a su rostro. Sigue teniendo cara de niño, pero ya no es la cara de un niño perdido—. Eso significa que tenemos hasta mañana por la mañana. Hay que salir de aquí.

—¿Qué quieres decir con el demonio? —insiste Mack.

Brandon se frota los ojos intentando borrar físicamente la imagen.

—Es un monstruo. El demonio. No sé qué más decirte.

Mack mira a LeGrand. Él asiente, confirmando en silencio las palabras del otro.

No tiene sentido nada de lo que dicen, pero Mack no puede seguir con eso. No importa. Lo que importa es Ava.

—Tenemos que buscar a Ava.

LeGrand no la contradice. Brandon niega con la cabeza.

—No servirá de nada —dice, pero empieza a caminar en la dirección por donde vio salir corriendo a Ava.

No es difícil seguir el rastro, incluso para esas tres personas que no tienen experiencia. Las gotas de sangre de la Ava guapa están lo bastante frescas como para poder distinguirlas con esa luz, un hilo de violencia que se va desenrollando para guiarlos hasta lo que necesitan ver. Al destino final, el fin de la esperanza infantil de Mack. Algo nuevo, muy frágil, que se ha ahogado en el charco de muerte ante el que se detienen.

—¿Es posible sobrevivir después de haber perdido tanta sangre? —LeGrand habla en un susurro, con su voz profunda pero práctica. No está haciendo una pregunta hipotética o esperanzada. Lo que pregunta es si deberían seguir buscando. Está dejando que Mack tome la decisión.

Mack se queda mirando la única prueba que queda de que unos minutos antes ella era feliz. No hay nada alrededor de la sangre. Ni marcas de arrastre, ni nada que haga pensar que alguien salió corriendo, que logró escapar, que allí pasó cualquier otra cosa que no fuera que dos personas encontraron un final violento. Es una exclamación escrita con sangre, no una elipsis. Y sin duda no es un signo de interrogación. La historia ha terminado.

Ya no queda nada más.

La Ava guapa no está. Ni tampoco la Ava de Mack. La primera persona que se convirtió en una persona para ella desde que su familia murió, la primera persona que hizo que Mack se preguntara si podría haber algo más en su vida. Si podría haber vida en su vida.

Pero ya se ha acabado. Al menos para Mack .

Mira a LeGrand. El triste y agobiado LeGrand, al que Ava quería proteger y ayudar.

—¿Por qué estás tú aquí?

A él no parece resultarle extraña su pregunta, dadas las circunstancias. Tal vez a ninguno de ellos le vuelva a parecer raro nada durante el resto de sus vidas.

El olor de la sangre y de algo más antiguo, más descompuesto, más fuera de lugar, es abrumador. «Durante el resto de sus vidas» ahora no le parece tanto tiempo.

—Me expulsaron de mi familia por intentar conseguir que un médico viera a mi hermana. Salir del complejo va contra las normas.

—¿El complejo? —pregunta Brandon.

—Mi padre es el profeta —explica LeGrand.

Eso no responde a las preguntas de Brandon —solo hace que le surjan más—, pero Mack comprende todo lo que necesita saber. LeGrand estaba prisionero. Infringió las reglas para ayudar. Eso concuerda con la clase de persona que corre hacia donde ha oído gritar a otra persona. Está aquí porque quiere salvar a su hermana. Mack está aquí porque no intentó salvar a la suya. Porque se escondió y no hizo nada mientras destrozaban su mundo.

—Si consigues salir de aquí —dice LeGrand, mirando hacia los árboles que rodean la puerta, en alguna parte de esa vegetación frondosa e impenetrable, más allá de los omnipresentes muros de piedra de los caminos—, ¿la ayudarás? Vengo de Zion Mountain, en el sureste de Colorado. Se llama Almera. No puede hablar ni caminar, pero le gustan las pompas de jabón y el color amarillo. No le van a dispensar los cuidados que necesita. Tendrás que secuestrarla. —LeGrand asiente, como si ya se hubiera convencido de algo—. Es la única manera. Yo debería haber hecho eso.

Mack mira a Brandon. Sus ojos están llenos de lágrimas y no se lo imagina secuestrando a nadie.

—Danos los detalles sobre cómo entrar y encontrar a Almera, por si acaso. Pero tiene que ganar LeGrand —le dice Mack a Brandon—. Si es que realmente hay algo que ganar. Y si no, él es quien tiene que salir de aquí. —Teme que Brandon no esté de acuerdo, que insista en que no es justo que elijan a LeGrand sin discutirlo antes.

Brandon traga con dificultad y asiente.

—Cualquiera menos Jaden —dice con la voz rota, y Mack no puede evitarlo: se echa a reír. Cualquiera menos Jaden.

Y su risa rompe el hechizo de la sangre y los libera. Siguen caminando, como habría querido Ava, como quiere Mack. Ahora tiene un objetivo y solo uno: sacar de allí a LeGrand. Que vuelva para salvar a su hermana, porque él todavía tiene una, y puede lograrlo.

Sacará a LeGrand y, pase lo que pase después, esta vez lo recibirá con los brazos abiertos.

Casi ha terminado. Dos días más y Linda podrá cerrar el diario de la familia y no tendrá que volver a abrirlo hasta dentro de siete años. Bueno, seis. Tienen que planear todo eso con mucha antelación para asegurarse de que todo está como corresponde. Y ella no debería tener que volver a abrirlo nunca, pero lo hará. Sabe que lo hará.

Da unos golpecitos con sus uñas de manicura perfecta (pintadas de un color coral abrasivo que a ella le parece juvenil, pero que en realidad hace que su piel parezca moribunda) sobre la tapa forrada de cuero del libro de la familia. ¿Cuánto tiempo hace que lo guarda? ¿Cuánto hace que las mujeres de los Nicely han mantenido todo en funcionamiento? ¿Y ha de confiar en Chuck Callas, precisamente, para ocuparse de todo cuando ella ya no pueda?

Prefiere decirlo así a decir «cuando ella esté muerta», engañándose a sí misma y a los demás con sus planes de jubilarse en Florida y dejar atrás todo eso. Pero sabe que no lo hará. Incluso aunque Chuck se ocupara nominalmente de sus funciones, ella no se las confiaría solo a él. Es demasiado importante y a ella le gusta. Le gusta ser importante, le gusta la sensación del peso de todas esas generaciones que dependen de ella, le gusta haber aceptado la responsabilidad heredada de sus padres y de los padres de estos. Le gusta pensar lo orgullosos que estarían sus abuelos; puede que no fueran los tan venerados Callas que lo iniciaron todo, pero era su hija y después su nieta, quienes habían salvaguardado su regalo.

El grueso y pesado diario, mucho más grande que el otro libro, robado y ahora perdido, está en su mesita de café, junto a un montón de ejemplares de la revista *Good Housekeeping*. Nadie lo lee. Linda se sabe las historias de memoria, los representantes de las otras familias las conocen de oídas, y el resto de la ciudad y todos a los que ella da de comer no las saben y no quieren saberlas. La hija de Linda no quiere tener nada que ver con el asunto. Eso es lo que más le duele: la falta de gratitud, la falta de respeto. Que su hija sea tan egoísta como el resto. Furiosa solo de pensarlo, Linda coge la historia de su familia y la guarda en el estante oculto especial que tiene en el armario de la porcelana. Es igual de valioso y mucho más sagrado.

Su walkie-talkie cobra vida. Piensa que su hija se reiría de ella por usar ese artilugio en lugar de un smartphone, pero a veces lo de toda la vida funciona mejor. Sobre todo cuando todavía tienes todas las señales telefónicas inhibidas, por si acaso. Eso le recuerda que tiene que contactar con Leon Frye y asegurarse de que hace su trabajo (o más bien que lo hace «su equipo»), encargándose de las cuentas de las redes sociales de algunos concursantes durante las semanas siguientes, manteniéndolas activas por si acaso. No puede fiarse de que nadie haga nada, de que todos los «por si acaso» se tengan en cuenta, si no se ocupa de todo ella misma.

Pero, sinceramente, no tiene ni idea de cómo el hecho de que hayan instalado esa app en sus teléfonos le permite hacerse pasar por ellos en todas sus cuentas. De hecho, ni siquiera sabe lo que es una app, pero al menos los Frye han contribuido en algo a conseguir que las dos últimas temporadas hayan salido según lo previsto.

Linda se lleva el walkie-talkie a la boca.

—¿Qué?

—Tres se acercan a la valla —informa Chuck desde el otro lado de la señal de radio. Está en la torre Mary, que recibe el nombre de su bisabuela.

—¿Qué tres? —pregunta Linda, aunque la verdad es que no importa. Esa curiosidad le parece macabra, pero no puede evitar el impulso natural de querer saber. ¿Quién sigue con vida?

—No me acuerdo de los nombres —protesta Chuck, y su voz suena contrariada.

Pero ¿cómo se va a hacer cargo si ni siquiera quiere saberse los nombres ni las caras? Menudo privilegio, no tener que cargar con ellos en la conciencia, llevar el apellido Callas y sin embargo dejar que la familia Nicely continúe haciendo todo el trabajo de verdad.

Pero Linda es fuerte. Y se molesta en aprenderse todos

los nombres y en reconocer todos sus sacrificios. Levanta la barbilla, orgullosa, sabiendo que están a la altura del apellido Nicely.

—Dispárales si se acercan demasiado. Pero solo en los brazos o en las piernas.

—Vale. —Chuck conoce las normas. Todos las conocen. Pero cuando le preguntan qué hacer, se sienten como si fuera cosa de ella, no suya. Solo están obedeciendo órdenes. Débiles.

Linda da unos golpecitos con el dedo en la puerta de cristal del armario y después se va a la cocina a hacerse un té. Ya casi va a empezar el culebrón. Por fin ha decidido no preocuparse más por el libro perdido. No fue culpa suya que Susan lo llevara encima cuando Linda se ocupó de ella. Además, a estas alturas ya es un documento histórico. No lo necesitan. La temporada llega y se va, como un reloj, pase lo que pase. Lo único que tienen que hacer es estar preparados y, gracias a Linda, siempre lo están.

A diferencia de Christian, Brandon reconoce inmediatamente el zumbido de la valla electrificada y levanta una mano. Todos se detienen de repente, justo cuando el primer disparo impacta en el árbol que hay al lado de Mack, haciendo que salgan despedidos fragmentos de corteza convertidos en metralla con un refrescante olor a bosque. Mack se agacha y rueda hasta parapetarse detrás del árbol más cercano. Brandon se queda allí de pie, mirando fijamente, en shock.

Sabe que allí hay violencia (no puede negarlo), pero una cosa es ver un monstruo y otra que te dispare un ser humano.

Trece años de simulacros de tiroteos en el colegio y ahora lo único que se le pasa por la cabeza es que allí no hay ninguna puerta que puedan cerrar, ni una mesa para meterse debajo, ni profesores que se sitúen entre la bala y él.

LeGrand lo empuja y los dos se unen a Mack detrás del árbol.

—¿Y ahora nos van a matar así, sin más? —pregunta Brandon, intentando contener las lágrimas.

—Quieren mantenernos dentro. —LeGrand se ha criado detrás de una valla que le dijeron que los protegía del mundo, pero en realidad estaba ahí para evitar que salieran. Y después para evitar que entrara.

Mack está de acuerdo. Quienquiera que mande los ha metido allí y no los va a dejar salir hasta que todo termine. Se incorpora y se quita unas astillas de madera que se le han clavado en la mejilla, dejándole unas gotitas de sangre a modo de recuerdo.

Los tres amigos se alejan con cuidado de la valla, siempre ocultos entre los árboles. Al final encuentran un camino que los vuelve a adentrar en el parque. Mack sale a campo abierto, esperando una bala. Pero no pasa nada. Ya no están intentando salir, así que nadie tiene que hacer nada para mantenerlos dentro.

—La valla estaba electrificada, estoy seguro. —Las manos de Brandon se estremecen como si una corriente eléctrica las recorriera también, dándole una descarga—. Hay muchas granjas que las tienen donde yo vivo.

—Así que tenemos que encontrar otra forma de sacar de aquí a LeGrand —concluye Mack.

—¿Y si gana? —pregunta Brandon.

—No creo que vaya a ganar nadie. —A LeGrand no parece preocuparle mucho, pero tampoco lo ha dicho con amargura. Está siendo delicado con Brandon, igual que Ava lo fue con él.

Ava. Ava, Ava, Ava. Mack sigue avanzando por el camino, adentrándose en el parque.

Brandon está desesperado y su voz suena aguda.

—No puede ser, es lo que dijeron. Tiene que haber un ganador. Y el ganador puede salir. Solo tenemos que asegurarnos de que LeGrand sea el ganador. Así lo conseguiremos. ¿Verdad, Mack? ¿Verdad?

Mack asiente. Tal vez sí que habrá un ganador. Y Linda no les dijo el coste permanente que suponía lograr salir de allí.

Ava.

Quiere volver a ver a Ava.

Mack se frota los ojos, que le pican por el cansancio o tal vez porque se le ha metido alguna astilla del árbol, no sabe, pero tampoco le importa.

—Nos aseguramos de que gane LeGrand, y mientras tanto intentamos encontrar una forma de salir.

—No, lo primero es lo primero —dice Brandon, distraído mirando a su alrededor, como si lo estuviera viendo todo por primera vez.

Abre mucho los ojos, de asombro o de horror, mientras contempla los altísimos árboles, las enredaderas que lo cubren todo, los restos oxidados de un solitario vagón que debió de pertenecer a una montaña rusa infantil, abandonado en medio del camino, un poco más adelante de donde se encuentran.

—Tenemos que dar con Jaden —concluye.

—Yo sé dónde está. —LeGrand se gira y toma otro camino.

—Háblanos de tu hermana —le pide Brandon. Está lejos, desconectado, pero les sigue el ritmo.

—Ella... —A LeGrand le cuesta encontrar las palabras.

A Almera le faltó oxígeno al nacer y, como su madre no quiso ir al hospital y solo la asistieron en el parto las otras mujeres, Almera estuvo a punto de morir. Él había oído una vez a una de sus tías decir en susurros que Almera debería de estar totalmente sana y le entristece mucho pensarlo. Se pone triste cuando piensa en lo que Almera habría sido si su padre hubiera permitido que recibiera un tratamiento médico de verdad. Y también le pone triste el hecho mismo de pensarlo, como si por ello estuviera traicionando a quien es Almera, la felicidad personificada, al desear que hubiera sido otra persona.

Todo el mundo les decía siempre a su madre y a él que Almera tenía suerte. Porque era incapaz de pecar. Iba a ir directa a la gloria superior. No les importaba quién era en la tierra, y solo se centraban en quién sería después.

Pero en la tierra es una chica que sufre y que no puede hacer nada por sí misma y está encerrada en un complejo donde no la va a ayudar nadie, porque ya está salvada, así que ¿qué importa un poco de sufrimiento antes?

Si Almera ya está salvada de todas formas, ¿por qué necesita sufrir cumpliendo las normas de su padre, el profeta?

—Le gusta el color amarillo y las pompas —repite LeGrand—. Tiene trece años. No puede hablar, ni caminar.

—¿De qué otra forma puede describir en pocas palabras a la única persona que está seguro de que lo quiere?—. No pesa mucho. Podréis llevarla en brazos. Entrad por la noche. La casa de mi madre está en una esquina del complejo, la sudeste. Saltad el muro por allí. Sabréis que es la casa correcta porque hay una carretilla en el huerto que tiene un acolchado. La utilizan para mover a Almera. El cobertizo de las armas está cerca. Podéis coger alguna antes de entrar en la casa.

Brandon se ha perdido algo, pero Mack asiente y añade:

—Podrás ir tú mismo a buscarla. —Quiere que LeGrand sepa que lo está escuchando, pero no tiene intención de hacer nada de lo que les pide. Lo hará LeGrand. Ella se asegurará de que pueda.

—Yo iré a buscarla —repite LeGrand en voz baja. Toma otro camino lateral, cualquiera diría que al azar.

—¿Cómo sabes dónde está Jaden? —pregunta Mack.

—Es la dirección de donde vino la otra Ava.

Mack nota una punzada de culpa y de dolor. No han lamentado debidamente la desaparición de la Ava guapa, porque LeGrand lo ha dicho bien: ella era «la otra Ava». No la que importaba.

Toda esa gente allí encerrada y nadie le importaba a Mack. Había intentado aprenderse sus nombres. Había tratado a algunos como enemigos cuando, en realidad, lo único que hacían todos era procurar ganar. Ahora estaban muertos. Y pronto lo estaría ella también y nadie recordaría sus nombres. Y no pasa nada. Es lo que se merecía, y más o menos lo que esperaba y quería en su vida. Desaparecer. Esperaba desaparecer estando viva, pero algo en todo aquello parecía inevitable. El final de un juego que empezó muchos años atrás, cuando le quitó el escondite a Maddie.

Siempre la iba a encontrar algo terrible.

LeGrand la coge del codo y la guía por un camino muy estrecho que sale del que estaban siguiendo. Él la recordará. Y también a Ava. Los recordará a todos, seguro. Y Brandon también.

—¿Venía corriendo de esta dirección? —pregunta Brandon, mirando el sol que se cuela entre las ramas y llega hasta ellos. Una enorme cabeza de payaso, que una vez estuvo pintada con vivos colores y ahora luce descascarillada, descolorida y sin nariz, los mira con una sonrisa burlona y la boca abierta de par en par, a modo de inquietante invitación.

—Es una atracción —comenta LeGrand—. Vi a Jaden esconderse aquí el primer día. Es un buen sitio.

—¿Qué tipo de atracción? —pregunta Mack.

LeGrand se encoge de hombros.

—No lo sé. Yo no he pisado nunca un sitio como este.

—Nadie ha pisado nunca un sitio como este —añade Brandon, riéndose. También abre mucho la boca al reírse, como el payaso que tienen detrás, invitándolos a explorar la oscuridad del interior—. Yo siempre he querido ir a Disneylandia. O a Lagoon, en Utah. ¿Habéis estado allí? Pero mi padre nunca me llevaba cuando iba. Solo me llevaba a pescar una vez al año. Y a veces ni eso. Me pregunto si será pariente de Ray.

—¿Quién? —pregunta Mack. No está siguiendo la cadena de pensamientos de Brandon. Tal vez no hay nada que seguir, y él va saltando sin más de una cosa a otra, como le pasa a ella.

—Ray, el del restaurante. Se apellida Callas. Igual que mi padre. Me pareció una coincidencia muy curiosa, pero él no quiso saber nada. —Brandon empieza a caminar más despacio y se detiene delante de las vías de una montaña rusa en miniatura. Hay unos cuantos vagones con forma de insectos colocados en fila, preparados para salir. Cada vagón está lleno de décadas del paso de las estaciones, capas de hojas que van del verde al marrón con una fina capa de polvo, y en el fondo, donde colgarían los diminutos pies, se acumula agua negra.

Brandon se mete las manos en los bolsillos y sigue caminando para alcanzar a LeGrand. Sus pensamientos siguen fluyendo a toda velocidad, ahora como una locomotora que baja por una colina hasta estrellarse, con el motor ardiendo.

—Jaden ha hecho que la mataran. A Ava. A las dos, en realidad. Y a Sydney también.

—Él no lo sabía. —Mack desearía poder culpar a Jaden, pero él creía que se trataba de un juego. Solo estaba jugando.

Pero ella sí lo sabía. Igual que supo que en el juego del escondite con su padre se jugaba algo más importante que ganar o perder cuando decidió robarle el escondite a Maddie. Fue su voz. Puede que se le hubiera olvidado la risa de su madre, pero de voz de su padre aquella noche no se le había olvidado.

La gente finge que no pasa nada, incluso cuando siente la verdad, porque tiene miedo de lo que significa mirar al horror frente a frente, sostenerle la mirada a la maldad, enfrentarse a la verdad en toda su terrible gloria. Como los niños cuando juegan al escondite. Si no ven al monstruo, no podrá llevárselos. Pero sí que puede. Siempre puede. Y mientras no miramos, se está comiendo a todos los demás.

Por eso Mack lo supo entonces, como lo había sabido ahora. Y si Mack es culpable de la muerte de su hermana, entonces Jaden es culpable de la muerte de al menos tres mujeres allí.

Y Mack también es culpable, ¿no?

—Aquí —dice LeGrand.

Ya han caminado bastante. Están lejos de la valla y de las armas que allí los esperan. ¿Estará toda la valla vigilada? Tiene que estarlo. Hay pocas posibilidades de que solo hubiera un guardia vigilando justo en el lugar donde aparecieron ellos. LeGrand se pregunta cómo lograrán escaparse y por qué están perdiendo el tiempo con Jaden, pero Mack quería buscar a Ava y Brandon quería encontrar a Jaden, así que ¿quién es él para discutir?

Todos se quedan mirando el esqueleto de la estructura hasta la que los ha llevado LeGrand. Las cadenas de las sillas cuelgan pesadamente y nada se agita ni se mueve. Tal vez eso sea lo más inquietante de todo: una estructura construida para el movimiento, para la alegría, oxidada y condenada a la quietud.

—¿Está ahí arriba? —Brandon mira a lo alto forzando la vista—. ¿Cómo?

—Ha trepado por las cadenas. —LeGrand también mira arriba.

A él se le da bien trepar a los árboles, pero eso es diferente. Mack está segura de que ella no puede hacerlo. No tiene nada que ver con subirse a la caldera y trepar hasta las vigas. Brandon coge una de las cadenas y toda la estructura tiembla con un quejido de metal cuando sube un par de metros, se detiene y finalmente se cae al suelo.

—¿Esperamos a que se haga de noche? ¿Hasta que baje? —pregunta LeGrand—. ¿Necesitamos esperarlo? —Están perdiendo el tiempo y LeGrand no quiere ser maleducado y no quiere presionarlos, pero solo tienen ese día y esa noche antes de que amanezca de nuevo y todo vuelva a empezar.

—No —responde Brandon, y su voz adquiere un nuevo y extraño matiz, una especie de etérea vacuidad. Tal vez su locomotora de pensamientos haya frenado con un chirrido—. No, no podemos esperar.

El padre de Brandon tenía otra familia.

La abuela creía en la verdad, así que nunca le mintió a Brandon. Su madre era una adolescente que había dejado los estudios y su padre venía de visita cada vez que se encontraba en la zona por trabajo. Cuando se quedó embarazada, el padre de Brandon insistió en que tuviera el bebé. Ella lo hizo, claro, pensando que significaba que la quería y que pensaba formar una familia con ella. La abuela no estaba de acuerdo. Sabía que los hombres como él no formaban familias con chicas como su hija.

Pero la madre de Brandon lo vio como un nuevo comienzo. El principio de una nueva vida. Así que tuvo al bebé y consiguió un trabajo en la gasolinera del pueblo, una forma de entretenerse hasta que su amor verdadero dejase a su otra familia y viniera a vivir con ellos.

Nunca lo hizo, obviamente. Pero sí venía a verlos, los tenía vigilados, pasaba por allí lo bastante a menudo como para que ella nunca llegara a establecer otra relación, ni abandonara la esperanza de tenerlo a él.

Brandon tenía seis años cuando ella murió. Y él tomó el testigo de su madre en cuanto a la espera infinita. Su padre iba una vez al año, pasaba un día con él y volvía a desaparecer. Brandon vivía para esas visitas.

Pero entre las visitas, tenía a la abuela. Una mujer buena y práctica, criada en una granja y tan sólida como las herramientas que utilizaba su familia para remover la dura tierra y sacar las patatas.

Cuando Brandon tenía doce años y hacía poco que habían vuelto a dejarlo en su puerta tras un día de pesca con su padre, desolado, sabiendo que pasaría todo un año hasta la siguiente feliz visita durante la cual pasaría unas pocas horas con él, la abuela le dio unas palmaditas en el hombro y le dijo, con total naturalidad:

—No te quiere. Tampoco quería a tu madre. Y no quiero que te pases toda la vida esperando algo que no puede darte. Para los hombres como él, las personas son igual que cosas. Por eso te puede recoger y volver a dejarte en la puerta con tanta facilidad. Pero tú no eres una cosa, Brandon. Eres maravilloso, y si él no lo ve, es porque él es el que está mal, no tú. Que no se te olvide nunca.

Aquellas palabras le dolieron. Brandon se fue corriendo a su habitación y se echó a llorar, pero después de llorar se sintió... aliviado. Como si alguien le hubiera quitado un peso de encima. No tenía que intentar conseguir que su padre se quedara, ni ganarse su amor, porque eso no era posible.

Así que Brandon siguió yendo al colegio y sacando malas notas, porque a su cerebro no se le daban bien las cosas del colegio. Aceptó el antiguo trabajo de su madre en la gasolinera, veía la tele con la abuela por las noches y todo estaba bien, en serio, porque no tenía que hacer nada para ganarse el amor de la abuela. Lo tenía sin más. Incluso después de que ella muriera, al menos le quedaba su recuerdo. Pero no era bastante, por eso cuando recibió una llamada de su padre, no pudo resistirse a la antigua tentación de la felicidad, a ese hilo de esperanza.

Y el anzuelo entró en el agua, y él lo mordió.

Y gracias a esa llamada Brandon sabe algo que LeGrand, Mack y Jaden no saben.

Sabe exactamente cómo le llegó la invitación para competir.

Brandon comprende que Jaden no es su padre. Obviamente, hasta cierto punto, eso está claro. Pero Jaden les ha tendido una trampa a otras personas que las ha llevado a la muerte: a Sydney, tal vez a Rebecca y sin duda a la Ava guapa y a su amiga Ava.

Su amiga Ava, que lo quería. Y Jaden también dejaría morir a Mack y a LeGrand y no le importaría, porque para él ellos solo eran cosas.

Brandon se siente como una cosa por primera vez en su vida, como si la abuela hubiera estado equivocada todos esos años. Brandon es una cosa que se puede usar y tirar, y ha llegado el momento y el lugar en el que por fin las cosas que nadie quiere se pueden tirar. Está atrapado con el demonio, sus amigos están muriendo y él no puede... no puede... No puede.

No puede.

Así que salta, se agarra a una de las cadenas y trepa.

Trepa por Ava. Por Mack y por LeGrand. Por sus sueños de compañeros de cuarto y fiestas con pizza, de una vida compartida. E, inexplicablemente, el empleado más amable de la gasolinera de Pocatello, Idaho, que nunca ha pisado un gimnasio, consigue subir por la cadena hasta lo más alto. Intenta encontrar algún punto al que agarrarse y, mientras que una persona normal se habría quedado paralizada de terror ante la posible caída, él permanece tranquilo hasta que localiza un saliente en la plataforma circular que hay encima de su cabeza. Lo justo para subir una pierna y después rodar hasta lo más alto de la atracción de las sillas voladoras.

—Pero ¿qué demonios...? —pregunta Jaden, que está enroscado en posición fetal en el centro de la plataforma, sudando, con quemaduras solares, pero totalmente a salvo. Se pone a cuatro patas con la cara enrojecida y crispada por la furia.

—Tú los has matado. —Brandon vuelve la cabeza hacia un lado para mirar a Jaden. Pero no lo ve a él. Ve una sonrisa blanca y un trago de cerveza, el señuelo que vuela hacia el agua.

—¿De qué estás hablando? ¿Qué haces aquí arriba? ¡Este es mi escondite! —A Jaden le cuesta hinchar los músculos para resultar amenazante porque no puede ponerse de pie. Está agachado de una manera extraña, balanceándose sobre los talones.

Brandon mira arriba. Allí están por encima de los árboles que los rodean y solo se ve el cielo. Un cielo azul claro, tan claro que se le llenan los ojos de lágrimas y todo se vuelva borroso. Es un azul muy bonito. Un buen azul. Un azul sincero.

Cierra los ojos, ofuscado por la claridad. Hay monstruos,

monstruos de verdad en este mundo. Sus amigos están muriendo. Van a morir todos. Y su padre lo sabía, está seguro, y cuando Mack y LeGrand estén muertos, no quedará nadie en el mundo a quién él le importe. Pero si uno de ellos gana, entonces de alguna forma Brandon ganará también, ¿no?

Lo menos que puede hacer es asegurarse de que eso suceda. Lo único que puede hacer. Lo único que tiene sentido en esa realidad totalmente desquiciada.

—Tú los has matado —repite Brandon sin abrir los ojos—. Ahí fuera hay un monstruo. Y tú has hecho que mate a las dos Avas.

—No seas idiota —se mofa Jaden—. ¿Esa zorra te ha convencido para que hagas esto? Mira, solo es un juego, y si los eliminan a todos, entonces...

Brandon coge a Jaden del tobillo. El otro hombre pierde el equilibrio, se tambalea, y entonces Brandon rueda y utiliza la propia inercia del cuerpo de Jaden para empujarlo por el lateral de la plataforma.

—Uno —dice Brandon desde arriba a sus amigos.

Dos personas quedan eliminadas todos los días. Así que, si dos personas tienen que ser eliminadas mañana, no serán Mack y LeGrand. Puede darles eso. Porque él no es una cosa. Ninguno de ellos lo es. Es una persona, como su abuela le enseñó. Una persona buena y un buen amigo. Y no quiere vivir en un mundo en el que es una cosa y en el que puede convertirse en un mal amigo, o en el que los monstruos son reales.

Brandon se pone de pie y respira hondo. Se acerca al borde de la plataforma y mira abajo. Mack y LeGrand le hacen gestos con la mano, le gritan. Él los saluda a su vez con la mano y mira por última vez el azul perfecto del cielo.

—... Y dos —dice lo bastante alto para que ellos lo oigan antes de saltar de la plataforma.

Mack se queda mirando el caos. Aunque le parece cruel pensar en esas dos personas —una le caía bien, la otra que no— aludiendo al caos, es la única forma que tiene de describirlo. Puede que también se haya roto algo dentro de ella, pero el caso es que no aparta la vista. Le parece importante ser testigo de lo sucedido.

Brandon está muerto, sin la menor duda. Se ha volteado al caer y se ha partido el cuello por el impacto. No comprende por qué lo ha hecho.

—Dos al día —aclara LeGrand, resolviendo el misterio. Él no está mirando el caos, sino en dirección a los árboles, vigilando.

—Se ha asegurado de que sean fáciles de encontrar. —Mack cierra los ojos, por fin, y deja de mirar los ojos vacíos de Brandon—. Nos está dando un día extra. —Sabe que está hablando de él en presente, como si él no se hubiera convertido ya en tiempo pasado, para siempre. Pero es mejor pensar en él así, como si siguiera en el juego, jugando por sus amigos, siendo el mismo chico dulce que les propuso a tres extraños irse a vivir con él solo porque tenía una casa, porque podía ayudarlos.

Y había encontrado una forma de ayudar. Ella no le habría pedido algo así. Lo habría hecho ella. Sabe que la muerte viene a por ella, está segura. Ya hace mucho que la espera. Pero va a dejar que la encuentre, no va a ir corriendo a su encuentro.

Además, todavía ha de encontrar una forma de hacer que gane LeGrand. Gracias a Brandon, ahora tiene un día más para conseguirlo.

Un gorgoteo terrible le hace abrir los ojos. Se vuelve hacia el montón de huesos, piel abrasada y sangre encharcada que antes fue Jaden. Que sigue siendo Jaden. No está muerto. Sus dedos se estremecen cuando los clava en la tierra, no está muy claro con qué finalidad. Un hilo de sangre burbujeante le sale por la boca y Mack está segura de que eso es un síntoma médico de algo, pero no tiene ni idea de qué.

—Mierda —murmura.

Porque Jaden ha hecho que mataran a Ava, pero él no lo sabía. Al menos no del todo. Y, aunque lo hubiera sabido, eso resulta más cruel de lo que debería permitir el universo. En ese estado, probablemente no sobrevivirá hasta mañana. No hay esperanza de que llegue ninguna ayuda, ni un rescate potencial que proporcione ayuda médica. Y aunque la hubiera, no cree que sirviese de nada.

Mack mira a LeGrand, que está tan horrorizado como ella. Jaden ha empezado a gruñir, entonando una lenta agonía.

Mack sabe que, si lo dice en voz alta, es como si estuviera pidiendo permiso. Y no debería hacer a LeGrand cómplice de eso. Él tiene que salir de allí y salvar a su hermana. Tiene que estar completo para hacerlo. Mack no necesita estar completa, y, además, ¿acaso lo ha estado alguna vez?

Busca una piedra grande por el suelo. La zona donde se encuentran está llena de piedras pequeñas y basura inidentificable, pero nada con el peso que necesita. Probablemente tendrá que ir a buscar un trozo del muro caído y traerlo.

—Ve hacia los árboles —le dice a LeGrand—. Ahora mismo te alcanzo.

—Mack... —dice LeGrand.

No quiere discutir con él. Es lo único bueno que puede hacer por Jaden, lo único...

—¡Mack! —Esta vez, su voz susurrante suena a advertencia, y hay en ella un matiz de terror que la deja petrificada.

Entonces lo oye. Los suaves pasos de algo que se acerca, el ruido acompasado y lento de algo que respira profundamente. De algo que está siguiendo un rastro. LeGrand se aleja tratando de ocultarse entre los árboles; Mack sigue observando a Jaden, con el alma en vilo, hasta que por fin da un paso atrás, luego otro, y comienza a alejarse sin apartar los ojos del camino por el que han venido.

El sendero flanqueado por los muros forma una curva cerrada que les impide ver lo que se está aproximando. Pero los ruidos suenan cada vez más cerca, y Mack se pregunta cómo días atrás pudo atribuirlos a una persona, o incluso a un animal.

Da otro paso atrás.

Y otro.

Y otro.

Debería de echar a correr, pero no le queda otra que retroceder poco a poco, al compás de los pasos que oye acercarse cada vez más. Un paso adelante y un paso atrás, componiendo una minuciosa coreografía.

Y entonces aparece su pareja de baile.

—¡Oh! —es lo único que logra decir Mack, porque en cuanto lo ve, se da cuenta de que esperaba encontrarse con algo muy distinto. Esperaba una persona. Y no cualquier persona. Una parte de ella esperaba ver a su padre girando en el recodo, con el cuchillo en la mano, los labios finos, apretados en una mueca lúgubre, y los ojos vacíos y sin emoción, que por fin había venido a por ella.

Pero no comprende muy bien lo que tiene delante.

Se queda quieta, observando cómo la criatura avanza girando la cabeza a ambos lados sin dejar de resoplar, venteando con el hocico plano y ancho y las aletas de la nariz con forma de lágrima dilatadas. Un poco más arriba, en la zona que en algún momento debió de albergar unos ojos, ahora puede apreciarse un mosaico de cicatrices a medio curar, rosáceas y grises, que revelan una historia de violencia.

También hay violencia en sus manos casi humanas, aunque demasiado grandes, cada uno de cuyos dedos es un instrumente grueso y rotundo, acabado en unas garras irregulares, rotas y cubiertas de sangre.

Mack no puede apartar la vista de la sangre. ¿Eso es lo único que queda de Ava, de su Ava, pegado y seco, formando escamas en el extremo de las manos del monstruo?

Se detiene y balancea la cabeza de un lado al otro. Las aletas de su nariz se dilatan aún más, y respira larga y profundamente. Los ojos de Mack se detienen en los enormes cuernos que le salen de la cabeza, cinco, casi elegantes en comparación con el resto de su cuerpo. Son grises en su base, donde se unen a la cabeza, y después se curvan los unos hacia los otros, estrechándose hasta acabar en unas puntas blancas que casi convergen en un punto a unos cuarenta y cinco centímetros por encima de su cabeza.

Marfil, piensa, recordando el programa de naturaleza sobre cazadores furtivos que vio con Maddie. Las dos acabaron sollozando con tal desesperación y con tantos mocos que su madre entró corriendo, apagó el televisor y las regañó. Mack nunca entendió que se enfadara de aquel modo, solo porque se habían puesto tristes a causa de la crueldad que hay en el mundo.

Tal vez entonces su madre ya sabía lo que les deparaba el destino, a las dos, y solo intentaba mantenerlas alejadas del fatal desenlace todo lo que podía. Mentirles sobre lo que el mundo permite que suceda. Pero la protección de su madre, incluso su cuerpo, no constituyó una presa lo bastante fuerte para contener toda la violencia que estaba por venir.

Una pata acabada en pezuña se desliza y avanza , al tiempo que un largo hilo de baba cae a cámara lenta desde la boca del monstruo hasta el pelo enmarañado y sucio que cubre su pecho.

De pronto, una mano agarra a Mack por el hombro y tira de ella hacia atrás. El monstruo, repentinamente espoleado a entrar en acción, se lanza hacia delante a una velocidad sorprendente. Pero se detiene ante los restos de Jaden, que aún respira con dificultad, y que Brandon le ha servido en bandeja. Sus movimientos son extrañamente suaves, lentos y pausados cuando se agacha, coge en brazos el cuerpo destrozado de Jaden y lo alza llevándoselo hacia la boca.

A Mack le parece ver que en esa boca, en esas fauces abiertas, no hay dientes, sino...

LeGrand tira de ella con fuerza y está a punto de hacerla caer. Pero ha bastado para despertarla de su ensoñación y hacerla volver a la realidad. Por fin cruza la maleza, salta por encima de unos árboles caídos guiada por LeGrand, y ambos logran dejar atrás los sonidos de la muerte.

Ahora entiende por qué Brandon decidió saltar. Sabe que le debe la vida al hecho que Jaden cayera entre ella y el monstruo.

Pero...

—Tres. —Coge a LeGrand del brazo. Sabe dónde están y señala en dirección al enrejado de los autos de choque. Desde allí arriba podrán ver y oír cualquier cosa que venga a por ellos.

LeGrand asiente con expresión sombría.

Tres. Eso significa que su certeza, su idea de que solo eran dos al día, no era correcta. Aún podía ir a por ellos, y seguramente lo haría. Tal vez solo eran dos al día porque era lo único que podía encontrar.

—Cuatro —corrige LeGrand con apenas un hilo de voz. Sin duda, el monstruo no iba a detenerse en Jaden.

Mack se alegra muchísimo de que Brandon ya esté muerto. Sabía cómo era su perseguidor y eligió el modo en que dejaría este mundo. Ella también quiere elegir. Sacará a LeGrand del recinto y después regresará a su primer escondite —donde Ava durmió pegada a su cuerpo, donde Ava confió en ella, donde ella recordó a Maddie y su absurdo patito de hilo— y se sentará en el suelo a esperar.

—Ahí —Mack señala un punto. El enrejado está allí delante. LeGrand sube primero y después la ayuda a subir a ella. Se tumban bocabajo, con las caras pegadas a la hierba y los corazones a mil por hora.

Ahora ya lo ha visto. Ya sabe lo que hay ahí fuera. No tiene más sentido que antes, pero al menos puede pasar del horror —el miedo a lo desconocido— al terror —el miedo a lo conocido—. El terror es casi algo cómodo en ese momento, como un amigo al que conoces bien.

—Esperaremos a que oscurezca —susurra ella—. Después iremos hasta la valla.

—Pero la electricidad... y los guardias...

—Tal vez encontremos un árbol que sea más alto que la valla y puedas trepar mientras yo distraigo a los guardias.

Es un plan un poco vago, y siente en su interior que no tiene muchas posibilidades, pero necesita un objetivo, algo en lo que centrarse, algo en que pensar aparte de esa cara sin ojos, que fue lo último que vio Ava. Y esas garras, que fueron lo último que sintió.

—Tú vas a salir de aquí —insiste.

LeGrand asiente y la hiedra tiembla bajo su cuerpo.

—Podemos salir los dos.

Pero Mack sabe que ella no saldrá. Ella nunca pretendió salir. Es una certeza que se asienta en su ser, y siente que su corazón se serena y se ralentiza, y que algo parecido a la paz empieza a envolverla .

Esperarán a que anochezca, LeGrand escapará y Mack por fin encontrará el mismo destino que las únicas personas a las que ha querido. La muerte vendrá a por ella y por fin no se quedará atrás, oculta y sola en la oscuridad.

LeGrand, allí, al lado de Mack, es una presencia muy diferente de la de Ava. El cuerpo de Ava era a la vez familiar y emocionante, y la hacía sentir cómoda y excitada al mismo tiempo. Sin embargo, LeGrand... solo ocupa espacio.

La tarde cae y Mack siente el lento avance del sol en su alma. La espera es terrible, y el hecho de que sea aburrida le resulta aún más cruel. El terror no debería ser aburrido, no debería consistir en esperar durante interminables horas sin nada que hacer. Debería ser crudo, rápido y definitivo.

Puede que, a fin de cuentas, Maddie fuera la que tuvo más suerte. Su terror se acabó pronto. Mack lleva viviendo con él muchos años, pero ya casi ha llegado al final. Ya casi ha acabado.

LeGrand la coge del brazo y aprieta los dedos en señal de advertencia. No hacía falta. Ella también lo oye.

Los dos acercan sus caras al enrejado y encuentran un hueco por el que mirar, pero no están lo bastante cerca del borde. Solo ven lo que hay justo debajo, el cemento agrietado y roto. Sea lo que sea que viene, cada vez se acerca más. Está claro que no se ha quedado satisfecho con cuatro en un día. Tal vez el monstruo también quiere acabar cuanto antes. Mack lo comprende perfectamente.

—Bajamos de un salto —susurra Mack—. Yo lo distraigo y tú sales corriendo.

Los ojos azules acuosos de LeGrand no son penetrantes ni bonitos; son unos ojos simplones en una cara simplona que ella espera que logre volver a ver a su hermana. Mack ve cómo los entorna, como si estuviera pensando en llevarle la contraria.

—Almera —le recuerda Mack. Él cede y asiente una vez con la cabeza.

Un crujido de hojas señala la proximidad del monstruo.

—A la de tres —susurra Mack, sorprendida por lo tranquila que se siente, lo firme que suena el latido de su corazón. Una sonrisa aparece en su cara; es absurdo, pero no puede evitarlo. *Olly oxen free.* No es la victoria que se esperaba, ni la libertad que deseaba, pero ¿acaso no es una forma de libertad?

—Uno... dos... tres... —Rueda y se lanza desde el borde del enrejado, al que se agarra para detener la caída, y después salta al suelo. Sus tobillos absorben el impacto y protestan, pero ya no los va a necesitar durante mucho más tiempo. LeGrand aterriza pesadamente a su lado y echa a correr sin detenerse ni un segundo. Mack se gira para enfrentarse a su destino.

Pero el paso que está a punto de dar se queda suspendido en el aire. Sus ojos solo ven un rifle. No es capaz de mirar el rostro de quien lo empuña, no puede aceptarlo.

—Estás muerta —susurra Mack.

Sin apartar la mirada de Mack, Ava quiere contarle cómo han transcurrido las últimas horas. Quiere explicárselo. Pero solo puede recordar, porque incluso los recuerdos encierran tantas preguntas que no sabe cómo expresarlas con palabras.

La muerte había venido a por Ava, incognoscible, invisible, misteriosa y hedionda.

Cuando la otra Ava quedó consumida por la nada, Ava gritó desafiante, y llena de rabia porque aquello tuviera que sucederle justo en ese momento, cuando tenía una razón para volver a albergar esperanzas, ahora que tenía algo en ese maldito mundo que le importara.

Entonces blandió el tubo, pero no impactó con nada.

Lo hizo girar en un círculo completo, con el precario equilibrio que le proporcionaba la desesperación, y volvió a girarlo, una y otra vez, pero solo golpeó el aire.

Tiempo atrás había sido entrenada para sustituir la respuesta de luchar o huir por la de luchar o luchar, pero incluso Ava contaba con la formación suficiente para saber que esta vez huir era la única opción. Se volvió en dirección opuesta a donde estaba lo que fuera que había engullido a Ava Dos y salió corriendo. La pierna aulló de dolor, porque no estaba en condiciones de correr, pero ella conocía los límites de su cuerpo mejor que nadie y podía llevarlos al máximo.

Aunque hacía mucho ruido con su irregular forma de avanzar, aguzó el oído para escuchar cualquier señal de que la estaban persiguiendo, o aquella terrible respiración húmeda, y esperaba que en cualquier momento la asaltara el familiar olor a podredumbre. Pero salió del camino cerca de la valla y no oyó nada. Ni olió nada. Se agachó, oculta entre la maleza para recuperar el aliento.

—Hijos de puta —dijo entre jadeos. La primera noche ya se fijó en el extraño material que habían elegido para construir aquella valla, pero no había deducido por qué estaba hecha de cables de metal. Ahora oía el zumbido eléctrico, el leve crepitar del aire. Eso también explicaba lo de las torres que había a intervalos regulares. No era un vestigio del antiguo parque. Eran adiciones posteriores. Torres de vigilancia.

Necesitaba volver a donde estaban Mack, Brandon y

LeGrand. Avisarlos. Estiró la pierna, deseando poder quitársela. Deseando poder correr como antes. Deseando muchas cosas. Tres minutos. Se iba a dar tres minutos para recuperar el aliento y después...

Sonó un disparo cerca. No le disparaban a ella, sino a alguien que no estaba lejos. Un grito ahogado de confusión reverberó en el aire. Brandon. Seguro que no se equivocaba al pensar que no saldría del escondite sin los demás. Lo cual significaba que se estaban moviendo. Ava podría reunirse con ellos.

Pero...

Había un arma en algún punto de la valla.

Revisó lo que llevaba en la bolsa, lo que podía conseguir y usar. Poco a poco acalló el pánico que aullaba en su cerebro y lo dejó a un lado, porque no le iba a servir para nada. Tenía trabajo que hacer.

Mack no se precipita a abrazar a Ava. No se puede creer lo que... a quién... está viendo. Se queda allí parada, mirándola fijamente, recorriendo la cara de Ava con los ojos como si fueran dedos, intentando memorizar los contornos, las pecas, las cicatrices y las arrugas que creía que ya no iba a volver a ver nunca. Sabe lo rápido que olvida y se pregunta lo que ya ha olvidado en esas pocas horas.

LeGrand está emocionalmente superado.

—Estás viva —dice mientras vuelve caminando por su ruta de escape fallida.

—Sí. Vamos. —Ava se cuelga el rifle del hombro y le da una bolsa de patitos de goma.

—No, tenemos que escondernos. —Mack se siente lenta y confusa, su cerebro aún no se ha adaptado a esta nueva revelación, a este nuevo movimiento tectónico de su realidad. ¿Por qué lleva Ava los patos de goma?—. Hasta que oscurezca.

—Está acabando con más de dos al día —dice LeGrand. Y añade frunciendo el ceño—: Oh, espera. No ha acabado contigo. Será por eso por lo que acabó con Jaden.

—¿Cómo escapaste? —Mack la mira como si estuviera viendo un fantasma. Nunca se había imaginado aquel reencuentro, no pensaba que pudiera recuperar algo que le habían arrebatado, y no sabe cómo procesarlo. Tal vez otra persona habría llorado, habría abrazado a su ser querido o habría sentido felicidad o alivio.

Mack se siente como entumecida. Por fin había llegado al final, y ahora... No sabe qué esperar. Primero estaba segura de que iba a ganar, después, de que iba a morir, y tal vez en su cabeza ambas cosas se habían convertido en la misma.

Ava se encoge de hombros. Recopila sus recuerdos y les cuenta lo que pasó como si estuviera haciendo un informe después del acontecimiento, desconectándose de sí misma y de sus emociones. Sustantivos y verbos desnudos de sentimientos.

—Algo se comió a Ava Dos. Yo intenté golpearlo, pero no le di a nada, y como no lo veía, yo...

—¿No lo veías? —la interrumpe LeGrand.

Ava ladea la cabeza, perpleja.

—¿Vosotros sí?

Mack asiente.

—¿Qué? ¿Y por qué no puedo verlo yo? ¿Cómo es posible?

Mack comprende ahora por qué Brandon no podía describirlo. Se limita a encogerse de hombros, como él, y lo mismo hace LeGrand. El monstruo es un peso sobre sus hombros, una herida psíquica, y le preocupa que nunca llegue a cerrarse.

Ava está frustrada, enfadada por no poder ayudar, y se siente extrañamente excluida. Pero no tiene tiempo. No hay tiempo.

—Vale, da igual. Al menos podréis decirme adónde apuntar si nos lo encontramos. ¿Dónde está Brandon? —Ava mira alrededor, esperando una respuesta. Aún no están a salvo, ni mucho menos, y no piensa parar hasta que lo estén. No expresará sus sentimientos hasta que todos estén en lugar seguro.

LeGrand niega con la cabeza.

Eso le duele, a pesar de su determinación.

—¿El monstruo?

Ava ahora está preocupada. Tal vez sea verdad que se está comiendo a más de dos al día. Entonces lo de esperar a que anochezca quizá tenga más sentido.

—No —responde Mack, pero no da más explicaciones.

La ira inunda el corazón de Ava. Sea lo que sea que ha pasado, no era necesario. Tal vez si se hubiera reunido con ellos inmediatamente... Pero entonces no tendría el arma, ni el plan. Ha tomado la mejor decisión táctica. Pobre tonto y dulce Brandon. Lo único que tenía que hacer era esperar a que ella... ¿qué? ¿Confiar en que ella iba a volver?

Ninguno de ellos había visto nunca recompensada su confianza. ¡Oh, Brandon! Ava coge esa ira y esa pena y las deja a un lado, junto con el pánico y el dolor. Ahora no.

—¿De dónde has sacado el arma? —pregunta LeGrand.

Ava está deseando salir corriendo y necesita que se muevan más rápido, que avancen más deprisa, pero no puede forzarse más —ni a ella ni a su pierna— de lo que ya lo ha hecho. Empieza a andar y ellos la siguen.

—La torre de vigilancia. Recordaba los patos de cuando me escondí con Mack. —Se vuelve y le guiña un ojo a Mack, intentando sacarla de su estupor. Necesita que estén frescos, alerta—. Ya me han salvado dos veces.

Mack tiene mala cara. Ha vuelto a ser la Mack que se iba sola, que los dejó a todos. Vacía. ¿Qué habían visto ellos que Ava no había logrado ver? Pero al menos esta Mack camina cerca de ella y le ofrece el brazo para que Ava pueda apoyarse y aliviar parte del peso que carga sobre la rodilla y el tobillo. Mack está ahí mismo, pero a la vez no está, y Ava no puede aceptarlo, no puede tener a su gente distraída, dispersa. Tienen que centrarse. Tiene que sacarlos de allí.

—Pero, bueno —retoma la palabra, hablando como si no tuviera miedo, para demostrarles que no tienen que hablar en susurros, porque ahora están seguros, ella tiene el control, ha vuelto y todos van a estar bien—. Encontré un tramo de valla sin una torre de vigilancia a la vista. Seguramente decidieron que la electricidad sería suficiente. Me fabriqué unos guantes con los patitos. Las botas ya tienen suela de goma, gracias a mi médico de cabecera: Doc Marten. Escalé la valla y fui hasta una torre. Hicieron el cambio de turno hace un par de horas. El nuevo guardia se quedó unos minutos en la base de la torre, fumando. Menudo derechazo. —Ava entorna un poco un ojo porque siente que se le está formando un cardenal en la mejilla. No menciona que era alguien al que conocían, el hombre del restaurante. No el maleducado. El otro. No importaba quién fuera—. Pero yo gané la pelea y me quedé con su arma y con su radio. Nadie ha intentado hablar con él aún, pero solo es cuestión de tiempo que se den cuenta de que no está.

—¿No está? —pregunta Mack.

—Era él o nosotros. Y yo elegí nosotros.

Y Mack se da cuenta de que realmente Ava lo ha hecho. Estaba fuera. Se había enfrentado a la muerte, la había vencido y había escapado. Fuera del parque, al otro lado de la valla, libre. Y volvió a cruzar al otro lado de la valla para buscarlos.

Mack se siente aún más entumecida que antes. Ava debería de haber huido.

—Por allí no —dice LeGrand al ver la dirección que toma Ava—. Ahí es donde dejamos a Brandon y a Jaden. —No quiere volver allí, no porque le preocupe que el monstruo siga rondando por la zona, sino porque no quiere ver el lugar donde sucedió, no quiere pensarlo.

Ava frunce el ceño. En un parque tan lleno de bucles como aquel, esa es la ruta más directa hacia la sección de la valla que necesitan alcanzar.

—No importa —dice—. Ya no estarán, ¿no? —No quiere alterar a LeGrand y a Mack más de lo que ya lo están, pero no puede correr el riesgo de alejarse de su rumbo, como los caminos parecen pretender que hagan.

—Sí —responde Mack. No están. Brandon no está. ¿Podría haberlo salvado? Tal vez si hubiera sabido que Ava iba a volver. O tal vez si Mack hubiera sido la que salió tras la Ava guapa, si hubiera sido la valiente. Está segura de que Ava habría detectado lo que iba a hacer Brandon, habría podido salvarlo o convencerlo de que no lo hiciera.

Sacude la cabeza para intentar librarse del recuerdo del sonido (todas las partes duras y blandas de esos cuerpos estrellándose contra el suelo) y se centra en caminar, en ayudar a Ava, en intentar no pensar adónde van o qué van a hacer cuando lleguen. Se siente mareada, desorientada, extrañamente decepcionada. Como si le hubieran robado la primera buena decisión que había tomado en su vida.

—Oh, mierda —dice Ava, deteniéndose. Han llegado a las sillas voladoras.

Jaden no está, es verdad. Pero Brandon sigue ahí, tirado, roto e inmóvil, justo donde lo dejaron.

—No se lo ha comido —dice LeGrand afirmando lo obvio, pero lo obvio es lo único a lo que puede aferrarse su cerebro. Hay un monstruo. No se ha comido a Ava. Ava los va a salvar. El monstruo se comió a Jaden, pero dejó a Brandon. Los suicidas no pueden vivir con sus familias en la gloria eterna, ni estar con Jesús, eso le dice su cerebro, pero lo rechaza. No está demostrado. Es lo que le enseñaron, pero ahora sabe que ninguno de los que le enseñaron todas esas cosas sabe cómo funciona el mundo en realidad. Cree que a Jesús le gustará Brandon, entenderá que hizo esa elección para salvar a otros. Tienen mucho en común, en realidad.

LeGrand se siente aliviado en muchos aspectos por el regreso de Ava. Porque con Ava a su lado, tiene una verdadera oportunidad de escapar, sí, pero también de secuestrar a su hermana. De salvarla de los monstruos humanos que la tienen prisionera y que permiten que sufra, cuando podrían ayudarla si quisieran. Si eligieran hacerlo.

Ava significa que él vive. Que Almera vive. Ava representa todo contra lo que le advirtieron los mayores, y él entiende por fin por qué les tienen miedo a las personas como ella.

—Lo siento —susurra Ava, pero decide no cerrarle los ojos a Brandon. Tiene una vista muy bonita de las copas de los árboles, en realidad. ¿Por qué arrebatársela? Siguen caminando.

El día es bochornoso y el final de la tarde está cargado de una presión constante. Las nubes han cubierto el cielo azul de Brandon, reuniéndose con rapidez gracias a la brisa y amontonándose. El parque los fuerza a tomar varios caminos serpenteantes que los alejan del objetivo, pero entre la orientación de Ava y la capacidad de LeGrand para trepar a los árboles y ayudarlos a reorientarse, consiguen llegar a la sección de la valla.

Ava levanta un puño al aire, y aunque solo Mack ha visto suficientes programas de televisión para saber lo que significa, LeGrand comprende por qué Ava está allí de pie en aquella actitud , tensa y a punto. Saca la radio, una especie de walkie-talkie, y escucha, pero nadie ha dado la señal de alarma, ni está utilizando los aparatos. Nadie ha llamado a Ray. Dentro del parque, Brandon Callas está tendido, con los ojos abiertos en dirección al cielo nublado; fuera del parque, Ray Callas también está tendido, con los ojos contra la suciedad acumulada bajo un arbusto, en el lugar hasta el que Ava ha arrastrado su cuerpo.

—Aquí. —Ava resigue cojeando el perímetro de la valla y

los conduce a la torre de vigilancia vacía de Ray—. Si escaláis solo por la torre, no os electrocutaréis. Pero no toquéis la valla. —Se siente aliviada de no tener que volver a saltar la valla. Aunque tiene suficiente energía para desplazarse, es una pesadilla tener que saltarla. Le llevó muchísimo tiempo colocar una mano y después la otra, y mover despacio cada pierna. Escalar la torre duele, pero al menos es algo firme. Hace subir a Mack primero, pues tiene un miedo irracional de que, si esta se queda la última, decida adentrarse en el parque y desaparecer.

Cuando llega a lo más alto, Mack se gira y mira lo que han dejado atrás mientras Ava y LeGrand suben. Desde la torre no se ve gran cosa. Han limpiado toda la parte que rodea la valla, una zona de exclusión desnuda que rodea todo el parque, pero más allá no hay más que árboles y alguna atracción que asoma en algunos puntos a lo lejos. La noria. La cúspide de una montaña rusa. La atracción de las sillas voladoras. Las otras torres de vigilancia quedan ocultas por los árboles y el paisaje, y ninguna de ellas es lo bastante alta para poder divisarla desde donde están ellos. Si los guardias quisieran ver de verdad lo que pasa en el parque o controlar el laberinto y observar adónde lleva, necesitarían unas torres mucho más altas.

Pero no quieren ver. Quieren que ocurra todo sin que ellos tengan que verlo.

Ava llega a lo más alto y hace un gesto de dolor cuando se ajusta los pantalones, como si eso pudiera proporcionarle cierto alivio a su pierna. Se imagina la expresión preocupada de su médico, la advertencia de que no la fuerce. Los huesos le chocan entre sí en la rodilla, no tiene cartílago ni ahí ni en el tobillo, y en el pie tiene más metal que hueso. «No querrás perderla del todo» le advirtió, recordándole la suerte que había tenido. Menuda suerte la suya.

—Vale —dice, intentando distraerse del dolor agónico que le sube desde el tobillo y le late por toda la pierna—. Ahora tenemos que tomar una decisión. Él vino en un quad, como Linda. Si lo cogemos, podemos ir rápido, pero haremos mucho ruido. Y también tendremos que quedarnos en la carretera. Seremos vulnerables.

—Ir a pie nos dará más tiempo antes de que se den cuenta que hemos huido —concluye LeGrand.

—A menos que vuelva a cambiar la guardia pronto, porque entonces sí que se darán cuenta, hagamos ruido o no. —Ava sabe que escabullirse sin ser vistos es la mejor idea, pero le duele tanto que no va a poder soportarlo mucho más tiempo y sabe que entonces no va a estar en condiciones de luchar.

Mack señala una hoja de papel que hay fijada en un poste de la torre. Es un horario, escrito pulcramente con bolígrafo azul. En cursiva, incluso.

—No hay cambio de guardia hasta medianoche.

—Mierda —exclama Ava, encogiéndose de dolor. Sus sueños de salir de allí en un vehículo, con un motor rugiente debajo y la pierna descansando se han desvanecido. Todavía tienen una oportunidad de huir sin ser vistos, así que tienen que aprovecharla—. Vale. Iremos andando. Nos colaremos en la ciudad. No sabemos quién está metido en esto, así que los trataremos a todos como si lo estuvieran. Robaremos un coche y nos largaremos. Un coche atraerá menos la atención que un quad, claro. —Incluso contando con el tiempo que les llevó el viaje en autobús hasta allí y lo que le duele la pierna, Ava sabe que pueden llegar a la ciudad y conseguir un coche mucho antes de medianoche. Y es la apuesta más segura.

La apuesta más segura y dolorosa. Aprieta los dientes.

—Vámonos.

Cuando bajan y se dirigen a los árboles para avanzar en paralelo a la carretera, Ava ni siquiera mira al hombre que ha dejado allí muerto. De lo único que se arrepiente es de no haberlo matado lo bastante rápido para poder salvar a Brandon. Le parece injusto que tengan que estar muertos los dos, que no haya podido intercambiar una vida por otra.

A LeGrand le han quitado un peso de encima. Sabe que han escapado de algo terrible, pero esa no es la razón por la que siente que podría echar a correr, o incluso a volar. Es porque regresa a casa, por fin. Y volverá con Ava, con Mack y con un arma.

Mack camina con Ava apoyada en su brazo y sabe que están fuera del parque, que se acercan a la libertad, pero no puede quitarse de encima la sensación de que va en la dirección equivocada.

El final de la tarde se alarga hasta el infinito ante ellos, el día parece no querer acabar definitivamente y permanece en su piel con la pesadez del bochorno y el zumbido de los insectos. También permanece en el alma y la mente de Mack la enormidad y la imposibilidad de todo lo que ha sucedido ese día.

Lo único que pueden hacer es caminar. LeGrand va delante, y Mack le sirve de apoyo a Ava para que no cargue tanto la pierna. Él avanza siguiendo la carretera, con el asfalto a la vista a través de los árboles y la maleza que los oculta. Es un camino más difícil que la carretera —lo cual no es bueno para Ava—, pero significa que pueden ver a cualquiera que vaya o venga. Como no ha ido ni venido nadie, eso quiere decir que todavía no se han dado cuenta de que han escapado.

—Esos gilipollas se creen superiores —murmura Ava mientras se da una palmada en la nuca por la picadura de un insecto. El movimiento brusco le hace perder el equilibrio y Mack gruñe bajo el aumento de peso que nota hasta que Ava se estabiliza de nuevo—. Una valla eléctrica y unos cuantos hombres armados. Eso es todo. Es todo lo que creían que necesitaban.

Mack no comparte ese sentimiento. Ha sido más que suficiente para mantener a los demás dentro. Solo que para Ava no. El señuelo del dinero y el miedo a avergonzarse por tener miedo los mantuvo allí al principio. Después, cuando vieron al monstruo, ¿qué podían hacer sino huir y esconderse? El terror era demasiado grande, demasiado inmediato para dejar espacio a cualquier cosa mínimamente parecida a un plan.

Tal vez por eso Ava era capaz de funcionar, de ponerse al frente de todo. ¿Por qué ella no lo había visto? Mack se siente algo así como sola sabiendo que Ava no comparte aquel terrorífico conocimiento con ella. A Ava no la ha cambiado como a Mack, a LeGrand y a Brandon.

Mack se sorprende al descubrirse pensando en el dulce Brandon, con el cuello roto, los ojos abiertos mirando al cielo, y en la persistencia con que su mente retiene aquella imagen.

Ojalá él hubiera esperado a que las cosas salieran de forma distinta, pero la verdad es que hizo su elección. Y la hizo para salvar a otras personas. Brandon era mejor que Mack. Todos los que había allí lo eran. Brandon, que había muerto para darles una oportunidad de vivir. LeGrand, expulsado de su casa por intentar salvar a su hermana. Y Ava, que tuvo la oportunidad de ser libre y largarse y volvió al infierno para sacarlos a ellos.

Mack se imagina otra situación en la que ella fuera más como ellos. Un pasado en el que le cedía a Maddie el escondite bueno. O mejor, que tiraba de Maddie para subirla allí con ella y de algún modo le hacía un hueco para que cupieran los dos cuerpos sobre la puerta. O, lo mejor de todo, un pasado en el que se da cuenta de lo que va a hacer su padre y los avisa a todos y los salva. Porque ella no lo supo, ¿verdad? ¿No fue el tono de su voz lo que la hizo esconderse y escabullirse hacia la oscuridad?

Pero el resto de los que estaban en el parque habían sabido que algo iba mal (claro que sí, ¿cómo no iban a saberlo?) y lo habían negado y habían seguido adelante como si el mundo no estuviera cargado de violencia, como si todos ya no fueran cadáveres andantes. Les dijeron que no pasaba nada y ellos se aferraron a esa promesa hasta que murieron.

Ava tropieza y Mack la sujeta de forma automática.

—Ya casi hemos llegado —dice LeGrand, aunque no puede saberlo. Da la sensación de que llevan toda la vida caminando por aquel bosque y, después de una eternidad, se encuentran de nuevo en la puerta del parque. No saben cómo, pero el laberinto, a su espalda, ha crecido para atraparlos una vez más, siguiéndolos durante el resto de sus vidas. LeGrand no puede quitarse de la cabeza la idea de que los están castigando, aunque a veces consigue que esa idea retroceda un poco ante su enfado.

No deja de rezar, pero de repente se detiene. Le enseñaron cómo era el Espíritu Santo, y que, si reza, Dios le dirá que su padre tenía razón en todo. Para eso era la oración. Así, esas partes malvadas de su corazón, esas dudas, esas preguntas, podrían quedar consumidas por la acción de Dios y verse sustituidas por la fe. Por el conocimiento.

LeGrand ha rezado mucho en su vida, pero sigue sintiendo miedo y eso no parece algo que Dios le daría o que el Espíritu Santo haría. Es aterrador que tu padre sea un profeta. Saber quién y de qué vienes, de quién y de qué no vas a estar a la altura, quién y qué te juzgaran si fallas.

El padre de LeGrand no apareció para expulsarlo. Dejó que uno de los mayores de menor rango lo hiciera. La falta de LeGrand, el final de la vida que conocía, no era lo bastante importante para que el profeta Rulon Pulsipher fuera molestado.

Tal vez LeGrand ya está muerto y esto es la oscuridad exterior. Otra razón para ir a buscar a Almera. Si se reúne con ella, sabrá que no está muerto, porque si estuviera muerto, no estaría con ella. Ella va a ir a un cielo mejor y él... bueno, la verdad es que no le importa. Quiere esta vida. La quiere para él y para Almera. Tanto si está condenado como si no, tanto si está muerto como si no, nada de eso importa, siempre y cuando pueda ayudarla.

Además, si los mayores tienen razón, Almera está salvada pase lo que pase. Así que, si LeGrand se pasa la vida aliviándole el dolor y se condena a la oscuridad por ella, al menos Almera llegará a lo más alto. Y él estará contento por esa eternidad solitaria, porque la habrá salvado de una vida de dolor y sufrimiento que no necesita soportar por culpa del fervor de otra gente a la hora de demostrar que está comprometida con Dios.

La presencia de un monstruo de verdad a su espalda no tiene ningún peso en su lucha interna. Él se crio en un mundo de ángeles y demonios, de dioses, profetas y milagros. ¿Por qué no iba a haber también monstruos?

La pierna de Ava ha entrado en un *crescendo* de dolor; los instrumentos que suenan son el hueso sobre hueso y el metal sobre hueso, y sus propios juramentos son la percusión. La caja que tiene en la cabeza se ha desintegrado, ha estallado por todo lo que ha intentado meter hoy en ella.

La ciudad, el coche, la huida. Lo repite en su mente y repasa los elementos una y otra vez, como las cuentas del rosario de su madre.

La ciudad.

Un coche.

La huida.

Casi no se dan cuenta del momento en que el bosque empieza a ralear. LeGrand los detiene justo donde acaba abruptamente antes de escupirlos a un césped perfectamente cortado que conduce a un edificio blanco de inspiración griega y que bloquea ostentosamente la vista del barrio que lo rodea. Están en un lado del edificio, pero pueden distinguir los pilares de la parte delantera, que no tienen una función aparente.

Después del tiempo que han pasado en el enloquecido caos del parque, aquellos parterres flanqueados de piedras con arbustos de rosas bien podados y salpicados de versiones en miniatura de estatuas antiguas les parecen tan irreales como todo lo que han dejado atrás. LeGrand no entiende nada de jardinería ornamental. En Zion Mountain todos los jardines eran huertos que cultivaban las mujeres para obtener comida. ¿Qué sentido tenía eso?

Ava coge una piedra lisa de un montón que hay en un chabacano bebedero para pájaros con un rollizo querubín que expulsa agua. Teóricamente al menos, porque está seco.

—Vive, ama, ríe —lee Ava. Las palabras están grabadas en la roca tallada. El impulso de arrojarla contra una de las ventanas del edificio es casi imposible de resistir.

—No hay ninguna luz encendida —apunta Mack. Las casas como aquella siempre le parecen vagamente acusatorias. Todas esas líneas perfectas y esos accesorios tan bien elegidos le gritan: «Tú no encajas aquí», como el spa. Las ventanas la observan para asegurarse de que ella sabe que la están viendo.

Pero está atardeciendo y no hay luces encendidas. Esos ojos en forma de ventanas están vacíos.

—Vamos. —Ava avanza cojeando en dirección al césped, pisoteando deliberadamente todos los parterres que encuentra a su paso. La puerta de atrás está abierta. Busca un sistema de alarma, pero no parece haber ninguno.

—Es una ciudad tranquila —Mack entra en la casa recordando al conductor del autobús que no quería mirarla a los ojos—. Segura.

—Buscad las llaves del coche. —Ava va dejando tierra esparcida por el suelo de baldosas inmaculadas. A Mack le da miedo dejar un rastro, pero Ava está decidida a llenar de barro todo aquel maldito lugar. Sin embargo, no resulta fácil, porque la cocina es de color marrón y naranja, un vestigio de otra década, mantenido con meticulosidad, pero con una época mal escogida. La nevera tiene varios dibujos infantiles sujetos con imanes. Mack los recorre con los dedos; están quebradizos por el tiempo. Uno se cae tras soltarse y flota hasta el suelo como una hoja. En el punto donde lo sujetaba el imán queda un círculo perfecto, que no ha tocado el sol, protegido del tiempo. Mack lo deja donde ha caído.

Ava abre la puerta de la cocina que da al garaje. Dentro solo hay un quad y un espacio vacío donde debería estar el coche.

—Mierda.

Vuelve adentro y rebusca en el recargado comedor, en cuyo centro domina todo el espacio una mesa grande y brillante, con unos manteles individuales de blonda de encaje ya amarillentos que no logran suavizar su aspecto. A diferencia de Mack y de LeGrand, Ava sí tiene referencias de lo que es una casa bonita, y esta sin duda lo era, pero hace décadas que no la renuevan. Es una cápsula del tiempo decorada con un caro mal gusto.

Mack y LeGrand la siguen, sin saber muy bien qué hacer. Ava encuentra el salón —al que le falta la calidez o el caos que imprime una familia de verdad— y se deja caer en un sofá con estampado de flores y una tela brillante que pretendía ser elegante, pero que lo vuelve resbaladizo e incómodo. Apoya la pierna y deja escapar un quejido. No quiere admitirlo, pero no puede seguir mucho más. Está al límite de su tolerancia del dolor y tiene verdadero miedo a causarse algún daño permanente.

—Tenemos dos opciones —dice—: Seguimos adelante y buscamos otra casa y otro coche, con lo que aumentarían las posibilidades de que nos encuentren; o esperamos. No parece que aquí viva nadie joven, y las personas mayores no salen hasta tarde, ¿no? Además, el quad me hace pensar que el propietario está metido en el ajo. Así que esperamos, y cuando vuelvan, nos llevamos su coche.

LeGrand quiere seguir porque está casi tan incómodo como Mack en la casa, pero es consciente del dolor que está soportando Ava. No quiere pedirle que camine más. Mira a Mack para que sea ella quien decida, pero está distraída examinando una vitrina llena de figuritas de porcelana.

Se imagina teniendo suficiente dinero para las cosas que necesita y decidiendo que lo que querrá después es una colección de niños de porcelana con caras inocentes en diferentes poses y con distintos atuendos. La exagerada inocencia de unas niñas con vestidos de volantes rosas que miran por encima del hombro con los labios formando una O perfecta es casi indecente.

Mack mira por encima del hombro. Ava y LeGrand la observan, esperando a que decida. Nadie debería hacerle decidir nada. Sigue estando segura de que se ha olvidado algo, de que ha dejado atrás algo crucial. El parque la atrae, como si ella fuera una brújula y el parque el norte. La idea de alejarse de todo así... ¿irse sin más? Le parece más surrealista e imposible que el monstruo que los espera en el laberinto.

Pero Ava tiene dolores. Ha dado más detalles de la opción que implica quedarse allí, lo cual hace sospechar a Mack que ese es el plan que prefiere Ava.

—Esperaremos —dice, y se va a la cocina a mirar en la nevera.

Ha perdido su bolsa con todas las barritas de proteínas que había ido acumulando. La ha dejado en el parque. Tal vez eso es lo que tira de ella. Se ríe para sus adentros al pensar en volver a por la bolsa y acabar en el vientre de la bestia, literalmente, por intentarlo.

Ava no sabe si están tomando la decisión correcta, pero quiere gritar de alivio por no tener que volver a levantarse. Ha de hacer algo con ese dolor. La está distrayendo. La va a convertir en una mala líder y eso provocará que hieran o maten a alguien.

—¿Sabes usar un arma? —le pregunta a LeGrand, que asiente.

Él ha soltado la bolsa de patos de goma. No se ha dado cuenta de que todavía la llevaba. Ahora no tiene ninguna utilidad, pero está claro que LeGrand la llevará hasta que le digan lo contrario, por si los necesitan. Por si él puede ayudar en algo.

Ava le pasa el rifle y se acomoda en el sofá, deseando poder echarse a dormir, sabiendo que no volverá a dormir hasta que estén muy lejos de esa pesadilla. Ha visto muchas mierdas raras en su vida, pero monstruos invisibles que comen mujeres es probablemente la peor de todas.

Dios, y espera que así sea. ¿Qué mal puede haber en ese mundo que ella no conozca o no haya visto? Aunque, técnicamente, ella no lo ha visto. ¿Por qué LeGrand y Mack si pueden verlo y ella no?

Mack lame la cuchara hasta dejarla limpia después de acabarse el postre. Coge otro y va al comedor. Otra vitrina enorme, pero esta vez no está llena de figuritas, sino de delicados platos que parece que nunca se han usado, que son solo de exposición. Muy desconcertante. Pero le llama la atención una servilleta bordada a mano (¿o es un pañuelo?), doblada en la parte de debajo de la vitrina. «Nicely» es lo que está bordado delicadamente en la orilla de la tela. Nicely es el segundo nombre de su padre, se lo pusieron para que llevara el apellido de soltera de su madre. ¿Qué hace ahí el segundo apellido de su padre?

Mack deja el postre a medio comer en la mesa y abre la vitrina. Coge el pañuelo y entonces se fija en un pequeño compartimento que hay debajo. Se mete el pañuelo en el bolsillo, retira el trozo de madera que cubre el compartimento y saca un libro grande encuadernado en cuero.

Tiene el apellido «Nicely» grabado en la tapa. Es la primera vez que encuentra algo en esa casa que la hace sentir como si encajara allí.

Y no le gusta.

Se lleva el libro al salón, se sienta al lado de Ava y lo abre.

1 de julio de 1946

Yo, Lillian Nicely, doy comienzo a esta crónica del tiempo que voy a pasar a cargo de la temporada.

He estudiado las crónicas (tanto la de Tommy Callas como la del viejo borracho Hobart Keck, de quien no sabemos si está muerto o solo se ha ido. A mí ambas opciones me parecen bien. Nunca entendí por qué le dejamos echar una mano en la supervisión de la temporada. Los demás no compartíamos las opiniones deprimentes y negativas que tenía Hobart sobre nuestros padres y el sacrificio que hicieron por nosotros, su legado divino de prosperidad y de responsabilidad. Nosotros vemos nuestro legado, no como una carga o una maldición, sino como un regalo y un deber solemne. Habernos librado de él es lo mejor que podía pasar).

Obviamente no me ha dejado nada con relación a los preparativos, lo cual no me sorprende. Eso es lo que pasa cuando pones una tarea importante en manos de alguien que no merece nuestra confianza, en alguien que es de fuera de las siete familias. Pero, para ser justos, tampoco Tommy Junior ha sido de ayuda. Cuando me reuní con él para hablar de la desaparición de Keck y desvelarle mis planes para la próxima temporada, apenas dijo nada. Ni siquiera quiso leer el diario de su padre e insistió en que lo metiéramos en la caja fuerte de la casa donde nos reunimos. Y para que todo sea «justo», solo la familia Stratton tiene la combinación. Su papel consiste en leer el libro una vez cada generación. Sin duda es una tarea más fácil que la de los demás, y apenas suficiente para pagar su manutención en esta ciudad.

Pero no importa. Yo lo he leído todo. Y he redactado mis propias crónicas.

He ideado un nuevo plan que no exigirá que ninguno de nosotros tenga que cruzar la puerta durante los siete días de la temporada. Como hemos aprendido de los mayúsculos errores de Hobart, incluso aunque no seas el sacrificio que se ofrece, puedes acabar consumido por error.

Nuestro primer paso fue el más peligroso, pero ya está hecho. Decir que estábamos asustados es quedarse muy corto, pero hemos logrado llevar a cabo nuestra tarea ¡y sin el menor escándalo! Como siempre, la bestia seguía tan profundamente dormida como si estuviera prácticamente muerta, al menos hasta que se acerque la temporada. Entramos en el templo y le sacamos sus enormes ojos ardientes.

Con «nosotros» me refiero, claro, a los Callas más jóvenes y a los hijos de Pulsipher, que deben aprender a cargar con su parte de responsabilidad. Pero todos volvieron ilesos y alegres, exultantes tras el éxito que habían tenido.

Veremos si ahora, privada de la vista, la bestia se muestra tan quisquillosa con respecto a quien quiere consumir.

Hemos asegurado catorce parientes lejanos y una mujer que no tiene parentesco, diagnosticada de locura y sacada de un sanatorio que está a tres estados de aquí. Es una desgracia que tengamos que enviar ahí dentro a personas que no saben en lo que se están embarcando, pero no podemos negar el poder y el bien que sigue proporcionándonos el sacrificio a todos nosotros —y al mundo, por extensión—, y por eso estamos seguros de que accederían si pudieran comprender verdaderamente el sacrificio que hicieron nuestros padres y la increíble cadena de bendiciones desinteresadas de la que forman parte.

A continuación, voy a explicar todos los detalles.

La noche del catorce los drogaremos con una fórmula diseñada por el doctor Joel Young Junior, y los llevaremos al claro que hay delante del templo. Se han instalado cadenas bien fijadas en el cemento que se vertió alrededor del templo el año pasado y todos serán engrilletados allí con suficiente agua y comida para siete días (aunque, obviamente, no todos ellos van a necesitar tal cantidad. Aun así, es mejor desperdiciarlo que dejar que sufran innecesariamente, porque no podemos predecir en qué orden van a ser consumidos). Encadenaremos a la loca más cerca del templo para tentar primero a la bestia con ella.

Con este método no tendremos que entrar ni salir de la zona. La puerta permanecerá cerrada y cuando los siete días pasen, podremos entrar con seguridad para limpiar y hacer los arreglos que creamos necesarios para la siguiente temporada, así como para determinar si, privada de la vista, la bestia es capaz de detectarnos y elegirnos.

Estaría mal decir que me siento emocionada —claro que no lo estoy, eso sería espantoso—, pero sí estoy ansiosa por cumplir con mi parte a la hora de asegurar la cadena de prosperidad por la que se hubo de pagar tan alto precio.

Incluso he decidido que, en señal de gratitud por su contribución involuntaria y como homenaje a nuestros padres, el día antes de conducir a los catorce sacrificios a la zona, lo pasaremos con ellos, preparándolos y mimándolos. Creo que a nuestros padres les habría gustado.

22 de julio de 1946

Qué desastre. ¿Quién podría haber adivinado que, en cuanto descubrieron cuál iba a ser su destino, elegirían quitarse la vida en vez de esperar? Sus muertes no han servido para nada, no significan nada y no han hecho ningún bien. Egoístas. Idiotas. Y solo lo sabemos porque la bestia ha ido hasta la puerta, gimiendo y echando espuma por la boca, buscándonos a ciegas. Creí que nada podía ser peor que esas dos llamaradas gemelas, pero lo de ahora aún lo es en mayor medida.

Por suerte, tenía un plan por si había algún imprevisto. Había dos repuestos que ya estaban en la ciudad, trabajando en mi casa. Se los ofrecimos y eso nos dio tiempo para salir y encontrar más. Fuimos enviando a los sustitutos de dos en dos para «trabajar» en el edificio, en medio del bosque y en cuanto se acercaron lo bastante para detectar que algo iba mal, ya fue demasiado tarde.

Fue un desperdicio y una vergüenza, pues la bestia no consumió ni a la loca ni a los cadáveres. Al final de los siete días encontramos a la loca sentada en medio de lo que quedaba de los cadáveres, sucia y llorando. Fue una imagen horrible, y ojalá se hubiera ocupado de ello otra persona en lugar de tener que hacerlo yo.

Me avergüenzo de mi arrogancia al asumir que había diseñado un sistema perfecto, pero ¿cómo podía haber previsto lo que sucedió? Ha habido descontento y comentarios en el sentido de que debería ser Tommy Callas Junior quien estuviera a cargo de todo, pero él no se ha ofrecido. ¿Y por qué iba a hacerlo? No tiene más derecho que yo. Las siete familias son iguales, no importa de quién fuera la idea de hacer el sacrificio.

En cualquier caso, a partir de ahora voy a ser más humilde e inteligente. No más desperdicios.

Pero también me pregunto si Hobart se esforzó lo bastante para encontrar otras opciones con que alimentar a la bestia. Ahora sabemos que no consume cadáveres y que no se guía por la visión, y ambas cosas son una lástima.

Tengo que pensar en todo esto e idear un sistema perfecto. Sé que tiene que haber uno que aleje a la bestia de la puerta, que le procure alimento y que nos mantenga a salvo.

15 de julio de 1947

Siento profundamente el peso de la llegada de julio. Aunque tengo seis años para prepararlo, cada julio es como una garra que se clava en mi hombro y aprieta. No me ayuda el hecho de que ahora tengo hijos que demandan mi atención, y un marido que no entiende por qué tengo que reunirme con las otras familias ni en qué «secretos» andamos metidos.

A veces, cuando duerme a mi lado, roncando suavemente, quiero asfixiarlo por su ignorancia.

Sammy Frye se queja porque está muy cansado de viajar buscando parientes lejanos y rastreando primos desconocidos, como si su tarea fuera difícil. Nuestros hombres son muy viriles. Y nunca les hemos prohibido ir sembrando su semilla con mujeres que no son de nuestro nivel. Es un sacrificio fácil para ellos y lo hacen en nombre de nuestra comunidad. Entre ellos y los hermanos de nuestros padres, hay muchos potenciales sacrificios entre los que elegir, muchos que no saben lo que tenemos escondido en el bosque a las afueras de Asterion. Muchos que no saben cómo se han mantenido sus hijos lejos de la guerra, qué milagro ha protegido su dinero cuando se hundieron los bancos, qué viento secreto los eleva a todos a alturas cada vez mayores. Claro que, cuanto más diluida está la sangre, también lo está la gente, y hay bastantes candidatos desechables.

Pero es de mal gusto centrarse en esos detalles. Idearé un plan mejor para la siguiente temporada.

23 de mayo de 1948

Mi marido ha vuelto de Nueva York, y ha visitado Coney Island con las niñas. Yo no salgo de Asterion —soy su guardiana y no me tomo esa responsabilidad a la ligera—, pero cuando he oído cómo hablaban casi sin aliento de montañas rusas, atracciones y casetas de feria, y de lo fácil que a todos les ha resultado pasar el día allí, aquello me ha dado una brillante idea para un nuevo plan. Uno que nos permitirá enviar a los sacrificios de buen grado, y que ellos se dejen consumir sin saber nada. El mínimo sufrimiento. Una solución alegre y divertida.

¡Un parque de atracciones! Entretenimiento de baja calidad para las clases bajas, y algo perfecto para lo que necesitamos.

Los planes son bastante elaborados, sí. Tommy Junior no ha dejado de quejarse, lo cual no ha sorprendido a nadie. Pero los Pulsipher, los Young, los Harrell y los Frye se han puesto de mi lado. Además, no voy a hacerlo por capricho. La estructura laberíntica del parque tiene un propósito, y es obligar a la bestia a moverse en círculos y a permanecer cerca del centro, lejos de la puerta. Y con nuestros sacrificios tentados a introducirse cada vez más por la promesa del placer, la diversión y el entusiasmo, ellos mismos se dirigirán a su fin.

Lo malo, claro, es que todos los sacrificios tienen que pasar por la puerta de Tommy, así que durante la temporada tendremos que dejarla abierta. En cualquier otro momento podemos dejar que los visitantes entren y salgan por una puerta lateral sin importancia. Pero no podemos hacerlo cuando importa. Eso nos pone a todos nerviosos, pero el ingenioso diseño del parque y la cantidad ingente de sacrificios potenciales garantizarán que la bestia nunca llegue a alejarse del centro. De todas formas, seguiremos montando guardia en la puerta, pero confío en que no tendremos que preocuparnos de que nadie nos descubra, ni de que la bestia escape.

Es un sistema perfecto. Todo el mundo estará alimentado y además crearemos puestos de trabajo y traeremos prosperidad a la región, lo que sin duda aliviará parte del resentimiento que siempre han albergado hacia nosotros las ciudades cercanas.

Hay mucho que hacer para prepararse. Voy a incluir a mi hija menor, Linda, en la planificación, aunque todavía apenas sabe leer. Pero nunca es demasiado pronto para empezar a preparar a la siguiente generación para asumir sus responsabilidades. Me temo que ya he esperado demasiado con su hermana mayor.

22 de julio de 1953

El Parque de las Maravillas es un éxito. No solo la temporada de este año ha transcurrido sin un solo incidente, sino que el parque es muy bonito y está lleno de gente todo el verano. Es agradable poder usar este espacio más de una vez cada siete años.

Evidentemente, ninguno de nosotros entra allí. Por si acaso. Pero he leído unas críticas impresionantes en los periódicos locales.

Ya hemos hecho una lista de personas a las que vamos a invitar al parque durante la siguiente temporada. Lo que inicialmente nos pareció una maldición —es decir, que solo nosotros pudiéramos ver a la bestia— se ha convertido en una ayuda inesperada. Puede caminar entre la gente y nadie la ve, excepto aquellos a los que tiene que consumir.

Y si alguien es testigo de cómo desaparece un sacrificio —¡magia!—, no pasa nada; es un parque de atracciones y está lleno de cosas maravillosas. Un primo lejano de los Harrell vio cómo se comía a su hermano y salió corriendo y gritando, pero obviamente volvió a casa de los Harrell. Lo llevaron de vuelta al parque al abrigo de la noche y lo dejaron, inconsciente, en la puerta del templo. Esa escoria que forma parte de nuestros linajes desaparece o huye tan a menudo que no es complicado borrar cualquier rastro de ellos más tarde.

Sospecho que vamos a poder utilizar este sistema durante mucho tiempo. Estoy muy orgullosa de cómo Logan ha aceptado nuestro legado, y sé que mis padres lo estarían también.

22 de julio de 1974

Odio que la primera entrada que voy a escribir en el libro de mi madre tenga que hablar de un desastre. Debería haberle arrebatado el control de su mano senil hace años. Tal vez entonces no habríamos llegado a esto. Me siento humillada, aunque nada de lo sucedido es por mi culpa. ¡Y, por si fuera poco, me toca a mí arreglar el desaguisado!

Si hubiéramos querido que la familia del señor Jones viniera al parque ¡los habríamos invitado! Obviamente, los miembros de esa familia no son el tipo de sacrificio que ofrendamos normalmente. Y es normal que los Stratton estén fuera de sí, porque la niña era de su linaje. De hecho, Susan Stratton ha dicho entre llantos que la niña estaba muerta por su culpa.

¡No! La ha consumido porque hemos tolerado que demasiados de los nuestros no sean conscientes de la procedencia de su bienestar. Lo he discutido con mi madre y con las otras familias, porque creo que deberíamos contarles la verdad a todos los implicados, pero ellos dicen que es demasiado y que los demás seguramente no se sentirán cómodos y tal vez quieren pararlo todo.

Pero ¿lo harían? ¿Si supieran que, sin lo que habita en el centro del parque, ellos lo perderían todo? ¡No lo creo! Creo que verían que tiene sentido, que es necesario y que esa responsabilidad es un honor. Creo que es el secretismo lo que aleja a la gente, como ha pasado con mi padre y mi hermana mayor. Aunque solo los que estamos emparentados directamente con las siete familias originales nos hemos quedado en Asterion. Todos los demás se han ido por el mundo y nos han dejado atrás, basándose en la fuerza y el apoyo que les proporciona lo que nosotros hacemos.

Mi parque está cerrado. Al menos ese idiota perdió a su hija el último día de la temporada y no hemos tenido que buscar otro sacrificio. Es lo único bueno que se puede sacar de la muerte de la niña.

Voy a tener que volver al inicio. Todos esos años de temporadas perfectas, y ahora tenemos que empezar de nuevo. Mi madre ya está demasiado mayor para asumir la tarea, y nadie más quiere hacerse cargo. Así que ahora está en mis manos.

Antes, cuando podíamos enviar a docenas de nuestros indeseables al Parque de las Maravillas y dejar que la bestia escogiera, nos sentíamos seguros dejando la puerta abierta, porque sabíamos que cualquier día durante la temporada había más de dos de nuestra sangre entre nosotros y la bestia.

Pero ahora nos vemos limitados una vez más, y tenemos que enfrentarnos al dilema de enviar dentro a catorce a la vez o meterlos de dos en dos.

No me gusta tener la puerta abierta más de lo absolutamente necesario. Tenemos algo especial, algo precioso, a un lado y al otro de la puerta. Debemos hacer todo lo que podamos para salvaguardarlo.

He contratado a catorce personas (ninguna de ellas es consciente de la conexión que tiene con nuestras familias) para «limpiar el parque con vistas a una potencial reapertura». Tienen instrucciones claras de trabajar por parejas, pero nunca en grupos de más de dos. Dormirán en el parque. Espero que, con ese laberinto de muros, árboles y caminos, no se den cuenta de lo que pasa hasta que sea demasiado tarde. También hemos reforzado la valla que rodea el perímetro del parque y hemos construido catorce torres de vigilancia, una por cada uno de los sacrificios originales. Su espíritu, que sigue cuidándonos, nos mantendrá a salvo. A veces subo a la torre que lleva el nombre de mi abuela, miro el parque y me siento conectada con ella mientras deseo que los árboles y los arbustos crezcan más rápido, más altos y densos, para que ya no se vea el templo y simplemente pueda disfrutar de las vistas.

Ha salido todo lo bien que podía esperarse. Al menos a Ray se le da bien disparar para herir, no para matar, así que no hubo desperdicios, ni nadie pudo escapar.

Me voy a casar este otoño. No sé lo que le voy a decir a Dick, si es que le cuento algo, sobre mi familia o sobre por qué tenemos que vivir siempre en Asterion. ¿Cuánto necesita saber? Después de todo, las bendiciones de mis abuelos se las voy a transmitir a él y a nuestros futuros hijos. Nos vamos a mudar a la casa de mi madre. Me ha preguntado de dónde voy a sacar el dinero para redecorarla y yo me he echado a reír. Es mío.

Me lo he ganado.

22 de julio de 1988

Este año el mayor reto ha sido encontrar catorce personas que aceptaran el trabajo. Sabemos que todos son inservibles, gorrones y que no contribuyen en nada. Parias de la sociedad que nosotros hemos ayudado a construir y a hacer que prospere. ¿Ahora son demasiado buenos para pasar una semana haciendo un trabajo honrado?

Esa pereza, esa sensación de que se lo merecen todo me pone de muy mal humor. Tal vez tendremos que encontrar una táctica diferente para continuar, si estas generaciones jóvenes insisten en oponerse a desempeñar un buen trabajo porque resulta un poco duro.

Muchas veces me pregunto hasta dónde se extiende la red.

Nuestra generación ha tenido mucho éxito, así como nuestros hijos, primos, sobrinas y sobrinos, pero siempre se puede encontrar a algún desesperado en la periferia. Tal vez las bendiciones del sacrificio son más potentes cuanto más cerca de la sangre original estás. Gracias a Dios que a la bestia no parece importarle que la sangre esté diluida.

Hoy he estado repasando cuánto hemos hecho, cuánto hemos construido y cuánto hemos aportado a nuestra comunidad, está claro, pero también al mundo entero. Si la gente lo supiera, si nuestros padres y abuelos lo vieran... Hemos trabajado mucho, y aumentado con creces lo que nos legaron. Ciertamente somos sus sueños hechos realidad. No puedo evitar reírme al pensar lo que escribió mi madre sobre una fórmula que había elaborado el doctor Joel Young Junior para dormir a los sacrificios. Ahora Young Pharmaceuticals dirige todo el mundo de la medicina. A partir de unos principios aparentemente modestos, la bendición de nuestros padres produce unos resultados increíbles.

Aunque nadie lo diría, a juzgar por cómo actúa según quién. Susan Stratton apareció ayer en mi puerta, borracha y hecha un desastre. Ella, que ha leído el libro de Tommy Callas y se lo ha enseñado a su hija, ahora actúa como si ello fuera una enorme carga. Es un privilegio. Yo haría cualquier cosa por leer el libro, por comprender mejor lo que nuestros abuelos hicieron por nosotros.

Pero no, ahí estaba, llorando y diciendo que si el coste merece la pena, que si tenemos derecho, y hablando de esa niña a la que no conocía ni había visto nunca.

Si no tuviéramos derecho, tampoco tendríamos la responsabilidad. Le recordé las carreras universitarias de sus hijos, sus cargos en las juntas de empresas importantes, en juzgados o en el Congreso. Nos merecemos esos puestos, por eso los conseguimos y hacemos el bien gracias a ellos.

¿El equivalente a una vida cada seis meses es realmente un sacrificio tan grande si miramos todo el conjunto? No creo que sea demasiado pedir, y así se lo dije. Además, ¿qué ha hecho ella, aparte de asistir a las reuniones, en las que no es más que una presencia hosca y una mirada culpable?

Pero bueno. Eso me recuerda que me equivocaba en cuanto a lo de decírselo a todos. Es mejor guardarse la información para los más cercanos. Contenerla. ¿Quién sabe lo que harían otras personas si lo supieran, lo que decidirían? He sorprendido a Dick intentando hacerse con este diario. Y me pregunta, cómo quien no quiere la cosa, qué tramamos cuando me reúno con las familias. Como si fuera asunto suyo lo que yo haga con mi tiempo, en mi casa y en mi ciudad. Tiene suerte de que le deje quedarse aquí.

Mantendré vigilada a Susan.

22 de julio de 1995

Ha habido una tragedia este año, porque Susan consiguió cruzar la puerta durante la temporada. Nadie la vio entrar. Solo nos enteramos cuando su hija, Karen, denunció su desaparición y nos dimos cuenta de que la bestia llevaba retraso con su ritmo de alimentación, lo cual significaba que se había comido a otra persona. Susan era la única candidata.

Es un misterio y una tragedia. Pero ya he dicho más arriba que había sido una tragedia... Estoy tan alterada que me repito.

Bueno, no podemos hacer nada más que seguir adelante. El resto ha salido perfectamente.

1 de febrero de 2000

Maldita zorra. Cómo ha podido ser tan zorra. Por fin he conseguido encontrar el código de la caja fuerte —¡una tarea que me ha llevado años!— para poder leer el resto de mi legado, de mi herencia, pero no está. El libro no está. Esa noche Susan debía tenerlo consigo. Lo llevaría encima. Debería de haberlo sabido cuando la vi salir a hurtadillas del spa. ¿Por qué iba a estar ella allí? Pero no puedo contárselo a nadie sin admitir que la metí en el parque. Lo hice por nosotros, por Asterion, para protegernos a todos, pero ¿lo verán todos así? Claro que no.

Nadie sabe que falta. Si lo supieran, empezarían a hacer preguntas sobre Susan. O entrarían en el parque a buscar el libro. Y quién sabe qué más ha podido dejar allí, qué prueba podrían encontrar.

Afortunadamente Karen ya ha leído el libro. Y la hija de Karen es una niña aún. Tengo unos cuantos años para reemplazarlo antes de que se vuelva a abrir la caja fuerte.

Acabo de descubrir los *reality shows* de televisión. Qué pesadilla. Qué clarísimo ejemplo de todo lo malo que les pasa a las generaciones más jóvenes. Pero... menuda oportunidad para nosotros. Creo que por fin he solucionado el problema de cómo conseguir que la gente venga de buena gana, se quede en el parque por su propia voluntad y permanezca todo el tiempo aunque sospeche (o no) lo que está ocurriendo.

Aunque el asunto de la herencia es más urgente. He tenido que dirigir las últimas dos temporadas solo con la ayuda de Ray y de Gary, aunque sus hijos siempre sirven bien como guardias. Pero no veo un verdadero liderazgo ni capacidad de innovación en ninguno de ellos. Creo que Tommy Callar se sentiría muy avergonzado. Al menos él era un visionario. Ninguno de sus descendientes ha salido igual. Y sin duda no puedo depender de ninguno de los hijos de Rulon Pulsipher. Ya se ha ocupado él de eso.

Mis hijos tienen unas vidas felices, ajetreadas y con mucho éxito en otros lugares. Dick me hizo todo el daño que pudo de la única forma que tenía a su alcance: envenenándolos en mi contra. Yo lo he sacrificado todo por mi familia y ellos me han abandonado. A veces creo que mis abuelos tuvieron suerte de no haber tenido que ver esto. Su sacrificio fue instantáneo y definitivo.

Sin duda prepararán a Chuck Callas para que se haga cargo. Sé que las familias llevan décadas deseando apartarme. A ver qué tal lo hace él. Seguro que faltará un toque femenino.

22 de julio de 2002

No voy a regocijarme de lo inteligente que soy, pero tenía razón. El «concurso» los ha atraído con mucha más facilidad y de forma más permanente que la promesa de un trabajo digno. Lo quieren todo sin tener que hacer nada.

22 de julio de 2009

Otra temporada perfecta. Creo que por fin he conseguido hacer lo que no ha hecho nadie: crear la situación ideal para los sacrificios. De nada, Asterion.

12 de julio de 2016

Otro año bien planeado, pero ¿acaso alguien me lo reconoce?

Antes pensaba que tal vez deberíamos buscar gente mayor y salvar a los jóvenes con la esperanza de que aún pudieran hacer algo con sus vidas, pero ahora, cuando observo a este grupo, sus caras juveniles, su piel perfecta y su total falta de respeto por la experiencia y el trabajo, pienso en todos los años que tienen por delante y en los que ya han desperdiciado. No contribuyen en nada a la sociedad, y se quejan porque se les pide que trabajen como lo hicimos nosotros, que se construyan a sí mismos, igual que nosotros. Sinceramente, creo que les estoy haciendo un favor. Les estoy dando un propósito. Me aseguro de que sus vidas signifiquen algo.

Ya queda muy poco para una nueva temporada. Tal vez sea la última para mí. ¿Es raro que me emocione? Tengo delante los nombres y las fotos de mis catorce últimos. Qué jóvenes son. No tienen ni idea de que están a punto de hacer algo grande y noble.

Ojalá le pudiera pasarle el testigo a mi hija. Ojalá pudiera trabajar codo con codo conmigo, como hice yo con mi madre. Ojalá estuviera agradecida por lo que le hemos dado, en especial a mí, en lugar de dar por sentado que le ha caído del cielo. El veneno de su padre. Debería de haberme casado con un maldito Harrell o un Young, y que todo se quedara en las familias.

Arrepentimientos... Pues yo no me arrepiento de lo que he hecho para proteger este legado, y de lo que voy a hacer una última vez. Mi legado sería perfecto si no fuera por la estúpida de Susan y su robo. Pero tal vez me muera antes de que se descubra que el libro no está. Se lo tendrían merecido. Se armaría un lío tremendo, y Linda ya no estaría para sacarlos del apuro. Que se ocupen ellos de limpiar el desastre por una vez.

Pero no hace falta pensar en eso ahora. Otra temporada. Otra semana sagrada para recordar a los que vinieron antes que nosotros, para agradecer todo lo que tenemos y para reconocer su necesario sacrificio. El trabajo de mi vida, que ya está listo para pasar a las siguientes manos y traspasar esta confianza a los que se quedarán cuando yo no esté y protegerán el templo y nuestras bendiciones.

Oh, pero a quién quiero engañar. Todos son unos idiotas. Que Chuck Callas intente hacerlo mejor que yo. Lo siento mucho por las personas que estén en su primera temporada. Mis concursantes nunca sabrán la suerte que han tenido de que yo los condujera al sacrificio. No tienen ni idea. Nadie aprecia las cosas que yo hago por los demás.

El atardecer libera por fin la ciudad y deja que la noche vaya cubriéndola con su manto de oscuridad. Las familias dejan escapar un suspiro de alivio, de tensión liberada. Casi ha terminado. Dos días más. Nadie sale mucho durante los siete días de la temporada; tienen miedo, aunque la puerta siga ahí, aunque la bestia se esté alimentando. Al final de la semana todos se reúnen tácitamente para una comida en el exterior en la que se ríen a carcajadas y beben demasiado, celebrando el fin de otra temporada y la promesa de que las cosas les sigan yendo como siempre, sin problemas, sin interrupciones, gracias a un sacrificio ofrecido en su nombre pero que ellos no tienen que oír, ver ni ejecutar.

Y la ensalada en gelatina de Linda siempre está deliciosa.

Mientras, en casa de Linda, hay tres personas perplejas sentadas en el sofá, mirando fijamente la última entrada del diario.

—Rulon Pulsipher es mi padre —anuncia LeGrand.

—Mi padre era un Nicely. —Mack cierra el libro y recorre

con los dedos el apellido que hay grabado en la tapa—. Y Brandon era un Callas.

—Pero ¿a cuánta gente han sacrificado? —pregunta Ava, horrorizada, mientras cierra los ojos y sacude la cabeza, que también ha empezado a dolerle—. ¿Y quién demonios es Hobart Keck?

La puerta del garaje chirría, anunciando que llega alguien.

Mack coge el vasito del postre de camino a la cocina y lame la cuchara antes de dejarla en el fregadero. Abre un cajón donde hay de todo —lo descubrió mientras buscaba una cuchara— y saca un pesado rollo de cinta aislante.

Ava entra cojeando, seguida de LeGrand, con el rifle preparado. El dolor en la pierna se le está extendiendo al resto del cuerpo, invadiéndolo y asentándose en lugares donde no tiene derecho a estar: la cabeza, el cuello, el hombro izquierdo. Su último fisioterapeuta, antes de que un error con el papeleo dejara a Ava sin seguro y ya no pudiera seguir pagándole, le recomendó que evitara el estrés y se esforzara activamente en liberar la tensión de su cuerpo. Por eso Ava le ha dado el arma a LeGrand. Ahora mismo el gatillo le parece una liberación, y confía en que lo que el chico decida no sea fruto de la tensión.

La puerta del garaje se abre. Linda mira hacia abajo, buscando algo en el fondo de su enorme bolso con estampado de piel de cocodrilo. Linda, que les dio la bienvenida a todos deshaciéndose en sonrisas. Linda, que le acarició el pelo a Isabella con una ternura maternal la noche antes de que la joven sirviera de alimento al monstruo. Linda, que había planeado y dirigido todo aquel montaje con orgullo.

Ava se arrepiente de haber cedido el arma. De su boca surge un torrente de palabras tan duras que se quedan flotando en el aire de una forma casi palpable mientras se lanza a por Linda, que está al otro lado del suelo de linóleo, y le da un puñetazo en la mandíbula.

Por suerte para Linda, el dolor ha hecho que Ava pierda el equilibrio y el golpe solo la roza, sin llegar a noquearla. Aun así, Linda, totalmente conmocionada por la abrumadora contundencia del golpe, se tambalea y se golpea la cadera contra la encimera, sumida en un absoluto estado de desorientación.

Mack la agarra de la muñeca y la lleva, casi con cuidado, hasta una de las recargadas sillas del comedor, la sienta y se pone manos a la obra, utilizando la cinta para atarle los brazos a la madera adornada con volutas. Ese es todo el uso que se le ha dado a la silla en más de una década; ya quedan lejos las cenas que una Linda recién casada se imaginó dando allí cuando se quedó la casa de su madre y la redecoró, cuarenta años atrás.

Mack dedica un instante a cerciorarse de que la cinta le arranque la piel apergaminada de Linda cuando se la quite. Tira de las mangas de su chaqueta —otro blazer, esta vez de un azul rotundo y cegador— para bajárselas, pero la tela es rígida y no se estira. Al menos Linda ya es lo bastante mayor como para llevar pantis, así que de sus piernas solo se desgarrarán las medias, no su piel.

Al tenerla tan cerca, mientras le ata los tobillos a las patas de la silla, Mack observa la decoloración en las articulaciones de Linda, la fina red morada y azul de venas que ya no cumplen su propósito original, sino que ascienden a la superficie sin alimentar nada.

¿Cómo debe de ser envejecer? Mack nunca se ha imaginado algo así, no vio cómo le pasaba a su madre y no recuerda a sus abuelos lo bastante como para tener una imagen de ellos. ¿Eran así de frágiles cuando su padre los atacó con el cuchillo? Mack está tan distraída que no se da cuenta de que Linda le está hablando, ni de que Ava y LeGrand siguen en la cocina, discutiendo en voz baja.

—¿Has oído algo de lo que te he dicho? —le susurra Linda, con el tono del pintalabios más subido que nunca, contrastando con sus pálidas mejillas y las bolsas oscuras de sus ojos asomando sobre la base de maquillaje con un tono azulado más bonito que el de sus turbios iris.

—No. —Mack se aparta para comprobar su obra. Ella no podría librarse de esas ligaduras, y duda de que Linda lo lograse.

Ava entra en el comedor y vuelca el contenido del bolso de Linda sobre la mesa. Cae el pintalabios dorado, una cartera de cuero rosa enorme, una agenda, un walkie-talkie igual que el que Ava tiene guardado en uno de sus muchos bolsillos, caramelos para la garganta, un pequeño revólver con el mango de un rosa pálido iridiscente, toallitas, pañuelos de papel y, por fin, las llaves del coche.

—¿Cómo habéis logrado salir? —pregunta Linda mientras Ava abre la cartera, saca los billetes que hay dentro y se los mete en otro bolsillo.

—Hay suficiente dinero para gasolina con la que poder alejarnos a varios estados de distancia de donde sea que estemos —murmura Ava—. También vamos a necesitar comida.

—¿Cuántos habéis salido? —Linda no pide que la liberen, ni intenta negociar con ellos. Hay cosas más importantes para ella—. Por favor, Mackenzie.

Mack levanta la vista, desconcertada. Las únicas personas que la llaman así son las que lo leen en una lista. Eso es lo único que ella es para Linda: un nombre de una lista.

—Necesito saberlo —continúa Linda—. ¿Cuántos habéis escapado del parque? ¿Se ha alimentado hoy? ¿Se ha alimentado hoy? —Su voz suena una octava más alta por el pánico.

Ava no llega a donde está esa mujer vieja desde el otro lado de la mesa y probablemente sea lo mejor. Se sienta en una silla, se arrellana y entrelaza los dedos detrás de la cabeza.

—¿Eso es lo que te importa ahora mismo? ¿Con nosotros aquí, armados y sabiendo que tú sabías exactamente para qué nos estabas enviando ahí dentro?

—Matadme, si queréis —responde Linda—. Pero sí que se ha alimentado hoy. No dejaríais a vuestros amigos dentro si hubieran podido salir con vosotros. Y los guardias habrían avisado por radio si estuviera en la puerta. —Cierra los ojos y suspira aliviada—. Vale. Eso está bien. Nos da un poco de tiempo. ¡No toques eso!

Mack se queda petrificada, con la mano al lado de la vitrina de la porcelana. Iba a volver a colocar el pañuelo.

Ava sonríe.

—No te preocupes, Linda. Ya hemos encontrado tu diario.

Los ojos de Linda están a punto de salírsele de las órbitas

y sus cejas dibujadas no logran transmitir el mismo nivel de enfado que el resto de su cara.

—¿A quién habéis dejado en el parque? Vosotros solo sois tres.

—¿Y por qué coño te importa? —pregunta Ava.

Linda hace una mueca y su ceño se vuelve más profundo.

—No utilices ese lenguaje en mi casa. Me importa porque necesito saberlo... —se interrumpe y suspira—. No, supongo que no necesito saber exactamente cuántos sustitutos necesitamos. Ya no es mi problema. Ray se puede ocupar de todo por una vez. —Y suelta una carcajada breve que parece un hipo. Es el fin. Todo su trabajo, todo su sacrificio, destrozado por esos mierdecillas desagradecidos.

—¿Ray es el del restaurante? ¿El cocinero? —Ava hace girar el revólver que hay sobre la mesa y este traza un dibujo con leves arañazos en la superficie brillante.

LeGrand está de pie en la entrada de la cocina, con el rifle preparado, como si Linda pudiera liberarse de las ligaduras en cualquier momento, convertirse en un monstruo y devorarlos. Y no es un miedo infundado, al menos no después de lo que ha visto y lo que les ha leído Mack. No puede librarse de la sensación de que Linda todavía puede hacerles daño y se lo hará, a él y a todos.

Linda asiente.

—Sí, ese es Ray.

Ava detiene el revólver a medio giro. Está apuntando a Linda. Después lo hace girar de nuevo.

—Oh, pues está muerto.

Linda suelta un resoplido de irritación. Su aliento huele a

rancio, en contraste con el fuerte impacto olfativo de su pene-
trante perfume floral.

—Un desperdicio —murmura.

—¿Un desperdicio? —Ava se ríe—. Sabía que eras una zorra muy fría, pero, vaya, eso es otro nivel.

—Si os ibais a deshacer de Ray, lo menos que podíais haber hecho era obligarlo a entrar en el parque. —Linda intenta
tocarse la frente, pero con las manos atadas no puede. Tal vez
lo más impresionante es que el pelo no se le ha movido ni un
milímetro de donde lo llevaba cardado y bien cubierto de laca,
formando una rubia escultura—. ¿A quién habéis dejado dentro? ¿A Jaden?

—Ya no está —dice Mack, mirando su reflejo superpues-
to sobre la delicada porcelana. Sus ojos, dos agujeros vacíos,
su cara pálida y el pelo negro. Como la silueta de una persona dibujada por un artista, una silueta que no merece la
pena terminarse y que arranca del cuaderno para empezar de
nuevo.

—No habréis dejado allí al dulce Brandon, ¿verdad?
—Linda tiene el descaro de sonar horrorizada.

Mack se estremece y recuerda el sonido que hizo Brandon
al estrellarse contra el suelo.

—Nunca —susurra.

Lo habría hecho, en otra vida. Pero no en esta.

—Está muerto, también. —Ava hace girar el revólver con
tanta fuerza que se resbala por la mesa y se cae al suelo.

Linda se lame los dientes, una costumbre que adquirió
para quitarse el pintalabios, pero que ahora hace automática-
mente.

—¿Consumido? ¿O muerto?

—Muerto. —Mack se vuelve a alegrar por él. El dulce Brandon—. El monstruo ha consumido a Jaden y a la otra Ava.

—Otro desperdicio. Ha muerto por nada.

—¿Al contrario que los demás? —La voz de Ava adquiere un tono que roza la histeria, y en su rostro asoma una sonrisa de total incredulidad.

—Sí, al contrario que el resto. Ya habéis leído mi diario. ¿Creéis que lo hacemos por diversión?

—No lo sé. Cosas de blancos. Nunca se sabe.

—No seas racista —la reprende Linda.

Mack nunca supo cuáles fueron las razones de su padre, sea lo que sea que Jaden y ese maldito podcast le atribuyeran. Pero de pronto le parece urgente comprender la razón exacta por la que tantas personas murieron en ese parque. Por la que ella debería de haber muerto allí.

—¿Por qué? —pregunta—. ¿Por qué ha tenido que morir tanta gente?

El diario no lo dejaba muy claro, pero Ava ya ha oído suficiente.

—Porque son una panda de depredadores que adoran a demonios.

—¡Yo soy cristiana! —puntualiza Linda, y se apresura a rectificar la conclusión de Ava—. No lo adoramos. No entendéis que las grandes cosas requieren sacrificio —explica, y su voz adquiere un tono algo distinto. De un brillo tan pulido como la mesa. Eso es algo que ya ha recitado antes, que le resulta familiar y fácil según va saliendo por su boca—. Y las siete familias que fundaron la ciudad han cambiado el mundo sustancialmente. Avances farmacéuticos, innovaciones quirúrgicas, titanes tecnológicos, aparte de la miríada de jueces, senadores, líderes locales y gigantes de los negocios que ha guiado a nuestro país y dado trabajo a tanta gente.

—¿Y por qué hace falta alimentar a un monstruo invisible para conseguir todo eso? —pregunta Ava.

—¿Tú no lo ves? —De pronto, la voz de Linda vuelve al presente, abandonando el camino trillado.

—No.

—¿Y vosotros dos? —Mira a LeGrand y a Mack y se ríe—. Por supuesto. Está claro. Además, nunca hubo la menor duda sobre el linaje de tu padre, LeGrand. El Pulsipher más prolífico.

LeGrand frunce el ceño, pero no dice nada.

Ava le da una patada a la mesa.

—Estabas explicando por qué tenéis que alimentar con personas a ese monstruo invisible.

—¿Sabes cuántas familias fundadoras de esta ciudad lo perdieron todo en la Gran Depresión? ¿Cuántos de sus hijos murieron en la Segunda Guerra Mundial, en Corea o en Vietnam?

—¿Y cómo coño voy a saber eso? —responde Ava, cada vez más enfadada. Esa conversación no los está llevando a ninguna parte. Deberían irse. Pero Mack está pendiente de cada palabra, y a juzgar por la expresión de su rostro está muy interesada en la respuesta. Ava dejará que Linda concluya su explicación y después meterá a LeGrand y Mack en el coche y le pegará un tiro a esa vieja. Por Brandon. Porque está muerto. Y porque esa mujer ha asegurado que es un desperdicio, argumentando que, a ella, personalmente, su muerte no le ha reportado ningún beneficio .

—Ninguno. —Linda sonríe, triunfante—. Nadie lo perdió todo, y ninguno de nuestros adorados hijos murió en tierra extranjera. Estamos protegidos. Hemos estado protegidos desde los tiempos de mis abuelos. Ellos hicieron el primer sacrificio y sellaron el pacto, a cambio de su sangre, para proteger a su sangre. Una sangre que tú obviamente no tienes, Ava. Debería de haberlo sabido. La puta de tu madre debió de engañar al idiota de tu padre.

Ava se inclina, coge el revólver del suelo, vuelve a dejarlo en la mesa y empieza a acariciarlo de nuevo.

—Tú vuelve a hablar así de mi madre —dice Ava con una sonrisa feroz. Su padre siempre supo que su madre se había quedado embarazada justo antes de que se conocieran, pero decidió incluir su nombre en la partida de nacimiento de todas formas. A él nunca le importó y nunca miró a Ava de otra forma que no fuera con amor y orgullo.

Pero evidentemente no tenía nada que ver con esa gente.

—Oh, dispárame, sucia bestia. No importa. Descubrirán que habéis escapado y traerán a otros. Seguramente a algún Rulon. A él siempre le parece bien. Seguro que tiene un par de hijas inútiles que no le importará enviarnos —responde, mirando a LeGrand con una sonrisa juguetona.

LeGrand levanta el rifle con un movimiento grácil.

—Te voy a matar.

—Cuando esté muerta, ¿quién sabe a quién elegirán para sustituiros? Estaréis firmando sentencias de muerte.

—Nosotros no estamos haciendo nada de eso —grita Ava—. ¡No nos eches la culpa de esto a nosotros!

—¿Ah, no? Estáis eligiendo huir sabiendo que alguien tendrá que ocupar vuestro puesto. Toda vuestra generación es muy egoísta, me da asco. Esto era lo más noble que podíais hacer con vuestras vidas, y en vez de eso, le volvéis la espalda y huis, dejando que muera otro en vuestro lugar.

Ava suelta el revólver y levanta ambas manos, sin poder dar crédito.

—Pero ¿te estás oyendo? Estás como una puta cabra. Totalmente como una puta cabra.

—¡No hables así, te he dicho! —replica Linda—. No tolero ese lenguaje en mi casa.

—¡Oh, Dios mío! Si amas tanto tu legado, sacrifícate a ti misma —le replica Ava.

Linda se ríe.

—Te gustaría, ¿verdad? Que acabara con todos. Entonces no habría nadie que se ocupara del problema. Mis abuelos se sacrificaron para que nosotros no tuviéramos que hacerlo. Nos hemos ganado nuestro éxito. Nuestras vidas. Nos hemos ganado este mundo y no pienso dejar que vosotros nos lo arrebatéis.

—Vamos. —Ava se levanta y le hace un gesto a Mack y a LeGrand. No tiene sentido. Se siente como si estuviera otra vez en Facebook, discutiendo con su abuelo pervertido. Tal vez ella también esté perdiendo la cabeza. El delirio que le provoca el dolor se está apoderando de ella—. Vámonos. Ya no tenemos nada que hacer aquí.

—¿Mi padre enviará a alguien en mi lugar? —pregunta LeGrand en voz baja.

—Oh, sí —responde Linda—. Él tiene una sustituta, por lo menos. La mencionó cuando hablamos de ti. ¿Alma? ¿Almera? Algo así.

LeGrand gira el rifle y la culata se estrella contra la sien de Linda. Su cabeza sale despedida hacia un lado, con la piel abierta y la sangre destrozándole por fin el peinado.

Linda da un respingo a causa del dolor, pero parpadea, viva todavía. Aún consciente. Es la primera y única vez que LeGrand le ha pegado a alguien. Se siente como si fuera otra persona. Ve las pruebas, nota su corazón acelerado, pero no ha elegido golpearla. Ha sido algo automático.

—¿Cómo sabes que funciona? —añade Ava.

—¿Qué quieres decir? —pregunta Linda con un gruñido, al tiempo que cierra los ojos y sacude la cabeza.

—Quiero decir que cómo sabes que este pacto que habéis suscrito con un demonio es lo que hace que perdure vuestro éxito y todo lo demás. Eres blanca. Eres rica. Seguro que la gente como tú lleva viviendo sin contratiempos durante generaciones. Sin necesidad de recurrir a protecciones místicas.

—No se te ocurra decir que yo he tenido una vida fácil. No tienes ni idea de lo que he tenido que hacer, que enfrentar, que decidir para poder cuidar de mi familia, mi gente, mi legado.

Ava se ríe.

—Hemos leído tu diario. Sabemos exactamente lo que has hecho. Dios. No puedo seguir hablando con ella. Vámonos. —Ava se levanta y le tiende una mano a Mack.

—¿Qué pasa si no se alimenta al monstruo? —pregunta Mack—. ¿Puede salir?

—Lo alimentaremos, pase lo que pase, ya os lo he dicho. Además, la puerta lo mantiene atado.

—¿Me prometes que no tocaréis a la hermana de Le-Grand?

—Mack... —La voz de Ava suena como una advertencia.

Linda levanta la vista al oírla y entorna los ojos con una mirada astuta.

—¿A cambio de qué?

—De que volvamos a entrar —dice Mack—. Eso te dará otro día, y después solo tendrás que encontrar una persona más. —Por fin Mack ha descubierto por qué no se sentía bien al escapar del parque. No estaban huyendo. Se estaban escondiendo, solo que en otro lugar. Mack se esconderá, y otra persona morirá en su lugar, como antes. Como con Maddie. Y esta vez será consciente de lo que hace.

Nunca más.

—¡Mack! —Ava agarra a Mack del hombro, pero Mack no reacciona, no se mueve, no aparta la vista de Linda.

—Dos personas más —rectifica Linda—. A ella no se la va a comer. —Señala con la barbilla a Ava. Por el tono de su voz queda claro que a ella le parece algo despreciable insultarla. La pobre Ava, que no es lo bastante buena para ser devorada por el monstruo.

—Vale —acepta Mack—. Dos más. Pero no Almera. Ella estará segura para siempre.

—Basta. —Ava tira del brazo de Mack, intentando que se levante, que se mueva—. Basta.

Linda tiene los ojos fijos en Mack, como un tiburón que acaba de oler la sangre. Puede darle la vuelta a la situación.

Todavía puede ganar. Claro que sí. Ganar es su derecho divino.

—Te lo puedo garantizar. Pero solo si estoy viva.

—¿Lo juras? —pregunta LeGrand—. Entro yo, y Almera está a salvo. A salvo de verdad. Tú la alejarás de mi padre y la instalarás en un buen lugar. Un lugar donde la cuiden.

—Lo juro por las vidas de mis abuelos. Por su sacrificio. Me ocuparé de que tu hermana esté segura y bien cuidada durante el resto de su vida.

—¡No podéis estar hablando en serio! —Ava le suelta el brazo a Mack y empieza a caminar arriba y abajo, pero el dolor resulta excesivo. Todo resulta excesivo. No puede respirar, su visión periférica se oscurece y tiene que apoyarse con todo su peso en la pared—. No. No.

—Nunca he tenido elección. —Mack mira los nudos de la madera de la mesa, los diminutos arañazos que ha hecho Ava. Se pregunta si se podrán eliminar, borrando así su presencia allí—. No. No es verdad. Tuve elección, elegí y dejé que mi hermana muriera en mi lugar. Me quedé con su escondite, ¿y para qué? ¿Qué he hecho con mi vida robada?

Por fin Mack levanta la vista, pero no mira a Ava, sino al reflejo fantasma en el cristal de la vitrina. El cristal que recubre la porcelana de la familia Nicely, la porcelana que Mack no podría tocar, usar o tener.

—Esta vez sé lo que está en juego y elijo el sacrificio. No voy a cometer el mismo error. —Mack mira a LeGrand. Va a hacer ese trato por él.

Él asiente. Lo que haga falta por Almera.

—Vale —dice—. Volveremos a entrar.

—¡Joder! —grita Ava estrellando el puño contra la pared—. ¡No! No os lo permitiré.

LeGrand le apunta con el rifle sin perder la calma.

—Ava, súbete al coche y vete. Vete. Esto no es tu problema, ya no.

—No podéis... Esto no es... Dios, no. No. —La voz de Ava se quiebra y sus ojos oscuros se llenan de lágrimas.

—Puedes volver a entrar con ellos —le propone Linda—. Permanecer con ellos y ser su testigo. —Linda sonríe, y el rojo de la sangre que le cae por la mejilla contrasta con el rosa del pintalabios, una mezcla de colores poco afortunada—. Estarás totalmente segura y te podrás cerciorar de que cumplo mi palabra. Eso hará sentir mejor a Mack y a LeGrand, ¿verdad? Ava me vigilará.

LeGrand asiente con movimientos cortos y rápidos.

—Por favor —le ruega, sin dejar de apuntar a Ava con el rifle.

—¿De verdad pensáis que me dejarán vivir? ¿Después? —La voz de Ava suena estrangulada por el esfuerzo de contener las lágrimas y el terrible peso de la desesperación.

La voz de Linda vuelve a recuperar el tono alegre de la mujer que los recibió en el autobús hace unos días, aunque parece que haya pasado toda una vida. Está claro que no va a dejar vivir a Ava, pero esa no es razón para no seguirles el juego.

—Lo hemos hecho antes. Doreen, una doncella. En la segunda temporada de sacrificios. Cuando todavía creíamos que podíamos ofrecerle a la bestia presas de otro tipo. Pero la rechazó, claro, y la dejamos ir. Porque quién iba a creer a... —Linda se detiene porque está claro que iba a utilizar una palabra de lo más común en su lenguaje, pero tras una pausa rectifica—: A una pobre doncella negra analfabeta en vez de a uno de nosotros.

—¿Y quién me va a creer a mí en vez de a vosotros? —replica Ava, sonriendo mientras sacude la cabeza—. Dios, tienes razón. Mucha razón. No podría contarle esto a nadie.

Linda exhibe lo que ella cree que es una sonrisa cariñosa y maternal. Ava intentará contarlo. No la llevará a ninguna parte, pero podría llamar la atención, y no merece la pena tener que redirigirla. No será difícil matarla cuando Mack y Le-Grand ya no estén.

—Puedes irte. No te voy a detener. O puedes permanecer con tus amigos e irte después. Tú eliges.

—Dale el dinero también —dice Mack.

—¿Qué? —exclaman Ava y Linda a la vez.

—El dinero del premio.

Linda abre mucho los ojos y mira a Ava como para confirmar que allí al menos hay alguien lo bastante inteligente como para saber que nunca hubo ningún premio. Nadie había salido vivo de allí nunca.

—Sí, claro —responde Linda con un tono apaciguador—. Le daremos los cincuenta mil dólares.

—Vale. —Mack siente paz. Mucha paz. Ya no se está escondiendo. Ella es quien tiene el control por primera vez en su vida—. Pero hazlo ahora. Dale el dinero ahora.

—¡No llevo cincuenta mil dólares encima!

—Todo lo que tengas en casa. —Mack se encoge de hombros. Puede esperar. La noche es larga y el amanecer y su muerte cercana todavía están bastante lejos.

—Oh, Dios. —Linda cierra los ojos, pero su tono suena

más irritado que preocupado—. En el dormitorio, en el armario, hay una caja fuerte. El código es siete-catorce-siete. Dentro hay dinero. No toques las joyas. Eran de mi madre.

—Mack... —suplica Ava.

—Ve a por él —le ordena Mack—. La voy a desatar y después iremos en coche de vuelta al parque. Nadie más tiene que saber lo que ha pasado, ¿verdad, Linda? Les dirás que el monstruo ha rechazado a Ava y que Brandon murió en un accidente, así que necesitas dos más.

—Me parece aceptable. ¿Cómo mataste a Ray? Necesito llevar un control de daños.

—Un golpe en la cabeza.

Ava abandona la sala en busca del dormitorio de Linda. No sabe por qué lo hace. Por qué ha pasado todo eso. Ha perdido el control. Ya no está liderando. Todo parece imposiblemente retorcido. No puede sacar a Mack a rastras de allí, ni obligar a LeGrand a entrar en el coche. ¿Qué está ocurriendo? ¿Qué ven ellos que ella no ve? Creía que había llegado demasiado tarde para salvar a Brandon. Pero resulta que es demasiado tarde para salvarlos a todos.

Linda asiente y organiza sus ideas.

—Un golpe en la cabeza. No es difícil de explicar. Se cayó de su torre. Demasiado viejo para hacer esa tarea, de todas formas.

Muestra su mejor sonrisa de «pongámonos manos a la obra» mientras Mack le retira con cuidado las tiras de cinta adhesiva que le sujetan las extremidades, una a una. Ella se frota las muñecas y se levanta.

—Dejad que me lave un poco y después os llevaré a vuestro destino.

Mack asiente, vuelve a meter las cosas de Linda en el bolso, se agacha para recoger los pintalabios y queda fuera del campo de visión de Linda. Mack no vuelve a meter las llaves del coche. Está preparada. Sabe que Ava está dolida —ojalá pudiera haberlo hecho mejor—, pero se alegra de que haya decidido volver con ellos en vez de irse inmediatamente.

Podría hacerlo sola si fuera necesario, pero es un alivio no tener que hacerlo así. Ava le abrió el cascarón y así empezó todo. Quiere que Ava lo termine con ella. Mack sigue a Linda hasta la cocina sin perderla de vista.

LeGrand no suelta el rifle. Lo envuelve en sus brazos, con la mirada inescrutable. El gesto resuelto que había adoptado su rostro se ha suavizado de nuevo. Ha salvado a Almera. No como quería, o como esperaba, pero la nueva opción tiene sentido. Dios le está permitiendo salvarla, pero solo a costa de sí mismo. Cuando intentó ayudarla antes, pensó que sería a costa de perderlo todo. Y ahora va a acabar siendo así, después de todo.

Ava reaparece, con la cara sombría y los bolsillos muy llenos. Mira a Linda y agita un frasco de pastillas.

—¿Lo que dice la etiqueta es lo que hay dentro?

Linda frunce el ceño, ofendida, mientras se limpia cuidadosamente la sien con un paño húmedo.

—¿Y por qué no iba a serlo?

Ava se toma dos pastillas y se las traga sin necesidad de agua.

—Yo no me puedo permitir esta mierda, y la necesito de verdad.

—No es culpa mía que seas pobre —gruñe Linda.

Ava coge las llaves del coche que están en la mesa.

—No estoy de acuerdo, pero da igual.

Ava no mira a Mack, y sigue evitando deliberadamente su mirada cuando todos suben al enorme sedán de Linda. Ava conduce. Mack ve el dolor que reflejan los ojos de Ava y se extraña al comprobar que ha abandonado su habitual fanfarronería. Por fin ha aceptado su destino.

Tal vez Mack hubiera preferido que Ava los dejara, que hubiera optado por subirse al coche y alejarse de toda aquella locura que nada tenía que ver con ella. Ava no veía al monstruo. Y no entendía, no del todo, por qué Mack tenía que volver a entrar.

Ava da marcha atrás sin control, derriba el buzón pintado con flores de Linda y se lleva por delante varios parterres de flores. Linda da un respingo de desaprobación, pero al parecer ha decidido que es mejor no decirle nada.

Sin embargo, en cuanto llegan a la carretera, Ava conduce de forma impecable a pesar del dolor y los analgésicos. Sabe que Linda y sus compinches intentarán matarla. Y está deseando que lo intenten. Al menos ellos son un enemigo al que puede enfrentarse y hacer sangrar.

¿Cómo lograr que Mack cambie de parecer y renuncie a autodestruirse? Ava lo entiende. Cuando estaba en el hospital, sola, mientras la recomponían, deseó más de una vez que su vida hubiera acabado en aquella carretera, junto a Maria. Casi se sale del camino al recordarla. Y ahora también verá morir a Mack.

Da un volantazo para volver al carril. No. Se le ocurrirá algún plan. Algo. Cualquier cosa. Pero solo puede ayudarlos si se queda con ellos. Aprieta los dientes para soportar el dolor que ya está desapareciendo y prepara su cabeza para la inminente desconexión del dolor que producen los buenos fármacos.

Sea como sea, Mack ha estado sola, mucho tiempo. Como Ava. Ahora les quedan unas cuantas horas de no estar solas, y después a Ava ya se le ocurrirá algo. Se le ocurrirá porque tiene que ocurrírsele.

LeGrand mira hacia delante, hacia la noche, y suspira. Está muy cansado. Al menos de esta forma lo consumirán a él, no a otros. En otra vida habría madurado. Se habría convertido en uno de los mayores, en lo mismo que su padre, un devorador, un dios pequeño y cruel en un mundo diminuto y patético. Está en la sangre de su ciudad, después de todo. Rulon Pulsipher siguió una ruta distinta a la de Linda.

Pero ya nada importa. Almera estará a salvo y eso es lo único que ha querido en la vida. Aunque ahora que está cruzando la noche en dirección al parque tiene que admitir que también le habría gustado vivir.

—¿Por dónde escalasteis para salir? —pregunta Linda cuando la carretera se convierte en un camino de tierra y se llena de baches.

—Por la torre de vigilancia de Ray.

—Y supongo que también dejasteis el cuerpo allí. —Linda parece contrariada.

—¡Claro! —asiente Ava con voz cantarina.

—Entonces aparca aquí, antes de que nos vea el guardia de la puerta. Podéis volver a saltar la valla en este punto.

Ava frena en seco y sale del coche. Los dirige a través del

bosque; su sentido de la orientación sigue siendo infalible. Cuando llegan a la base de la torre de guardia vacía, le señala dónde está el cuerpo de Ray.

—Sácalo de ahí —le ordena Linda.

—Sácalo tú. No eres mi jefa.

—Dejad el rifle —añade Linda—. Si no, sabrán que ha ocurrido algo.

LeGrand se lo tiende, pero Ava lo coge antes que Linda. Con el rifle en la mano, por un momento piensa en tomar a Mack y a LeGrand como rehenes. Obligarlos a volver al coche. Pero sabe que no irán y que ella no les va a disparar. Debería meter a Linda en el parque y dejar que se la coma el monstruo. Pero LeGrand depende de Linda para que proteja a Almera. No se lo permitirá.

Vale, fingir que no necesitan traer nuevos sacrificios. Hacer que Linda entre en el parque. Después, de alguna forma, encontrar a los otros tres guardias, lograr que no les disparen, atraerlos o arrojarlos también al parque, y todo eso sin que los descubran los otros guardias ni los habitantes de la ciudad. Y sin poder usar una pierna, y con ese dolor que no hace sino aumentar, y puede que teniendo que enfrentarse a Mack y a LeGrand, que parecen decididos a inmolarse...

No hay esperanza. Ava le quita el percutor al rifle.

—Por si decides dispararme por la espalda en cuanto cruce la valla.

—Pero qué chica más desagradable —murmura Linda al tiempo que coge el rifle—. ¿Y qué van a pensar si examinan el arma?

—Que Ray no sabía manejarla. No sé, no me importa.

Buena suerte con el cuerpo, era un tío bastante grande. —Ava aprieta los dientes. Está hipercentrada, una tarea cada vez, sin permitirse pensar en mañana, en lo que pasará, lo que hará. Está loca y tiene ganas de estrangularlos a todos. Lo único que sabe es que tiene que quedarse con Mack y con LeGrand. Ella es su única oportunidad. Así que escala la torre, llega arriba y vuelve a bajar al parque que encierra un monstruo asesino.

—Tus abuelos sabían de pactos —dice LeGrand con voz profunda y firme—. Vas a cumplir el tuyo. —No es una pregunta, es una afirmación, la más definitiva que ha hecho en su vida. A excepción de la que hizo cuando golpeó a Linda en la cabeza. Le sigue pareciendo algo que ha hecho otra persona, como si aquellas manos no fueran las suyas.

—Claro. —A Linda le duele el corazón, y ni perdona ni olvida mientras lo ve subir por la torre. Como ya han pasado por la puerta de Tommy una vez, no tiene por qué suponerles un problema. Solo han de cruzar el umbral una sola vez más.

Mack es la última. Linda se pone rígida de la sorpresa cuando Mack la abraza.

—Gracias —dice Mack.

Linda le da unas palmaditas vacilantes en la espalda, pero algo se ablanda en su interior y también la abraza. La mujer se siente muy aliviada de que Mack lo entienda. Por fin alguien comprende el peso que supone su responsabilidad, su deber. A Linda le sorprende sentirse llena de orgullo por esa chica extraña e inquietante. Una chica que entiende que a veces hay que hacer sacrificios. Pero claro, es una Nicely. Ellos siempre han sido la mejor familia.

Todo va a salir bien. Linda ha conseguido volver a tenerlo todo bajo control, contra todo pronóstico, no sabe cómo. Mantendrá la promesa que le ha hecho a LeGrand y llevará a su hermana a una residencia. Eso también implica que siempre tendrá controlada a una eventual sustituta. Pero casi seguro que no cumplirá la palabra que le ha dado a Ava. Ava va a morir.

—Adiós. —Mack se aparta y escala la torre.

Para cuando llega al otro lado, Ava y LeGrand ya están en el suelo esperándola. Los hombros de Ava, siempre tan fuertes, ahora están hundidos. Volver allí de nuevo la ha destrozado. No sabe qué hacer. No tiene ni idea de contra qué luchar ni cómo, y ni siquiera sabe si le quedan fuerzas para luchar.

LeGrand se sienta en el suelo. Por qué no esperar ahí mismo. No tiene sentido hacer otra cosa.

—¿Por qué? —susurra Ava sin intentar acercarse a Mack, sin querer tocarle la piel mientras está aún caliente, mientras todavía está aquí. Se ha sentido segura con Mack, ha sentido futuro en su contacto—. ¿Por qué habéis hecho esto?

Mack le quitó el escondite a Maddie. Pero no sabía cuál iba a ser el resultado. Ella no mató a Maddie. Ahora lo ve, gracias a Linda. Mack se agacha y saca el revólver que se ha guardado en el calcetín en vez de volver a meterlo en el bolso de Linda, junto con los pintalabios del suelo.

—He dicho que nosotros íbamos a elegir los sacrificios. No que vayamos a ser nosotros.

SEXTO DÍA

El sol asoma por el horizonte, abriéndose paso entre la oscuridad e inundando con su luz el parque de atracciones abandonado. Un laberinto. Un cementerio. Un lugar donde tanto los vivos como los muertos son perseguidos.

Hay tres personas dentro.

El sol alcanza primero la parte más alta de la noria, iluminándola desde detrás con tal fuerza que casi parece entera, como si en cualquier momento fuera a cobrar vida y empezar a girar, dándoles vueltas y vueltas a los que se han montado en la atracción, describiendo una órbita asombrosa desde la que pueden ver el suelo que se aleja rápidamente y después se acerca tanto que les quita el aliento y les provoca una excitante felicidad que puede terminar en un beso robado, una carcajada feliz o en que se sientan totalmente libres de la gravedad durante unos minutos.

Pero ya no. Esa órbita en concreto ha quedado detenida, oxidada en su puesto. Y la vista nunca cambiará.

Después se ilumina una sección de vías de una montaña rusa, viejas y podridas, cubiertas de tanta hiedra que incluso podría tratarse del cuerpo de una enorme bestia durmiente, olvidada hace mucho tiempo. Pero solo es madera y metal. La única bestia que hay en ese parque no ha sido olvidada, y no dormirá durante mucho más tiempo.

La luz del sol se cuela entre los árboles, la hiedra y los setos esculpidos. No puede atravesar el centro del tiovivo, donde tanto Rosiee como Rebecca encontraron su final, rodeadas por los rostros de unos animales descascarillados que les hacían muecas. Entra por un lado del campamento base, donde la sangre de Ian y de Christian se ha convertido en una mancha negra pegajosa, una acusación por la que nadie quiere responder. Rebota en las cadenas de las sillas voladoras donde Jaden creyó que estaba seguro y Brandon eligió no estarlo. Y se detiene un momento en los ojos de Brandon, ahora vidriosos, cuyo cuerpo no va a devorar nadie para hacerlo desaparecer. ¿Y ahora quién va a ser el empleado de gasolinera más amable de Pocatello, Idaho?

El sol va recorriendo el terreno, pasando sobre los incontables muros serpenteantes del laberinto, devorando las sombras y atravesando la bruma, produciendo en todo cuanto allí hay el alivio que proporciona recuperar la forma. Los arbustos tras los que Sydney se agachó y cerró los ojos para no ver lo que la estaba persiguiendo. La lasciva boca abierta del payaso en la que Logan —desaparecido tan pronto que ya lo han olvidado incluso nuestros tres últimos jugadores, y que no recuerdan ni su nombre— se quedó dormido y ya nunca más salió. El charco coagulado, gemelo del que hay en el campamento base, un testamento que da fe de que la Ava guapa existió, que era real, y que lo intentó. Lo intentó con todas sus fuerzas.

Y ahí está, flecha tras flecha, el camino que ha dejado atrás Atrius. Su marca en la competición. Mack se detiene delante de unos zapatos de tacón tirados en medio del camino e intenta recordar a la mujer a la que pertenecieron, pero solo le viene la imagen de un traje pantalón y un aura estresada.

Isabella, la primera que se perdió, engullida para siempre.

Mack sí que se fija en el zapato infantil, agrietado y pelándose, enganchado en una rama que ha crecido hasta quedar a la altura de su cara. Mack asiente, como si estuviera sellando un acuerdo secreto con el zapato. Lo recoge y se lo mete en el bolsillo.

Sigue adelante, sabiendo que ya está lo bastante lejos, pero necesita ver el centro de todo por sí misma. Lo que toda una generación anterior a ella ha reunido y por lo que ha pagado, y lo que las siguientes generaciones decidieron hacer pagar a otros. La economía del embudo. Ellos se quedan con la economía, y por el embudo va goteando la sangre durante décadas.

Mack gira en un recodo, está a punto de tropezar con una vieja anilla de hierro fijada al cemento décadas atrás. Entonces se detiene, asombrada en el más antiguo sentido de la palabra, cuando «asombro» significaba miedo que estremece el alma y fascinación que enloquece, todo en una sola palabra.

Ahí está el templo.

Y ahí está la bestia.

En otro lugar, alrededor del parque, unos hombrecillos hoscos con un sentimiento estremecedoramente insignificante por su pérdida, están sentados en sus torres, con las armas apoyadas en las paredes, tomando café, contentos de que al menos sea a Linda a quien le toque limpiar el desastre. Los menos benévolos odian a Ray por morir y dejar un guardia menos en cada cambio de turno, de forma que todos tienen que hacer más guardias. Los más benevolentes ya no viven en la ciudad ni tienen nada que ver con esas familias, así que no están presentes en las torres.

Incluso el hijo de Ray, Chuck, no es capaz de albergar unos sentimientos que vayan más allá de un desagrado general por la muerte de su padre y por el «problemilla» que ha habido dentro del parque, tal como lo ha calificado Linda de un modo muy irritante. La próxima vez le harán cargar a él con todo eso. Tiene cuarenta y cinco años, por el amor de Dios, y sigue trabajando para su padre. O seguía, hasta hace unas horas. Pero ¿dónde está la parte de las bendiciones que le toca a él en ese gran sacrificio? ¿Por qué tiene que tocarle a él asumir la tarea de organizar todo el tinglado para que todo siga funcionando y que otras personas se beneficien? Es una buena ciudad, pero a veces todo eso le parece una condena de cárcel.

Su radio cobra vida con el chisporroteo de la estática al mismo tiempo que se oye el eco de varios ruidos secos que llegan desde algún lugar del parque. Se pone en pie y examina la limitada zona que le corresponde. Está en la torre de vigilancia que se encuentra más cerca de la puerta, y que recibe el nombre de Tommy por su bisabuelo, pero no ve nada.

La estática en la señal se come algunas de las palabras que se intercambian, pero uno de los chicos —¿Ted, tal vez? Suena como Ted— dice que le están disparando.

Linda ha podido acostarse en la cama por fin, con una compresa en su dolorida cabeza. Entonces suena el teléfono que tiene en la mesita de noche.

—¿Qué? —exclama.

Tiene que ser uno de los hombres, probablemente preguntando por los detalles de la sustitución de Ray, como si ella no pudiera arreglárselas sola, como si no llevara décadas haciéndolo todo sola. Tal vez si tuviera a alguien competente que la ayudara, el fiasco de la noche anterior nunca habría ocurrido.

—No respondes a tu walkie. ¿Hay alguna forma de que pueda haber un arma en el parque? —pregunta Gary.

—No, revisamos las bolsas en el autobús. ¿Cómo puede ser que... —Linda deja caer el teléfono sobre la cama, sale corriendo por el pasillo y se golpea el codo con la pared. Su bolso está encima de la mesa, justo donde lo dejó Mack después de haber recogido todo el contenido desperdigado. Pero, por supuesto, ella no encuentra lo que busca.

Coge el teléfono que tiene en la pared y comprueba si funciona. Sigue teniendo línea.

—Perdona, se me ha caído el teléfono. Chuck no lo habrá comprobado bien. Seguro que es la militar. Tratadla como a alguien extremadamente peligroso.

«Esos malditos hijos de puta». Linda se pone la bata de andar por casa, coge las llaves y se sube al coche.

—¿Qué torre? —pregunta Chuck.

—¡La noria! ¡Rápido! —La comunicación se corta.

Chuck sufre un momento de confusión —las torres tienen

nombre—, pero sabe a cuál se refiere Ted. Rose. Lo cual es raro, porque Ted normalmente está en Ethel, pero tal vez se ha cambiado con alguien. Ha tenido mala suerte. Todos la han tenido. Ted es el que peor dispara de todos, así que tienen que llegar enseguida a donde está. Y la noria se encuentra en el otro extremo del parque, a más de tres kilómetros, porque tienen que dar toda la vuelta.

—¡Que todo el mundo se dirija a Rose! —transmite Chuck, y después baja, se sube al quad y lo dirige lejos de su torre y sus vistas de la puerta.

LeGrand enciende su walkie-talkie, lo coloca en modo de transmisión y lo deja así, bloqueando la línea para que nadie más pueda comunicarse. Después dispara una vez más sin apuntar a ningún blanco, por si acaso, y echa a correr.

—Mierda, ¿dónde está? —Ava está revolviendo la bolsa de Ian, que dejó en el suelo del campamento abandonado. Ella es la única que no corre un peligro inmediato, pero siente el peligro al que se enfrentan LeGrand y Mack de una forma terrible, como una presión en el pecho, y como si unas garras fantasmas le atravesaran el estómago. Van a acabar con eso hoy. Saca un viejo libro encuadernado en cuero y lo guarda en uno de los muchos bolsillos de sus pantalones militares. Podría usarlo de mecha. Pero no encuentra el mechero.

—¡Ah! —grita por fin, triunfante, mientras vuelve a sacar la mano de las profundidades de la bolsa de Ian con el brillante mechero plateado. Tras cambiar de idea sobre el libro, prefiere coger una de las camisetas de la empresa de Christian,

Athens Solar, agarra el monstruoso generador y empieza a tirar de él.

El estómago, intacto hasta ese momento, le da un vuelco. Tal vez deberían de haber elegido para esa tarea a alguien a quien le funcionaran las dos piernas.

—Joder, joder, joder, mierda, joder.

Aprieta los dientes para soportar el dolor. Esa no debería ser su lucha. Pero ¿no son todas las luchas su lucha, tanto si ella se beneficia como si no? Está muy cansada de tener que estar siempre luchando.

—Mack —susurra para sus adentros, cierra los ojos y respira.

A continuación se agacha todo lo que puede, teniendo en cuenta que ya no flexiona ni la rodilla ni el tobillo de la pierna derecha, rodea con los brazos el recubrimiento metálico del generador (putos tacaños, ¿no podían haber comprado uno con ruedas?) y se incorpora de nuevo profiriendo un rugido.

Un pie delante del otro, no necesita más, piensa, y después se ríe, porque realmente solo tiene un pie. Pero ella se las apaña. Tiene que hacerlo.

Es la mujer más fuerte del mundo.

En la mente de Mack, todavía llena de cicatrices causada por las heridas de aquella noche, su padre ya no tiene cara. Se ha transformado en algo enorme, doblado en ángulos imposibles y con unos agujeros negros en lugar de ojos. Y no lleva un cuchillo en la mano; él es el cuchillo.

Pero Mack, allí, mirando cara a cara a la muerte, por fin se permite intentar recordar a su padre. Y cuando lo hace, se ríe.

Tenía barriga cervecera y los brazos y las piernas muy delgados y el pelo le raleaba en muchas zonas y en algunas ya no tenía. No podía dejarse barba. Tenía los ojos como los de ella, demasiado grandes, separados, de forma que daba la impresión de estar siempre distraído o un poco desconcertado. La forma más rápida de despertar su temperamento explosivo —lo cual nunca fue difícil— era preguntarle si estaba prestando atención. Eso le hizo perder la mayoría de los trabajos.

Siempre intentaba arreglar los problemas de fontanería y después de enfadarse y soltar maldiciones decía que se iba a tomar un descanso y entonces se iba a un bar. Entonces la madre de Mack intervenía y acababa lo que él había empezado, para que cuando volviera, pudiera explicar con aire de suficiencia que lo había hecho bien, pero que solo le hacían falta unos minutos para acabar de fijarse.

Les gritaba a sus programas de televisión favoritos como si sus sentimientos pudieran tener algún impacto en lo que estaba pasando en la pantalla.

Hacía tortitas con caritas sonrientes dibujadas con trocitos de chocolate y silbaba con unas notas clarísimas y purísimas.

Les pegaba a su madre y a ellas, no porque fuera fuerte, sino porque no lo era. Nadie que sea fuerte le pega a un niño. Nadie que sea fuerte hace nada de lo que él hizo.

Y Mack no tiene dudas sobre eso: él eligió hacer lo que hizo. Miró al mundo y sintió que le debía más de lo que tenía, y como eso no se materializó, se quitó de en medio junto con todos los que habían intentado quererlo, y que habrían sido felices sin él.

Por fin Mack puede verlo en su mente como un hombre pequeño, impotente y venenosamente iracundo. No era un monstruo, sino el más patético de los humanos.

El monstruo que tiene delante no tiene nada de humano, pero sus manos sí recuerdan un poco a uno. No tiene garras, sino más bien unas uñas gruesas y llenas de muescas que no se han cortado nunca y se han roto, han crecido y se han vuelto a romper hasta acabar en un borde dentado. Se acerca a ella con las patas flexionadas hacia atrás, como las de una vaca. El extremo de esas patas cubiertas de una densa mata de pelo enmarañado teñido de verde por el musgo termina en unos pesados cascos, que al tocar el suelo no producen un alegre repiqueteo de pezuñas, sino unos pasos suaves y cuidadosos.

Tiene los hombros anchos, demasiado, con músculos hinchados y poderosos a ambos lados del enorme pecho, pero la cintura se estrecha hasta casi convertirse en una delicada cintura cónica antes de desembocar en unas caderas que no están diseñadas para caminar erguido. No tiene ningún tipo de genitales, solo más pelo enmarañado y teñido de verde. Va encorvado, con la cabeza paralela al suelo. Encima del cuello corto y ancho, su cara solo es una zona plana con dos orificios nasales, que se dilatan cuando el monstruo respira profundo, buscando. Las terribles cicatrices que se aprecian donde le sacaron los ojos, destacan especialmente entre unas orejas incongruentemente delicadas, suaves como el terciopelo, que se inclinan a ambos lados bajo los largos cuernos sensualmente curvos que coronan su cabeza.

Deben de pesar mucho. Se pregunta si le dolerá el cuello después de un día de caza.

A diferencia de su padre, no hay nada patéticamente humano en ese monstruo, pero le resulta igual de patético de todas formas mientras se acerca despacio, trayendo con él un olor a muerte, putrefacción y podredumbre que le asalta los sentidos y la advierte de que es el fin.

Y aunque esa cosa, esa abominación ha destruido a tanta gente y la quiere consumir a ella también, no puede odiarla. Fuera lo que fuese o que hicieran esas familias para invocarla, para sellar ese pacto, seguro que la bestia no accedió. No parece tener capacidad para dar su consentimiento.

Existe para consumir. No se la puede culpar por seguir su terrible instinto, por estar en un lugar al que no pertenece, porque la hayan forzado a llevar esa terrible existencia en que la mantienen y la alimentan solo para que siga existiendo.

Mack toca la punta afilada del colgante con forma de corazón de Rosiee, que sacó del tiovivo, y se abre la muñeca con él. Aparecen unas gotas de sangre siguiendo el arañazo, lo bastante para haberle rasgado la piel, pero no tanto como para que fluya sin control.

El monstruo se para con una pata en el aire y gira la cabeza bruscamente hacia donde está Mack, con las aletas de la nariz dilatadas del todo.

Su tarea es asegurarse de que el monstruo esté donde quieren que esté, cuando quieran que esté. Pero en vez de dar media vuelta y echar a correr, Mack se queda observando. No puede apartar la vista. La primera vez que la muerte vino a buscarla consiguió esquivarla, pero ahora, aquí, ya está lista

—incluso deseosa— para que venga a por ella. Deseosa de encontrar ese último, final y definitivo escondite, la oscuridad en la que nadie podrá encontrarla. Ni su padre, ni su culpa, ni su vergüenza, ni el hambre, ni el miedo, ni el deseo.

El monstruo abre la fina línea que forman sus labios, dejando caer un hilo de baba. Pero no tiene dientes. En su boca solo hay olvido. Una negrura aterciopelada tan profunda y total como nada que haya visto antes en su vida. Algo que nunca más verá. Y más allá de la negrura, un leve destello de algo que arde. No un fuego caliente, hambriento y naranja, sino el frío latido blanco de una lejana estrella.

Mack da un paso hacia la atracción gravitatoria de esa promesa.

Se oyen varios disparos a lo lejos y Mack recuerda por qué está allí. Recuerda su propio ser, supercompacto, hundido tan profundamente que lo único que tiene es el impulso de su propio dolor, el peso terrible de su vergüenza solitaria.

Pero ahora tiene el cascarón abierto, y eso no ha acabado con ella. No ha ardido ni ha explotado. Ya no está sola y no va a abandonar a sus amigos, porque sabe —lo ha visto, lo ha sentido y lo creería, aunque no tuviera pruebas— que sus amigos, su Ava, no la van a abandonar a ella.

Mack se gira y sale corriendo, con la muerte siguiéndola de cerca, atraída por el olor de su sangre y la necesidad de más.

Ava va demasiado lenta. Lo sabe. Pero ni su tremenda fuerza de voluntad puede hacer que su cuerpo vaya más deprisa. El generador, que responde al nombre de DEPREDADOR, sin intención irónica por parte de la empresa que lo fabrica, pesa casi noventa kilos. Y se alegra de que pese tanto, porque eso significa que todavía hay gasolina en el tanque. Pero también significa que solo puede dar pasitos cortos, nada que ver con los enérgicos pasos que había previsto dar.

Necesitan que esté en el lugar correcto en el momento preciso, o no tendrán ninguna oportunidad. Mack morirá, LeGrand morirá ¿y qué le quedará a Ava? Ha vuelto a encontrar los límites de sí misma, por fin cree que puede llenar el enorme vacío que se ha tragado tanto de ella. Por fin ha encontrado un propósito y una familia, dos cosas que le habían arrebatado, además de una pierna derecha que funcione.

Ahora daría cualquier cosa por tener su antigua pierna. La rodilla le tiembla y está a punto de ceder, el tobillo sujeto con metal y envuelto en una bota se resbala peligrosamente hacia delante. Se tambalea para poder seguir caminando.

Baja la cabeza y haz tu trabajo. Ha hecho cosas más difíciles que esa, ¿verdad?

¿Las ha hecho?

Seguramente no. Vale, pues esta es la cosa más difícil que ha hecho y no está dispuesta a no hacerla.

—Eres la mujer más fuerte de este mundo —le susurra Maria desde sus recuerdos, las dos apretadas en el camastro, tan pegada a Ava que podía saber exactamente dónde acababa ella y empezaba Maria, porque sentía cada centímetro de su cuerpo.

—¿Y si no lo fuera? —le susurraba Ava, muerta de miedo de repente por si no podía ser fuerte, por si no podía tener a Maria.

—Eso es imposible. —Maria le apretó el bíceps, entre risas, y Ava lo flexionó orgullosa—. Incluso si no tuvieras esto —le dijo Maria, pellizcándoselo—, sin ningún músculo, serías la mujer más fuerte del mundo.

Ava está muy cansada de ser fuerte. No salvó a Maria y no ha salvado su alma, así que ¿por qué tiene que ser fuerte? El mundo demanda constantemente que las mujeres como ella sean fuertes, que demuestren una elegancia y una paciencia infinitas, que demuestren por qué merecen...

Ava vuelve a trastabillar y esta vez no logra recuperar el equilibrio a tiempo. Solo consigue retorcerse en el último momento para que el generador no le caiga encima y la inmovilice.

—¡Joder! —chilla con la cara contra las hojas caídas de innumerables estaciones. Un olor terroso, a materia vegetal, a podredumbre y a vida, todo a la vez, le llena la nariz y le invade la boca, tratando de arrastrarla consigo.

Ava se queda tumbada un segundo. Diez. Treinta. Un minuto.

Que no debería tener que ser tan fuerte no significa que no lo sea. Ava se levanta. Coge una de las barras del recubrimiento del generador y empieza a arrastrarlo.

Avanza sin pensar, sin comprobar sus progresos, con la mente puesta solo en su objetivo. No en el lugar al que va ahora, ni en lo que tendrá que hacer cuando llegue, sino en el objetivo que hay más allá de eso. En Mack, en LeGrand y en la libertad.

El libro de Ian que lleva en el bolsillo le va dando golpes en la pierna. El contenido de los otros bolsillos tintinea, porque están repletos del dinero y las joyas de la familia de Linda

—que se ha llevado en venganza por todas las veces que esa santa que era su madre fue acusada de robar joyas en las casas en las que trabajaba, limpiando para mujeres como Linda—; le tiemblan los músculos, le duele la espalda, la rodilla se niega a moverse y el tobillo a funcionar, pero Ava sigue adelante.

No tiene ni idea de lo cerca que está de la puerta, y, como le están dando la espalda, no ve a la dueña de todas esas joyas ostentosas al otro lado, con el rifle apuntando a la espalda de Ava.

Mack sigue las flechas de Atrius, guiada por su fantasma. Le sangra el brazo donde se ha hecho el corte con el colgante de plata de Rosiee. Ahora los siente a todos con ella, tal vez porque el monstruo está muy cerca, y ha pasado de caminar a correr, acompasando su paso con el de Mack en una persecución terrible y hambrienta. A todas esas personas que habían trabajado duro para buscarse un lugar donde pudieran prosperar, donde pudieran ser famosos, estables y queridos, donde pudieran estar a salvo.

Esas personas que fueron allí movidas por la desesperación, atraídas por la promesa de ganar algo por fin, y a las que engañaron para que acabasen devoradas, y que una gente que ya lo tenía todo pudiera seguir teniendo lo que ya tenía, lo que podría tener de todas formas, lo que creía que se le debía. Gente dispuesta a hacer que catorce desconocidos pagasen en su nombre.

Mack no recuerda los nombres de todos, pero no importa. Ya no son sus rivales, son su equipo. Va a ganar, no a pesar de ellos, sino gracias a ellos. Por ellos. Por Isabella, Logan, Rosiee, Sydney, Atrius, Rebecca, Ian, Christian, la Ava guapa e incluso por Jaden.

Y por Brandon.

Y por LeGrand.

Y por Ava. Pero no corre por Ava. Corre hacia Ava, confiando plenamente en que Ava estará preparada.

Resuena otro disparo en el aire, mucho más cerca, y si Mack no estuviera tan concentrada en correr, buscando el camino en aquel laberinto, con un monstruo persiguiéndola, se preguntaría por qué ha sonado otro disparo si LeGrand ya ha hecho su parte y debería estar de camino para encontrarse con ellas.

Si hubiera sido otro que no fuera Ava, habría caído víctima de la bala de Linda.

Pero Linda no contaba con el tiempo que Ava había pasado en combate activo. Ni con que —por mucho que estuviera de espaldas, todo su cuerpo rabiara de dolor y tuviera la mente totalmente centrada en una sola tarea imposible— el instinto de Ava recordaría el ruido que hace un rifle cuando se amartilla, y se arrojaría al suelo justo en el momento en que ella apretaba el gatillo.

El disparo impacta justo donde estaba Ava un segundo antes. Linda, además de ser una mala madre, una exmujer olvidada y la persona que ha hecho cumplir y fracasar estrepitosamente las esperanzas y los sueños de sus abuelos, es una excelente tiradora.

Ava rueda por el suelo y se agacha detrás del generador.

—Oh, levántate, criatura inútil —le grita Linda—. ¿Acaso crees que podríais engañar a todo el mundo para que abandone su puesto? ¡Yo nunca abandono el mío! Esto es mi derecho de nacimiento, mi legado, y nadie me lo va a arrebatar. —Los labios sin pintar de Linda se curvan en una mueca desagradable y sus dientes falsos, blancos y rectos, destacan sobre unas encías grisáceas—. Levántate y enfréntate a esto como el hombre que querrías ser.

Ava sopesa sus opciones. No tiene ninguna. El camino hasta la puerta está completamente despejado y el lugar para cubrirse más cercano no está lo bastante cerca como para escapar de alguien que dispara tan bien como Linda. Eso no significa que el plan haya fracasado, se dice. Solo significa que hasta aquí ha llegado con su parte. Saca con cuidado la camiseta y el mechero y los coloca en el suelo, donde Mack y LeGrand puedan encontrarlos. Una última ofrenda final de amor.

Ava se levanta y se vuelve, con las dos manos en alto, y los dedos mirando al cielo.

Linda señala el generador con el rifle.

—¿Qué pretendíais hacer? ¿Volar en pedazos a la bestia? —Su risa suena dura y desagradable, descuidada, y tan aguda y amarga como el aliento que le transmite a través del aire. Porque todo lo que ha hecho Linda es exactamente lo que se esperaba de ella, y aunque se ha beneficiado de los horribles sacrificios de quienes estuvieron allí antes, su vida ha estado totalmente privada de felicidad, cariño y alegría. Lo tiene todo y nada, y una parte de ella lo sabe. Esa parte que lo sabe necesita destruir a Ava, destruir cualquier esperanza que le quede antes de matarla.

Necesita que Ava sepa que ella —y no Ava— es quien va a ganar. Que ella es mejor que Ava.

—No podéis matarla —le explica casi con dulzura—. Podéis plantaros allí y haceros volar en pedazos con la bestia justo encima de vosotros, y ella saldrá ilesa. No es un animal, ni una persona. Es un concepto. Un pacto. Es un acuerdo entre mis abuelos y el universo, según el cual, siempre que la alimentemos, seguiremos prosperando. Y nunca vamos a dejar de alimentarla. No te quiere a ti, pero sí querrá a Mack y a LeGrand y a todas las demás patéticas ramas que hace falta podar para alimentarla. Siempre estará aquí, y no hay nada ni nadie que pueda hacer algo para cambiar eso.

Ava tensa la mandíbula. No quiere que su parte termine todavía. Ojalá acabara de forma diferente. Pero el universo nunca se ha molestado en cumplir sus deseos.

—Cierra la boca y acaba de una vez, zorra —dice Ava.

Y otro disparo resuena en el aire.

Otro disparo, esta vez lo bastante cerca para que Mack lo registre y le infunda un gran temor. Echa a correr a una velocidad de la que no sabía que era capaz. Aunque se ha pasado casi toda su vida preguntándose si no habría sido mejor haber muerto con su familia, de repente Mack es desesperadamente consciente de lo fácil que es morir, y de que no quiere que eso le suceda ahora.

Ava oye el chasquido del disparo y siente el poder de la bala reverberando por todo su cuerpo. Pero, de pronto, observa que Linda deja caer el rifle y da un traspiés, al tiempo que su bata floreada comienza a teñirse de un color escarlata antes de desplomarse.

LeGrand sale de detrás del muro tras el cual se había parapetado y arroja a un lado el revólver decorativo.

—Ya no me quedan balas —anuncia con gran pragmatismo—. Vamos. Mack no tardará en llegar.

Sujeta un lado del recubrimiento del generador, y Ava, que sigue sin saber cómo no ha acabado encajando una bala, sujeta el otro. Y entre los dos arrastran el generador hasta su emplazamiento.

—¿Este es un buen sitio? —pregunta LeGrand.

Ava no está segura, pero tampoco es que les sobre el tiempo. Mack llegará en cualquier momento. Tiene que llegar. Mack lo va a conseguir.

Ava desenrosca la tapa de la gasolina y apretuja la camiseta de Christian para introducirla en el depósito hasta que entre en contacto con el combustible. «Por favor», reza, con cuidado de dirigir la oración solo al dios de su madre, y no a cualquier otro que pueda estar escuchando en aquel maldito lugar: «Por favor, que haya suficiente gasolina».

Se están acabando las flechas de Atrius.

Mack se halla en una encrucijada. Hay dos caminos que van en direcciones distintas, ambos se adentran en el laberinto mortal, pero no puede permitirse tomar el que no es.

Tal vez Atrius vino desde un punto inicial diferente. Tal vez no marcó ese cruce. Todo el parque está diseñado para mantener al monstruo dentro, para confundirlo y hacerle dar vueltas y volver sobre sus pasos de forma que la bestia nunca pueda alejarse mucho, y que las presas también queden atrapadas. Y el parque cumple su función increíblemente bien.

Mack oye el ruido de los cascos detrás de ella y pierde toda la ventaja que había ganado en unos pocos segundos; el fin está cada vez más cerca.

—Ava —susurra y cierra los ojos.

De pronto, algo la empuja hacia la derecha. Mack no sabe si Ava la ha atraído hacia su campo gravitatorio, o si ha sido su esperanza o la locura, pero lo va a descubrir pronto.

Linda gruñe. Ava suda. LeGrand está de pie junto a un muro de piedra que le llega a la cintura, mirando. Esperando.

Mack se detiene, con el corazón paralizado por el terror.

No ha elegido el camino que conduce a la puerta. Acaba de llegar directamente al lugar donde se encuentra su primer escondite. A la caseta de los patitos con el techo hundido; allí se ocultó, allí creó su vínculo con Ava, allí le dio a Ava las herramientas para saltar la valla.

Pero ya no es un símbolo de seguridad, ni de esperanza. Es justo la dirección opuesta a la que ella quería tomar. Ahora se ha adentrado aún más en el laberinto, y va en la dirección equivocada. Sabe cómo regresar al campamento desde ahí, pero va a tener que volver sobre sus pasos. Y eso significa encaminarse directamente hacia los cascos que avanzan pacientes e implacables en su dirección.

Mack corre hacia delante, intentando retomar el camino correcto. Ahora no sabe en qué dirección va, gira y da vueltas sin parar. Tiene el corazón acelerado y le cuesta respirar y va a morir y entonces LeGrand morirá, y Ava también, y otra vez volverá a ser su culpa. Ha sido idea suya volver al parque. De su egoísmo.

Mack tropieza y esquiva a toda velocidad un solitario vagón de una montaña rusa que está en medio del camino.

Necesita tiempo. Tiene que ganar un poco de tiempo para descubrir dónde está.

El vagón de la montaña rusa la mira con aire cansado, a través de la cara pintada de una vaca que lleva demasiado tiempo sufriendo, suplicándole que mire en la dirección que le indica con sus ojos.

Gira la cabeza. A su lado hay unas vías, un camino de madera que se aleja del sendero traicionero y asciende sin parar hacia los árboles. No ve dónde termina porque las ramas y la hiedra han formado un túnel. Obviamente no es un camino que lleve a la puerta. Pero tal vez, solo tal vez, pueda salvarla.

Mack salta a la vía y corre hacia lo más alto.

Cuando se construyó, La Estampida era una maravilla de la ingeniería. La mayoría de las montañas rusas están diseñadas para no ocupar demasiado espacio, portátiles, fáciles de desmantelar, transportar y volver a montar dependiendo de dónde se gane más dinero.

Como demostración de cuánto dinero había allí y de la confianza que tenían en que el Parque de las Maravillas sería permanente, Lillian Nicely Smith encargó esa maravilla de madera y metal, la más larga que se había construido jamás. Era una montaña rusa que nunca se iba a desmontar y llevar a otra parte, un testamento que subía, bajaba y hacía bucles, dando fe de que las cosas que se construían en Asterion habrían de durar eternamente.

Era la atracción más popular de todo el parque, e iba tan deprisa y describía unas curvas tan bruscas que al final del viaje había cubos para que los desafortunados visitantes que salían de allí como podían vomitaran, y acabaran desperdiciando sus comidas exageradamente caras. El revolucionario ruso hastiado favorito de Ian habría escrito que era el ejemplo perfecto de la ingenuidad y el exceso estadounidense.

Hasta el incidente que acabó en la desaparición de la niña, La Estampida fue la atracción más popular y famosa de todo el parque.

Pero todo llega a su fin. El parque cerró. Aunque la montaña rusa hubiera sido portátil, nadie se la habría llevado, porque nadie necesitaba nada de ese parque excepto lo que nunca salía de sus confines, dormía en su centro y se despertaba cada siete años para consumir, bendecir y después volver a dormirse una vez más.

Y resultó que la montaña rusa no estaba construida para durar eternamente. Al llegar a la mitad de la primera subida, el pie de Mack atraviesa una tabla podrida.

—Mierda —exclama, mientras cae pesadamente sobre su propia rodilla clavándose en la pantorrilla las astillas de madera que rodean el agujero recién creado. Sin preocuparse por si se ha hecho más rasguños en la piel bajo los pantalones, libera la pierna dando un tirón. Sigue subiendo por la empinada pendiente con toda la ligereza y la velocidad que es capaz de imprimir a su carrera, con la mente en blanco, gracias a todos los años que se ha pasado sin hacer nada y sin ser nada. Se siente tan leve como el recuerdo de la risa de su madre, tan ligera como el roce del pelo rapado de Ava, y pesa tan poco como aquel patito de juguete construido con sucio hilo amarillo.

Mack llega a lo más alto de la vía de la montaña rusa y el estómago le da un vuelco cuando contempla el parque a sus pies, al fin por encima de los árboles.

¡Ahí, la puerta! Y ahí también hay un camino que cruza el laberinto, una vuelta serpenteante a la esperanza.

Mack nota el aliento caliente y húmedo de la muerte en la nuca. No se vuelve. Se lanza vía abajo, desciende tan rápido que sus pies apenas pueden seguir el ritmo de su impulso, y salta, sorteando un agujero provocado por el derrumbe de un tramo de vía . Aterriza pesadamente, rueda y se levanta llena de astillas. Oye un golpe terrible a su espalda, pero no mira atrás, solo espera alguna señal —un ronco gemido animal de dolor o pánico, alguna indicación de que el monstruo ha caído o ha disminuido la velocidad—, pero no oye nada más.

Aun así, ha conseguido ganar unos valiosos segundos. Sigue corriendo, sin apartar los ojos de la vía, buscando una salida para seguir con su plan de huida.

Por todo el parque hay caminos que dan vueltas y giran y se alejan, prometiendo seguridad, pero cuyo verdadero fin es que el monstruo acorrale a la presa, ponérselo más fácil. Más fácil para el monstruo y para la presa, más fácil que luchar, correr o tener esperanza.

La esperanza resulta agotadora, y Mack casi la ha perdido por completo.

Una bajada brusca, un giro, un tropezón, y a Mack le da otro vuelco el estómago, temerosa de haber vuelto a perder el camino. Va a seguir corriendo eternamente por esa vía, hasta que la alcance. Un bucle infinito e inútil, el mismo bucle por el que ha estado dando vueltas toda su vida.

«La sonrisa de Ava», piensa, y aumenta la velocidad y salta otro agujero, sin apenas notar que tropieza y se araña las palmas con unos clavos oxidados. Pero se libera del obstáculo y sigue corriendo.

«La hermana de LeGrand», piensa, y afronta una última subida, la que más necesita, sin perder de vista un charco de agua que hay debajo de ella, en el suelo, cubierto por una capa de fango verde que hace imposible calcular su profundidad. Al otro lado está el acceso al camino que la sacará de allí.

No le dará tiempo a bajar, y no sabe la profundidad que tiene la poza. Si salta y solo hay unos centímetros, se romperá algo y el monstruo la devorará.

Si sigue subiendo, le llevará demasiado tiempo y la devorará.

Piensa en aquel pájaro que vivía siempre escondido y solo en la oscuridad de las vigas. A salvo. Pero sin libertad. «Maddie y yo», piensa. Y Mack salta, flotando increíblemente lejos, suspendida en el aire por la esperanza, el miedo, la desesperación y también, al fin, por algo parecido a la paz.

—Vamos, vamos, vamos —murmura Ava, agachada junto al generador. No puede encenderlo demasiado pronto o todo estará perdido. Tiene que elegir el momento exacto. LeGrand se va hasta un árbol para vigilar. Permanece a la espera.

Linda está al otro lado de la valla, y emite unos leves gemidos de dolor. Su respiración es poco profunda, suena húmeda y en ella se percibe el pánico. Ava sabe por experiencia que eso no suena bien. Pero hoy no se siente mal al oírla.

Por fin LeGrand grita. Ava enciende el extremo de la camiseta, que ya está bien empapada de gasolina en el punto donde la introdujo retorciéndola a través del agujero, empujándola hasta que entró en contacto con el combustible que quedaba en el tanque.

—¡Voy! —grita Ava, haciéndole un gesto con la mano a LeGrand. Él baja de un salto y se parapeta tras el muro de piedra. La camiseta de Christian ya está en llamas y, si todo sale según lo planeado, habrá metralla.

Mucha metralla.

LeGrand se asoma y ayuda a Ava a superar el muro; ambos se agachan juntos cerca del lugar donde una vez se sentó una niña, entretenida en darle patadas a la piedra con sus zapatos de charol nuevos y brillantes.

—Vamos, vamos, vamos —vuelve a rezar Ava.

La explosión es ensordecedora, un estallido tremendo, magnificado por el terrible quejido del metal. Ava y LeGrand se ven despedidos hacia atrás, aturdidos, mientras a su alrededor llueven esquirlas de metal, terrones y unos cuantos cascotes de grueso cemento.

Se ponen de pie, vacilantes, palpándose en busca de heridas mientras se sacuden para librarse del polvo. Oyen una carcajada ahogada. Linda, que sigue tumbada bocarriba, exhala un borboteo y vuelve a reírse.

—Os habéis precipitado. La bestia no ha llegado todavía.

Ava se acerca a los restos destrozados del generador y mira a Linda a través de la puerta.

—Qué tonta eres, Linda. No pretendíamos hacer pedazos al monstruo.

A Linda se le atraganta la risa en la garganta cuando se incorpora ligeramente apoyándose en los codos y ve lo que han hecho.

Mack aparece corriendo entre los árboles, con los ojos desorbitados, cubierta de lodo verde y empapada hasta los huesos. Es la cosa más bonita que Ava ha visto en su vida.

Mack se detiene al fin. El pecho le sube y le baja desbocado mientras contempla la destrucción reinante. La puerta, fundida en hierro, con sus antiguos símbolos forjados, que se había mantenido cerrada para contener al monstruo durante casi un siglo, ahora cuelga de una de las bisagras. Ha quedado completamente destruida. Solo ha sobrevivido la palabra LABERINTO soldada a conciencia en la parte superior cuando construyeron el parque de atracciones.

Pero el laberinto también ha sido destruido, y la bestia va

camino de salir del dédalo que en su día fue diseñado para mantenerla lejos de la puerta y de la gente que hay al otro lado.

LeGrand, Mack y Ava se sienten tan felices de volver a estar juntos, y tan asombrados por la destrucción que han provocado, que casi se han olvidado de que aún los persigue un horror indescriptible. De pronto intuyen más que oyen unos cascos acercándose, y no tardan en reaccionar. Pasan por encima de los restos retorcidos de la puerta, ayudándose los unos a los otros. El coche de Linda los está esperando, con el motor aún en marcha.

—Deteneos —exclama Linda boqueando, mientras agita inútilmente las manos cubiertas de sangre, como si pudiera agarrarlos y obligarlos a permanecer donde están—. ¡No podéis dejar que salga! ¡Tenéis que volver a entrar! ¡Si la alimentáis antes de que llegue a la puerta, volverá al centro! No sabéis lo que puede pasar.

Ava, Mack y LeGrand se miran.

—Tal vez consuma su ración habitual en la ciudad y después se vuelva a dormir durante siete años —aventura LeGrand—. O tal vez desaparezca.

—O tal vez, ahora que está libre, se los coma a todos —sugiere Ava—. Lo cual significa que con el tiempo volverá a por vosotros.

Mack contempla una vez más el laberinto que albergaba al monstruo que se alimentaba de la juventud, la esperanza y los sueños que esperaban hacerse realidad algún día. Un monstruo que acababa con las personas vulnerables, para que los que ostentan el poder pudieran mantenerlo, seguir a salvo y acapararlo todo.

El monstruo surge de entre los árboles, famélico, imparable, libre por fin. Estira la cabeza, irguiéndose en toda su terrible estatura y hace brillar los cuernos que coronan su cabeza como si fueran un disco dorado y ardiente. Da un paso hacia la puerta y ya no resopla, ya no busca. No es difícil oler su próxima comida.

Mack le pasa el rifle de Linda a Ava y les hace un gesto a ella y a LeGrand para que suban al coche. Se agacha junto a Linda. La sangre fresca que cubre su abdomen es un canto de sirena que guía los últimos pasos del monstruo hacia la puerta destrozada.

Hacia la libertad.

Hacia quién sabe qué clase de destrucción.

—Por favor —susurra Linda, con los pálidos labios coloreados de sangre—. Eres una Nicely. Tú lo entiendes. Ayúdame o nos destruirá a todos.

Mack se saca del bolsillo el zapato de charol y el pañuelo delicadamente bordado. Coloca el zapato sobre el pecho de Linda y después cubre la herida de su estómago con el pañuelo. El algodón se empapa de sangre al instante, componiendo un fondo escarlata que hace resaltar el blanco puro sobre el que está bordada la palabra Nicely, y que también se tiñe de rojo.

Mack se encoge de hombros, se levanta y se dirige al coche.

—Y a quién coño le importa.

AGRADECIMIENTOS

Cuando mi hija mayor estaba en el último año de colegio, en el anuario incluyeron un artículo sobre un proyecto artístico especial: las falsas vidrieras que cubrían las ventanas de la clase. ¿Para qué? Para evitar que alguien que estuviera disparando desde fuera pudiera ver el interior. Desde que tienen cinco años, los niños estadounidenses llevan a cabo simulacros de cómo evitar las balas y les estamos enseñando a utilizar el arte en forma de proyecto para protegerse. En un juego de Pistola, Papel, Tijera, ¿cuál ganaría?

Como lo único que yo también tengo es el arte, he escrito *El escondite*, que es un grito de rabia. Pero me han ayudado a conseguirlo.

Este libro se ha beneficiado de dos bandas sonoras: el álbum *Content* de Joywave, mientras estuve reposando durante dos años las ideas que tenía para el libro, y *Eye*, de The Smashing Pumpkins, en bucle, mientras escribía y necesitaba decirle a mi cerebro dónde tenía que estar. Aunque no es música, *Coney Island*, de Maksim Gorki, puede competir con cualquier canción en cuanto a lirismo, y también ofrece la única descripción detallada de la infame atracción Hell Gate, que acabó trágicamente engullida por las llamas en el parque Dreamland de Coney Island. También me he inspirado en el mito del minotauro y las formas que tenemos de seguir viviendo, siguiendo siempre los mismos ciclos.

En el mundo real también existe un concurso internacional del escondite, el Nascondino World Championship, y se celebró de verdad un año en una ciudad de vacaciones abandonada, algo que, cuando lo leí, encendió todas las chispas de inspiración en mi cerebro. Pero tiene demasiadas normas y muy pocos monstruos, así que me he inventado una versión propia.

La editora que deseaba con todas mis fuerzas que quisiera guiar *El escondite* hasta su salida al mundo era Tricia Narwani, y me siento muy afortunada de que ella quisiera hacerlo. Le estoy inmensamente agradecida a Sam Bradbury y a Del Rey UK, a Alex Larned, Bree Gary, a David Stevenson, Michelle Daniel, Angela McNally, Simon Sullivan, Ella Laytham, Pam Alders, Craig Adams y a todo Del Rey en su conjunto. Cuando era una niña obsesionada con la fantasía, buscaba la editorial Del Rey en los lomos de los libros de la librería, y ahora creo que es un inmenso honor formar parte de ella. Actualmente, la mayoría de mis libros viven en Penguin Random House, que también es una editorial muy muy buena.

Gracias a mi agente, Michelle Wolfson, que me ha acompañado durante tantas historias que no se esperaba desde que empezamos a trabajar juntas, hace trece años, y por eso me siento profundamente agradecida a ella por ser mi amiga, mi defensora y mi socia empresarial. Y no me siento mal por seguir escribiendo cosas que tiene que leer siempre con la luz encendida.

Quiero darles las gracias especialmente a mis primeros lectores, por sus inestimables comentarios y sus ánimos; a J. S. Kelley, Lindsay Eagar y Stephanie Perkins. Stephanie y Natalie Whipple han sido para mí unas amigas constantes, y mis cajas de resonancia, y me alegro todos los días de tenerlas en mi vida. Gracias también a Eliza Jane Brazier, por ser un ejemplo de cómo avanzar siguiendo nuevas direcciones sin dejarse llevar por el miedo.

Mi marido y mis tres hijos son la base de todo mi mundo y todo lo que escribo es posible porque mis días están llenos de amor y apoyo. Es un grandísimo honor y un placer continuo andar por la vida junto a vosotros.

Y finalmente quiero darle las gracias a todos los que siguen insistiendo en tirar para adelante apoyándose solo en sus propios medios a fin de seguir con sus vidas.

GOOD-for-NOTHING GIRL

Also by Sefi Atta

Everything Good Will Come
Swallow
News from Home (short stories)
A Bit of Difference
The Bead Collector
The Bad Immigrant
Sefi Atta: Selected Plays

GOOD-for-NOTHING

GIRL

BY SEFI ATTA

Interlink Books

An imprint of Interlink Publishing Group, Inc.
Northampton, Massachusetts

First published in 2024 by

Interlink Books
An imprint of Interlink Publishing Group, Inc.
46 Crosby Street, Northampton, MA 01060
www.interlinkbooks.com

Copyright © Sefi Atta, 2024

A version of "Plantation Boulevard" first appeared in *Zoetrope: All-Story*.

Library of Congress Cataloging-in-Publication data available.
ISBN-13: 978-1-62371-756-8

Printed and bound in China

To Gboyega and Temi Ransome-Kuti,
for walking with me

Aiyé lọjà — The world is a marketplace

THE VILLAGE

Where I am from in Nigeria, parents give their children all kinds of virtue names and mine is quite common. When I graduated from secondary school in 2017, three other girls in my year were called Gift, but since I'm being honest here, I have to admit I was the smartest one.

At the time, my cousin Faith was going out with a guy called Endurance, and I couldn't decide if I should break up with my own boyfriend, Success, or not. You know how it can be—we were both born and raised in a small city, we went to the same church and had applied to the nearest college. Ours was a state poly-technic, which had such a low ranking nationally that the minimum we needed to get in were five O Levels. I was seventeen, and it wasn't that I didn't care about Success anymore. I was just scared that continuing our relationship might hold me back. I had no clue why, but now that I'm eighteen it makes more sense to me.

In my family, I was the firstborn and only child of my late mother. My father worked as an executive driver in the federal capital, Abuja, so we hardly ever saw him. At home, he was "Sir" to us. My stepmother was a seamstress and she often left my younger brothers Charlie and Eddie in my care. Yes, she named them after members of the British royal family, and we addressed her as "Madam."

Madam was from another state. I mention this because my Auntie Charity often brought it up. Auntie was Faith's mother and my father's junior sister. She had a food spot which was named after her. It had an American restaurant sticker on its front door saying, "All are welcome here," in rainbow colors.

Our city was in the middle of the country, and people from other regions passed through it, Christian and Muslim. Charity's was a popular stopover for travelers who were on their way elsewhere. Whether they came from Katsina up north or Port Harcourt down south, Auntie didn't mind. But I only needed to watch and listen to her regular customers to find out who was truly welcome and who was not.

Apart from my father, who sometimes asked me to be patient with Madam because she was overworked, I didn't know a single adult who spoke well of her. They praised her sewing, but that was it. Otherwise, they complained that she charged too much and didn't give any discounts.

Her shop was a converted shipping container. It wasn't too far from home, so she could walk there and back easily, which was especially useful during the rainy season when our roads got flooded. She employed an old man who cut material for her and a quiet woman who finished her seams and hems. We called them Papa and Sisi. Papa copied outfits from Lagos society magazines. Sisi used a sewing machine with a foot pedal, and Madam had a brand-new electric one. She also had a petrol-run generator, which she kept outdoors whenever it was in use.

You have to understand that it was rare to own a generator in our part of the city. If you could afford a diesel-run one, it meant you were well off and lived in a better part. Wherever you were, though, there was no regular electricity. In fact, in our area we would go for three, four days without light. Our local distribution company turned it off and on randomly, so we cooked on gas stoves and used battery-operated lanterns at night.

Every house on our road looked the same. They were concrete bungalows owned by our landlord. The land itself belonged to our royal family, but our landlord's father had paid them to use it for ninety-nine years. His properties were painted yellow when they were built. They had cemented front and back yards, wooden windows and doors, and corrugated-iron roofs. If we raised our voices at home, our neighbors could hear us and whenever they cooked, our whole house smelled.

Some of our neighbors once formed an environmental group because of the air and noise pollution Madam's generator caused. This was something they should have done long ago, considering we had rubbish dumps on every corner, but they came to her shop for

a meeting and she listened to them without interrupting. Then she asked, "So you people want me to be
poverty-stricken like you? Is that what you're telling
me?" Their spokesperson, a schoolteacher, said, "Well,
not exactly . . ." But before he could go any further, she
ordered them to get out of her sight.

Despite what Madam did to other people and
me, I will say this: my father was right about her.
She worked every day from early morning till late at
night, except on Sundays when she went to Church
of the Assumption. After lunch, she took her siesta,
during which no one was allowed to disturb her. That
was partly why my father had to relocate to Abuja. His
car-hire business had run into financial trouble. It
had been around long before Uber started in Nigeria.
He was worried our neighbors might mock him for
being a man whose wife was more successful than he
was. Madam, too, was probably right about them. The
environmental group, which broke up immediately
after their visit, may have been envious of her. I myself
had noticed how our neighbors in general were never
happy for anyone who was doing better than them,
especially if she was a woman.

With Auntie Charity, it was different. Almost everyone
in our area seemed to approve of her, maybe because
she gave out free food to orphaned children and old
people on religious holidays. She never included her
regular customers though, and some of them were not
pleased about that. Once in a while, I overheard them
saying, "That woman is tough." They didn't care if I was

listening, and I didn't bother to report them. They were the same people who praised her for her daily special: pounded yam and egusi stew. She served it with assorted meats like cow foot and tripe. Sometimes with smoked fish and stockfish, if they were available.

Most of her customers were too busy eating to talk. Whether she herself got into conversations with them depended on how her day was going. She had to supervise a group of women who did her cooking. She also had two cousins who served food, and a distant relative she trusted to collect her money. He wasn't able to speak or hear, but he could lip-read. She didn't know sign language, so she created her own. Her cousins copied her, and her customers seemed to think that shouting at him for their change would help.

Charity's was always packed, and Auntie was doing well enough to buy herself a secondhand generator and a flat-screen television. She watched the Africa Magic channels and E! to keep up with news about Nollywood and Hollywood. Sometimes she let Faith and me watch Afropop videos, and whenever our favorite songs came on, she allowed us to turn up the volume and dance.

Teenagers, men and single women came to Charity's. Married women attended church events like weddings, christenings and funerals elsewhere. Not that going to Charity's was beneath them, but they wouldn't consider it proper. The building itself was just a square shell made of prefabricated plastic. It had a kitchen outside. That was what we called it, but it was a corner of the back yard where her women cooked stew in pots over firewood and pounded yams in wooden bowls. There was a tap nearby where they washed everything, including their hands and feet.

One would think the environmental group would complain about the pollution Charity's produced on a daily basis, but they didn't say a word. The teacher was even a regular. He watched news programs on CNN, BBC and Al Jazeera, and got into arguments with an electrician. They drank beer and discussed world leaders as if they were local people they knew personally.

"The fellow is crafty," the electrician once said. "Extremely. See the way he watches people. You may think he's studying them, but he's plotting his next move."

That was Vladimir Putin.

"He wasn't the first son by his late father," the teacher said, another day. "The first son by another wife got killed. The second son—same mother, same father—was bypassed because he was unfit for the position. That was how he eventually stepped into his father's shoes."

That was Kim Jong-un.

They both thought Trump was a terrible president, but they were divided on Obama. The electrician loved Obama so much he forgave him for ignoring Nigeria on official trips to Africa. The teacher said it would have been a gesture of goodwill for Obama to show his face, as we were our continent's most populous nation. He wasn't an Obama fan, but another day, while they were listening to a news report on the backlash Obama was getting from Trump supporters, the electrician sighed and said, "If only he was white," and the teacher shook his head and said, "If only." From then on, Faith and I repeated their exchange for laughs.

We were at Charity's every day. After school, we took tricycle taxis called keke to the nearest main street and walked the rest of the way. I would eat there because I couldn't stand the smell of Madam's cooking, then I would head to her shop, where I would charge my phone. Our school was private, which didn't exactly mean it was posh, but it had better facilities than the government secondary school where the teacher worked. So, for instance, we didn't have computers for student use, but they didn't have enough desks. Whenever we passed them on the streets in our different uniforms, some of my schoolmates made fun of them, but I never participated in that.

Auntie could afford the school fees, so Faith had nothing to worry about. My father paid mine and I was scared he might not have enough money. My favorite subjects were English and social studies. Faith's were math and sciences. When we were younger, we fought over who was the better student, but Auntie Charity never took sides. She would say, "You're both clever. Just keep reading." She meant textbooks. The novels we read in our spare time didn't count.

Faith and I weren't always focused on school. There was a time I wanted to be Beyoncé and she wanted to be Rihanna. Not the real ones, but the actresses in the Nollywood movie *Beyoncé and Rihanna*—Nadia Buari and Omotola Jalade Ekeinde. Auntie Charity would call us, "Beyoncé! Rihanna!" We actually took our names seriously. Then Faith got tired of being Rihanna and I refused to give up my role as Beyoncé. She asked, "Why can't I be her, for once?" I said because I was older. She said it wasn't fair, I was only older by a few months. We went to Auntie to judge. Auntie pointed at me and Faith and said, "Okay, you be Ri-yoncé and you be Be-hanna." Faith and I looked at each other as if to say, "Really?"

It took us a while to grow out of that phase. I continued to boss her around though, because I was used to doing that to my brothers. They were six and nine years old and couldn't sit still for a second. They came back from their primary school before me, so they had to play in Madam's shop until I arrived. I felt sorry for them because there wasn't enough space for them to do much. The moment they saw me, they would run over and greet me. I would pat their heads and hug them, but they knew better than to misbehave around me, especially when we got home. If they disturbed me while I was studying, I would threaten to pull their ears or spank them.

Left to Madam, I would be illiterate for the rest of my life, and she always had a "make sure" reminder for me before I went home with my brothers—make sure they bathed; make sure they finished their homework; make sure they ate their Indomie instant noodles.

Faith didn't have to take care of anyone. She, too, was her mother's only child. Her father got killed in a car crash around the time my mother fell sick and nothing the doctors at the general hospital did could save her. One day, they would say she had typhoid; the next, they would say she had malaria. That was how it was until she died. Faith's father had been prominent in our local government and my mother had had a Coca-Cola concession. Auntie was convinced that someone had put a curse on our family, so she protected us with prayers and raised us to look after each other.

We had a joint graduation party at Charity's. We'd wanted to have it at a hotel in the city center owned by our state senator, who represented our district, but as usual there was no money for that. Auntie said she'd heard the place was frequented by fake-drug manufacturers heading to Lagos, so it wasn't suitable for teenagers anyway. All our classmates showed up at her place. Endurance and Success were there. Our bestos Grace and Favor, too. Grace was mine and Favor was Faith's. It's embarrassing to admit this now, but we were in hip-hop teams called G-squared and F-squared, and we would battle each other in school, even though none of us could rap.

Our friend Promise surprised us at the party. She had been expelled from school when she got pregnant, but she'd had her baby and was now working as a personal assistant.

At first, when the news broke about her, it seemed as if all our classmates' mothers were warning their daughters, "Remember what happened to Promise." Auntie Charity did the same, sitting us down for a lecture. Afterward, Faith said to me, "These parents don't know what is happening."

They really didn't. They were still stuck in the pre-Internet days. A classmate of ours was the side chick of a married man. We knew girls who liked girls and boys who liked boys. Both of us were Twitter and Instagram followers of Bobrisky, a famous cross-dresser in Lagos.

Prestige, the most irritating human being on earth, showed up last at our party. We called him Crouching Tiger, Hidden Dragon for a reason. As usual, he was high. He smoked weed. Parents had no clue about that either and it wasn't a big deal to us. Boys at the government secondary school were into worse stuff like sniffing glue and petrol.

The moment Prestige walked in, he asked, "Why won't you be my bae?" He was looking at my body instead of my face, so I pushed him away and warned him to behave himself. He was known for coming too close to girls and talking BS, so we often dealt with him like that. Faith once threatened to give him a dirty slap.

Food was plentiful on the night of our party, soft drinks were flowing and Afropop music was booming. Faith was into Davido and I was into Wizkid. We ignored our boyfriends and danced with our bestos. G-squared had applied for banking and finance, F-squared for biochemistry, Endurance for computer science, and Success for quantity surveying. None of us knew if we would have jobs after we graduated but, for once, we didn't care.

After our graduation party, Faith and I worked at Charity's, as we did on vacations, while we waited for our admission letters. We got bored with attending to customers and sometimes talked about our dream jobs. Mine was to be a bank manager, so I wouldn't have to hustle too much on the side. Faith wasn't sure what she wanted to do that far ahead, but if you asked her what she would do right then and there, she would have told you without hesitation: modeling. She wasn't even interested in studying fashion design, which was a course at the polytechnic, but she knew how to wear clothes, put on makeup and pose for photos. She'd learned by watching *America's Next Top Model*.

Just before our Senior Secondary School Exams, she'd wanted to submit some of her photos for the Model African contest which had opened in Lagos. The prize was a contract in New York. She asked her mother if she could enter, but Auntie said she had no money to waste and Faith sulked for days afterward.

She was a fashionista. She could tell you about any designer in the world, from Yves Saint Laurent to Dolce & Gabbana, because she watched the fashion channel on cable television. She even knew how to pronounce their brand names properly. "It's Sha-nel," she would tell me. "Not She-nel." I would tell her Chanel wasn't my father's business, so it wasn't my concern.

She could be annoying that way. Every weekend, she would carry her two skinny legs to the bend-down boutiques in the city center and I would accompany her at times. We would get there and she would search for secondhand clothes from overseas to imitate a certain look. We called them Okrika. They were cheap and she bought them in bundles, big or small. She would get excited whenever she found an unusual item and say something like, "This is so Gucci." Then I might say something like, "There's a hole in the armpit," to bring her back to reality.

Faith was tall and skinny with big eyes and could pass for Nigerian models like Oluchi and Agbani. She looked up to Tyra and Naomi. She had a crop cut like Alek's and went to the barber's to maintain it. She was the only girl I knew who did that. My hair was long and I'd learned how to style it from reading natural hair blogs. I spent hours experimenting. I wasn't interested in fashion, but Faith always encouraged me to buy clothes that showed off my figure.

The way I saw it, boys paid me attention no matter what I wore anyway. They would tell me I had a nice body and I would say, "Shut your mouth," or "Go and sit down." I had a reputation for being rude, but I just wanted to show them I wasn't the type of girl to take nonsense. Being polite to them wouldn't help.

With Faith, everyone wanted to be bestos with her because she was active on social media and had plenty of followers and friends. Her platform was called Secondhand Ish. To get online, we went to a cyber café known as Silicon Alley. Endurance worked there. Everyone called him a computer genius, but I just thought he was completely crazy because he spent all he earned buying Internet time to research tech leaders. It was the same with Faith, who called herself an influencer even though she never made any money from her content. As if that wasn't bad enough, she had trolls and haters who gave her thumbs down, and funny-looking foreign men who downloaded her photographs and messaged her.

That July, she again persuaded me to go with her to the city center during our spare time to buy clothes.

We were walking and texting as usual, but we were in a good area—the best, actually—where people who lived elsewhere had holiday homes. It was known as Little London. Its streets were tarred and lined with palm trees. The homes were two-story mansions with columns. The newest one had recently been built by our state senator who owned the hotel. His father was born and raised in our city, and I'd heard customers at Charity's boast that they knew his family well, but most of them abused him for stealing public funds, or bribing our royals, or not doing anything to help our city.

Faith and I stopped texting as we passed his house. The walls were so high we couldn't see over them, but the gates were wide open this time. Workers were putting up canopies in the grounds, so we got a good look inside.

What hadn't we heard about the place? That it had two generators, a water purification system, an outdoor swimming pool and an indoor elevator. Someone even said it had solar panels on one side of its roof and another swore it had a helicopter landing pad. The senator was about to have his fiftieth-birthday party there, and the latest rumor was that his guests would fly to Abuja by private jet and drive down in a convoy with police protection.

Faith asked, "Have you got your invitation yet?"

I answered, "For where?"

The senator would refer to our city as the village, and to people like us as villagers. We would never get past his gate. Security guards would stop us. His house was bigger than the others in the area, and his front yard was full of flowers. I didn't know what kind, but they were red, orange, yellow and pink.

I said to Faith, "If only we were white."

She said, "If only."

We continued to walk and text. Her mother had warned us several times not to do that, but we never listened. One day, we got splashed with dirty water when a lorry ran through a puddle on a main street. We screamed and jumped out of the way but it was too late. Some of the water entered my mouth and I spat until I got home in case it carried deadly diseases. Another day, I twisted my ankle while texting and limped all the way home. Madam at first accused me of playacting, then she said she had no money for an X-ray. My father said I had strong legs so I would survive. I hobbled around for the rest of the day. That didn't stop me from walking and texting.

A week after our graduation party, the most interesting thing to happen in our area was when a man accused his wife of witchery. We heard them quarreling indoors, then she ran outside and he chased after her. He ordered her to pack her bags and leave, but she said she wasn't going anywhere because she was a true Christian and would never be involved in acts of the occult.

Some of our neighbors begged him to forgive her, while others just watched. Later, at Charity's, the teacher and electrician talked about them. The teacher said the man had accused his wife out of ignorance, and the electrician said it wasn't why he'd accused her, but how. Faith and I were serving customers and she sent me a text saying, "WTF?" I sent her a reply saying, "LMAO!"

A minute later, she texted me again, this time to say we should try and sneak into the senator's party, and I immediately sent her an OK emoji. Then she suggested we go with Success and Endurance, but I thought that would only complicate issues. I'd had an argument with Success on the Sunday we were all at church to give thanks for graduating and I hadn't yet forgiven him.

Every Sunday, we attended St. Paul's, which was founded by Anglican missionaries. Faith and I launched our new Okrika clothes there. The prayer warriors would eye us as we walked down the aisle, but we didn't mind. St. Paul's had been much stricter when Auntie was a teenager. Women and girls couldn't even attend services in trousers until our old reverend died and a younger one took over. Our new reverend had Pentecostal tendencies. He still wore his cassock and surplice, and he hadn't gone as far as to introduce us to healing or anointing, but he'd changed our former Anglican hymns to gospel songs like "On the mountain, in the valley," and "I have a God who never fails." He also encouraged us to clap and dance while singing, so church was almost like a party.

On the Sunday of graduation thanksgiving, I wore a blouse with spaghetti straps and a wrap to cover up. The wrap was just a polka-dot scarf I'd folded in two. I had on a striped maxi skirt because Faith said it was in to wear clashing prints, but I wasn't sure my outfit, as she would say, worked. She was in one that looked like flowery silk pajamas.

After the service, Success came up to me and asked, "How come you're wearing spaghetti to church?"

I said I could wear spaghetti anywhere I wanted. He said his mother felt I was getting out of hand because I had no one to guide me, with my father being in Abuja and Madam being a member of another church.

Success's father was a furniture maker and his mother baked and sold bread. They lived in another area, in a house which had an upstairs and downstairs, so they thought they were superior. He couldn't take a step outside without getting their permission and he was always going on about *Forbes Africa* lists. I had no interest in hearing about his parents' rules or high-net-worth individuals, but he wasn't a player, and he gave me Cadbury Roses for no reason. Also, he was fine and I couldn't help myself. His eyes were his best feature. They were an unusual shade of brown.

I said he had no right to tell me what to wear. He said his mother was just concerned about my reputation, and that was the first time I considered breaking up with him. I didn't need her approval. She had to accept me as I was. It wasn't the future I wanted for myself anyway, to leave my father's house, where I was under my stepmother's control, only to go to my marital home where I would be under my mother-in-law's supervision.

Faith and I still needed a guy to accompany us to the party so we agreed that Endurance would be the one to come. Endurance was forward thinking. He referred to banking as a bricks-and-mortar industry. He planned to form a fintech startup and was too busy trying to figure out how to get foreign investors to criticize our dressing. With his knowledge of computers, he could easily have got involved in Internet fraud, but he wasn't the sort to become a Yahoo. None of us were. Our eyes may have opened because of what we'd picked up online or on television, but when it came to crime, our eyes hadn't opened that far.

You should have seen the senator's guests arrive from Abuja the Friday afternoon of his party, led and followed by armed policemen in trucks. Most of them were in Toyota Prados, which politicians used for their official duties. I watched the convoy stir up dirt from the street on its way to his hotel. Afterward, I went to Charity's, where Auntie said, "All we've been hearing since morning is pah-pooh, pah-pooh." Faith said, "They're called sirens."

I envied their relationship. I wouldn't have minded having a mother I could get away with being rude to. Auntie also believed whatever her daughter said. Faith had asked if we could go to Silicon Alley for an extended-hours special, which did happen twice a year, but not on the night of the party. I'd told Madam I was staying with Faith because she wasn't likely to check, since she and Auntie avoided each other.

At first, Auntie was reluctant to let us go to Silicon Alley that late. She'd heard reports about how Yahoos forced women to take off their underwear and hand them over for juju rituals. But we assured her there were no Yahoos there, or Yahoo Pluses, who were known to practice witchcraft. They operated out of a building in the city center and rented rooms to carry out their online scams.

Later that afternoon, Faith and I went shopping for Okrika clothes that would guarantee we got into the senator's party. We stopped at the cyber café beforehand, so she could plan our looks with Endurance. She said mine was "Rich Bitch," hers was "Cool Rebel" and his was "Tech Nerd." He said he would never go anywhere dressed like one. She tried to convince him that he could pass for a Nigerian Mark Zuckerberg if he wore a gray T-shirt and jeans.

"Your cousin is mad, you know," he said to me.

Faith also told us that speaking in an American accent might help us get in, but speaking in an English one definitely would. I was prepared to be banished from the party at that point. If we did manage to get past the gate, I wouldn't have been surprised if the senator's guests laughed at us the moment we opened our mouths.

After we bought our clothes, we returned to the café in the evening, and got dressed in the toilet. It stunk of stale pee and the mirror was stained on top, so we had to bend to see our reflections. I wore a green jumpsuit and Faith wore a black crop top and midi skirt. Endurance was in jeans and an AC/DC T-shirt. He waited for us to take turns changing and putting on our makeup. I came out after adding more eyeshadow to my face before Faith went in. She surfaced a few minutes later with the serious expression she usually had whenever she was ready to take photos.

"Anna Winter," I hailed her.

I didn't even know what the woman looked like, but Faith had mentioned she was powerful in the fashion world and rarely smiled in public.

"Wintour," she said.

I called her an ITK. It was short for I-too-know.

We went by keke to the outskirts of Little London and walked the rest of the way to the senator's house. My makeup became shiny and I dabbed my face with a tissue to stay matte. Endurance was quieter than normal. I could tell he was nervous. He walked behind us and kept his hands in his pockets. He was a little shorter than Faith, with a mohawk cut, but they looked good together.

We heard Afropop music playing before we reached the street. As we took the corner at the top, Faith began to strut as if she was on a runway and the expensive cars and jeeps parked on the side were her audience. Endurance lagged behind until I beckoned him to hurry up.

The security guards at the gate were definitely not from our city. They wore starched blue uniforms and their chests were as big as breasts. We were approaching them when a girl in her early twenties brushed past us. She wore a light-brown wig, a top made of ankara cloth and skinny jeans.

One of the guards called out, "Hey, you!" but she didn't stop. She may not have heard him because of the loud music. He repeated himself and she turned around and shouted, "What?"

We were next to him and his partner now, and they were both looking in her direction.

"Come here," he said.

"What for?" she asked, tucking her chin in.

All he said was he needed to check if her name was on the list and she instantly developed an English accent.

"Who d'you think you're talking to?" she asked. "Didn't you see me walk out earlier? I literally live across the street. I step out for one second and you can't recognize me anymore. You'd better be careful. My father knows the owner of this house."

She flipped one side of her wig over her shoulder and walked on. I was staring at her when the other security guard asked Faith, "Are you on the list?"

My dear cousin replied, "No, but we literally live not far from here."

We were lucky. The guard grabbed her by the shoulder and was about to drag her. I shouted, "Leave her alone," as Endurance begged me not to provoke anyone because he didn't have the strength to fight.

If the special advisor to our state commissioner for tourism hadn't shown up at that moment, we definitely would have been thrown out. The security guards ordered us to stay where we were and, as they spoke to him, we managed to slip past.

The first guests we saw were older than our parents. They sat under the canopies in traditional wear, with their bottoms spread and stomachs protruding. There was soft drinks, beer, wine, champagne and spirits on their tables. There was jollof rice, fried rice, chicken stew, egusi stew, grilled fish and shrimp on their plates. On the veranda in front of the house, a few of them did the mama and papa dance, sticking out their elbows. We didn't even see the senator. Endurance said he was probably indoors with his entourage. We decided to keep as far away from the gate as possible, so the guards wouldn't spot us. That was how we discovered the swimming pool in the back yard and found a group of younger guests there.

They were in their mid-twenties. The guys wore fitted tunics and trousers. The girls were dressed like the one at the gate. I would describe their look as "Proudly African, Yet Highly Westernized." We didn't dare mingle with them. They were obviously educated abroad and would know we were not. My favorite Wizkid song, "On Top Your Matter," started playing and even Faith had enough sense to walk on.

There was no helicopter pad, but Endurance confirmed there were solar panels. We would never have been allowed indoors to check whether there was an elevator. The nearest we got was the back door of the kitchen. Through the windows we saw tiled walls and waiters dressed in white uniforms. They walked in and out of the door with trays of food and drink.

I was wondering if we should risk stopping them when the girl at the gate appeared again. This time, she was talking on her mobile phone.

"I only came because my parents made me," she said. "Oh, who knows? They're both inside. Most of the politicians here are just bush people. They wouldn't be anywhere without bankers like my father. Yet they expect him to kiss their arses."

She paused to speak to a waiter. "Um, can we have more rosé?" She didn't even wait for an answer; she continued her conversation as she returned to the pool area. "What are you talking about? Of course we have rosé here! My village isn't that backward! Yes, it's Moët. I know. So Nigerian . . ."

Faith whispered, "I thought it was Mo-way."

I shrugged. Either way, my father didn't run the company.

The same waiter ended up serving us. He probably assumed we were the senator's village relatives because we were polite to him. We ate standing up. I finished my chicken leg, chewed the bone on both ends and sucked on the marrow. Faith demolished her shrimps and their tails. Endurance thought the jollof rice didn't have enough pepper, and we all agreed the egusi stew wasn't as tasty as Auntie Charity's. We even got to try Mo-whatever-it-was rosé, after which Endurance found a half-full bottle of Hennessy and drank until he forgot himself. He took photos of us and snapped several selfies as he raised the bottle.

I'd never seen him smile that much or act so out of control. He was actually trying to break into the senator's network to post our photos on social media as Faith and I danced to her favorite Davido song—"Fall."

ENDURANCE

Later that night, we all returned to the cyber café. Endurance went online and posted the photos he'd taken at the party as Faith and I changed back into our normal clothes and washed off our makeup. Afterward we headed to her house. We were more nervous than sorry. It wasn't as if we'd been sniffing glue or petrol, and at least we'd looked out for each other, which was her mother's main rule.

The next morning, we woke up on time and got ready for work at Auntie's food spot. We thought the most that would happen was that we'd have too many customers—Saturdays were always busy at Charity's because people had time to sit around and chat. But we were in the middle of serving lunch when my stepmother marched through the front door with such a frown on her face that I immediately knew I was in trouble. Madam was light-skinned so she always stood out in a crowd. She wore one of her designs, a blue up-and-down made of ankara cloth. Not to be rude, but with her pointed nose and upturned eyes, and her cornrows which ended in a knot on top of her head, she looked like an angry peacock.

"You," she said, glaring at me. "Where were you last night?"

It took me a moment to remember what lie Faith had told her mother.

"Um," I said, "Silicon Alley."

"Aren't you the one they saw making cheers?" she asked.

Customers were staring at us. A woman had her mouth open; she was about to eat a piece of tripe. Auntie's regulars, the teacher and electrician, were drinking beers in their usual spot, where they had a good view of what was going on.

I was confused because Madam didn't always express herself clearly. Who were "they," and where had they seen me? At the party itself or in the photos Endurance had posted online?

"Will you," she asked, "answer me this very moment?"

Auntie came in from the kitchen at the same time. She wore a black brocade buba and wrapper. She removed her scarf and used it to wipe sweat from her forehead.

Madam narrowed her eyes at me as if to say, "I'll show you," and I straightened up as if to say, "Do your worst." I was scared, but it was too late to do anything about it.

"You have no shame," she continued. "Maybe you

want to spoil your father's name around town, behaving like somebody with no home training—"

"Mama Charlie," Auntie interrupted. "What happened?"

Madam's name was Philomena, but Auntie never called her that. My father's was Hope.

"She was at the senator's party last night!" Madam said.

Auntie shook her head. "That's not possible."

Madam clapped. "She went there with your daughter! They deceived you!"

"They would never do that," Auntie said.

Faith was now standing behind her mother, as if that would make her invisible. Madam had obviously come from her shop; otherwise, my little brothers would be with her. Her employees, Papa and Sisi, would never have reported me; they knew firsthand how nasty she could be.

"Look at you," she said to me. "Yesterday you were showing all your thirty-two teeth. Now you can't open your mouth to talk. Good-for-nothing girl."

Auntie Charity wagged her finger. "No, no, no. Don't call her that."

She took insults seriously. She truly believed that what a person said out loud could destroy your whole life if they had evil intentions.

"Why not?" Madam asked. "When you were allowing her to wear spaghetti to church, didn't you know where it would lead?"

I immediately guessed who had betrayed us: Success. I was still ignoring him over what he'd said about my church outfit and he was probably angry I hadn't invited him to the party. He must have seen the photos online and told his mother, who would have told Madam. For that, I decided I would never, ever speak to him again until he confessed and apologized.

"Yes," Auntie Charity said. "You're always quick to insult someone, but it's my brother I blame. I don't know how he puts up with you."

"At least I have a husband," Madam said. "Where is yours?"

Customers gasped. The woman eating tripe shook her head. The electrician and teacher put down their beer bottles. No one said that to widows. They did to single women who chased married men. But the only man I'd seen Auntie with was Mr. Momoh, a polygamous Muslim from Auchi, a city near ours.

Auntie lowered her voice. "Did I tell you I was looking for one?"

"That's your business," Madam said. "All I know is your brother is going to hear what happened while she was in your care. He left me in charge of her. Let it not be said I didn't do my duty."

With that, she turned around and marched out of Charity's with her heels clicking the floor.

I knew I'd done wrong. I also knew that mothers in general had a tendency to overreact, but Madam's outburst had seemed fake, somehow. I now wondered whom she had come to disgrace, Auntie or me. The tension between them had been going on for years. My father said it was because they were both successful women. I was sure Madam would tell him her version of what happened and Auntie would tell him hers, and as usual, he wouldn't be able to pick a side.

Auntie faced Faith and me. "So you went to the senator's party last night?"

My hands were behind my back; Faith's arms were crossed in front. Neither of us answered and Auntie nodded before returning to the kitchen.

We'd been in trouble with her before, usually when we visited our friends and came home late. We once knocked the television over while dancing. She shouted at us that day and her customers joined in, which was rare. Normally, they begged her to forgive us. This time, they stared at us the way the prayer warriors did at church.

You would think Endurance had got Faith and me pregnant the way everyone treated us after that. Auntie stopped paying us for our work, and when my hours were over, she sent me home. Madam banned us from going anywhere together. We were still texting each other though, and we got really mad when Endurance sent us a message saying he'd escaped punishment. He was the youngest in his family and his parents were too old and tired to discipline him. His elder brother who was meant to keep an eye on him even shared his photos online. I sent him a reply saying, "SMMFH."

Endurance went back to his job at Silicon Alley as Faith and I continued to work at Charity's, where the teacher and electrician talked about us to our faces while pretending not to. We called that using style to abuse. I expected girls to behave that way. Now

I realized that men could be just as sly. We would be serving them and they would start going on about the youth or children of today.

One afternoon, the teacher said, "They mimic everything they see on cable television. Look at the sort of reality shows we have these days. Are they good examples for our youth to follow?"

The electrician brought up music videos. Afropop stars had no cultural values, he said. All they cared about was wearing designer clothes, driving luxury cars and surrounding themselves with half-naked girls.

"Davido and Wizkid," the teacher said. "These are the role models children of today have. Give them books to read, they won't, yet they want to 'go viral' and 'blow,' and we keep calling them our future. What future? We're doomed!"

"Designer, designer," the electrician said. "That's all they have in their heads."

"Designer clothes, social media and twerking," the teacher said.

I was irritated. No one twerked anymore and Faith and I had enough sense to know the difference between entertainment and reality. Yes, she talked about designer clothes a lot, and I got fed up with listening sometimes, but she had no money to buy real ones.

What upset me more was my father, though. He called from Abuja on Friday night. He did that whenever he was angry with me. He would wait a while before he told me off, and I had to be careful what I said because I couldn't get away with being rude to him. As we spoke, I watched my brothers, who were running around the main room in our house. I was making sure they didn't destroy the furniture. They'd broken a chair before and Madam had to get a carpenter to replace its legs.

"I hear you've become wild in my absence," my father said.

"How can I be wild, sir?" I asked.

"Are you saying Madam is not telling the truth?" he asked.

"How can I say that, sir?" I asked.

"She says you're being disrespectful."

I didn't deny that. What was happening was that I no longer spoke to her unless I had to. If she gave me instructions, I obeyed her, but that was it.

It was very clear to me that Madam had wanted me to fail secondary school so my brothers could do better than me. She had that mentality: only her children mattered and I would always be my late mother's child to her. Now that I was going for a diploma, I was sure she would still try to find ways to frustrate my progress. I promised myself that she would never succeed. I would study at the polytechnic from morning till night if necessary.

"I want you to behave yourself from now on," my father was saying. "You hear me? I mustn't hear you've been sneaking out and hanging around boys who consume alcoholic beverages, you hear?"

"Yes, sir," I said.

The consuming alcoholic beverages part had to have come from Madam. It sounded like a police charge.

Success was even worse. I saw him outside our church gate on Sunday, looking over his shoulder as if he was afraid someone might catch him talking to a girl whose reputation had been damaged. Most of the congregation were inside and I deliberately arrived late to avoid them. I was also on my own because I still wasn't allowed to go anywhere with Faith, but I was properly dressed this time, in my striped maxi skirt and a short-sleeve blouse. Success was in a white shirt and black trousers. He'd just had a haircut and I had to admit he looked good.

I said hello and he did the same. The next thing, he was telling me I should never have gone to the senator's party.

"You reported us!" I said.

Instead of admitting what he'd done, he said, "Honestly, I don't know what is happening to you these days."

"What are you talking about?" I asked.

He went on about me being mistaken for a runs girl at the party. I hadn't even noticed any. They were the kind of girls who slept with rich men for money and I was annoyed that he would compare me to one. I was also sad our relationship was over. He was my first—okay, maybe not my first ever, but my most serious boyfriend.

When he finished, I said, "I'm sorry, I can't go out with you anymore."

He raised his voice. "Why not?"

I should have told him outright he thought he was better than everyone, including me, but I didn't want to hurt him more than I had already, so I said, "I'm obviously not good enough for you."

The guy didn't even bother to beg. He just walked off and left me standing there. Now I was the one looking over my shoulder as I followed him into the church.

Success was my only classmate who thought going to the party was a bad idea. The rest wished they'd been there. My best friend Grace was upset she'd missed it, but she would never have been allowed out. Her parents were too strict. So was Auntie in a way. I would even go as far as to say she could be heartless. Faith and I were still working for no pay, and we dared not ask when our punishment would be over because, knowing her mother, it would only make matters worse.

My father came home for vacations whenever his boss traveled overseas. Each time, before he arrived, I had to make sure the house was clean. I'd sweep the floors, dust the windows and tidy the main room. He hadn't been back in a while and to be honest, I was relieved I didn't have to do all that work.

One morning, he called me from Abuja, and I thought, What now? What had Madam reported me for this time?

I was expecting him to bring up some trivial domestic issue, when he said, "I have a question for you. Would you like to go to America?"

I said yes without hesitation, hoping he wasn't tricking me.

"Listen first," he said. "Madam and I have been talking to Auntie Angie . . ."

Auntie Angie was Madam's relative. She was Chief Financial Officer of a bank in Abuja.

"Her elder sister is expecting a baby," he said. "She needs someone who can help her after she gives birth. Are you prepared to do that?"

I said of course. I'd taken care of my brothers since they were babies. I'd bathed and changed them, and even taught them how to read and write.

"Good," my father said. "We'll make arrangements for you to come here in August and you'll stay with Auntie Angie. She'll get you a passport and help you apply for a visa. If the embassy approves it, her sister will pay for your education. She and her husband are doctors."

I jumped up and down and thanked him. It was the best news I'd ever heard.

As soon as our phone call ended, I texted Faith to tell her, but she never replied. I just assumed she'd run out of phone credits and didn't have money to buy a recharge voucher.

I was so excited about the idea of going to America I even smiled at Madam when she returned from work that evening and thanked her, too.

"It's nothing," she said. "At least you've agreed to go, which is all I wanted to hear."

The next day at Charity's, I told Auntie and Faith what had happened, but instead of congratulating me, Auntie pointed at the front door as if Madam was standing there.

"The same woman who called you good-for-nothing?" she asked.

"Not her," I said. "Her relatives."

Auntie hissed. "They're all alike where they're from. Aren't they the ones known for selling fake drugs? Are you sure my brother knows what he's doing?"

"He does," I said.

"I hope so," she said, shaking her head, "because that woman will do anything for money."

She also thought Madam used juju to control my father, but I was annoyed she was making me feel as if I'd taken Madam's side.

"Anyway," she said, "I'll speak to him myself and find out more."

Faith didn't say a word. In fact, she looked as if I'd come to tell her someone had died. I could understand why she wouldn't want me to leave. I would have had the same reaction.

After Auntie went to the kitchen, she said, "I thought you were joking yesterday."

"You got my text?" I asked.

She turned her face away. "I'm the one who wanted to go to America."

I only remembered her talking about entering the annual Model African contest so she could win a contract in New York. But we all wanted to get out of our city. We all wanted a chance to make it elsewhere.

"Don't worry," I said. "Your turn will come."

She eyed me. "Because yours has?"

I would never have said that to her, but I may have thought it. That was another difference between Faith and me. I wasn't more mature; I just knew when to behave as if I was.

33

My father later spoke to Auntie, who still insisted Madam's plan to send me to college in America was suspicious. As for Faith, she barely spoke to me from then on. Whenever she did, it was only to argue, and if I texted her to say, "How far?" she never replied.

The news of my going to America spread quickly, meanwhile. I told Grace, who told our other friends, and Endurance posted it on Facebook. He'd never interfered when Faith and I fell out and I was grateful for that. He wished me good luck and the rest of it. I was worried that Faith might get angry with him for showing me support, but she only said his posting didn't have many Likes.

Her envy was so severe that it had twisted—not just her stomach but her entire insides. Auntie called that bad bele, and Faith's was way past a local level. It was past a national level, even. It was now on an international scale and threatening world peace.

The teacher and electrician surprised me as well. I'd never imagined that old men were capable of having bad bele for someone my age until the teacher, who had never asked about my studies before, decided to advise me on an American education.

"I'm not sure it's a good idea to go to college there," he said. "They may not treat you well as a black student."

He'd attended a teacher training college in another state. Most of his students at the government secondary school would probably not get enough O Levels to apply to our polytechnic. I'd learned about the racism in America from watching the news and

34

listening to hip-hop songs. I wasn't sure I was ready to face it, but if he expected me to turn down an offer to attend college there, he didn't know who I was.

No one could stop me or put me down. If someone said I was ugly, I would tell myself I was extremely beautiful. If someone said, "You have no brains in your head," I would tell myself I was highly intelligent. I'd developed that way of thinking from living with Madam.

The electrician turned to me and said, "My brother lives in Atlanta."

I wasn't sure what he expected me to do about that. He, too, had trained out of state, in a technical college run by French Catholic missionaries. Everyone was his brother or sister. He may have been referring to a friend.

Success was another one who couldn't contain his bad bele. His had passed an international scale. It had even passed an interplanetary scale. It was now on an intergalactic scale and about to get him sucked into a black hole.

He called me late one night. My phone was on silent mode so I wouldn't get into trouble. There was no light at home and mosquitoes were buzzing around. I was in the room I shared with my brothers, which had two mattresses on the floor. They were asleep on theirs and I lay on mine. I whispered so as not to wake them up.

"How come you agreed to work as a housegirl?" he asked.

He must have heard that from his mother. They had a housegirl at home. She was from their village and about thirteen years old. I was more upset with him for not begging me.

"What is your business?" I asked.

"I'm not the only one who wants to know," he said. "We were all talking about you today and we were just surprised."

Who had he been talking to? I wondered. He would never turn down an opportunity to go to America. None of our friends would. I'd had enough of them and everyone else who gossiped and wished other people bad. If you stayed in our city, they were not satisfied. If you tried to leave, they were still not satisfied.

"Tell them they're all haters," I said.

Success said no one had time to hate me and cut me off before I could reply. For that alone, I had no regrets about breaking up with him.

Faith managed to enter the Model African contest at the last minute. The first I heard of it was when she sent out a mass text saying she'd made the deadline by the grace of God. This was around the time our ban was over and Auntie was back to paying us for our work.

My initial thought was, How had she come up with the funds? From the little I knew, there was an entry fee and other application costs. She would have to travel to Lagos and get around the city. She would also need somewhere to stay. Her mother didn't spoil her that way. Auntie Charity was like my father in a sense. They would do whatever they could to give us an education, but we had to earn our pocket money and when it came to frivolous demands, their answer was always no.

I went to their house in the afternoon and it was almost as if Faith was getting married. Auntie was dancing in the main room. They had a chair which had long stopped reclining and a floor fan that never oscillated. Faith often joked about them. This time, she was busy laughing at her mother. They looked alike, but they were opposites in size. Auntie once bragged her arm was equal to two of Faith's thighs.

"Your cousin is going to win the beauty competition!" she said. "Then she will go to New York and become a model like Melania!"

"It's not a beauty competition," Faith said, "and I don't want to be like Mrs. Trump."

"Don't mind her," Auntie said to me. "Wasn't Melania able to leave her hometown because of modeling? Wasn't it through modeling that she got a visa to stay in America and managed to become First Lady?"

Auntie couldn't even be bothered with Mrs. Trump. It was Mrs. Obama she admired. She praised her for raising her daughters well and carrying herself with dignity. But that was how she spoiled Faith. Not only did she believe her, she also believed in her.

Faith kept insisting she would be a better model than Mrs. Trump. I was normally the one to bring her down to earth, and was about to when a cockroach ran out from under the non-reclining chair. Auntie grabbed a broom from a corner of the room and tried to kill it. It dodged her, rolled over and kicked up its legs. She kept attacking it as it wriggled. I waited until she'd trapped it between the broom twigs and dragged it out of the house before I asked Faith how she could afford to enter the contest.

She gave me a long story about raising the money by modeling online. She could fool her mother, who had never used a computer, but not me. What modeling had she done? Why hadn't she done it before? Her only chance of getting paid was duping the foreign men who downloaded her photos and messaged her.

I asked if she'd done a Yahoo scam. I was expecting her to snap her fingers over her head and say, "God forbid," but she didn't, and that was all I needed to know. She didn't even have to tell me she'd persuaded Endurance to help her. I could just picture her convincing him that it was a one-off experience and making it seem like a joke. He would do anything for her and she, I was beginning to realize, was prepared to commit a crime to enter the contest.

"You're good-for-nothing," I said.

I just wanted her to think about what she'd done and how it would hurt her mother.

"Me?" she asked, smacking her chest.

"Yes," I said. "You've disgraced our family. You should be ashamed of yourself."

What didn't she tell me after that? That I'd become big-headed because I was going to America. That I'd broken up with a nice guy who cared about me. She then said my real reason for abusing her was that I wanted to be the only one in our school to travel abroad.

We were shouting at each other when Auntie returned with the broom.

"Why are you two fighting?" she asked.

"She called me good-for-nothing!" Faith said.

"Wait, wait," Auntie said. "For what reason?"

"Because of my modeling!"

I didn't say a word and Faith knew me well enough to predict I wouldn't.

"So this is how you treat your cousin," Auntie said, pointing the broom at me. "You were happy about going to America. She was sad you were leaving. Now that she may have a chance to join you there, you're not happy anymore."

She said her worst fear had come to pass. I was becoming like Madam. She asked me to apologize to Faith, but I refused to and said I no longer wanted to work at Charity's. By now, I was crying and Faith was crying.

Auntie pulled her ear and called out my name three times: "Gift! Gift! Gift!"

At least her overreaction was genuine, and I did question myself for a moment, but it was easier to believe that she and Faith were no better than the rest of my haters. I left their house without apologizing or explaining myself.

MERCY

At the end of July, I traveled by bus to meet my father who would take me to what I thought of as my job interview. I barely noticed the scenery on my side of the expressway—savannah plains, or whatever they were called in geography. To me, it all looked like land, land, land, village; land, land, land, another village; land, land, land, yet another village.

I'd said goodbye to my stepmother, Madam, and my little brothers, but I'd not been to see Faith or her mother, Auntie Charity, because I was still upset that they, of all people, had turned on me. I was sure I would miss them anyway. I was sure I would miss my friends as well, even though I'd stopped talking to them by then. I now knew that they, too, were against my going to school in America, and this was how I found out.

On the day our local polytechnic published their admission list, I went to the cyber café we called Silicon Alley and logged into the portal to see if I was on it. I was, and so were most of my classmates who had applied. I hadn't been online in a while, so I also checked what was happening on Facebook. In our graduating group, they were congratulating each other. On Faith's page, she had over two hundred Likes for her post on the Model African contest. Underneath Endurance's post about me going to America, someone had made a comment about feeling sorry for certain people who would lower themselves to get there. She was obviously referring to me, yet none of my classmates had called her out. After that, I stopped going to Silicon Alley to keep in touch with them. I had no time or money to waste on fake friends.

My father met me at the bus station in Abuja. He hugged me and said, "You're just getting taller and taller every year!"

I'd stopped growing upward since I was sixteen. He hadn't even noticed. He often told me I looked like my late mother, which I took as a compliment. My brothers resembled him more. They found it hard to gain weight, no matter how much they ate. What I had in common with him was that we couldn't hide our feelings because our faces always exposed us.

"What's wrong?" he asked.

I laughed. "Nothing!"

"Are you sure?"

"Yes, sir."

We caught up on the way as he drove his boss's Mercedes. He said Auntie Charity wasn't speaking to him because he'd warned her not to interfere with Madam's plans for me. He also said Madam had told him about Faith entering the Model African contest, but he couldn't understand why Auntie would indulge Faith instead of forcing her to get her diploma.

"It doesn't make sense," he said. "She's telling me I shouldn't send you to the US to further your education, yet she wants your cousin to go there to do modeling. In the end I just had to accept what Madam said. Not everyone is happy when you make progress in life, and sometimes they're the very people who are closest to you."

I didn't want to dwell on what had happened. Faith, as far as I was concerned, was just trying to outshine me and Auntie was only supporting her daughter. Our neighbors were showing themselves to be what they'd always been.

I was finding it hard to keep my eyes off the road, meanwhile. There were people trading, commuting and rushing around. There were hotels after hotels, shopping plazas and malls. One good thing about the Internet was that it prepared you for the unknown. Being in a city as big as Abuja was new to me, but I wasn't too surprised by what I saw.

My father wasn't enjoying his job. His boss worked for an international oil company and kept odd hours. He always had to be on standby. He was only able to spend time with me because the man had gone to Lagos for a meeting.

"That's another reason I keep telling you not to make life difficult for Madam," he said. "How many wives can cope the way she does without their husband? She's held our family together. You should be grateful for that at least."

I had to admit that Madam had been nicer to me since I agreed to go to America. She'd even sewn a few ankara outfits for me to wear while I was there. But everyone knew she'd married my father because his car-hire business was doing well, and now that he was a driver, he was no longer useful to her.

He lived in the staff quarters of his boss's official residence. He wasn't allowed to have family members stay with him, so he took me to Auntie Angie's house in a large private estate instead. At the main gates, he gave his name to one of the guards, who called her before allowing us to drive in.

The homes there were townhouses. They were painted pale orange on the outside and their roofs were the color of red wine. They each had balconies and gates. The roads had streetlights and sidewalks. People strolled by as we slowed down over the speed bumps.

"You see?" my father said. "This is how the rich enjoy themselves. They have twenty-four-hour electricity, potable water and security. I thank God you're going overseas. I pray that when you come back, you'll get a good job and live in a place like this."

"Amen," I said.

I'd learned that from Madam, who always claimed prayers, even from her enemies.

Auntie Angie was in her early thirties, but she looked older because she was dressed in a pink caftan and turban. Her makeup and nails were neutral. She had just come from church.

We sat in her living room, which had colorful furniture and paintings. Her air conditioning was so cold it gave me goosebumps.

"Your father says you're reliable," she said.

I said I was, as she looked me over. I was in one of the outfits Madam had made for me, a yellow ankara dress I'd chosen from a magazine.

Auntie Angie nodded. "He also says you passed six O Levels at first sitting and your Senior Secondary School Exams."

I said I had, worried that she didn't seem impressed.

"How come you didn't do WAEC?" she asked, with a frown.

WAEC was the West African Examinations Council. I explained that I didn't need to take the exams to be admitted. I would have to if I applied to a better polytechnic or a university.

"Education in this country is such a mess," she said to my father.

He agreed, even though he started working after he left secondary school. My mother dropped out after her third year and Madam only made it to the end of her fourth.

"What do you want to study?" Auntie Angie asked me.

"Banking and finance," I said.

She laughed. "Hey! That's what I did for my undergraduate degree. In England, though, not the States. It's more expensive to go to college in the States. My sister finished medical school here before she left. She lives in a city called Middleton."

I would have researched Middleton online if I'd known where I was going in advance. All I knew about Mississippi was that it had a long river and Africans had been taken from their native lands and shipped there to work for no pay.

"By the way," Auntie Angie said, "the fall semester is about to start. Fall is autumn and a semester is like a term. You'll start college in the spring semester, which begins in January."

The only foreign seasons I'd paid attention to were summer and winter. In Nigeria, we had rainy season and dry season. That was it, and we didn't name school terms after them.

"Our first step is to get you a passport," she continued. "You'll need photos for that. The most difficult part is applying for a visa. The US embassy is funny. We can't tell them you intend to go to school there because they'll only make things harder for us. But don't worry, once you get there, my sister will help you apply for a student visa and sort out your papers. Is that okay?"

I said yes, but I would have accepted any plan she and her sister had.

Auntie Angie had made arrangements for me to stay in her boys' quarters. My father had assumed I would be in her house and his expression gave him away.

"Don't worry," she said to him. "My BQ is in good condition. It has an adjoining bathroom, a wall fan and bunk bed. There's more than enough room inside for two people."

I preferred a bunk bed to my mattress on the floor, and I'd never had a fan in any room I'd slept in, let alone a wall one.

After my interview, Auntie Angie called her house-girl, Mercy, to serve us refreshments. Mercy was in her mid-twenties and wore torn jeans and a sleeveless T-shirt. My father took one look at her and I knew he didn't approve of how she was dressed. Auntie Angie introduced us as her relatives and Mercy smiled and said, "Welcome."

I asked for a Coke and my father asked for Dasani water. Mercy soon returned with a tray of both and empty glasses. She then brought us puff-puff to eat. She seemed okay to me, but as we all later went to the BQ, my father mouthed, "Be careful."

At first, I thought I wouldn't get along with Mercy because as soon as Auntie Angie and my father left the BQ, she said his boss was nice to allow him to use the Mercedes for personal trips. I assumed she was reacting to the bad looks he'd given her, so I just said I hadn't yet met his boss.

My only problem with Mercy was that whenever she used the toilet, she blasted it to kingdom come. The smell made me sick. The worst part was that she would crouch out afterward, as if she'd been running a marathon, and say, "Shit want kill me."

She suffered from constipation. I think it may have been due to the roasted groundnuts she ate. She would pour some into her cupped palm and throw them into her mouth. She crunched loudly and smacked her lips.

During our chats in the BQ, she gave me information about the different people she'd worked for in Abuja as she'd had a lot of experience there.

"The worst people to work for," she said, "are people who have more education than money—doctors, lawyers, accountants. People like that who work for themselves. Dem go work you until your body go tire, but dem no like pay. The next are the newly rich—top politicians, big bankers and oil executives. Dem go pay you well, but their children are completely useless. At any point during the day, dem go call you say, 'Mercy, help me warm my food!' This is in a microwave. Simple microwave, dem no fit use."

It was no wonder, she said, that their parents got scared about stories of househelps poisoning employers with a pest killer called Sniper. The one good thing about employers like them was that they sent their children to boarding schools, in Nigeria or overseas, which gave househelps a break.

Expatriates, according to Mercy, were the best people to work for because they were kind to the point of stupidity.

"The women can even say, 'Mercy, try a lamb chop,'" she said. "The men can like you enough to marry you. Oh, yes. It's been known to happen . . ."

Her imitation of foreign accents was off, and as she slipped in and out of broken English, I honestly couldn't tell how educated she was, but it didn't matter because I thought Mercy was super sharp.

Auntie Angie worked long hours, so she asked her

personal assistant, Kingsley, to handle my passport and visa application. Her driver, an old man called Mr. Moses, took us to a mall where I had my photos done, and then to the Nigerian Immigration Service, where I was issued a passport. Throughout, I tried not to behave like a villager. At the mall, I walked past the window displays without staring. Shoppers were browsing, music was playing, and all I could think of was the largest supermarket in my city, which had only two floors and a jumble of products. At the immigration office, I kept a straight face as Kingsley grumbled about being delayed. "The level of incompetence here is shocking," he said. "They're just wasting everyone's time."

I was busy hoping he wouldn't mess up my passport application by being rude to anyone there.

Kingsley was a graduate of a private university in Abuja. He walked and talked like a woman, but I didn't think much of that until I got back to the BQ and Mercy told me, "He's a homosexual."

I burst out laughing because it was the sort of statement I expected someone like Mr. Moses to make.

"It's not funny," she said. "It's forbidden in the Bible and against the law, you know."

I did know, but I wasn't sure where I'd heard that. It wasn't at church because our priest didn't bring up such matters. It definitely wasn't in school.

Mercy had a good reason for not liking Kingsley. He never spoke to me unless he had to and he walked ahead of me as if he belonged in the main house and I didn't. From the BQ window, we could see the back yard and any time Mercy spotted him there in his coordinated shirts and ties, she would hiss and say, "Look at him. Nonsense."

She said there were too many gay men in Abuja and they even dated married men. She called them immoral, yet she had two boyfriends in the estate. They were both cooks. One was from Cotonou, the other was from Calabar. She would text them to call her because she never had enough phone credits, and she would get me to lie to one when she was with the other during her spare time.

In the afternoons and evenings, we listened to Afropop on her radio, and every morning she sang Tiwa Savage hits in the shower and ruined them beyond recognition. We took cold showers, as the BQ bathroom didn't have a water heater, but they were still a luxury for me. At home, we didn't have running water. I would have to carry an empty bucket to our tap outside. Once my bucket was full, I would carry it to our bathroom, which was a cement stall with a drain and wooden door. I'd pour bowls of water over my body as I bathed. The closest I ever got to warm water was when I peed on myself.

I didn't mind living in a house with modern facilities. I didn't miss being in a city of petty gossips either. I rarely thought about social media because sharing the BQ with Mercy was like following a YouTuber. The beginning of each week was a new episode and I couldn't wait for the next. Her stories and advice were fascinating. She was, as far as I was concerned, preparing me to stay with people who were different from me, but whenever my father called, he continued to remind me to be careful of her.

What he didn't understand was that, without Mercy, I would have been lonely in Abuja. On weekdays, Auntie Angie left the house at six in the morning and came back at about ten at night. On Saturdays, she went shopping for food at supermarkets like Shoprite and SPAR, after which she cooked with Mercy. On Sundays, she went to church and didn't return for hours. I assumed she was visiting friends. During the weekends, guests came over to see her, alone or in groups. They were all well-dressed and had nice cars.

I'd always wanted to be a banker, but if Auntie Angie was a top one, I was no longer sure banking was the right career for me. At her age, I would prefer a job that allowed me to spend more time with my family and friends. I would want to be married and have children; otherwise, there would be no point living in a house as big as hers.

Sometimes, on my walks around the estate, I imagined my father and brothers visiting me and my family in a similar home. My father would have a room of his own. My brothers would share one. Madam didn't enter the picture because, knowing her, she might not want to stay with me, especially if I was doing better than her sons.

She called me once to check up on me. My father called whenever he could and our conversations were always the same. He would ask how I was and I would always reply, "Fine." Then he would ask for updates on my visa application.

I told him when Kingsley filled out my form and paid the application fees online. I told him once I found out my appointment was scheduled for September, and that Auntie Angie would take a day off to go to the US embassy with me. My father would say, "Good," each time and pray that God would bless the next stage of the process. I always remembered to say, "Amen." He never asked, so I didn't say I was worried my visa application would be denied, or that I was nervous about moving to America. The way I saw it, he had enough to think about.

On the day Auntie Angie and I went to the US embassy, my father had to drive up north. A former colleague of his boss had been crowned an emir and important people from all over the country were attending the festivities following the ceremony. Auntie Angie said she was disgusted by the whole affair. She read a front-page article about it in her newspaper on our way to the embassy. Mr. Moses was driving. I was sitting next to her in the back. Afterward, she called Kingsley and asked, "Why are these people still wrapping their heads up like Arabs?"

She wore a shoulder-length black wig and her usual work clothes, a skirt suit and blouse. From her conversation with Kingsley, I found out that she believed there was a conspiracy to turn Nigeria into an Islamic state and marginalize Christians. She wasn't impressed by the photo of the emir on the front page. "I mean, look at him," she said. "He looks like an Easter bunny."

I could just picture Kingsley on the other end, laughing and covering his mouth.

Before we got to the embassy, Auntie Angie went through what he'd told me when he filled out my application form.

"Remember," she said. "You're just going there for a two-week trip. You're staying with my sister and you'll return home to start your diploma here. Nothing more."

Kingsley had also advised me to smile, but not too much, and to answer questions briefly, without volunteering extra information.

My heart beat faster when we arrived at the US embassy. I found its high walls, security lights and tinted windows intimidating. Auntie Angie, who already had a valid visa, said going there was like visiting an American prison. We walked in silence to the consular section, where I did my best to appear calm. The officials there looked as if they wouldn't hesitate to deny my application. I simply said thank you when the woman who interviewed me approved it, but Auntie Angie was annoyed that she'd questioned me for too long.

"They're so foolish," she said later, as we returned to the car. "They think everyone is a potential illegal immigrant."

I didn't care what anyone thought. I couldn't wait to tell my father our prayers had finally been answered.

Mercy had known all along about the plan to send me to America, probably before I arrived in Abuja. I never said a word about it to her, partly because I was obeying my father and partly because I thought she might get envious, as the people back home did, and make my life miserable.

After I called to give my father the good news, I went to the BQ and she asked, "Did you get it?" I said yes, guessing what she was referring to. She didn't bother to say when or how she'd found out, but she added, "Housegirl work is hard. Make no mistake. If you have a nice oga, it will make your job easier. If you have a wicked one, that will be the beginning of your problems."

I didn't bother to say I would end up with a college degree. She probably knew that already.

From then on, she would exclaim, "America," at random moments and dance on the spot. I was relieved that she seemed genuinely happy for me. She was even more excited than my father had been when we spoke. "You'll be the first person in our family to get an education overseas," he'd said.

I may even have been the first to get on a plane. I had a full-fare return ticket, and my outbound flight was in early October. I was still nervous about going to America, but if he'd asked how I felt, I would have told him I was fully prepared.

I was sad to say goodbye to Mercy on the day I left Nigeria, even though she'd been the worst influence in my life. Her final advice to me was to always have a spare boyfriend in case my main one let me down.

She helped me carry my luggage to the car and said, "Make sure you write to me."

Auntie Angie eyed her and asked, "At whose address?"

Mercy just laughed. Auntie Angie often spoke to her that way, but if she took offense she never showed it. They seemed to understand each other well. She once told me Auntie Angie was frustrated because she was single, and as we walked away, Auntie Angie said, "I hope that girl doesn't turn my BQ into something else while I'm gone."

My father was waiting in the driveway. He rode with us to the airport, sitting in front with Mr. Moses. When we got there, he began to cry. I'd never seen him in tears before and wasn't sure how to handle the situation, so I just pretended not to notice as he hugged me.

"Don't worry," Auntie Angie said, with a smile. "We'll take care of her."

She was so convincing that I believed her.

Our flight was from Abuja to Mississippi via Frankfurt and Houston. Auntie Angie was in business class and I was in economy. I had a window seat. The man next to me kept poking me with his elbow. My meal smelled off. I tried mashed potatoes because they looked like pounded yam, but they were far too soft. After eating, I went to the toilet, but I didn't know how to lock the door. A woman opened it as I crouched to pee. I returned to my seat and couldn't fall asleep because the man next to me started snoring. None of this was as bad as my first experience with turbulence.

When I was younger, I'd watched a pirated copy of the film *Snakes on a Plane*. I'd already seen some terrible sights in my life—a burnt corpse, dead dogs eaten by vultures, headless chickens running around. But what I saw in the film was far more disgusting. I'd only ever seen two real snakes, on separate occasions, and they'd both been crushed by lorries. I would have chosen a plane with live snakes over the one I was on.

At one point, I tapped the arm of the man next to me and woke him up. He told me to calm down, so I called a flight attendant and asked if we were about to crash. She said we were just going through a bumpy part of the air. I thought, What the hell? I'd been on many bumpy roads before, and none of them had scared me like that. I was shaking more than the plane itself. I truly believed I was going to die and kept praying. I was even prepared to forgive all my haters if it meant that I would survive the journey.

PLANTATION BOULEVARD

Auntie Angie and I arrived in Middleton, Mississippi at about six o'clock in the evening. We had been traveling for almost twenty-four hours and I was surprised the airport was so small. If the international one in Abuja we'd flown out of was a house, the regional one we landed in was a garage in comparison. It didn't even have a carousel. A handler threw our luggage through a roll-up door in the baggage-claim area. Auntie Angie's brother-in-law, Dr. Daniel, met us there. He wasn't bad-looking for a man in his late thirties. His head was shaved bald and his beard was trimmed. I could tell he worked out. His name was Jonathan and his wife's was Victoria. I would call them Doctor and Auntie V from then on.

Auntie V was a pediatrician and Doctor an ER physician. He worked in Houston and commuted back and forth by plane every other week. He drove us to their house in a Jaguar he'd just bought her. As he talked about how she initially asked him to return it because she was happy with her Range Rover, I tuned out and watched the scenery. We passed a railway line and a lumber yard; motels and hotels; car and tractor dealerships; shopping plazas and the main mall.

The Daniels had recently moved to a new subdivision, and perhaps because Doctor felt he'd been ignoring me, he asked what I thought of the area, or neighborhood, as he called it, when we got there. We were on Plantation Boulevard now, and on my side of the car were a few doctors' and lawyers' offices in clearings surrounded by trees. The only reason I noticed the trees was because most of their leaves were orange. I'd only ever seen that in pictures and films.

"There's a lot of bush," I said.

Doctor smiled. "We don't call it bush here."

"Please," Auntie Angie said. "If two trees grow next to each other anywhere in Africa, Americans will call it a bush."

"It's undeveloped land," Doctor said to me.

Not to be snobbish, but my neighborhood in Nigeria was fully developed and I had no business venturing near any bushes. When I was younger, I was warned to keep away from them because evil spirits could lure me in and lead me astray. I believed that until I realized it was just to prevent me from getting lost.

We arrived at the Daniels' subdivision, Westview Estate, and Doctor said the houses there were ranch-style. Some had basements, which were apparently the safest places to hide during tornado warnings in the spring and fall.

I guessed why fall was so called. There were leaves on the roads and front lawns. The homes had different shades of red brick on their outsides, and black postboxes at the top of their driveways. I noticed they didn't have gates or separate quarters behind them for houseboys and -girls, as homes of their standard would in Nigeria.

My first impression of Auntie V was that she wasn't as fashionable as Auntie Angie. Auntie Angie wore a black T-shirt, jeans and snakeskin loafers. She had nail and eyelash extensions and her micro braids were down to her back. Auntie V wore a baggy gray sweatsuit and flip-flops, and her box braids were pulled up in a loose bun. She wasn't that big yet. She had another three months to go before her baby was born.

"You have no idea how glad I am you're here," she said to me. "You're a little younger than I was looking for, but my sister assures me that you're responsible."

"She is," Auntie Angie said. "She didn't give me any trouble at home."

"Good to hear," Auntie V said. "Let's hope it continues that way."

Auntie V's accent was a little American, while Auntie Angie's was a bit on the English side. We were by the kitchen counter, which had a gray granite top and barstools. Behind them was a black fridge with magnets. One was for St. Jude Children's Research Hospital and another said, "Housework never killed anyone, but I'm not taking any chances."

The Daniels' house didn't have a basement. Their living room had a dark hardwood floor and sofas and chairs in different shades of gray. On the wall were a few similar charcoal sketches by a Nigerian artist. Their living room, dining room and kitchen were in the main space, and they had four bedrooms in all, three of which had bathrooms. The one without a bath was a nursery for their baby, who was most likely a girl, as its walls and furniture were pale yellow. I didn't get to see the master bedroom or guest room, but Auntie V showed me to the one I would sleep in. It had light-green walls and a bed with a leaf-patterned cover. Its windows had wooden blinds and overlooked a deck in the back yard.

Auntie V later came back and handed me two sweaters she'd never worn and I thanked her even though they weren't my style. She also took my passport and ticket for safekeeping, which I didn't mind because I hadn't paid for them. She would need them to change my return date and visa status anyway.

I had my first hot shower that night and slept well. Early the next morning, Auntie V gave me her mobile phone, or cell phone, as she said, so I could call my father. Nigeria was six hours ahead. I spoke to him briefly in her presence and told him I'd arrived safely and was fine. I would have liked to go online to find out what my old school friends were up to. They would have started their college courses and I was sure they would be going to parties as well. But I decided against asking Auntie V if I could use her computer because, apart from paying me and taking care of my college tuition, she was feeding me throughout my stay.

Doctor left for Houston later that morning. He seemed pleased that Auntie Angie was around to keep

Auntie V company. He said to her, "Look after my wife." Auntie Angie promised to as Auntie V stared ahead and followed him to the garage in silence. That was the first clue I had that their marriage wasn't quite in order. He drove to the airport in her Range Rover and she drove herself back home later.

During the week, Auntie V told me no one had houseboys and -girls in America. They had nannies, cleaners or help, she said, and I would be considered an au pair. On Friday, a man called Mr. Mitch tended her yard. I saw him through my bedroom window, mowing the lawn with his ear defenders and goggles on, after which he trimmed the shrubs by the deck. On Saturday, a woman called Miss Lucia came to the house. Auntie V couldn't speak Spanish and Miss Lucia didn't speak much English. It took her all morning to scrub the bathrooms, mop the tiles, vacuum the carpets in the bedrooms, polish the hardwood floors and dust the furniture and window blinds.

I started using the washing machine, dryer and dishwasher once Auntie V showed me how. I would do the dirty dishes every day from then on, and my own laundry every week. She preferred to do hers. She and Auntie Angie often left me in the house while they went shopping at the mall or at nearby grocery stores like Winn-Dixie and Piggly Wiggly. At home, they cooked Nigerian food—rice and chicken or beef stew, usually, with or without fried plantains. They spoke to each other in their language, probably because they didn't want me to listen to their conversations. Occasionally, they forgot and slipped into English, and that was how I was able to find out that Auntie V was between jobs and would be starting a new one after her baby was born. She would have regular hours, no hospital admissions or night calls. I also learned why she'd brought me over. She'd been let down by a Nigerian woman in Houston who was supposed to be her live-in nanny.

I was with them the morning they sat at the breakfast table and talked about her. I was unloading the dishwasher, so I deliberately took my time.

"Respectable-looking," Auntie V said. "In her early sixties. I interviewed her and asked her every question in the book. She agreed to come here. Next thing I knew, she'd accepted a job in Chicago. I still can't get over it. She never even called to tell me. I was the one who called to ask when she would be moving in and that was when she opened her mouth to confess. Churchgoer. All about church when I spoke to her. But she's Nigerian. So what do you expect? You can't trust our people here."

"You can't trust them anywhere," Auntie Angie said.

They continued their conversation in their language as I finished my task. I wanted to talk to Auntie V about applying to college, but I didn't feel the time was right and I was prepared to wait until Auntie Angie left if necessary.

Auntie Angie seemed satisfied with living and working in Nigeria. Another day, as she and Auntie V cooked in the kitchen, she asked, "Where else would I be CFO of a major bank? Please tell me."

She thought women in corporate America were worse off than their Nigerian counterparts because they had to work harder than men to be promoted and they weren't paid on par.

"It's the same in Nigeria," Auntie V said.

"So Americans would like to believe," Auntie Angie said. "But no matter what they say, women are still better off there because of childcare."

I would later learn that Auntie V had been trying to have a baby for years and she was worried Auntie Angie would end up in the same situation if she continued to put her career ahead of her relationships with men. Auntie Angie assured her that she would settle down when she met someone with sense in his head. She'd been engaged once before, until she found out her fiancé was secretly married to a Kenyan woman. "Nigerian men?" she said to Auntie V. "I've told you before. Most of them don't know how to behave like normal human beings."

Their father died when they were teenagers and their mother lived in their hometown. Their younger brother was a businessman in Lagos. They were in a legal dispute with him over their father's estate. They were united against him, calling him every name from a coconut head to a failed serial entrepreneur. Auntie Angie was less forgiving; Auntie V felt their mother had spoiled him. But there was an underlying competition between them as sisters. Sometimes, it was about being married versus being single; other times, it was about living in Nigeria versus living overseas.

A few days later, when they came back from the mall, Auntie Angie said America had nothing to offer her but shopping, and she could only take so much of Middleton.

"It's all right for raising a family," Auntie V said.

"I still can't live here," Auntie Angie said. "The pace of life is too slow."

She returned to Abuja the following week. Auntie V drove her to the airport in her Jaguar and came back at around four in the afternoon. I was in the room I slept in. I didn't yet call it mine. A wall separated it from the garage, and as Auntie V got out of the car, I heard her talking on her cell phone.

"Don't tell me to calm down," she said. "You couldn't get out of here fast enough, could you? Yes, it's always about the money for you. Oh, who cares how much it cost? I practically had to do this on my own. You were here for only two of my appointments. So what? So what if I'm not working? What has that got to do with anything? I've been taking care of other people's children for years. Why can't I have a few months off to look after mine? It's not as if I'm sitting around doing nothing. Because I'm preparing for my recertification exam, that's why! Of course, I'm yelling! Why wouldn't I? My sister has barely gone and you're already making excuses for not coming home. You're lucky I didn't tell her what you did. Yes, yes, you're not doing that anymore. Keep doing what you want, Jonathan. No, continue chasing trashy women if you like. Just don't think I'll be quiet if I catch you again, and don't think that buying me something will fix it either."

She always talked to Doctor in English because they didn't speak the same language. I heard her footsteps. Then I heard her open their bedroom door and slam it shut.

Auntie V went to Mass every Sunday, but she never insisted I go with her. She said there were no Anglican churches around, only Episcopal churches. All churches in the city were segregated and hers was white.

I had no intention of attending services in Middleton. What was the point of praying for prosperity as we did back home when I was in America? I felt the same way about watching television. There was nothing to wish for now I was here. If I wanted to read at night, I could just switch on my bedside lamp and electricity was always available. If I wanted to drink clean water, I didn't have to buy it: the fridge had a water dispenser.

On Monday, the Daniels' next-door neighbor Miss Nancy came over and Auntie V introduced me as her niece from Nigeria as I unloaded the dishwasher. Miss Nancy sat on a barstool by the countertop. She wore gym clothes and her blond hair was in a ponytail. She spoke through her nose and dragged the end of her sentences. She smiled as she questioned me and Auntie V answered on my behalf.

"Gift is such a pretty name," she said. "Very unusual."

"Not really," Auntie V said. "It's quite common in her part of the country."

Miss Nancy shrugged. "Oh, what do I know? How long are you on vacation for, Gift?"

I hesitated for a moment, not knowing what to say.

"She'll be with us for a while," Auntie V replied.

"I figured you were in college back in Nigeria," Miss Nancy said. "Everyone in Victoria's family is so well-educated."

Auntie V laughed. "Not everyone!"

I left them in the kitchen and went to my assigned room to give them privacy. From there, I could still hear their conversation.

"I've been meaning to come over," Miss Nancy said. "I just haven't had the time, with work and the kids."

"Don't worry about it," Auntie V said.

"How's Jon doing these days?" Miss Nancy asked.

"Very well," Auntie V said.

"And how's the long distance working out for you?"

"I'm used to it now."

"You see, you're good that way. It would be so hard for me."

Miss Nancy seemed nice, but she was the sort of person you couldn't be sure about until you needed her help in a disaster. She was a realtor and her husband, Chris, owned an insurance agency. They had two sons in elementary school. She was excited the economy was picking up and upset the press wasn't more grateful to President Trump.

"I mean," she said, "I know he provokes them, and I wish he wouldn't show off so much. But he's doing a great job, so there's no need to keep trashing him. I'm not saying he's the best president we've ever had, but things have improved."

"I wasn't a fan of Obama's government," Auntie V said.

"You weren't?" Miss Nancy asked.

"Nope," Auntie V said. "Their values didn't gel with mine. Personally, I don't care how you identify, but marriage is a Christian union, to my mind, and as for who gets to use what bathroom . . ."

"I feel like . . ." Miss Nancy said. "I feel like they made matters worse by talking about them. My thing is, don't keep bringing up negative stuff. We'll all get along when the negativity stops."

"It never does," Auntie V said.

"You know?" Miss Nancy said. "This is why our country is so divided. Chris was just saying to me the other day, 'What are we teaching our kids, if we can't teach them to respect the president?' I mean, he's president of the United States, for Pete's sake. If we can't respect authority, what can we respect?"

"You have to respect authority," Auntie V said.

"You know what I mean?" Miss Nancy said. "But people don't, and the press is no better. I mean, this is how Nazism started. They took over the media and . . . oh, I don't know. It's all very upsetting, the Russians and fake news."

"Fake news," Auntie V repeated, and I could just picture her shaking her head.

The Daniels had no black neighbors. Whenever I wandered around during the day, everyone I saw driving to their houses, cycling, jogging, walking or collecting their mail was white. In the evenings, a few adults who looked Indian and Chinese to me took walks after work. Auntie V said some of them were Pakistani and

Korean. She knew the Korean couple well. They were both optometrists. She hardly spoke to the Pakistani couple. The man was a radiologist and his wife was a pharmacist.

Through her phone conversations, I learned that immigrant doctors were the only ones likely to live in Westview. Black American doctors, according to her, lived in another subdivision that was overpriced, and white American doctors lived in mansions near the country club or in the county. She'd worked with black doctors who were suspicious of Africans and white doctors who were racist. She warned me that Mississippians kept guns at home, so I couldn't just befriend someone and visit them whenever I wanted.

I was only trying to impress her with my knowledge of America when I brought up the Black Lives Matter movement, and she said, "That's not about gun laws. It's more to do with police killings. At least, it was until they started having other agendas."

I wasn't going to worry about what could happen to me in Middleton; it would be too stressful. I decided I would continue to study people I met on an individual basis. Any hint that they had any problems with me because I was black or African, and I would stay away from them.

On my walks, I found a spot I liked at the dead end of a side road. It was a wooden gazebo that everyone used. I sometimes went there while Auntie V was studying for her board exams or resting, just to get away from the house. Her bookcases were full of medical hardbacks and journals, but she had several subscriptions to health and travel magazines and I would take one or two to read. The gazebo was also a good place to sit and watch. If I looked at the main road long enough, someone was bound to show up.

I went there one day and was surprised to see a middle-aged black woman with an old white woman who was in a wheelchair. The black woman's hair was dyed a red shade that matched her lipstick. She was Miss Wanda. The white woman, Miss Betty, wore a pink cardigan. She lived with her daughter's family in Westview and Miss Wanda was her caregiver.

I'd already adjusted to the time difference and the weather, which was fairly warm until the evenings, when it dropped a little, but I still wasn't used to Mississippian accents. Miss Betty didn't reply after I greeted them. I didn't take it personally because it was obvious she had an old-age condition. Miss Wanda spoke fast and dropped the end of her words.

"You live with them African doctors?" she asked.

I said I was their niece, to simplify matters.

"I didn't know they had anyone in their house," she said.

I said I'd just arrived and would be starting college soon.

"Which one?" she asked.

I said I didn't know, but I would apply for the spring semester.

"You need to hurry up," she said. "Spring is just round the corner."

She asked me questions about the Daniels I couldn't answer. Where did they work? Where had they lived before they moved to Westview? She even asked what church they attended and I repeatedly said I didn't know as I thought, Oh Lord.

I'd met many women like Miss Wanda at home and my friends and I had called them Radio Nigeria.

Another afternoon at the gazebo, I saw a girl my age walking along the main road. She wore shorts and trainers and kept her head down as if she was studying her shadow. She looked up for a moment and came over.

"Hi," she said. "I'm mad."

I was worried until she told me Mad was short for Madelyn. She had purple streaks in her hair. She sat with her heels on the seat and clutched her knees. One of them had a scab.

"It's gross, ain't it?" she said.

She'd fallen during a tennis lesson. She, too, had an accent, but I understood hers more than she did mine.

"How many colleges do you have here?" I asked.

"Huh?" she said.

We went back and forth until I spoke more slowly and was able to find out there was a community college in the city and two others just outside.

"My sister Paige is at the community college," she said. "But she's going to switch soon. She wants to go to Southern Miss in Hattiesburg. Her boyfriend's there."

"What about you?" I asked.

She was a junior at a private school nearby. She'd just been kicked out. Her parents were thinking of sending her to a boarding school in Alabama because they didn't want her to go to the public school in the city.

"How come?" I asked.

"Uh, it's not very good," she said.

She didn't give more information about that or why she'd been expelled, but she implied her parents blamed her boyfriend, Brad.

"We weren't doing anything our friends hadn't done before," she said. "But they think he's trouble because he acts all . . ." She pushed her lips forward. "He's not as bad as he makes out. I mean, he's not juvie bad or anything."

I remembered my old school friends and what we'd gotten up to. If they were thinking about me at all, they would be assuming I was having a better time than they were. Faith would probably still be with Endurance. Success would probably have a new girlfriend—someone who was better behaved than me.

Madelyn asked if I smoked weed and I said no.

"I thought everyone from the islands smoked," she said.

I told her I was from Nigeria, which she hadn't heard of, so I explained that it was a country in Africa.

"Do y'all go on safari there?" she asked.

I said no one did that, but we had national parks and game reserves.

"My dad would like to go on safari," she said. "Bet you have plenty of giraffes."

I said I'd never seen any.

"Oh," she said. "I thought they'd be walking around and eating leaves from trees in your back yard."

Madelyn's father worked for a company outside the city and her mother stayed at home. She felt her parents favored Paige and Paige's boyfriend Chase because they'd been on the cheer squad and football team.

"They're like perfect, perfect," she said.

Her parents didn't trust her and sometimes searched her room for drugs, so she hid her weed in the basement and smoked in what I would call a bush behind the gazebo. She asked if I wanted to go there, but I told her I would do that another time.

"What's on the other side of the trees?" I asked.

"A highway," she said, standing up.

"To where?" I asked.

"Uh," she said, "it depends. If you're heading east it leads to the airport. West will bring you back here."

I stayed where I was as she left the gazebo, checked the main road was clear, and disappeared into the bush.

I didn't see Madelyn after that and assumed she'd gone off to Alabama, but I did see Miss Wanda now and then. She would wheel Miss Betty to the gazebo and we would sit and talk. She told me her late husband was in the military and she had three grown-up children who lived in the city. She was a grandmother, even though she didn't look like one. She wore black leggings and her tops had animal patterns like zebra and leopard. I would tell her she looked nice and she would smile and say, "Oh, you so sweet." Once in a while she would call out, "You doing okay over there, Miss Betty Lou?" But she never got a reply.

She would leave Miss Betty near the opening of the gazebo that overlooked the main road and we would sit on the bush side. Whenever she talked about white people, whom she called Caucasians, she would lower her voice. About Miss Betty's children, she said, "They don't take care of her, but I ain't surprised. They don't take care of their elderly." About the people in Westview, she said, "They don't want none of us living here." About Miss Nancy: "Oh, that woman don't do nothing but get into everyone business." And about another woman who went jogging every day: "She in recovery."

She didn't care for Madelyn or any of the other children of Westview either. They were all rotten, she said. But I trusted her enough to tell her why I was with the Daniels and asked how I should approach Auntie V about my college application.

"You need to be direct," she said. "You also need to find out where she intend to put her baby when you're in school. You can't be looking after nobody baby when you supposed to be studying. And she up in that house acting as if she better than everyone? Chile . . ."

The weather turned colder and Miss Wanda stopped going to the gazebo with Miss Betty. I, myself, no longer went there. I didn't immediately speak to Auntie V about applying for college because, as she got closer to her due date, her hands and feet had become swollen and she was uncomfortable most of the time, even when she was lying down. She hadn't started paying me yet, but she'd taken me to the mall to shop for winter clothes and allowed me to try fast foods nearby. Personally, I thought McDonald's made the best fries, but I preferred Wendy's burgers and found Popeyes' chicken much tastier than Chick-fil-A's.

At home, I noticed Auntie V was spending more time on the phone with Doctor. After their garage argument, their calls were brief. Now, she was telling him about her prenatal appointments and what she'd bought for their baby at the mall.

One afternoon, I was able to bring up the matter of going to college while I was in the kitchen with her. We'd been shopping for groceries and were putting them away. I began by saying that the spring semester would be starting soon, and she asked, "What is this? Why are we talking about that now?"

"I just want to know when I can register," I said.

I was annoyed with myself for sounding timid. I was raised to be polite to my elders, not to be afraid of them.

"Next fall will probably be your best bet," she said. "I've pushed your return date forward to the end of August anyway."

My mouth fell open. I asked if my visa would have expired by then, and she said she would apply to have it extended.

"Isn't it easier to convert it to a student visa?" I asked.

"Gift," she said, "I beg of you. I know you're eager to start college, but try and be patient, please. I have a lot on my plate right now."

I felt as if I was putting pressure on her, so I waited another week before I troubled her again. This time, it was mid-morning and she was on a sofa in the living room with her laptop by her side. She was looking at the screen and scrolling down. She may have been studying for her exams, but I asked if I could go online to research local colleges.

She frowned. "Which ones?"

I said I didn't know, but I was sure they would all have information on their websites. She sighed and said she would search for me. As I waited, she looked online and found one.

"This is the nearest community college," she said. "To apply, you'll need an international student's application form, a copy of your passport, an affidavit of support form, which I'll have to fill out and sign. I'll also have to complete a statement of finances form, and I don't have time to do that. You'll need transcripts from your school and proof of health insurance. You don't have them. Lastly, you'll need to submit ACT scores and you haven't sat the exams yet."

I was standing at a distance, so I stepped forward and asked, "Can I see?"

She said I would only see what she'd read out.

"Maybe I should call the college and ask for a copy," I said.

She said that wouldn't change anything.

I was tapping my foot. "I should call my father and tell him."

I thought that might scare her, but she said it would be too expensive to call Nigeria.

I waited until the next time she went to Winn-Dixie. It was early evening and I watched her reverse her Jaguar and drive off. At first I tried to call my father, but the phone kept giving me a dead tone when I dialed the code for Nigeria. Then I tried to get online using her laptop, but she had a password. After that, I checked every drawer in her bedroom and found my passport and ticket in her nightstand. She kept all sorts there, including a box of AA batteries and laminated novena cards. The room itself was decorated in beige and brown, and had a bed big enough to contain my whole family. I saw sixty dollars in her dressing-table drawer and pocketed it. Then I went to the room I slept in, put on my new jacket and trainers, and walked out of the front door.

I didn't call the police—not because they might end up killing me. I didn't go to a neighbor's house, either, and not because they had guns. Disgracing Auntie V or getting her in trouble weren't options I would consider, just as it never crossed my mind to ask her permission to leave.

I walked until I got to the T-junction with a stop sign. One road led to the gazebo and the other to the entrance and exit of Westview. If I went in that direction, I would end up on Plantation Boulevard and Auntie V might see me on her way back. If I took the opposite road, I would have to go through the bush. Either way, my plan was to get to the highway and take a taxi to the airport.

I headed for the bush. There was no one in the gazebo and I decided to brave it out. The place wasn't that dark at first. The sun was setting and its rays lit up the ground. I squeezed between tree trunks. Leaves slapped my face. Twigs hooked my hair and clothes. One almost poked my eye. I heard a hiss, then a rustle.

I thought it was a snake.

It was Madelyn. I was so shocked to see her I thought my heart had stopped. She was hiding behind a tree. I got close enough to smell her weed.

"You scared the hell out of me," she said.

Her eyes were red and I was breathless.

"I'm trying to get to the highway!" I said. "Am I going the right way?"

"Yeah," she said, pointing. "Keep going."

She seemed out of it and I didn't have time to hang around and chat. She went back to smoking as I continued in the same direction.

The bush got darker and thicker. Soon, I was stomping and lifting my legs one after the other to avoid tripping over the undergrowth. I began to sweat and breathe more deeply. I came to a shallow creek and walked on rocks to get to the bank on the other side.

Imagine how relieved I was to see civilization ahead. My legs ached, my bottom lip tasted salty and my mouth was dry. I had tears in my eyes. They ran down my face as I squinted.

Farther down the highway was a Walmart Neighborhood Market. I waited for a taxi there. Not one showed up. I approached a woman in the parking lot who was loading her minivan with groceries. Its trunk was cluttered with boxes. Her T-shirt had the words "Because I said so" on the front.

"Please," I asked, "where can I find a taxi?"

It took her a while to understand me. She said local cabs were stationed at the airport, and I would have to call one.

I thanked her and returned to the highway. An old man driving a red Ford pickup truck came to a stop at the exit ramp ahead. His truck had an antique tag. He wore a denim shirt and baseball cap. He looked back at me through his side mirror. I had no intention of hitchhiking and nothing would make me go through the bush again. Now I was scared that Auntie V would get home before I did. If she discovered her money was missing, she could call the police.

I walked so fast up the highway I thought my lungs would burst. I stopped to lean over and catch my breath for a moment. I was on a sandy patch with a banner advertising an annual chili bowl cook-off. My trainers were covered with grass and mud. Cars whizzed past. My head pulsated.

By the time I reached Plantation Boulevard, I'd already made up my mind. If Auntie V saw me, I would beg her to send me back home. My father would forgive me and I would just have to face my old school friends.

I said a prayer at the entrance of Westview. A man was walking his dog on a leash. It started barking and I crossed the road. I passed the woman who jogged. She never acknowledged anyone, so I didn't bother to greet her.

I was approaching Miss Nancy's house when I saw her on her front porch. She picked up an Amazon parcel and waved at me. I waved back thinking I was finished.

"Whatch'a doing out here?" she asked, when I was close enough.

I patted my chest. "Running."

"Good for you," she said. "Best time to do that."

She went back inside with the parcel. My legs trembled all the way up to the Daniels' door. I turned the knob and called out, "Hello?"

No one answered and I fell on my knees, forgetting that hardwood didn't give way.

TRINITY

A week before Auntie V was scheduled to deliver by C-section, Doctor finally came home. This was in early December when the weather in Middleton was much colder. The afternoon he arrived, the temperature dropped even further. Three of us were in the kitchen that day and Auntie V stepped away for a moment to turn up the heating. Doctor asked how I was getting on in America and I said, "Fine." He asked if I missed home and I said, "A bit." I considered asking for his permission to call my father, but I didn't want to get on Auntie V's wrong side. When she returned, he asked me, with a smile, "Why are you giving my wife a hard time about college?"

His question irritated me, but I said I was no longer doing that.

"Don't give her a hard time, please," he said. "She's had a difficult pregnancy."

Auntie V shook her head as if he were merely a naughty boy.

Why was I still at their place? Because I didn't want to go back to Nigeria as a failure. I also thought I should try and understand the situation from Auntie V's point of view. Her husband obviously didn't want to be with her; she'd suffered from infertility for years; and she would need help when her baby was born. She would pay me $200 in cash every week from then on. Her cleaner, Miss Lucia, came in on Saturdays so I didn't have to do much housework. Lastly, despite Auntie V's delay in sending me to college, she'd done a lot for me. Apart from paying for my winter clothes, she'd dropped me off at the movies a few times and taken me to an all-you-can-eat Chinese buffet on my eighteenth birthday. She didn't have to do any of that.

On the day of Auntie V's C-section, Doctor drove her to the hospital and I stayed at home. In a way, I was excited to see their baby; in another, I wasn't. Babies demanded a lot of attention, and I was dreading changing diapers especially. I spent the day lazing around and eating. Auntie V had cooked and frozen enough food to last three months. Normally, I would control my appetite so as not to increase her workload, but this time I let myself go because I could always blame Doctor.

He came home in the evening to say she'd had a safe delivery and I congratulated him. At least he stayed married to her. Had they been in Nigeria, he probably would have divorced her long ago and no one would have held it against him. He said Auntie V and their baby girl would remain in the hospital for a couple of days and honestly, my first thought was, Just don't Me Too me.

He left me alone that night—meaning he didn't send me on a single errand. He noticed I didn't eat much and asked why. I told him I wasn't hungry and he said I shouldn't be shy; I could eat as much as I wanted to. Then he loaded the dishwasher himself.

The only time he bothered me was when he took a call from someone who may have been his girlfriend. I was in the kitchen again and he was walking by.

"Yeah," he said. "All right, thanks. Doing what I can. No connection whatsoever. Might as well have been an anonymous donor . . ."

He went to the master bedroom to continue their conversation, and I thought, What sort of woman called her boyfriend on the day his wife had had a child? She had to be trash and he was a fool for speaking to her.

For that, I decided I would no longer smile at him, no matter how nice he was to me. He must have noticed because he came out of the room afterward and asked, "What's wrong?"

"Nothing," I said.

"Don't be so afraid," he said. "I don't bite."

They named their daughter Trinity. I swear I'd never seen a cuter baby, and her feet were so soft I couldn't stop touching them. Trinity was perfect, perfect, but she cried as if she'd never wanted to be born—eyes shut, mouth open and fingers curled. She would start on a high note and by the time she hit the top one, Doctor and I would be running around the house like mad people.

He was surprisingly helpful. He would hold her, rock her and change her clothes and diapers. He wanted to strap her on his back as women did back home, but Auntie V wouldn't allow him. She was still recovering and nursing Trinity, so all she did initially was give us instructions while lying in bed.

I was quite impressed that Doctor obeyed her, even when she wasn't polite to him. Sometimes, she went as far as to criticize his way of handling Trinity and he would remind her that he, too, was a doctor. She would reply, "Yes, but you're not a pediatrician."

She was more lenient with me, or perhaps I was just better at taking care of Trinity. I basically followed the girl's lead. If I didn't, she would let me know by crying. Rocking didn't help to quieten her; patting her back did. I became so good at putting her to sleep that her mother moved her crib into my room temporarily. I called it mine now I was working for her, but I soon got tired from not having a full night's rest, and the woman didn't seem to notice or care.

I had a baby monitor in my room and she had an audio unit in hers. She would wake up whenever Trinity cried and stagger into my room to check up on her. I would change Trinity and she would feed her before handing her back to me. Doctor was the one who would offer to take over completely, but I would tell him not to worry as Trinity would only start crying again.

Really, I didn't want him coming into my room while I was in my nightie. I even started wearing a bra to sleep—not that he ever looked at me in a funny way. If anything, I got the impression he saw me as a child. But, overall, he was more considerate than Auntie V, and maybe that was why I felt guilty for taking her side when they had another argument.

They were in their room that afternoon, and I was in mine. She found a text on his phone and he said it was from a colleague. She said he was lying and he denied it. Listening to them was like eavesdropping on my parents fighting.

"You disgust me," she said.

"Thank you," he said. "You've made that very clear."

"Shut the hell up," she said. "What do you expect? You have a decent wife at home, and you're chasing trash outside. She's trash! You hear me? So are you! Where would you be without me? Who paid for your ticket to come here? Who supported you while you studied? You'd be stuck in Nigeria without me."

Doctor didn't say a word, but I could imagine him standing still as she circled him. I knew she was saying whatever she could to hurt him back.

"I should never have married you," she continued. "This is what happens when you marry someone who's beneath you. You try and pull him up, and he'll only end up letting you down."

"Let me go, then," Doctor said.

"I will!" she said. "You're finally free! I have my child. But I won't let you leave that easily. I will make life hell for you. I'll take half your money. Yes. Let's see how long that stupid whore will stick around after that. As for my child, you won't see her if I can help it, and every cent she gets from you will remind you of what you did to her mother."

Trinity started crying and I hurried over and picked her up. I didn't want her parents coming into my room in that state. I wouldn't know how to cope. Thankfully, neither of them showed up as I managed to calm her down.

I stayed in my room that night. I didn't feel like eating with the Daniels. The next morning, I found out that Doctor had moved into the guest room and from then on, he and Auntie V spoke to each other through me. So for instance, in the living room, she asked me to pass Trinity's blanket, which was right next to him. Then, later on, when Trinity started crying, he asked me if she was hungry, and I said, "No," as I thought, Can't you ask your wife?

They both got on my nerves, especially when they competed over holding their daughter. Once, when Auntie V had her turn, Doctor left the house in the Range Rover without explanation. I suspected he did that to call his girlfriend in private. Auntie V was fuming at home, meanwhile. I heard her speaking to her sister, Auntie Angie, in Nigeria. "He's a stupid man," she said. "He's still sneaking around. He thinks I'm playing. He doesn't know me yet. By the time I finish with him, he'll regret what he's done for the rest of his life."

If you'd seen the Daniels at Trinity's christening, you would have described them as a happy couple. Overjoyed, in fact. But if you'd looked closely enough, you would have noticed that they rarely spoke to each other.

They both wore green traditional outfits which Auntie Angie had brought from Nigeria when she traveled to Middleton with me. She couldn't attend the christening because of work. Auntie V was upset about that, but she and Doctor had invited friends and relatives who flew in from other states. Trinity's godparents, Uncle Mike and Auntie Kate, drove down from Atlanta with their daughters who were eight and ten. Uncle Mike was an ER physician and Auntie Kate an intern. They wore green outfits as well; so did some of the other Nigerian guests. Trinity was in a cream-colored gown with lace trims. I was in one of Auntie's V's sweaters and my striped maxi skirt. They were the only clothes I had that were appropriate for a christening.

Miss Nancy, the Daniels' next-door neighbor, was there with her husband and sons. That was the first time I saw her hair down. She wore a light-blue dress and her husband a navy suit and red tie. Their sons were in navy sweaters and khaki pants. She introduced herself and her family to the Nigerian guests and apologized for mispronouncing their names. They cheerfully corrected her. She complimented them on their clothes as her husband crinkled his eyes.

The Nigerians outnumbered everyone. The Americans were mostly Auntie V's colleagues. Some of them watched with interest as the Nigerians paraded themselves; others didn't seem as impressed. There were quite a few children around, but no one my age. I thought about my friends back home. I'd had plenty of them and could easily have walked down the street and found someone to talk to. Instead, I'd texted them or chatted with them online. Now, I couldn't say much to anyone without Auntie V interrupting. She'd never once told me to be careful about what I said, but she was quick to answer questions addressed to me.

After the christening, Miss Nancy cornered me as we walked out of church, and asked, "Where's your Nigerian outfit?"

I said it was too cold to wear one. The few I'd brought with me were still in my suitcase. She said that winter was far worse up north, where it snowed and temperatures could fall below zero degrees. I'd not yet seen snow, but I'd seen bare trees and heard some strong winds. We'd had a few thunderstorms and tornado warnings, but no touchdowns yet.

"You can always wear them in the summer," Miss Nancy went on. "It gets real hot then, probably as hot as Nigeria. Will you still be around?"

Auntie V leaned over and said, "Yup."

Miss Nancy and her family didn't stay long at Trinity's reception, which was held at a restaurant she'd recommended. It had indoor brick walls and long wooden tables. Auntie Kate got the owner to play an Afropop mix CD to liven the atmosphere.

He was a hefty white man with a bushy beard. His restaurant had a partially open kitchen and as he talked about his interest in world music, I couldn't help but notice that his cooks were black and his servers were white. They'd laid out a Southern-cuisine buffet with the whole works—cornbread and biscuits, crab cakes and deviled eggs, fried green tomatoes and okra, fried chicken and catfish, mashed potatoes and candied yams, collard greens and black-eyed peas.

I sat at the end of a table by Trinity's stroller and ate. She'd been passed around so much she'd cried herself to sleep. For drinks, we had sweet tea, lemonade, mimosas and Bloody Marys. For dessert, peach cobbler and bread pudding. You'd think the Nigerians would be satisfied, but Auntie Kate told Auntie V off for not having any jollof rice.

"You should have asked me to prepare some," she said. "I would have done it for you."

She and her family were staying at a hotel that most of the Nigerians were booked into. The evening before, she'd brought over a cooler of fresh beef and chicken from an international farmers market in Atlanta and stayed for a while with her family. Early in the morning, she'd come back without them, this time to help Auntie V tie her gele, but she would never have been able to cook dressed as she was. Her gele was tied in hand-fan style. Her heels were about six inches high and her outfit was so tight she couldn't walk properly.

It was easy to think Auntie Kate was the one in charge in her family because she had a bossy manner, but she'd fixed plates for her daughters and Uncle Mike before serving herself.

"Vicky has become a real Mississippian," Uncle Mike said.

He looked subdued and had a habit of pushing his glasses back.

"Seriously," Auntie Kate said, "what is this cornbread and biscuits about? What about some moimoi and akara?"

Auntie V laughed. "I had no time to cook!"

"No one expects you to," Auntie Kate said. "But you could have hired a Nigerian caterer."

"Where?" Auntie V asked. "That's for you people in Atlanta who have parties every weekend."

"I know a good one in Jackson," Auntie Kate said. "I would have called her if you'd asked. She bakes moimoi in cupcake trays and makes akara like waffles."

"We eat our food all the time," Auntie V said. "Why can't we try something different for a change?"

Auntie Kate waved her hand. "You-sef, Vicky, you're too stubborn. I don't know what you're still doing here. You should have moved to Houston and joined your husband long ago."

Doctor stared at his empty plate. Two boys ran around the table. Auntie Kate's daughters danced to Yemi Alade's "Johnny."

I was glad Auntie Kate was giving Auntie V a hard time, even though I couldn't understand why. Nigerian women of their age were strange in that way. No matter what they achieved in their careers, they still had to prove to each other that they were wonderful wives and mothers.

Doctor left in January. He packed some of his personal belongings in the Range Rover and drove to Houston. He told Auntie V he would return the car and pick up the rest when he had time.

This was just after President Trump made that comment about shithole countries. I remember it as one of the moments the Daniels spoke to each other.

I was in the living room with them that evening, and we'd just finished watching the news clip.

"The man is such an idiot," Doctor said.

"He's not lying," Auntie V said.

"Even if it's true," he said, "does it mean he should open his big mouth and say such a thing?"

"Small mouth," she said.

It was hard to figure out if she actually supported the president, but I'd been on enough drives with her to recognize America had holes of its own. I'd seen trailer parks in Middleton that made me wonder if I was back home, and she herself had once said the water in parts of Jackson was so contaminated with lead that it wasn't safe for anyone, let alone children, to drink.

She was probably just pretending to Doctor and she was an expert at doing that. After he left, she often called Auntie Angie to talk about him, and that was when I found out how she felt about their separation. I was eating in the kitchen one afternoon when I heard her say, "I'm relieved he's gone more than anything else. I should have made the decision before he did. He was just holding me back." Then, a few days later, while I was in my room, I heard her say, "My whole body is paining me. I can't sleep at night. I don't know how I'm going to manage on my own."

I could see why she was in two minds about Doctor. I was in two minds about her. I needed her, yet I wanted to get away from her. I disliked her and felt sorry for her at the same time. Her marriage was so over she didn't even celebrate the holidays with her family. All she did was take Trinity and me to the mall to buy onesies and "My First" bibs for Thanksgiving, Christmas and New Year.

Trinity didn't adjust well to her father's absence. She cried more often after he left. Auntie V was feeding her formula now and she was getting chubbier and heavier. She slept for longer hours at night, but I was still tired from waking up to change her. Even though she didn't poop as much as she had before, her poops were thicker and smellier. Each time I changed her diaper, I held my breath for as long as possible.

Auntie V, meanwhile, was studying harder. I could understand why she was determined to pass her exams on the first sitting, but she was depending on me more than usual and I, too, needed to study, for my ACTs. We both played with Trinity. She bathed her and prepared her bottles. I fed her, changed her diapers and did her laundry. Her mother's schedule was more predictable than mine, which made it difficult to plan my day.

I asked Auntie V when I could sit the ACTs. This was on a day she hadn't been studying. She'd been out grocery shopping and I'd been home with Trinity, who was sleeping. It was early evening and she was putting baby formula away in a kitchen cupboard.

"Goodness, this girl," she said. "You won't let me rest."

I wasn't falling for that. She'd had more sleep than I had.

"I want to be as successful as you," I said.

I was ashamed of myself for sucking up to her.

She frowned. "What kind of talk is that? Do you think I got where I am easily?"

I wasn't buying that, either. She could say whatever she wanted. We were equal in America.

"I'll get there small by small."

That was to show her she couldn't stop me.

"Gift," she said, slamming the cupboard door. "You see what I'm going through. I've not hidden anything from you. I've got a new job ahead, which means I won't have as much time to study. You know all this, yet you can't even pity me."

I began to cry—only out of frustration. I tried to control my tears, but I trembled and my nose ran. After a moment, Auntie V walked over and hugged me.

"Okay, that's enough," she said. "I'll get you an ACT prep book, if that's what you want. Enough, I said. I'll get you a book to study with . . ."

No "You can use my phone to call home." No "You can use my computer to email your friends," but I was so relieved I thanked her.

I saw Madelyn in the gazebo. This was about two months later, in March, when the weather was milder. Early mornings were overcast, but by mid-morning, the sky usually brightened up. I no longer needed to wear my winter coat outside. I had on a sweatsuit to keep warm. Madelyn wore a hoodie and jeans and she had a tan. Trinity was in her carrier, wrapped up in a blanket. I'd brought her out to get fresh air. The deck in the Daniels' back yard would have been a better place to sit, but it had carpenter bee nests and Auntie V hadn't had time to get rid of them. She was studying at home and I was reading my ACT prep book.

Madelyn offered her forefinger to Trinity, who gripped it, to her surprise.

"Hey!" she said. "She's real strong for a baby!"

Trinity was developing fast. She didn't need constant neck support anymore, but her head wasn't quite steady. She was already trying to prop her shoulders up whenever I put her on her belly.

"When did you have her?" Madelyn asked.

I laughed. "She's not mine!"

"Duh," Madelyn said, pulling a face.

I'd actually missed the crazy girl. She was on spring break. She and her family had just come back from Orange Beach. She wasn't enjoying the boarding school in Alabama because her roommates were weird. I asked how and she said, "They're artsy-fartsy."

One was in the drama club and the other was editor of the school magazine. They were both concerned about global warming and Madelyn didn't believe it existed.

"Do you still smoke weed?" I asked her.

"Yeah," she said, crossing her legs.

Other students in her school smoked it, too; they had places they could hide.

In a way, I was glad that I was busy looking after Trinity and studying. I hardly had time to think about my family, let alone my old school friends. I rarely even thought about Faith or Success anymore.

I asked about her boyfriend Brad, to find out how she was coping with their long-distance relationship.

"We broke up," she said.

"Why?"

"He started talking to a girl here and I was like, 'Nah.'"

"How did you feel?"

She shrugged. "It hurt, but there's no point whining about it."

She'd moved on from Brad. She was now into sexting.

"Isn't that dangerous?" I asked.

"No more than real sex."

"It can destroy your reputation."

"So can real sex."

I advised her to find a safe way to sext.

"Uh, how would that work?" she asked.

"Using an app," I said. "To protect your identity."

She laughed. "Like a sexting condom?"

"I'm sure there's one," I said.

She said she would look into it.

"You're real smart," she added.

Madelyn was the one who told me it was possible to sit the ACTs several times. She also suggested I take prep lessons to improve my scores. I wasn't surprised that Auntie V hadn't given me this information. Whether she couldn't be bothered to look it up or she was deliberately withholding it from me, I decided to get as much out of Madelyn as possible. I asked for more advice and she said I didn't have to restrict myself to the local community college, which only offered two-year courses; I could attend a four-year college. I said I wouldn't be in America long enough to complete one.

She'd wanted to be a vet because she loved animals, but her grades weren't good enough. Now, she wanted to be a speech therapist. We were talking about her plan to apply to the University of Alabama at Birmingham when a white truck appeared on the main road.

"Dangit," she said. "My mom."

The truck came to a stop and her mother lowered the window. She had short brown hair and a square-shaped face.

"Madelyn!" she said. "Come over here, right now!"

Madelyn raised her arms as if to ask, "What for?"

"You better come over here, young lady!" her mother said.

They went back and forth, her mother insisting and Madelyn refusing. I couldn't quite catch what they said each time, because the faster they spoke, the stronger their accents got.

Trinity soon started to cry so I took her out of her carrier. Madelyn's mother opened the door of her truck and jumped down. She was short and muscular and marched to the gazebo.

"You always manage to find trouble," she said when she reached us.

Madelyn stood with her hands on her hip. "She's not a teen mom or anything!"

I was confused. Who had said that?

"I'm not talking about her," her mother said, her face reddening.

"Yes, you are!" Madelyn said.

"Keep your voice down," her mother said.

"We were just talking!" Madelyn said. "She lives here! She's allowed to use this place!"

I was even more confused. How did our conversation turn into a civil rights campaign?

"Oh, hush and get in the truck," her mother said.

"Just admit it!" Madelyn said. "You think I'm out here buying weed from her!"

"Madelyn . . ." her mother warned.

Even I knew it was time to leave. I put Trinity back in her carrier, picked up my ACT book and got the hell out of there.

I didn't tell Auntie V what happened because she might end up holding it against me. I could just imagine her banning me from going to the gazebo after that. But one afternoon Miss Nancy came over and, in no time, managed to expose me.

She rang the bell and I answered the door. As usual, she was in gym clothes and her hair was in a ponytail. She said she was just checking up on Auntie V and Trinity.

I saw her in and went to get Auntie V who was sleeping in her room. It was rare for her to take a nap at that time, but perhaps she was tired from studying.

"What does she want?" she whispered.

In a low voice, I repeated what Miss Nancy had said. She reluctantly got out of bed as I returned to the kitchen to tell Miss Nancy she would be out in a minute.

"How've you been?" Miss Nancy asked me.

I said I was fine. I was so used to saying that, I didn't think about what it meant. I was actually miserable, and didn't care if it showed.

"Sure?" she asked. "You don't seem very happy."

Miss Nancy was the sort of person who thought something had to be wrong if you weren't as cheerful as she appeared.

She looked me over. "You've lost a bit of weight as well."

I, too, had noticed my jeans were getting looser. But, like Auntie V, I wore baggy sweatsuits. I didn't even have time to do more than cornrow my hair every week.

"I was speaking to Madelyn's mom the other day," Miss Nancy went on. "She said she'd seen you in the gazebo and wondered who you were. I told her you were just delightful. If anything, Madelyn's the one to watch out for."

She winked. The whole place was full of Radio Nigerias, I thought.

Miss Nancy organized Ladies of Westview events at her house, and Auntie V had attended one during the holidays. She took a Christmas tree ornament to play Dirty Santa and I later heard her telling someone on the phone that all the ladies did was talk about other neighbors.

Auntie V came out of her room, tightening her dressing-gown belt. She wasn't yet back to her pre-pregnancy weight and occasionally joked about her flabby stomach. She'd talked about doing sit-ups and other exercises to get back in shape, but hadn't got round to starting a regimen.

"Hey, Nance," she said, sleepily.

"Hey!" Miss Nancy said. "Did I wake you?"

I returned to my room, hoping she wouldn't bring up Madelyn, or her mother. As usual, I could hear their conversation, and even without actually seeing them, it was easy to tell when Auntie V was pretending.

"I'm so exhausted," she said.

"That's to be expected," Miss Nancy said. "When's Jon coming home next?"

Auntie V sighed. "He'll be away for a while."

"Gosh," Miss Nancy said. "I don't know how you do it."

She sounded just as fake. I wondered why they bothered to be friends as Auntie V kept stressing how tired she was and Miss Nancy kept promising she wasn't going to stay long. She gave Auntie V obvious tips on boosting her energy level, like resting while Trinity slept. Then she said Auntie V would know what to do as a doctor anyway. Auntie V took her to Trinity's room and from then on, all I heard were the noises Miss Nancy made. At first she "Ooh"ed and "Aah"ed, then she said, "Buh-buh-buh" over and over.

I sounded just as silly when I played with Trinity. I sang nursery rhymes like "Twinkle, twinkle, little star" and "Baa, baa, black sheep" to her.

I'd done the same for my younger brothers until they were old enough to request them. "Sing 'Tween-koo, tween-koo,'" they would say, or "Sing 'Baba-blashy.'" I wasn't always patient. I once lost my temper and yelled, "Every day it's 'Sing this,' 'Sing that'! Am I your record player?"

Trinity would just listen and watch my face, and if I repeated an action like touching my nose or covering my eyes, she would laugh. She was also intelligent for a baby.

Miss Nancy had barely left when Auntie V came to my room to interrogate me.

"Why are you losing weight?" she asked.

That threw me, but I said I wasn't.

Then she asked, "What was Nancy saying about Madelyn's mom?"

I said I'd met Madelyn in the gazebo and we talked until her mother gave her a lift home.

"Keep away from that girl," she said. "She abuses drugs. As for her mother, she's a redneck. You can't trust any of them."

Auntie V went back to work in early April, after Easter. All she did during that holiday was call Auntie Angie in Nigeria and spend hours on the phone insulting their brother and Doctor.

"Nigerian men are sick," she said. "Sick in the head and selfish, but it's not them I blame. It's their mothers."

She later talked to me about making a fish stew for Good Friday, but never got round to it. She also talked about going to Mass on Easter Day itself, but changed her mind in the end. She hadn't been to church since Trinity's christening.

I started looking after Trinity full time, and studying for the ACTs became more difficult during the day. Apart from having little opportunity to do so, I was having trouble with English for the first time because American punctuation and spellings were different from what I'd been taught. I also had problems with math and science, which had never been my strongest subjects.

One night, I was going through some math practice questions in my room when Trinity began to cry. I just wasn't in the mood to comfort her as I normally would. Her mother was at home, so I stayed where I was until she called me to the living room to say Trinity had pooped. The changing table was in Trinity's nursery. She was sleeping there now, which meant that whenever she woke up, I had to walk all the way over. The baby monitor was in her nursery, and her mother and I had audio units in our rooms.

"You're slouching these days," Auntie V said, as I took Trinity from her. "Stop slouching. That's not what I brought you here for."

I didn't apologize. If she'd been watching me, I'd been watching her. After Doctor left, she plodded around the house and stopped taking care of her appearance. Her braids got so rough she had to wrap them up until she had them redone. These days, she got up on time every morning and wore pants and untucked shirts to work. She was back to looking tidy. She was also meticulous about preparing Trinity's bottles, which she washed and sterilized overnight, and filled with formula before she left. In the evenings, she gave Trinity her full attention, whether she was playing with her or bathing her. But she was distracted in other ways, often forgetting to add salt to her rice and misplacing her wallet or cell phone.

In the nursery, I opened Trinity's diaper. Her poop looked like peanut butter and smelled like a rotten egg. If she was only kicking, my job would have been easier, but she was crying as well, and I may have been a bit careless in handling her because I accidentally scratched her—near her anus, of all places.

She screamed and within seconds Auntie V ran into the nursery.

"What happened?" she asked.

I said nothing had, but my expression must have given me away because she pushed me aside and checked Trinity. When she was satisfied I hadn't harmed her, she finished changing her and picked her up. Trinity was sobbing now.

"What did you do to her?" she asked as she patted her back to comfort her.

I said I'd done nothing.

"That was no normal cry," she said. "If you hurt my child, you'd better confess."

I said I would never hurt her.

When Trinity stopped crying, Auntie V said, "Listen, I recognize child abuse when I see it. If I notice any scars or bruises on any part of her body by tomorrow, you'll be in big trouble with me."

I looked away so she wouldn't notice my guilt.

She slept with Trinity that night. I couldn't sleep, imagining that a scar or bruise would appear. In the middle of the night, I got up and cut my nails. Then I panicked over getting rid of the only evidence that might save me.

Early the next morning, I came out of my bedroom

when I heard Auntie V moving around the living room. She was holding Trinity who watched me as if she knew what was going on. I greeted her mother. She didn't reply. Instead, she reached for Trinity's bib on a table and took her time attaching it.

"Something happened yesterday," she said. "I can only hope you made a mistake, but be very careful with my child from now on. I mustn't hear her scream like that again. If she does, I won't ask questions next time. You understand me?"

I nodded as she wiped the drool around Trinity's mouth with the bib and handed her to me. Trinity smelled of baby soap. I smoothed her hair and promised myself I would never handle her carelessly again.

News of the Daniels' separation must have spread to their family and friends because Auntie V began to spend a lot of time defending herself on the phone after she returned from work. I didn't think she deserved to be put in that position, but I didn't feel sorry for her either.

She was in the living room with Trinity one evening when I heard her say, "I never banned his family from our house. What I said was I didn't want any of his relatives coming here and overstaying their visa. Because so many of them wanted to live in America! Ask him. He said so himself. So what is he talking about?"

She went on about her in-laws in Nigeria. She felt they demanded too much money from Doctor and caused some of their problems by taking his side. I thought about my own visa, which was about to expire.

She was yet to apply for an extension and I would soon be out of status.

Another day, she was in the garage when I heard her say, "Jonathan is such a liar. When? In front of whom? Why would I put him down in front of anyone? The girl was in her room and we were in ours. How could she have heard us? How long has she been with us anyway? So he's using that as an excuse for why he left? I'm sorry, but the man is incapable of telling the truth."

It gave me some satisfaction to know Doctor was still making her unhappy. I'd reached a point where I couldn't stand the sound of her voice or even the sight of her. If she talked to me, I averted my eyes. If she walked by me, I moved as far away from her as possible. Our hands touched whenever she gave Trinity to me or vice versa. I could honestly say I would have preferred to be burned.

I didn't always know who she was speaking to on the phone, but she sometimes mentioned names and Auntie Kate's kept coming up.

Not surprisingly, Auntie Kate herself drove down from Atlanta the following weekend. This time she came bearing fresh fish—tilapia and croaker. She claimed she'd come to see her goddaughter, but spent most of her time trying to persuade Auntie V to make up with Doctor. Sometimes I listened to them in my room and other times I was with them in the kitchen or living room.

Auntie Kate had on a curly wig that frightened Trinity. Every time she appeared, the poor girl turned her face away. Once, while I was holding Trinity in the kitchen and they were both in the living room, Auntie Kate said to Auntie V, "Hey, Vicky, what am I going to do? Your daughter doesn't like me."

"She's just not used to having you around," Auntie V said.

"Trin-Trin," Auntie Kate called out.

Trinity looked in the direction of the living room and immediately turned her head back as if to say, "Who is 'Trin-Trin' to you?" She cried so loudly I had to take her to my room to feed her. From there, I heard them talking about me.

"How's that one doing?" Auntie Kate asked.

She must have referred to me that way because Auntie V had bad-mouthed me.

"I'm watching closely," Auntie V said.

"Monitor," Auntie Kate said. "It's the best way. That's why I put both of mine in day care."

"I can't find one with flexible hours," Auntie V said.

"Stick to the rules, then," Auntie Kate said. "No college until you're sure it's working out. No phone calls, either. I told you about that woman in Atlanta. Brought someone over. Gave her a phone. The girl ran up a bill calling home."

"This one won't do that," Auntie V said. "My landline doesn't allow international calls, anyway. Coldness is the issue I'm dealing with. But I lived with a cold man. A small girl isn't going to intimidate me."

She had to know I was listening and I was upset Auntie Kate was encouraging her to be stricter with me.

I treated her as a traitor from then on, answering her questions briefly, in case she ended up reporting me.

Auntie Kate eventually gave up trying to bond with Trinity, but continued to advise her mother. She'd come prepared with old-woman tactics like, "Go back to your husband for your child's sake."

Auntie V wasn't ready to hear any of that. At first she said, "Well, Angie told me it was time for him to leave." Then she added, "So long as I have my sister's support, that's all I need."

"I support you," Auntie Kate said, raising her voice. "I support you fully. But how do you expect me to feel when my two closest friends are about to split up? I was there when you got married. I saw what you went through to have Trinity. I was there at her christening. How do you think I feel?"

Auntie V, too, spoke louder. "You see? This is the trouble with Nigerian women. We're not honest with each other. You're sitting here telling me to make up with a man who walked out on me. Did he tell you he wanted me back?"

"He does," Auntie Kate said. "Men don't know what they want."

"He made his decision," Auntie V said. "He just doesn't want to deal with the consequences, which is why he's going around telling lies."

"I begged you to go to Houston," Auntie Kate said.

"I would have gone there eventually," Auntie V said, "if he hadn't done what he did."

"You never told me," Auntie Kate said. "If you had, I would have asked Mike to talk to him."

"About what?" Auntie V asked. "Someone needs to tell him not to cheat on his wife?"

"You-sef, Vicky," Auntie Kate said, after a pause. "You should have told me what was going on."

She was another pretender. I wondered if I'd reach a certain age and become like them. She finally stopped going on about Doctor when Auntie V said his girlfriend was welcome to have him.

The weather got even warmer by the end of April and I continued to take Trinity to the gazebo for fresh air. Despite my tiredness, I was looking forward to summer. Early spring had been unpredictable with its cold mornings, warm afternoons, storms and tornado warnings. Indoors, Auntie V was constantly switching from air conditioning to heating and adjusting the thermostat. Now, the temperature outside was more stable and more of our neighbors were walking, with or without their dogs. The trees in Westview were thick with leaves. Mr. Mitch, the Daniels' gardener, was often around trimming shrubs and mowing lawns. Occasionally, I would spot a rabbit hopping across the back yard. Birds were chirping, frogs were croaking and I was stuck indoors because Auntie V still hadn't gotten rid of the carpenter bees on the deck.

One Thursday afternoon, she came back from work early and asked me to take Trinity to the gazebo for a couple of hours. She said she had workmen coming over and would be at home the rest of the day. It didn't make sense because Trinity and I could easily have moved around the house. I didn't feel like sitting in the gazebo for that long, and I was sure Trinity wouldn't appreciate it either.

She preferred car rides. Whenever we went on one with her mother, I would sit behind with her and the motion would lull her to sleep. I, too, enjoyed our rides because Auntie V played old CDs by Mariah Carey. "Heartbreaker" was the only song I knew.

I got to the gazebo and saw Miss Wanda and Miss Betty there. Miss Betty was in her pink cardigan and Miss Wanda was in her usual animal-patterned top and leggings. Her hair was in a braided bun. I took Trinity out of her carrier to show her off and she gave them a smile. She was looking cute in a lilac onesie.

"She's so precious," Miss Wanda said.

Miss Betty's reaction was a shock. She pressed her palms together and widened her eyes. I didn't know she was capable of showing emotion. Miss Wanda and I left our charges side by side in their wheelchair and carrier and went to our usual spot to talk.

"I can't believe she got you looking after her baby while she at home," Miss Wanda said.

I mentioned the workmen, then I told her I was struggling with my ACT preparation.

"You gotta demand more study time," she said.

I said Auntie V would only make life more difficult for me.

"You have to if you wanna do well," Miss Wanda said. "I see her driving her nice jeep around. She didn't get that car by not taking her education seriously."

Miss Wanda obviously had a grudge against Auntie V, but I didn't care.

"Where her husband at anyway?" she asked. "I ain't seen him in a while."

I said they'd separated. Then, to get back at Auntie V, I added, "He was cheating on her."

Miss Wanda blinked slowly. "Well, I ain't surprised."

She kept insisting I should be more direct with Auntie V. But she didn't know who I was dealing with. Being direct wouldn't work. My only option was to approach Auntie V subtly and take things step by step. First, I would ask if I could take the ACT prep lessons, then I would ask her to extend my visa.

When I returned to the house later that day, I gave her enough time to settle down. She was blowing what she called raspberries on Trinity's belly in the living room, and Trinity was laughing. She was attached to me, but loyal to her mother. She cried whenever her mother left for work. She never cried when I left her with her mother.

Auntie V's gentle tone caught me off guard when I asked about the ACT prep lessons.

"Gift," she said. "You should know I can't afford to pay for them."

I said I understood, but my heartbeat was quickening.

"What happened?" she asked. "Have you been speaking to that girl again?"

I denied seeing Madelyn and brought up my visa extension.

"Goodness," she said. "I've been so busy I haven't had time to do that yet, but I promise I will."

She went back to blowing raspberries on Trinity's belly and I left the room.

I was angry with myself again—this time, for being fooled. The woman never had any intention of sending me to college. She wanted to employ me for the year and get rid of me after my visa expired.

Why did I stay after that? Because, the way I saw it, failing the ACTs would give Auntie V the perfect excuse to send me home, so I just had to make sure I passed them.

As soon as she left for work on Friday, Trinity started crying again. Then she had that moment of silence when babies breathe in, after which they get louder. The noise she made was enough to make me cover my ears, but I didn't let that stop me. I put her in her crib, shut the nursery door and went to my room, where I turned off my baby monitor audio unit and began to study.

It was impossible to. I could still hear Trinity. I put my book aside and hurried to her nursery. The girl actually looked as if she was being tortured. That was when I realized how well I'd taken care of her. It was the first time I'd left her to cry. She continued to throw a tantrum after I picked her up. I tried singing, but that didn't work. I called her name, but she didn't look at me. She soon began to cough, then she choked and vomited milk on her clothes and mine. I patted her back until she stopped crying, cleaned her with a washcloth and changed her before I took off my own clothes. After that, I attended to her whenever she cried.

Auntie V came back from work and asked why I'd

changed Trinity's clothes. I simply said she'd vomited. She checked Trinity's temperature and seemed satisfied that she was all right. As usual, I gave her time to settle down and eat dinner. Then I left her and Trinity in the living room and went to my room.

A few minutes later, she walked in alone. She didn't even bother to knock. I was lying on my bed and I knew I was in trouble as soon as I saw her face.

"Gift," she said. "What happened today?"

"Nothing," I said, sitting up.

She narrowed her eyes. "Don't lie to me. You know how much I hate that. Tell me what happened after I left the house."

I wasn't sure what she'd found out. Perhaps Miss Nancy or some other nosy neighbor had heard Trinity crying.

"This is your last chance," Auntie V said. "I'm not going to ask again."

I rubbed my hands together. "I don't—"

"Stand up!" she ordered.

I did as she said, but kept my head down.

"Look at me," she said. "*Look* at me. Did you leave my child in her room while she was crying?"

I completely denied it.

She lowered her voice. "I caught you on camera. Oh, you didn't know I was filming you, did you? One day after installing it and this is what I find out."

The workmen now made sense. So did her conversation with Auntie Kate about monitoring me.

"What about the other day?" she asked. "Did you hurt her?"

I shook my head, but she pushed me so hard I fell back on the bed.

"Liar," she said in a hoarse voice. "I'll have you arrested. You'll be charged with child neglect and abuse. You'll end up in prison and you'll see what will happen to you there. But until you admit what you did, you will not eat in this house. You will stay right here."

She locked me in my room. I later heard her speaking to Auntie Kate on the phone. "Nigerians are terrible people," she said. "Terrible. It doesn't matter what you do for them, they end up letting you down. You should have seen her face when I caught her, little devil."

Oddly enough, Trinity didn't cry for the rest of the day and I was in such a state I thought she was doing it on purpose to make me look worse.

On Saturday morning, Miss Lucia came to clean the house. I heard the doorbell ring at about eight o'clock. Normally, she cleaned my room before the living room, but Auntie V told her not to.

"Gift is sick," she said.

Around this time, she would leave Trinity with me to go grocery shopping, but my door was still locked. I heard Miss Lucia vacuuming. Then I heard her speaking Spanish and pictured her with her cell phone and earpiece. She sometimes called home, especially if she needed her son to translate her conversations with Auntie V. All she ever said to me was, "Hello, how are you?" I would answer, "Fine," and she would carry on with her tasks.

After Miss Lucia left, Auntie V unlocked my door and walked in and stood by my bed. She was in her dressing gown. Her face looked gray, as if she'd washed it and forgotten to use lotion.

"Are you ready to talk?" she asked.

I sat up and confessed. I even told her the location of the scratch. Then I told her I wanted to go home.

"Why didn't you say this before?" she asked.

I shrugged. If she didn't know, I wasn't going to tell her.

She stepped aside. "You're free to go."

I looked past her at the open door. Part of the kitchen was visible and I wasn't sure what came over me but I opened my mouth to say I didn't want to leave.

"Why not?" she asked.

I didn't answer.

"Gift," she ordered, "go and get something to eat."

I said I wasn't hungry, even though I was.

"I'll send you home if you want," she said, "but not like this."

I told her I would go home when I was ready. She stared at me for a moment before walking out of the door.

Later that afternoon, I heard her talking to Auntie Kate again. "The girl let me punish her for no reason," she said. "Now I'm telling her the punishment is over, she's insisting on prolonging it. I don't understand."

I didn't either, except that maybe, for once, I felt as if I was in charge of her and not the other way around.

For the rest of the day she left me alone. I listened to my heart thudding against my ribs. My stomach ached and groaned. I wriggled my toes and flexed my arms. I refused to give in. To what, I didn't know, but I started making triangles with my fingers to occupy myself and found them comforting.

On Sunday morning Auntie V came back to my room. I now desperately craved food, but I took regular sips of water from my bathroom sink.

"You have to eat something," she insisted. "You also need to drink fluids."

I said I wasn't interested in doing either.

She got impatient and pointed at me. "I will not be held responsible for this!"

I turned over in bed, so my back was facing her. She walked out and slammed the door.

After that, I spent time studying the room. There was a bronze ceiling fan, pressed ferns in picture frames on the walls and metallic vases on the chest of drawers. Through the window blinds, I watched clouds go by in the afternoon and observed how the sky darkened in the evening. I was glad whenever Trinity cried. If I wasn't so weak I would have laughed every time I heard her.

Monday morning came and Auntie V didn't go to work. She made several phone calls inquiring about day-care services nearby but didn't seem satisfied with any of them. I was still drinking tap water every time I went to the bathroom, but I would have demolished even a stale piece of bread.

At lunchtime, Auntie V came to my room once more and said, "Okay, now you're just being silly.

I don't know what you're playing at, but if you don't eat anything by the time I come back, I will definitely not send you home. I won't be accused of starving anyone."

My stomach rumbled so loudly she heard.

"I'm off to Winn-Dixie with Trinity," she said. "While we're away, just remember the alarm is on and if you leave this house, it will go off."

As soon as she left home, I got out of bed and went straight to the kitchen. I guzzled and gobbled everything in sight—water; orange juice; milk; Coca-Cola. An apple; a banana; seedless grapes. My mouth turned cold, sour, sweet, slimy and prickly. I didn't stop until I was full, after which I was ready.

The alarm went off the moment I opened the front door. I started running in the direction of the gazebo, and as I got nearer, I saw the person I was looking for.

"Miss Wanda," I shouted.

She was there with Miss Betty. She turned around as I sprinted toward them.

"Oh my word!" she said.

I remember falling into her arms. I remember how warm she felt and how tightly she held me. I remember Miss Betty watching us as I told her what had happened.

Miss Wanda never actually called the police. They showed up because of the alarm. When they arrived, she said I should go and talk to them while she watched Miss Betty, but I didn't want to leave without her.

"Go on," she said. "I'll be right here."

She warned me to walk slowly and make sure my hands were visible. A few nosy neighbors were already peeping from their windows. Their ringleader, Miss Nancy, appeared on her porch.

"What's going on, Gift?" she yelled.

Before I could answer, she hurried down her driveway and started talking to the policemen. There were two of them, in their thirties or forties, one black and the other white.

I got to their car and the white policeman asked who I was and whether I lived in the house, but he didn't seem to know what an au pair was.

"An O what?" he asked.

Miss Nancy was explaining what it meant when Auntie V's car appeared at the top of the road. She was driving over the speed limit, which was twenty miles per hour. She came to a stop and apologized to the policemen for doing that. They said her security service had contacted them. She said she'd left her cell phone at home.

Miss Nancy started giving her an account in the present tense: "I hear your alarm go off. I come out on my porch. The cops are already here and Gift shows up. She says she's an au pair—"

"Yes, yes," Auntie V said, cutting her short.

She handed Trinity to her and went indoors with the black policeman. Trinity began to cry. She reached out for her mother and kicked. Miss Nancy didn't know how to calm her. I could have told her that rocking her wouldn't work. Nor would saying, "Buh-buh-buh."

Auntie V turned off her home alarm and returned with the policeman. Miss Nancy immediately handed Trinity back to her. She held her daughter as she answered the policemen's questions. Yes, she was the owner of the house. Yes, I lived with her. No, she had no idea why I'd run away.

The policemen weren't convinced. They asked both of us to go with them to the station to provide further information.

HARMONY HOUSE

I was taken to a residential home for endangered youths on the other side of Middleton. The staff members there referred to them as Harmony kids, after the name of the house, which was a two-story colonial mansion that overlooked a cemetery. Our only means of transportation was a private bus. If we went in one direction on the nearest street, we passed a high school. The other way led to a group of hospitals.

The home had dormitories, bathrooms, a computer room and an office for our case manager. The boys' dorms were downstairs and the girls' were upstairs. Mine was a basic bedroom with twin beds. Behind the home was a one-story building connected by an outside corridor. That building had a kitchen, a dining hall and other rooms where tutorials and therapy sessions were held, and family members could visit. There was a lot of land surrounding Harmony House, with magnolia trees on its borders, but even though we were encouraged to go outside and participate in sports and other activities, no one could be bothered to.

I met all sorts of kids and would later find out why they were there. In my age group, the ones who stood out—because they were loud—were Tucker, who wanted to transition to a girl; Ace, who was gay; Ivy, who had been addicted to some kind of drug; and Jewel, who had biblical tattoos on her arms. She apparently used to cut her wrists. They'd all run away from their families and were now wards of the state. My roommate was a girl called Raven. We were about the same height and weight. Her hair was relaxed and shoulder-length. I didn't know why she was at the house because she hardly said a word to me or anyone else. But she was neat and always managed to stay calm no matter how much commotion there was.

Our case manager, Miss Sally, liaised with the different professionals we came into contact with. She had curly gray hair which she tucked behind her ears. She walked and spoke as if she was running out of time. Some of the other kids insulted her behind her back. Ivy went as far as to call her a bitch. Why? Because Ivy had written poems about wanting to shoot everyone on sight and shared them with the social worker, who showed them to Miss Sally. Miss Sally made her visit the psychologist for a reevaluation and recommended she have more therapy sessions.

Miss Sally seemed all right, but I no longer trusted people until I got to know them well. On my first morning, we had a meeting in her office, during which she told me Auntie V had taken a leave of absence from work, and Doctor would be driving down from Houston to help her with Trinity, their baby. Neither of them was allowed to leave the country.

I felt bad for the Daniels. I had no intention of spoiling their lives. I just wanted to carry on with mine. Miss Sally asked if they really were separated, and I confirmed they were. She also asked if Doctor was involved in organizing my move to America. I said he wasn't, as far as I was aware.

She told me I wasn't officially an au pair because Auntie V hadn't hired me through an approved program. Then she said something I wasn't prepared to hear—that Auntie V could be prosecuted for child trafficking and domestic slavery. My immediate reaction was to say she was mistaken. My situation was different. I chose to come to America. Auntie V was related to my stepmother. Her sister, Auntie Angie, and I traveled here together. Even though she had not followed the law, it didn't mean I'd been trafficked or enslaved. Miss Sally didn't argue; she was more concerned about contacting my father, but I'd never memorized his phone number, which I'd left on a piece of paper at the Daniels' house.

"I'll try and get it from them," she said. "I just hope they'll cooperate with us."

I came up with the idea to search the Internet for phone numbers of my father's company in Nigeria. She logged on to her computer and found the website within seconds. I couldn't believe how fast the network was, but none of the numbers were for the human resources department. The numbers we did call kept giving us this recorded message: "The number you have called is unreachable at the moment. Please try later." I thought about emailing or messaging my cousin Faith and my old school friends, but I decided not to in the end. Knowing them, as soon as they heard what had happened to me, rumors would start and get out of hand.

My case was on the local television news that week. Miss Sally said it had been covered in the local newspaper as well, but I was too nervous to read it. Instead, I went to the computer room, got online and watched a televised report on how the police had rescued me. There was a clip of Miss Nancy in Westview Estate. "She was real quiet," she said in a quivering voice. "I tried to talk to her, but I don't think she was allowed to speak to anyone. I just wish I'd known what was going on. It should never have happened here. We're good Christian people."

Then Madelyn appeared in the next clip with her mother, and she said, "I liked her. She was, uh, very smart. She asked me a lot of questions about college. I asked her questions about Africa. We talked a lot about that and, uh, other things."

By now, the rest of the kids in my group had heard my story and Ace was the first to bring it up. We were having barbecued ribs and potato salad for lunch in the dining room one afternoon and he was being loud as usual. The kitchen staff were eyeing him. They were black women and I'd heard them complain about Harmony kids working their nerves. They always gave Raven and me bigger helpings of food and they cooked really well, so maybe I was eating too fast.

"Someone has a healthy appetite," Ace said.

At first I ignored him because he often poked fun at people. I limited what I said to other Harmony kids anyway, and spoke slowly so they could understand me.

"Didn't you just, like, escape from a plantation or something?" he asked.

Tucker started laughing. He found whatever Ace said funny.

"I lived," I said, "off Plantation Boulevard."

"Oops," Ace said. "Sorry."

"Yeah," I said. "Learn some history and geography, dumb-ass."

Dumb-ass wasn't a word I would normally use, but I'd picked it up from them.

"Ooh!" Tucker said.

"Quit, y'all!" Ivy said.

I ignored her. She always tried to settle arguments, as if she was our appointed supervisor.

I couldn't predict what would come out of their mouths so I avoided them. They also seemed to think all Africans were poor and ignorant. They asked me questions like, "Did y'all have enough food to eat?" and "How come you've heard of Taylor Swift?" Whenever they did, I missed being at home with my family and old school friends. People who knew me. People I didn't have to explain my whole life to. As for Raven, she was still not saying much to anyone. I blamed the state for bringing me to Harmony House and Miss Sally for putting me in a dorm with her.

When Miss Sally and I next had a meeting in her office, she asked how I was getting along with the other kids and I told her not very well. She asked why and I said they were weird.

"How would you like it if they said that about you?" she asked.

I imagined how she would react if I repeated some of what they'd said about her.

"Anyway," she said. "We still haven't been able to locate your father and the Daniels aren't being helpful. But that's to be expected. They've also sought legal counsel."

I asked what she meant, worried that they were about to sue me.

"They've hired an attorney to defend them," she said. "He's claiming they are victims of racism. He can have his Atticus moment, but he won't get very far."

I went back to my dorm after our meeting and sat on my bed with my arms crossed. Raven was lying on hers and listening to music on her cell phone with earpieces. She took them out and asked, "What's wrong?"

I was so surprised I didn't immediately reply.

"You look sad," she added.

"I am," I said.

She smiled slightly. "Don't worry, you'll be okay."

I ended up confiding in her because she sounded so mature. I said I thought I was a bad person. I didn't actually believe that, but I wanted her to tell me I was wrong. She asked why I thought that and I said bad things kept happening to me.

"That doesn't make you bad," she said.

"How come you don't talk to anyone?" I asked.

She said she preferred to listen.

Raven was the eldest child in her family. Her mother, a registered nurse, had been killed. She'd been dating a divorced man and his ex-wife came to the clinic where she worked and shot her dead in the parking lot. The case had been in the news and Raven was going to testify in the trial.

"I'm not bad," she said. "My mama wasn't bad."

"Don't you have anyone you can stay with?" I asked.

"I do," she said. "But they talk about the trial all the time and I just need some quiet."

She'd transferred from another school and now attended the high school down the street. I asked what she thought of the other Harmony kids.

She shrugged. "They country."

Raven and I became friends so I didn't make an effort to get to know the rest. We all had problems, but that didn't automatically mean we would like or support each other. I was there long enough to see Tucker turn on Ace, Ace turn on Tucker, and Jewel and Ivy were always, as Raven would say, getting into it. We kept away from them whenever they started clowning around.

There were a lot of books in the computer room and that was where I found out what an Atticus moment was. I first tried to read self-help books on bullying and self-esteem, but they bored me, so I read *To Kill a Mockingbird* and *I Know Why the Caged Bird Sings*.

By my next meeting with Miss Sally, I'd seen the social worker and psychologist and started therapy sessions. The psychologist was an old man and he was patient. The social worker was a younger woman and she was pushy. The therapist, too, was a woman. She looked nervous the entire time. She told me it was possible for victims to form emotional bonds with their captors and I told her I wasn't a victim and no one had captured me.

I answered their questions as honestly as I could. The psychologist and social worker asked if I'd been sexually abused and I told them no. The social worker kept probing. She wanted to know if Doctor had looked at me inappropriately or touched me in a way that made me feel uncomfortable, almost as if she wished he had. She asked me to take my time, which I did, until I began to imagine he had abused me in my sleep. She seemed disappointed when I again said he hadn't.

I continued to deny that Auntie V had physically assaulted and falsely imprisoned me. Pushing me onto a bed wasn't that bad, I said, and I was the one who had refused to leave the room at a certain point. If we were back home, she would probably have dragged me out and no one would blame her. Miss Sally said it wasn't responsible of Auntie V to leave her child in the care of a normal eighteen-year-old. I was so tired of her questions I said I wasn't normal, I was Nigerian.

"I don't think you understand," she said. "It doesn't matter who you are or where you're from, it should never have happened."

"Here," I said, deciding Americans overexaggerated. Did I have to be physically assaulted, falsely imprisoned or sexually abused for them to listen? Wasn't what happened to me bad enough?

"Anywhere," she said.

I gave up. She was just trying to make out her country was morally superior.

The end of the week came and Miss Sally still hadn't heard from my father, but she'd contacted the Nigerian consulate which had promised to help. She told me a grand jury would hear my case to decide if Auntie V and Doctor should be indicted. After she explained what a grand jury and indictment were, I asked why Doctor was involved.

"Well," she said, "in cases like yours, it's not unusual for husband and wife to collude. He says his wife is suffering from postpartum depression, which may have been worsened by their separation."

I'd just assumed Auntie V's moodiness and tantrums were normal for a new mother, or due to an inability to control her temper. Maybe she was depressed. Maybe Doctor was just protecting her. Either way, it was no longer my concern.

"This is kind of sensitive," Miss Sally said, "but she's of the impression that you physically abused her baby."

"That's not true," I said.

"She's also accused you of lying," she said.

I hesitated. "Everyone does."

"Well, that may be so, but we have to be careful from now on, because one lie, no matter how small, can weaken your case."

I didn't often lie. I didn't argue too much with people who refused to believe me either.

The next weekend, a few of us went on a bus trip to the mall and Raven came along. Since we were about the same size, I gave her an orange ankara dress and wore my yellow one. The other kids kept going on about how we were twinning and we just ignored them.

We got to the mall and Jewel and Ivy started acting out. They headed for a makeup counter in the first department store we went to and tried on lipsticks—without cleaning them. Soon, they were laughing at each other. At one point, Jewel crouched as if she wanted to pee. Ivy gasped for air and cried out, "Stop!" Tucker and Ace were in the shoe section as Raven and I looked at jeans.

We left that store and walked through the mall as the rest yelled at random moments to get attention from other shoppers. We were meant to stick together, but Raven and I fell behind because we'd had enough. We passed a baby store Auntie V had shopped in and I remembered Trinity. I missed seeing her face, but I was relieved I no longer had to take care of her.

Raven and I approached a shop for teen girls where Auntie V had taken me to buy clothes. I was considering going in when I noticed its fall window banner had three models, one black, one white and one Asian. They were jumping up in the air.

"Wait!" I shouted. "That's my cousin!"

The black model was Faith. I pointed her out. She wore a short skirt and a logo T-shirt. Raven seemed impressed, but the other kids didn't believe me.

"Aw, come on," Tucker said.

"It's true!" I said. "We grew up together in Nigeria!"

How Faith had managed to get herself in that banner, I didn't know, but I was so proud of her my eyes filled with tears. I told them she'd always been obsessed with the fashion channel on cable television and she'd entered an annual modeling contest.

Now, I understood her. If I were a tall, thin, photogenic girl who loved fashion, I may have done the same.

"She does look kind of African," Ace said.

"Yeah," Ivy said, "underneath all that makeup she's wearing."

Jewel turned to me. "You have models in Africa?"

Tucker snorted. "And cable?"

Harmony House kids were amazing. If I was ignorant about their country, it was my fault. If they were ignorant about mine, it was still my fault and I would have to give them an explanation. They were willing to believe I was a runaway slave, but they couldn't accept my cousin was a fashion model.

Miss Sally, too, doubted me, though she denied it. "I'm not saying it isn't so," she said. "I just find it, uh, a little strange that you come from the same city and family. That's a huge coincidence."

I told her it wasn't. Nigerians did what we could to succeed at home or we got out. We went online to build our brands internationally. We crossed the Sahara to get to Europe. I'd heard of an artist who became an Internet sensation because of his pencil portraits. I'd heard of a famous footballer who arrived on the shores of Spain in a leaky boat. Faith had told me about several Nigerian models who had been scouted in other European countries.

Miss Sally wasn't convinced until she managed to contact Faith through her agency the following week, by which time I'd already found out more about her on the Internet. She'd won the Model African contest and was now living in New York. There were photos and videos of her online. She'd modeled in magazines and walked in fashion shows. She was featured in Lagos society blogs because she was famous overseas.

Most of the comments on her were positive. "Well done, my sister," someone said. "Putting Nigeria on the map," said another. Of course there were negative comments about her. One went, "She looks anorexic," which made me laugh because Faith was never a big eater, but she couldn't last a day without food.

Miss Sally was the one who called her. She handed the phone to me and initially, Faith and I just cried. I pulled myself together first and said, "I've suffered like no man's business."

"I wanted to call you when I got here," Faith said. "I've hardly been in New York. I've been traveling. I'm sorry . . ."

"Me, too," I said.

I knew she was referring to why we'd fallen out and I would have liked to say, "If only we were white," to make her laugh, but I couldn't with Miss Sally standing there.

Faith didn't have my father's number; she gave me her mother's instead. Miss Sally again called and this time around, Auntie was the one crying. I listened as she blamed herself and my father, then my step-mother, Madam, for getting me the job.

"Forgive me," she finally said. "It's not that I abandoned you. Your father said I shouldn't interfere. It was that yellow woman who turned him against me. God will punish her. God will punish her well, well for what she did . . ."

As usual, she was dramatic, but I'd missed her.

"Don't worry, Auntie," I said.

She wasn't able to come to America. The US embassy had denied her visa application. She said Faith and I should look after each other and I promised we would before I asked for my father's number.

My dear father. This was what he told me when we spoke: "That is terrible. I thought you were fine. Every time Madam spoke to Auntie Angie, she assured her you were."

"No one gave me any messages," I said. "No one even told me Faith was here. I haven't yet taken the exams to get into college."

I was referring to him alone. He should have paid more attention.

"This is most disappointing," he said. "It appears that Auntie Angie and her sister have succeeded in hoodwinking us."

I wasn't surprised my father blamed them. It would never cross his mind that Madam planned the arrangement with the Daniels to stop him from spending more money on my education. He was knowledgeable because he read newspapers from cover to cover to keep up with what was going on, but when it came to seeing through his wife, he was—to put it politely—very trusting.

My case hit the national news. I did a search and found several headlines. I was so shocked my face looked like a round-mouth emoji. One said, "Modern-Day Slavery in Mississippi." I didn't bother to read what the reporter had written and went straight to the comments. A woman from Ohio said she was disgusted that slavery could happen in this day and age. A man from DC said Mississippi had only just abolished slavery in 2013. An anonymous person wasn't surprised because historically, Africans had sold their own.

My hand was shaking as I scrolled down. None of the commenters knew who I was or what I'd been through and by the end of the thread, some of them were arguing over me.

The therapist advised me to stop reading the online reports since they upset me. I was more than upset—I was mad with everyone who labeled me, including her. She said I'd become withdrawn, I said, "If you like." She said my emotions were normal and I just shrugged.

Miss Sally, too, began to get on my nerves. We had yet another meeting, this time about my grand jury testimony. I'd told her before that I was never trafficked or enslaved and she didn't say a word. Now, she was warning me not to say that in front of the jury.

"I won't be a witness, then," I said.

She said my absence would affect the outcome of my case.

"I don't care," I said.

She said I'd come this far and should try and be brave.

I raised my voice. "Why?"

"Because," she said, "the Daniels may get away scot-free."

"It doesn't matter to me," I said. "I just want to go back home."

I was grateful for what she and the state authorities were doing, but I wasn't going to obey them. No one forced me to come to America. Slaves didn't arrive by plane with return tickets. They didn't get paid. They didn't have cell phones and Internet access.

She took a deep breath. "Look," she said. "I don't want you to think too far ahead, but if they are indicted, there will be a trial, which may take a while to begin. You'll be able to stay here and go to college in the meantime."

I considered that. It seemed like a way to have control over how my story would end, and at least I wouldn't return to Nigeria as a failure. But I didn't want to stay in Mississippi.

"I'll testify only if I can go to New York," I said.

"How will you survive there?" she asked.

"My cousin," I said. "She'll look after me. We will look after each other."

"All right," she said, and thinned her lips.

I had an issue with God, as well, and it was this: I'd prayed before I left Nigeria. Consistently. I prayed in America, whenever I remembered to. He was meant to know what everyone wanted anyway. He was able to see our past, present and future and protect us from our enemies. So what was He looking at while Madam was trying to destroy my life? And why did He answer my prayers in the first place? Why couldn't He just say, "No, you can't go to America," and save me from the unnecessary trouble I'd been through? I was just asking.

Before I came to America, I was never the type to walk around thinking, Oh, why is the world so unfair? The way I saw it, if I were God, I would be fed up with people asking such questions. At some point I would say, "Figure it out yourself." I was so considerate I didn't want to disturb God. Now, I had to get used to relying on Him.

Raven was the only Harmony kid my age who went to church on Sundays. The rest held prayer meetings led by Jewel, of all people. She invited me to one and my expression gave me away.

"Don't look so scared," she said. "My pop-pop was a preacher."

Jewel hated her parents and the only people she trusted in her family were her grandparents, whom she referred to as her pop-pop and meemaw. I agreed to go thinking it would be a waste of time, but I actually found it quite peaceful in the end. We stood in a circle in the visiting room and held hands. We each said a prayer. I asked God to guide me. Then I asked Him to guide everyone else and after prayers, we hugged.

I left when Tucker and Jewel got into an argument over religion. Tucker thought God was genderless. Jewel thought God could take the form of a female, male or transgender person.

Raven disagreed with both of them. We talked when I got back to our dorm and she said God was a man and Jesus was black. She attended Fifth Street Baptist church downtown. She and her mother had been regular members. The next Sunday, I asked if I could go there with her and she said yes. Fifth Street was small compared to other churches I'd seen in the city. It was a simple house painted white on the outside and everyone there knew her. She had aunties, uncles, cousins and friends. She addressed her elders as "Miss" this or "Mr." that, and replied to them with a "Ma'am," or "Sir."

We sat next to each other during the service. The priest broke into song as he preached and the choir danced and clapped. I didn't recognize any of the hymns and copied Raven when she knelt down and stood up. She never once raised her hand or cried out in praise. I followed her when she went to the altar to get a blessing.

Being at Fifth Street, I could see why she managed to stay calm regardless of the noise around her. I could also see why she listened more than she talked.

MODEL AFRICAN

When Faith won the Model African contest, her agency flew her out of Lagos and put her up in a house on the West Side of Manhattan. She lived there with five other models in their mid to late teens. The agency called them girls. Most of them were Eastern Europeans. They slept in bunk beds as they walked runways in London, Milan, Paris and elsewhere.

Faith found the models' house untidy—filthy, even. Some of the girls left their worn panties on the bedroom floors and plates caked with takeout meals in the kitchen sink. The bathtubs had scum rings. She was paying a lot to stay there, so she moved out as soon as she could afford to. Now she was in a one-bedroom apartment in Brooklyn, though she still thought her rent was too high.

The day I moved in with her, she flew to London for a shoot, after which she was rarely at home. She needed company when she returned, so our arrangement was perfect for us. We were both eighteen and officially adults. She was busy working with international designers and I was waiting for a trial to start.

I did end up testifying and the grand jury indicted Auntie V alone. She was charged with forced labor, harboring an alien for financial gain and child trafficking. She was then placed under house arrest because she was considered a flight risk, and suspended from her job as a pediatrician. Doctor continued to stay with her, perhaps out of guilt. I, too, felt the same way, since if she were convicted in the trial, she would be sentenced to prison.

Before her indictment was made public, her lawyer claimed that I'd attempted to flee America to avoid facing prosecution for child neglect. Afterward, he said I was doing whatever I could to stay in America and get restitution. At that point, I was just scared my case was going to trial and I couldn't wait to leave Mississippi. It was July and summer was far too hot there. Faith was expecting me in New York. I kept a low profile, meanwhile, and wasn't allowed to talk about the grand jury hearing. Reporters wanted to speak to me about the trial itself and Miss Sally would tell me whenever they contacted her. I turned them down each time. She also helped me to apply for a change of visa status, but I couldn't work or attend college until it was approved.

Faith had a work permit and she was always booked for jobs. According to her, natural hairstyles like mine were popular in the fashion world. It was no longer like the old days when black models ended up with alopecia because they had to relax their hair and wear weaves. They'd always had crop cuts like hers, but they could now get away with uncombed Afros and basic cornrows.

She couldn't understand why some of her fellow black models complained that makeup artists didn't use the right shades for their complexions, though. "Use any foundation you want on my face," she said. "Put green lipstick on me, even, and I'll smile for you so long as you're paying me." She had no patience for them being offended by racist comments, either. "What is my business with that?" she asked me. "If someone is ignorant, that's their problem, not mine."

She took her job seriously, yet she had a carefree attitude about what happened to her while she was at work. So, for instance, she didn't mind if she had to expose her body, or if people touched her without permission. A single Me Too complaint could end a whole career, she said.

She told me the saddest story about a Ugandan model who refused to do a shoot because it involved dominatrix outfits and poses. "Everyone was waiting for her," Faith said. "She was praying indoors. Then she came outside and announced that she wasn't doing the shoot anymore because Jesus Christ was her lord and savior. She didn't even get home before her agency dropped her."

Faith's view was that models should be prepared for the challenges of the job. She thought girls who found it hard to cope didn't know the business they were in. She was having issues with a black American model who said Faith was successful only because she was a sellout.

"She's fake," Faith said. "All she does is talk. The other day, she was going on about white privilege, as if every single white model has it easy. Then she said black models should protest against the system. I didn't even answer her. Did I become a model to do power to the people? Does she know how many black girls want to be in our shoes? Let her continue to talk. She thinks she's a revolutionary. One day someone will hear her and all they'll say is, 'Next!'"

Models weren't as well paid as Faith had thought and she was determined to make as much money as she could while she was in demand. Outside work, she hardly wore makeup. She didn't even buy designer clothes or accessories, and she refused any item that would be charged to her agency account. Most of what she had in her wardrobe was vintage or high street brands. Her furniture was secondhand. She had blue-denim sofa covers in her living room and framed pieces of ankara cloth on her walls. She was a brand ambassador for a Dutch manufacturer and got samples for free. She didn't support African fashion critics who accused Western designers of cultural appropriation when they used ankara in their collections. Ankara wasn't African, she said. It was originally from Asia.

Faith barely had time to sleep in the five-star hotels she stayed in overseas. She also had to watch what she ate to maintain her weight. I shook my head when she said that. The Faith I knew back home would demolish a plate of her mother's pounded yam and egusi stew any day. She'd met girls who suffered from anorexia and bulimia, and girls who abused prescription pills and drugs. One girl got so depressed she attempted to kill herself. I asked Faith why she still wanted to be a model after all she'd seen and heard, and she said, "Because. It's glamorous."

She was now dating a German guy called Max who lived in San Francisco. They met at a party in Turks and Caicos. He was apparently from a wealthy family, but he'd been financially independent since graduating with an engineering degree. He formed a tech startup with an American college friend and they were doing well. She showed me a photo of herself and Max. They were on a beach somewhere. She was in a bikini and he was behind her in swimming trunks. His arms were wrapped around her waist. He was much taller than her and looked like the typical brainy guy she went for, with his thick-rimmed glasses.

Max was twenty-three and they rarely had time to see each other because of their busy work schedules. She called him her frequent flyer, he traveled that much, but when she first met him he'd made more of an effort. He would bring her gifts from countries he'd been to—pearl earrings from Japan, a watch from Switzerland. He went by his mother's old-fashioned taste. Faith would return his gifts and ask him to buy her stocks and shares instead.

While she was away, I took care of her apartment and spent time following my case online. It was already attracting international attention. I found reports in French, German, Spanish, Italian and other languages.

What got me down most was how some Nigerians reacted to my story in online newspapers and blogs. They implied that the Daniels were victims of cultural misunderstanding. A journalist back home wrote an article saying they were scapegoats in an elaborate scheme to sanitize Mississippi's image. A professor who specialized in African women's literature wrote a whole essay on why Auntie V alone was indicted. The grand jury's decision spoke to deep-rooted sexism and the dearth of childcare options for working mothers, blah, blah. Their jargon was too much.

They may have been right, but some commenters actually believed that I'd lied against the Daniels and went as far as to say I'd come to America with the intention of getting them in trouble with the law. I found a blog that referred to me as a cheap hustler. The blogger accused me of looking for money and publicity.

Who wanted to be rich or famous that badly? I thought. What did fame mean anyway? People I didn't know talking about me? People I couldn't respond to insulting me online?

For that blog alone, I indicted the American press for labeling me a domestic slave. I also indicted the Nigerian press for copying them without thinking. I indicted Nigerians, too, for misjudging me. Lastly, I indicted the whole world. Yes. We celebrated high-net-worth individuals. We had them on top-ten lists. We ranked each other according to how rich we were, and that was acceptable. We lived in a world where people had to struggle to get ahead and most of them were undervalued. So what was the big deal about my case?

What I loved most about New York, Brooklyn in particular, was that I was able to get around on foot or use public transport. I didn't have to wait for someone to drive me here or there. I could walk out of the apartment and go wherever I wanted.

I bought a cell phone and signed up for a service. Then I made Faith apply for a library card so I could borrow books. All she had at home were fashion magazines, several of which she was featured in. To get online, I used her computer, while she used her laptop. Sometimes I took the train to Manhattan and it didn't matter if I got lost. I would ask for directions and people were usually willing to help. I wasn't surprised when they were rude. I wasn't that amazed by skyscrapers, either. I'd seen them before on television and online. I checked out black American guys. The ways they walked and talked just appealed to me, and there were so many of them. I would look in a direction and it would be like, pow, pow! I would look in another and it would be like, pow, pow, pow! It was a pity they didn't seem to notice me.

Faith finally introduced me to Max at a fancy steak house in Manhattan. We had dinner there with his friend Luca. I'd warned her that double-dating wasn't for me, but she said I should just relax and enjoy their company.

We were both in jeans. Max and Luca wore jackets. I could tell Max was accustomed to eating at good restaurants. Luca, who was from Italy, seemed self-conscious, telling me, "This is his thing not mine. I'm quite happy to go to a bistro."

He was chubby and tanned. They both spoke English fluently with strong accents and used American slang. I wasn't comfortable around them. Or should I say I was embarrassed to be part of the group, as Faith and I were the only black customers in the restaurant. I also felt Max and Luca were too old for us.

Faith couldn't stop calling Max "Babe," meanwhile, and the tone of her voice had changed. She sounded like a six-year-old. Her mannerisms were different as well. She threw her head back to laugh and said, "Cin-cin," when she raised her glass of Perrier.

She'd never behaved that way when we were together in her apartment, and back in Nigeria she would have been the first to look at a girl who was acting how she was and ask, "What's doing her?"

I assumed the glamorous side of her personality came out when she was around a jet-set crowd, and Max and Luca had set her off. Max had her attention most of the evening while I struggled to listen to what Luca said. He worked as a researcher for an agency in Washington DC which dealt with NGOs in African conflict zones. He had just come back from Somalia where he'd spoken to villagers with the help of an interpreter. He'd also met with government officials there.

He was telling me about the history of Italian Somalis, whom I'd never heard of, when Faith interrupted to point out that Iman was from that country.

"Who?" he asked.

"She's a model," Faith said. "One of my idols."

She studied the careers of veteran African models and referred to them by their first names—Iman,

Katoucha and Waris. She'd met Liya Kebede and Halima Aden. She called their look Afro-Arab.

"Iman was married to David Bowie," Max explained.

Luca laughed. "That's a world away from what I was talking about. I suppose it's time to change the conversation. I can talk about my work all day, but I wouldn't want to bore you. War and genocide aren't exactly fun or fascinating to most people."

I couldn't understand why Max thought I would want to meet a guy like Luca, and why had Faith agreed to introduce us. I was even quieter from then on, and after dinner, Faith and Max went to a bar with him. They couldn't persuade me to go along. I said goodbye to them and found my way home.

Faith didn't show up until the next day because she stayed with Max at a hotel. I noticed her eyes were red and asked if she was okay.

"I don't know when I'm going to see him again," she said.

"I beg, cheer up," I said.

I didn't feel sorry for her. To me, she was too dependent on him and I didn't think it was smart to rely that much on a guy.

She asked what I thought of Luca and I said he was all right. She asked if I was interested in seeing him again and I said I wasn't. She asked if that was because he was white. I told her I preferred younger guys.

I wasn't against dating white guys. I just wasn't attracted to them, and if I had a boyfriend in America, he wouldn't be someone I had to fascinate, or explain myself to, or change my behavior for. He definitely wouldn't be four or five years older than me. So, when Luca called the next weekend to ask if I would have dinner with him at his favorite bistro, I told him I wasn't ready to date.

"Oh," he said. "I totally understand. I could sense you were closed off."

I said I wasn't. I just had more important matters to think about.

"Sorry," he said. "Reserved would be a better word. I can be like that at times. I come back to the States and I look around me and think, People here don't know how lucky they are. They're worried about their jobs and car payments, and I've just been with refugees who don't even know where their next meals are coming from."

He was too much. I wasn't even sure we could be friends.

"Anyway," he said, "I'm talking shop again and probably boring you."

I was only trying to be nice when I said he wasn't, but he started going on about how he'd been on some international program in college, and had turned down offers from firms like McKinsey and Bain because he didn't want to be on the consultancy track. He took a year off after he graduated and traveled around Africa. He truly believed the work he was doing helped to save lives.

Later that day, Faith and I got into an argument over him. We were in the living room and I said I would rather date a Nigerian, who would understand where I was coming from.

"Shine your eye," she said. "This is New York. Find a guy who understands where you're going."

"Like who?" I asked. "Luca?"

"He's actually a really nice guy," she said. "He doesn't have to do what he does. He doesn't even have to work a day in his life."

"So it's about money?"

"Did I say that?" she asked.

"What are you saying, then?"

She widened her eyes. "There's nothing wrong with meeting new people!"

I laughed. "If that's the case, why can't you be yourself around them?"

She asked what I was talking about.

"Be yourself," I said. "Stop all this cin-cining."

Faith knew I wasn't impressed with Luca or Max. That was what pained her. Max didn't even treat her well, as far as I was concerned. Whenever she was home, he didn't call on time and she never seemed to know when she would see him next. They argued a lot on the phone, mostly about a Sudanese model he'd dated before her.

Faith showed me photos of the girl online. She'd arrived in England as a refugee. She was tall and thin. Her cornrows were simple. Her skin was jet black and perfect. No guy I knew back home would find her attractive.

"She's the new look," Faith said.

147

"She's stereotypical," I said, partly to reassure Faith.

"As in," Faith said.

Again, according to her, African models were considered more exotic than European models with blond hair and blue eyes. I just wondered how the fashion industry decided who was exotic and who was not, or what type of black hairstyles were in or out. I was annoyed that Max thought he could swap one African model for another.

I ended up being right about him, but not how I imagined. A few weeks before New York Fashion Week, Faith came back from a trip to Australia and told me he'd broken up with her and gone back to his ex.

She walked through the door, kicked off her shoes and flung her bag on the floor.

"She's a slut!" she said. "She was sleeping with him all along! She'll see. Her karma will catch up with her."

I told her to forget Max, who had probably cheated on his so-called ex with Faith, but even as I said that I wondered about her sense of pride. I would have been insulting him instead.

The next morning, she called in sick and told her agency she'd caught a cold on her trip. There was no evidence to show she had one, but I noticed she didn't eat breakfast. She would normally have an avocado and fried egg on toast. Lunchtime came and no soup and salad for her either. I finally had to ask, "Why aren't you eating?"

She shrugged. "I don't feel like it."

"Since when?"

She said she wasn't hungry.

That was how it was from that day to the next: "Eat," "I'm not hungry." "Eat," "I've lost my appetite." "Eat," "What is all this 'Eat,' 'Eat,' about? You eat!"

I said the fact that I was staying with her didn't mean she could talk to me that way. I would walk out of her apartment and sleep on the streets if I had to. Then, because I didn't know how to handle the situation better, I told her she was stupid to starve herself over a white guy. I even warned her that if she lost any more weight, she would lose jobs, thinking that would work, but she refused to eat and begging her didn't work.

"You're mad," I said to her in the evening. "You hear me?"

She was lying in bed and clutching her pillow. She got on my nerves. I didn't even care about what Max had done.

"I'll call an ambulance when you collapse," I said. "Just don't expect me to visit you in any hospital."

She didn't answer, so I made my last effort. "I'll tell your mother."

I didn't want to. Auntie would only start panicking and demanding information I couldn't give.

"Tell," Faith said.

She was either sulking or I had a bigger problem on my hands. I took some of my cash and left her in the apartment. It wasn't yet dark outside and I didn't have to go far. I found an African grocery store where I was able to buy what I needed to make egusi stew—onions, tomatoes, palm oil, spinach, dried crayfish, locust beans and what they called Scotch bonnet peppers and crushed pumpkin seeds. I bought cow foot and tripe, smoked fish and stockfish. Then I bought a packet of instant pounded yam.

Faith was in her room when I got back to the apartment. I put the shopping bags on the countertop, washed the meat and vegetables and prepared them. My eyes streamed with tears while I was cutting the onions. Steam scalded my fingers. The palm oil burnt my wrist and the pepper fumes made me cough and sneeze.

When Faith finally surfaced, I was eating out of a bowl with my hands. I licked my fingers deliberately. She went to the sofa and turned on the television. I washed my hands in the kitchen sink, after which I went to the bathroom.

I heard her walking around. Then I heard a cling followed by a clang.

"I suffered to make that food," I shouted. "You'd better not finish it."

The silly girl said she would.

Faith claimed she was done with dating after that, but I knew it was only a question of time before she started talking to someone else. She'd always needed to have a boyfriend. Yet, we were having breakfast in the kitchen one morning when she said she was going to concentrate solely on her career from then on because guys weren't worth the trouble they gave.

All I did was ask, "Which ones? White ones?"

That started another argument. She said she dated a type, not a color.

"Really," I said.

"What?" she asked. "Is color the first thing you notice about guys?"

I had to think about that. I noticed their bodies first. Or was it their eyes? I couldn't decide.

"Yes."

She called me a racist, which just irritated me.

"How can I be racist?" I asked.

She laughed. "Okay, okay. All I'm saying is that you discriminate."

"Everyone does," I said. "You like nerdy guys and I like fine ones."

"By race, I mean," she said.

"Next time, date a black guy," I said.

She smiled. "Once you go white . . ."

"You'd better shut up," I said.

She later denied she was only into white guys. What she'd had in common with Max, she said, was that he'd come from another country and didn't always understand American culture.

Apparently, the few black guys she met in her social circle, which included business millionaires and sports and entertainment stars, showed no interest in models of her complexion. It didn't matter whether they were North American, South American, Caribbean or African. They went for light-skinned girls, biracial girls or white girls.

"Max approached me," she said. "I didn't approach him. If people saw us as an interracial couple that was their wahala. I was African, he was European, whatever. To me, he was German and he spoke his language, and I was Nigerian and I spoke mine. End of matter. I'm not going to sit around waiting for a black guy to like me."

I got what she meant, I really did, but she rarely questioned herself. I did—once in a while. I decided that dating in America was too complex for me. I was prepared to wait until I returned to Nigeria if necessary. Then I remembered how boys at school had categorized girls according to who was fine and who wasn't. They didn't even think Faith was. They said she was too tall and skinny.

Because of this, I agreed to go on a date with a Cameroonian model that Faith set me up with. His name was Frank. He was nineteen and he spoke English and French. A model scout discovered him in Paris and he'd recently moved to New York. He was sharing an apartment with two other African male models from Ivory Coast and Guinea-Bissau.

She showed me photos of him on her laptop.

"Since you like them young, black and handsome," she said.

We were in the living room and I wasn't sure what to be attracted to first—his smile, abs or butt. He was pow, pow, pow, in one.

"Does he have brains?" I asked.

She said he did.

"Why didn't you tell me about him before?" I asked.

She said he was too much of a nice guy, which made me more interested.

"Did you mention the trial?"

"Do you want me to?" she asked.

I said no. I didn't mind that she'd told Max, who had probably told Luca, but I wanted to remain as anonymous as possible.

I had dinner with Frank at a Senegalese restaurant in Brooklyn while Faith was in Hong Kong. I made an effort to look good because he was a model. I wore a bodycon dress and my hair was in an Afro twist out.

"You look lovely," he said.

"Thank you," I said, pleased that he'd noticed my efforts.

In person, he wasn't as he'd appeared in his photos. He was just a regular guy in his T-shirt and jeans.

I was awkward at first. I couldn't even sit still. I fidgeted with my menu as he ordered in French. We both went for jollof rice and I made the mistake of saying Nigerian jollof was the best.

He laughed. "No way! Camerounais!"

"You eat jollof in Cameroon?" I asked.

"Of course," he said. "I've had Nigérian jollof, Ghanéen jollof and Sénégalais jollof. Sénégalais? Really good. Ghanéen? Okay. Nigérian? Yuk!"

I took that personally, but when our meals came, I had to admit that Senegalese jollof was better than I expected.

The restaurant smelled of home. We were the youngest of a few African customers and the music was a mix of classics by Angélique Kidjo, Youssou N'Dour and other artists I didn't recognize. The only song I knew was Fela's "Go Slow."

Frank was an Afrobeat fan and he'd seen Femi and Seun Kuti perform at concerts in Paris. He talked a lot, but I didn't get bored or take anything else he said the wrong way. He told me Northern Cameroon had split from Southern Cameroon to join Nigeria after our independence. I had no clue about that. We'd never studied history as a separate subject in school because the government had merged it with social studies. I'd only learned, from listening to my father, that our countries had had border disputes and he'd blamed the colonials for that. He'd also said Cameroonians were fleeing to Nigeria to escape terrorism, but I wasn't sure of the details.

Frank, too, was planning to go to college in New York, because he wasn't enjoying his job. I was surprised to hear that and asked why.

"They put makeup on my face," he said. "I hate it. They give me strange clothes to wear. I say, 'What is this?' But what can I do? I take their money. So I'm for sale."

I asked if he preferred New York to Paris.

"It depends," he said. "I prefer the food there. Here, I prefer the pay."

I asked if male models earned as much as female models.

"Generally, no," he said, "and I don't work as much."

"Faith works all the time," I said. "They seem to like Africans."

He shrugged. "They like to say they discover us. But Africa is for sale. We sell our intellect, our musique, our art and littérature. Everything we have. Why not our beauty?"

I said every continent did that, but he said not as often at a loss.

Honestly, before Frank, I wasn't into guys who tried to impress me with their intelligence. As soon as they started giving me facts and figures, I would be like, "Okay, see you later." But we're still talking. That's all I will say about him.

As for Faith, she kept her promise to put her work first. She also begged me to cook pounded yam and egusi stew from then on, which I had no time for. I would remind her that she had to watch her weight, and she would say, "Please. I can't kill myself. No one is paying me that much."

MS. POWERS

One morning in late August, I got a call from Miss Sally. She said a writer in New York had contacted her. The writer's name was Miss Powers. She'd read my story in a newspaper and wanted to speak to me. I asked why and Miss Sally said she was interested in collaborating with me on a book.

"I'm not sure that's what you should be doing at this stage," she said. "But you're an adult now, so you make up your own mind."

I asked her if I could trust Miss Powers, who may have been a reporter trying to interview me about the upcoming trial of my case. The book could just be a ploy.

"Nothing personal," Miss Sally said, "but you never know with folk up north."

I spoke to Faith that afternoon at home, to get her opinion. We were in the living room, by her pile of fashion magazines. She'd been at a rehearsal and was upset about a girl who was copying her walk. I told her the girl wouldn't get far doing that. How she handled the competition at work I didn't know and she was gobbling a roast chicken on rye sandwich as if it was her first meal of the day.

She thought there was no harm in meeting Ms. Powers.

"What if she's doing this out of pity?" I asked.

Faith frowned. "So what if she is?"

"I came here to get a degree," I said. "She should pity the Daniels, not me. They're the ones in trouble."

"You're too proud," Faith said.

I did have some pride left, and the way I saw it, we both should have been in college, not working. I would have been one year into my course in Nigeria if our state polytechnic wasn't so lousy. Ideally, I would have been a student at a private university there, had my father been able to afford the fees.

I met Miss Powers at a café in Brooklyn on a weekday afternoon. We had coffee together. She insisted I called her by her first name, but she was about my father's age, so out of respect I didn't. She corrected me when I addressed her as Miss. She said she would prefer Ms., if I had to use a title.

She'd contacted me by email beforehand and I'd Googled her. A word that kept coming up to describe her was "activist." She'd studied journalism and worked as a reporter before she started writing books on social injustices. She traveled around the country and overseas giving talks.

During our conversation, she referred to herself as a person of color, but I couldn't make out her race. Her hair was frizzy, her eyes were golden brown and she had freckles. She wore a beige linen dress and turquoise beads. She mentioned her partner was Haitian American. I suspected she said that to put me at ease, but I wasn't sure whether she was referring to a man or woman.

"It's nice to finally meet you in person," she said. "I've been following the news about you for a while."

I was hoping she hadn't read any of the negative comments Nigerians had made about me. Most were about me bringing down two hardworking doctors who had made the mistake of flying me over. Some even suggested it was only a matter of time before I started capitalizing on my fame.

"Don't be embarrassed," Ms. Powers said, noticing my expression. "You're handling the situation very well. When I was your age, I could never have coped with half of what you've been through."

"I don't know how to write a book," I confessed.

"That's where I come in," she said. "I've written a few and your story is one I'd like to tell—with your permission, of course."

I'd Googled domestic slavery as well, and even though some of the victims were tricked into leaving their countries on the promise of getting a college education, as I had been, many of them had been drugged, kidnapped, raped and beaten up. None of that had happened to me.

I told Ms. Powers my story wasn't in their category.

"It's not whether you think it is," she said in a gentler tone, "it's whether the state has enough evidence to prove it is."

She said she would have to conduct interviews with me to gain further information. This would include personal details not covered in the media. She would develop the book with my assistance, and her publisher would generate publicity for it in a carefully planned campaign. For my contribution, she would pay me a fee.

"Now, the process will take months," she said. "I will also document the trial and post-trial, so you'll have to be prepared to be patient. Based on my past experience of covering legal cases, I can't tell you precisely when it will end, but how does the idea of spending that amount of time with me appeal to you?"

The look she gave me wasn't one I was used to getting from women who were my elders. It was too chummy and made me uncomfortable. Then I remembered how I'd accepted the Daniels' offer to come to America too quickly.

"Please give me time to think about it," I said.

I hadn't taken time to consider my future because of the trial. I didn't even know if I would be able to attend college or what I would do after I graduated. Meeting Ms. Powers made me more open to working on a book in the meantime.

I gave Faith an update when she returned from work. That day, she'd been at a fitting where she'd had to be extra polite to an impatient fashion director.

"Hey!" she said. "The fee will take care of your college tuition!"

I said I was worried Ms. Powers would try and control me.

"It's working life," she said. "Look at what I have to deal with."

She did have to tolerate a lot of difficult people, but I'd worked for a fraction of what she was earning, and had the Daniels kept their promise to send me to college, I would still be with them.

"I'm tired of obeying," I insisted.

She shook her head. "Your pride is too much."

My father called me later that week. He did that now and then to check I was okay, and I was grateful. If he wanted to visit me, he couldn't afford to travel. If he could afford to, he wouldn't qualify for a visa and would never be issued one under the circumstances. If by a miracle he did get a visa, he would probably be arrested on arrival for being a party to child trafficking.

He was in the process of getting my school to type up transcripts in an acceptable form and email them to me. I told him I'd made inquiries about college entry exams in New York and found out that students there took SATs, not ACTs, as they had in Mississippi, so I'd have to start preparing from scratch.

He said my stepmother had moved to her home-town with my younger brothers. There were days I would have been happy to hear she was out of our house, but for some reason I panicked.

"What happened?" I asked.

He said she'd lost practically all her customers after they heard about my case. They blamed her for making the arrangement with the Daniels. They thought that would never have happened had my mother been alive. I thought they were just interfering in other people's lives as usual.

I asked after my brothers. "Which school will they go to now?"

The schools in their mother's hometown were worse than the one they used to attend. I imagined them falling behind in their education and ruining their lives. My father told me to calm down.

"They'll be fine," he said. "She's found someone to give them extra lessons after school."

He was neglectful at worst and their mother was practical, if nothing else. She was probably going into hiding before more details of my case came out.

For the first time, my father asked how I felt about the trial and I told him honestly, "I'm scared."

My testimony would determine the Daniels' future. That was too much responsibility.

"Listen," he said. "Before you were born, your mother and I prayed for a son. We wanted our first child to be a boy. But when you arrived, you cried louder than either of your brothers."

I shut my eyes tight. Had I started crying, I wouldn't have been able to stop.

He cleared his throat. "You were precious to us. That was why we called you Gift. I would never send my daughter to anyone knowing that they would mistreat her. Use the voice you were born with, and by God's grace, all will be well."

I managed to say amen.

After our first meeting, Ms. Powers and I continued to exchange emails. In one of them, she asked if I would ever consider filing a civil suit against the Daniels. I said it hadn't crossed my mind, but I didn't believe they should be treated like criminals. She said that was sympathetic of me, then she asked how I felt about them and I said I didn't wish them bad.

I sometimes thought about the Daniels, but I'd not been in touch with them since I escaped from their house. I'd stopped talking about them or referring to them as Auntie V and Doctor. I wasn't impressed by their medical titles anymore. They were just Jonathan and Victoria Daniel to me.

Jonathan Daniel, I could now see, had contributed to what happened by expecting me to support his wife in his absence. He was a selfish man. As for Victoria Daniel, I was no longer as conflicted about her as I had been. She was weak—and bitter that she'd married a man who cheated on her. I would have divorced him as soon as possible. I wouldn't count on having a child to save my marriage. Trinity was the only one in their family I missed. But I would never share any of these thoughts with Ms. Powers.

She also asked how I felt about my father and I told her I respected him, though her question annoyed me. She replied saying she understood my culture may not permit me to give a more candid response. That annoyed me as well, but I said I was being honest.

She said she appreciated my honesty. Then, perhaps because she felt guilty about probing into my personal life, she asked how I was feeling and I told her I was fine.

The truth was that I was holding on to a lot of grudges. They kept me up at night and woke me up in the mornings. I didn't seem to be able to let them go. I also felt undervalued—not just in terms of money. I knew my worth in other ways. I was loyal, fair and kind. Usually. I valued those qualities in other people. Why hadn't they valued them in me? Why couldn't the Daniels?

It was impossible to understand the valuations people gave each other, but I had to accept that the Daniels had taken me for granted partly because I'd put their needs and wants ahead of mine. Even Trinity's bottom had priority over me. I was exhausted when I got up each time she cried at night, yet I would check her anyway and change her if necessary to make sure she didn't develop a diaper rash. I was in the habit of behaving as if I was second best, so it was no wonder her parents treated me as though I was. I decided that if I did sue them, I would ask for an amount equal to my college education. No more and no less.

Faith thought I should demand more money, which I expected to hear. It wasn't just the decisions we made that led us in separate directions; it was why we'd made them. We'd both lost a parent at a young age, but her mother had always put her first and given her what she could, within reason. Now, Faith was sending money home regularly. I asked if she ever regretted leaving Nigeria. She was lying in bed, jetlagged after yet another overseas trip.

"Sometimes," she murmured.

I had to admit that she, too, was being used, but the glamorous images she projected as part of her job were so deceptive that no one was likely to pity her.

She was involved in an incident at work later that week. She was getting her hair and makeup done, and a stylist made a comment about her having more of an urban look than an African one. He was apparently paying her a compliment, but Faith said she hadn't grown up in New York, even though that wasn't what the stylist had implied. She rolled her eyes as she spoke and he said he was only remarking that she was different from other African models he'd worked with, so there was no need for her to have an attitude.

Faith would normally have ignored the man, but she didn't this time. Of all the insults she'd accepted from the day she started modeling, the badly matched foundations and the rest of what she had endured, this was the one incident she couldn't let go.

It was even an accusation she was prepared to lose her job over. She stood up and went straight to the fashion director, who heard their separate accounts. The fashion director took the stylist's side, so Faith said she didn't want to carry on with the assignment. She then had to call her agency to explain why, and the person who answered her call told her she was overreacting.

Faith still refused to let the matter go. "When have I ever had an attitude?" she asked. The person said, "There's no use getting more upset about it." Faith then demanded an apology, adding, "Tell me one client who has complained about my attitude before." The person couldn't think of any, so Faith got her apology in the end: "If I've offended you in any way, that wasn't my intention."

She came home furious. "They're mad," she shouted. "All of them in that agency. They think I'm a fool because I've been keeping quiet. They'll see. I'll show them."

Who she would show and what they would see, I didn't know. I was just glad she had defended herself, and relieved her agency hadn't dropped her.

I barely saw Faith during fashion week in New York. This was in early September and by then, the trial was already a hashtag and people were tweeting and retweeting updates about it. Nigerians, meanwhile, were still abusing me online. Someone even called me a she-devil.

A week later, I had a press conference with Ms. Powers in Manhattan and Faith thought she should help me prepare for it before she left for London. She wanted to teach me how to make an impression walking into a crowded room and how to appear calm in front of a camera, but I told her I would be myself.

"I'll let you into a little secret I've learned from modeling," she said. "No one there will care who you are. They will want you to project an image that pleases them."

I said I would choose my own image, then I borrowed an oversized denim jacket from her, in case I got cold.

I walked into the press conference without strutting as she'd advised. I was in a white summer dress and Ms. Powers was in a black one. I composed myself when we sat down. As planned, she introduced me and did all the talking at first, but she went on about domestic slavery for too long.

I joined in during the question and answer session. A reporter asked if I would agree that boys' education was given preference over girls' in Nigeria.

"In what way?" I asked.

People in the room were recording me and for a moment, they were quiet, enough for me to hear my heartbeat. He brought up the Chibok girls and I said they lived in a completely different part of the country, and their case wasn't like mine. Half of them were still in captivity and those who managed to make it to America were splashed across the media. He said he wasn't trying to make a comparison, but a pattern was beginning to emerge. So I asked, "Would you say that about girls in America based on two cases?"

All I wanted was for him and his colleagues to understand where I was coming from, but I was beginning to think I was wasting my time. None of them had been to my home city, let alone my neighborhood, and considering what had happened to me, they probably saw me as an innocent girl from a backward country.

After the session, Ms. Powers hugged me. She said I was a natural and that I'd done a great job. I stood by her side as we had conversations with other people. I even shook hands with them and smiled. I continued to answer their questions, while all the time I was thinking, Get me out of here.

I WhatsApped Faith as soon as I got home. She was now in Milan and it was the cheapest way to stay in touch.

She replied to my message saying she couldn't believe that I would back out of collaborating with Ms. Powers. I told her the woman was just using me to get attention and my story was not for sale. She went on and on, trying to convince me that I would need the money, but I insisted that I wasn't going to change my mind.

After our exchange, I sent Ms. Powers an email to say I no longer wanted to contribute to her book and she called me almost immediately.

"I don't think you understand," she said. "The press conference was merely to drum up public interest. People forget easily. They may forget your case as early as next week."

I said I didn't mind and the woman actually told me I could be more famous than the Chibok girls if I played my cards right. I was surprised she was that desperate. She didn't know how much she'd helped me already. I said fame wasn't worth it.

"What would make it worthwhile?" she asked. "Because if you're asking for more money . . ."

"I don't want to exaggerate my story," I said, "or put it in any category."

Did she have to do either to get readers interested

in her book? Even if I wanted her to, Nigerians would finish me. They would curse me, my mother and my father.

"I understand your concern," she said. "It is, uh, important to state facts accurately and not sensationalize details. You don't want to get caught up in a ... PR machine, which can be overwhelming. However, your case is about a human rights issue that needs to be addressed. People have to know what you went through simply because you were a girl."

I found that funny. I'd had a better education than my brothers in Nigeria.

"It didn't happen to me because I was a girl," I said.

"Female, I mean," she said.

I found that even funnier. My stepmother was female. So was Victoria Daniel.

I said it happened to me because state colleges in my country were bad, and my father couldn't afford to send me to a private one. With that, I was finally able to silence her and I had no regrets. I was doing what I could to get respect. If she'd ever passed a Not for Sale sign and given it a second thought, she would understand.

THE WORKSHOP

That September, I registered for a nonfiction workshop at the library titled Young Immigrant Voices. I happened to see the poster when I went there to return some books and luckily a place was available. I was studying for the SAT exams, but I needed to do something else on the side. I also wanted to find out if I was capable of telling my story, after the fuss I'd made about protecting it.

The workshop was for aspiring writers in their late teens. It was run on a weekly basis from four to six in the afternoon and was eight sessions long. I couldn't wait to start. I'd written stories before, around the time my mother died, fantasies about a girl who had supernatural powers. She could fly, foresee the future, go back in time and destroy her enemies. She could do everything but resurrect people. I knew that telling my own story would be hard, but if it were possible to learn how to, I was prepared to try. I hoped

I might even meet Americans who had lived in other countries.

On the first day of the workshop, we introduced ourselves. Our teacher, Erica, wore big hoop earrings and had rings in her locks. She went first and joked that she was Jamerican—she grew up in Kingston and moved to Brooklyn when she was seventeen. Then the rest of us took turns to say a bit about ourselves and that was when I found out that seven of the ten participants were born and raised in the United States, except me, a boy who used to live in Jordan and a girl who had spent her childhood in Brazil. They were high school seniors and came from different neighborhoods in Brooklyn. I was in a row with Peter, who said he had Polish roots; Stephanie, who said she was second-generation Chinese-American; Luis, whose parents were born in Puerto Rico; and Areeba, whose parents emigrated from Pakistan. The other five participants were in the row across from us.

Areeba wore jeans and a hijab. When she sat down next to me, we said hello to each other and she said, "I don't do well in groups." I said, "Neither do I."

They all had American accents and mine stood out.

Introductions over, we went back to listening to Erica, who said the word immigrant didn't have the same meaning for everyone. That made me more comfortable because I doubted anyone in the room had had an experience similar to mine. She then gave us handouts on aspects of creative nonfiction and asked us to see them as good writing habits. The last page was a reading list of required and recommended texts. The prompt for our stories was "Where I am from" and we could interpret it however we wanted. Erica asked who we were writing for and everyone else said they were writing for themselves. I said I was writing for people who cared to read what I wrote and she said that was fine. At the end of the session, she encouraged us to keep journals and told us to remember she was there to provide writing guidance, not emotional therapy. I laughed, even though she looked serious.

What worried me most about the workshop was that we would have to read excerpts from our writing out loud. I hated reading before an audience, even when I was in school in Nigeria. In fact, that was where my problem began, because my classmates had made fun of each other. If someone so much as stuttered, they started a particular hum, which sounded like a mosquito about to attack. My second concern about the workshop was that Erica wasn't the only one who would critique our writing; other participants were allowed to as well. I imagined some of them would be harsh, so I put my name down for the final session, to give myself enough time to get used to the process. Erica had a strict timetable and guidelines. We would discuss her handouts in the next couple of sessions. Following that, we would workshop two stories per session and take a ten-minute break in between. Each participant could read for no longer than fifteen minutes, after which Erica would give feedback before anyone else, then we could respond if we wanted to.

On my way home I bought myself a journal—a blue A4 spiral notepad. The one I really wanted cost too much. Faith was in town that week and she thought having my writing critiqued was worse than having her appearance assessed. I thought both situations were equally intimidating.

"I prefer to expose my body," she said. "I would have no job if my thoughts were exposed."

I wondered about that. Would people prefer to go naked than speak their minds? Were writers brave to express themselves? I'd always assumed they were honest, but they probably had limits. If what they excluded from their work was as revealing as what they included, my story was bound to have gaps, plenty of them.

I started keeping my journal the same night and had anyone read it they may have come to the conclusion that I was mad. I wasn't even writing; I was scribbling. I wrote my name over and over. Then I started doodling—squares, circles, crosses and arrows. My memory began to play like a film. I pictured my old school, Auntie Charity's food spot and Madam's shop. By the end of the week, I was typing away on Faith's computer and already had a title: The Village.

The first story we workshopped at Young Immigrant Voices was Peter's. His great-grand-parents had anglicized their last name when they immigrated to America. His dad's parents had a deli and they spoke English with Polish accents. His dad was a university professor and his mom a middle school teacher. His younger brother had autism and played the piano. Peter referred to him as a superhero. He attended a Catholic school and disliked having to obey rules. English literature was his favorite subject, but his teacher constantly picked on him. He wanted to be a writer and felt he should use his family's original last name as his pen name. I could see why and could also relate to his story, which revolved around spending time at his grandparents' deli and observing customers.

Before he read, he asked Erica if we could form a semicircle with our chairs, but she said it wasn't necessary. Plus, we would have to move them back to how they were. He said it was a one-off request, but she again turned him down because she would have to allow everyone else who asked after that. She was smiling as she spoke, but I could tell how determined she was.

She praised Peter's writing, as other participants did. She said he had an eye for detail and an ear for dialogue and most of his piece read like a third-person narrative, which she appreciated, yet when she left the room during the break, I overhead him talking to Luis about her. "I mean, come on," he said. "We're here to use our imaginations and we can't think outside the box over some freakin' chairs?"

I was with Areeba and asked what she thought of that. Like me, she hadn't commented on Peter's story. She pulled a face and said, "Uh . . . maybe he expects the world to revolve around him?"

Areeba often asked questions to get her point across. For me, once I walked into the workshop,

I was able to keep a neutral opinion about the other participants until I left. I felt that while I was there, I should accept them as they were and focus on their stories. I still didn't trust them to understand mine and didn't comment on theirs. There were enough people who were willing to do so and most of them gave compliments though some just repeated what had already been said.

Stephanie left the week after her story was work-shopped. She obviously didn't like the way it went. She'd written about how her parents never pressured her to excel in school, but she was competitive because she envied her elder sister, who was smarter and more popular than she was. When her sister failed to get into Harvard, she wrote an essay about how the college had discriminated against her sister because of their affirmative action policy. The essay was published in her school magazine and it got attention, which gave her more confidence.

Erica thought she should leave it up to readers to infer her sister faced discrimination, rather than state it, but Stephanie disagreed. Areeba and I talked about that as well. She didn't comment on other people's stories either, but we shared our opinions in private. She pulled a face as usual and said, "Uh . . . maybe Erica was just trying to warn her that she may seem racist?"

I was thankful I grew up in a place where I didn't have to be mindful of my race. I didn't even have to think about my ethnicity because my classmates were from the same state. By law, federal government schools in Nigeria followed a quota system of admission based on their entrants' states of origin. If I'd attended one, my official state would be my father's, even if my mother was alive, and I would have met students from other cultures. Discussing that in the workshop was interesting. The United States had more languages than Nigeria, yet only six ethnic groups were recognized by the Census Bureau because people were classified in different ways. So Erica and I were black because of our skin colors, yet if I were a white South African I would be white, and if she were a black South American she could be Latina. Stephanie and Areeba were Asian because their parents and grandparents happened to emigrate from the same continent. I was obsessed with details like these and what they implied. They reminded me of why I'd enjoyed social science classes, but, as usual, I didn't automatically believe what I was told about individuals from this or that group of people. I studied them and made my own deductions.

Areeba meant "wise" in English. She didn't consider it a virtue name. Most names had virtuous meanings in one language or another, she said, even names like Erica, which I later found out meant "eternal ruler." She thought first names said more about how parents projected their hopes on their children.

Her story was about how she was attacked on a street by a random man. She was walking home and he was approaching her from the opposite direction. As they passed each other, he punched her hard in the shoulder before carrying on. She huddled over and cried as passersby stared at her. A few of them stopped to ask if she was okay, but no one went after the man, who she figured had a mental illness. She was sure that was the reason he attacked her. Her parents were convinced it was because she wore a hijab. She hadn't always wanted to do so and had argued with them about covering. She would sometimes take off her hijab when she was away from home. After the incident, her parents tried to stop her from wearing one outdoors, but she did anyway, even though she was scared.

As she read her excerpt, her voice trembled and she paused now and then. When she sat down, I turned to her and said, "Well done." She nodded and lowered her head. Erica thought her piece was powerful and well structured.

Luis's story was about how growing up bilingual caused him confusion when he was younger, but gave him an ability to adapt. His dad was a parking lot attendant and his mom worked as a housekeeper in a hospital. He had two younger sisters and a lot of cousins. They often got together for family events and he referred to food dishes I had to look up on the Internet. Arroz con gandules was like jollof rice. Erica found his piece heartfelt and nostalgic.

Being at the workshop was like attending a church service where I didn't have to pretend. It wasn't perfect, but it was where I began to trust strangers again. I found out more about the other participants through their stories. I started contributing comments after Luis's and decided the best way to listen to them was to stay neutral. I even stopped panicking over reading my excerpt and looked forward to my turn.

At home, I finished my first draft of "The Village," taking into account the handouts and what Erica had said about other participants' stories. Mine wasn't like any of theirs. The way I used words was different, so were the rhythms of my sentences. The moment I acknowledged this I was fine because no one else could write in my voice. I revised my story again and again. My wrists ached from typing. I stubbed my toe a couple of times because I wasn't watching where I was going while I was thinking. I fell asleep with my manuscript and skipped having showers to work on it. Faith would laugh at me, but I just ignored her. She took modeling as seriously as I took writing.

I was surprised I could be that dedicated. I would struggle over a description or a paragraph as if it were a jigsaw puzzle. I researched facts in the story to make sure they were correct. I read my required and recommended texts and watched online videos about writing. That led to me reading articles on writing and following the news on the Internet, in addition to the usual stuff I browsed on social media.

One afternoon, I was on my way to the workshop when I saw an old woman seated on a bench. I'd seen her there a few times before, but each time I passed her I looked straight ahead. This time, I glanced at her for a moment and she was watching me, her eyes blue and probing. Next to her on the bench was a takeout burger that looked like someone else's left-overs and on her other side by a garbage bin was a shopping cart of her belongings. It was cold that day and she wore a black quilted jacket, baggy jeans and grubby trainers.

"Cheer up," she said, with a miserable expression.

I smiled to show her I wasn't sad. I was actually happier than I'd been in months.

She then called after me, "Look to the sky!"

I turned around and waved, even though I assumed she was in the habit of saying that.

When I was some distance from her, though, I literally did as she'd said and was surprised. The sky was ordinary until I saw innocence in its shade of blue, mystery behind the clouds and infinite questions beyond them. From then on, I wanted to replicate what she'd done, which was to make me take note of what I'd seen before in a new way, and to remember her words, whether I saw her or not.

My father eventually sent me my transcripts, which reminded me that I had to make the SAT exams my priority. I started a daily routine and stuck to it so I could keep both studying and writing. I cooked and cleaned only on the weekends. Faith continued to work and pay the bills. She kept her word about not dating, but whenever she was in town, she went out with her model friends. She became interested in taking on a cause, as some of them were doing, and suggested we set up a nonprofit organization to inspire Nigerian girls like us to empower themselves, but I didn't buy the idea. I asked her how we could inspire anyone when we were not yet empowered ourselves. She said

I should try and be more optimistic. I said I preferred to face reality.

That was Faith, though. She was always chasing her next goal, especially if there was a market for it, so I sometimes had to make her stop and think. She did the same for me, in a way. By then, I knew what I wanted to do for the rest of my life—read and write—but I wasn't sure about a career yet. I was leaning toward journalism; global journalism in particular appealed to me, perhaps because of my experience. I was, however, having a hard time making up my mind about what to study in college because I was preoccupied with my daily routine.

Then, one night, as I scribbled in my notepad, I came up with an idea of my own: I would make the year I'd lost worthwhile by writing my entire story. "The Village" would be the first section. I didn't know how it would be received when I presented it at the workshop, but I could write other sections as I waited for my visa to be approved and the trial to start.

I convinced myself to believe, as Faith would, that my goal was possible and my future played out like a daydream. If I finished the sections and somehow managed to get them published, I would no longer be an anonymous girl who was brought over to work; I'd be an author as well. I would have a chance to explain my position and respond to critics. I could also decide what to leave in and out of my book, and where to end it. It didn't have to cover my legal case or champion human rights. It didn't even have to address domestic slavery. It could simply be about a Nigerian girl who was given an opportunity to come to America, which she took, not because she had no other choice, but because she didn't know how precious she was. That, for me, was good enough.